W0277793

BASTEI
LÜBBE
TASCHENBUCH

Weitere Titel des Autors:

Blut und Rüben

Titel in der Regel auch als E-Book erhältlich

Über den Autor:

Uwe Voehl, 1959 in Hagen geboren, begann schon während der Schulzeit, Anthologien herauszugeben. Nach dem Abitur studierte er BWL und Jura und arbeitete später als Werbetexter für Agenturen und Versandhäuser. Voehl gilt als einer der besten zeitgenössischen Phantastik- und Krimi-Autoren in Deutschland.

Uwe Voehl

TOD UND SCHINKEN

Roman

BASTEI LÜBBE
TASCHENBUCH

BASTEI LÜBBE TASCHENBUCH
Band 16 751

1. Auflage: Januar 2013

Dieser Titel ist auch als E-Book erschienen

MIX
Papier aus verantwortungsvollen Quellen
FSC® C014496
FSC www.fsc.org

Originalausgabe

Textredaktion: Monika Hofko, München
Lektorat: Ruggero Leò
Titelillustration: © shutterstock/CCat82; © shutterstock/ra3rn;
© shutterstock/Sinisa Botas; © shutterstock/Gemenacom
Kartenillustration: Timo Kümmel
Umschlaggestaltung: Gisela Kullowatz
Satz: Urban SatzKonzept, Düsseldorf
Gesetzt aus der Garamond
Druck und Verarbeitung: GGP Media GmbH, Pößneck
Printed in Germany
ISBN 978-3-404-16751-7

Sie finden uns im Internet unter
www.luebbe.de
Bitte beachten Sie auch: www.lesejury.de

Der Preis dieses Bandes versteht sich einschließlich
der gesetzlichen Mehrwertsteuer.

DER METZGEREI MEINES VERTRAUENS
GEWIDMET

Wenn das Schwein am fettesten ist,
so hat es den Metzger am meisten zu fürchten.

(Abraham a Santa Clara)

Vorbemerkung:

»Alles hat ein Ende, nur die Wurst hat zwei«, lehrte uns einst Stephan Remmler.

Und da es in diesem Buch um Schinken und Wurst geht, hat auch dieser Krimi zwei Enden.

Und zwei Anfänge.

Oder drei.

Auf die Wurst übertragen: sechs Enden.

Wie kommen wir da jetzt wieder raus?

Indem wir einfach mit *einem* Anfang beginnen.

Genauer gesagt:

mit einem Anfang vor dem Anfang:

Als ich die Augen öffnete, stellte ich fest, dass ich blind war.

Vielleicht war es auch nur Nacht, und die Vorhänge waren zugezogen.

Ich überlegte, wo ich war.

Nicht in meinem Schlafzimmer, nicht in meinem Bett.

Es war kalt, und ich lag auf dem Boden.

Ich lauschte. Nur ein leises, allgegenwärtiges Brummen war zu hören.

Ich versuchte, mich zu erinnern, aber die Erinnerung war ein noch schwärzeres Loch als die Gegenwart.

Die einzige Erklärung, die mir einfiel, war, dass ich plötzlich umgefallen sein könnte. Schlaganfall. Herzattacke …

Aber für ein Krankenhausbett war meine Unterlage eindeutig zu unbequem. Oder ich lag in einer Art Röntgenröhre. Das würde den Brummton erklären.

Dagegen sprach jedoch, dass ich eindeutig zu viel Platz hatte. Ich streckte die Hände nach oben und stieß auf kein Hindernis.

Langsam setzte ich mich auf. Mein Kopf schmerzte, als würde eine Kreissäge darin wüten.

Als ich endlich saß, sah ich noch immer nichts. Normalerweise gewöhnen sich die Augen nach ein paar Minuten an die Dunkelheit. Von irgendwoher dringen immer ein paar Lichtfetzen herein. Hier nicht.

Bei dem Gedanken, dass ich wirklich blind war, klopfte mein Herz heftiger. Das Gefühl der Hilflosigkeit verstärkte sich. Ich spürte Panik aufkommen.

Ich wagte nicht, mich aufzurichten, sondern kroch über den kalten Boden, doch ich stieß sofort gegen eine Wand. Ich versuchte die andere Richtung. Auch dort ging es nicht weiter. Drei Meter, mehr waren es nicht.

Ich bekam Platzangst.

Langsam richtete ich mich nun doch auf. Und stieß schmerzhaft mit dem Kopf gegen ein Hindernis. Ich konnte mich nur gebückt vorwärtsbewegen.

Es wurde immer kälter. Wenn ich etwas hätte sehen können, so wäre mein Atem als weiße Wolke sichtbar gewesen. Meine Finger waren schon eiskalt. Ich zog meine Ärmel weiter herunter, sodass sie meine Hände bedeckten. Dann tastete ich mich an der Wand entlang.

Nach zwei Minuten hatte ich mein Gefängnis erkundet. Es war ungefähr drei Meter lang, zwei Meter breit und einen Meter siebzig hoch. An einigen Stellen war es höher, und ich konnte aufrecht stehen.

Ich fragte mich, woran ich mir den Kopf gestoßen hatte, und tastete danach. Es waren längliche bis kugelförmige Gebilde. Manche waren rau, andere fast glitschig.

Ich roch Leberwurst und Schinken, Mettwurst und andere Köstlichkeiten.

Und plötzlich wusste ich, wo ich war.

In einer Kühlkammer.

Prolog

Es gibt Verbrechen ohne Sühne.

Es gibt aber auch Verbrechen ohne Schuld.

Massentierhaltung ist ein Verbrechen, ohne dass jemand im juristischen Sinne schuldig ist, also rechtlich zur Verantwortung gezogen werden kann.

Ich fühle mich selten schuldig, wenn ich Fleisch esse, gekauft beim Metzger meines Bauches. Ich lade meine Schuld ab bei ihm.

Lotte Unverzagt, geb. Schneider, wurde am 4. 8. 1920 in Hagen/Westfalen geboren. Gestorben ist sie am 24. 5. 2012 in Horn. An der Wand über dem Bett ihres Zimmers im Pflegeheim hing ein gestickter Spruch: »Wer ohne Schuld ist, der werfe den ersten Stein.«

Manche Pflegeheime sind ein Verbrechen. Trotzdem heißen sie »Waldesruh«, »Fürstenwald« oder »Buchenhof«, haben ein »Schloss« im Namen oder – für die Frommen – ein »Stift«. Oder sie suggerieren mit ihrem Namen eine scheinbare Idylle wie »Am Weinberg« oder »Am Volksgarten«. Erinnerungen an längst vergangene Zeiten, als die Insassen der Heime noch rüstig zu Fuß waren.

»Zur weißen Taube« heißt eines. Wenn ich meine Eltern in Dortmund besuche, komme ich jedes Mal dort vorbei. Und dann muss ich lächeln, denn bei den weißen Tauben denke ich gleich an Beerdigung. Überhaupt: Manche der Namen – vor allem die mit »Ruh« – bereiten in ihrer Einfalt schon auf die letzte Fahrt im schwarzen Wagen vor: zur letzten Ruhestätte sozusagen.

Auch hier laden wir unsere Schuld oder wenigstens unser schlechtes Gewissen ab. Unsere Alten werden es schon irgendwie gut haben in diesen Residenzen des schleichenden Sterbens.

Während ich darüber nachdenke, fällt mir ein, dass wir früher einfach Altenheim gesagt haben. »Die Omma kommt ins Altenheim.« Und das war für uns Kinder nichts Schlimmes. Wir haben sie besucht, und sie hatte dort ihr kleines eigenes Zimmer mit all den Erinnerungsstücken, die wir aus ihrer alten Wohnung kannten. Gut, ein bisschen anders gerochen hat es als bei ihr zu Hause. Ein bisschen wie beim Zahnarzt.

Heute kommen die Alten ins Pflegeheim, und wir zucken zusammen. Wir verdrängen die Bilder, die wir aus dem Fernsehen und aus den Nachrichtenmagazinen kennen: von den verdurstenden Alten, die gefesselt, *fixiert*, sagt man, in ihren Metallbetten krepiert sind. Von vollgeschissenen Windeln und Beruhigungsmitteln, die man den Demenzkranken verabreicht, damit sie einfacher zu handhaben sind.

Ins Pflegeheim will niemand.

Deswegen nennen sich manche dieser Anstalten Seniorenheim. Das hört sich anständiger an. Oder Seniorenpark. Da kauft man gleich die Idylle mit im Sack. Oder gar Seniorenresidenz. Für die, die sich auch im Alter noch ein bisschen besser fühlen als Lieschen Müller.

Aber zurück zu Lotte Unverzagt. Lotte Unverzagt wohnte in keiner dieser Residenzen. Sie wohnte in einem ganz normalen Pflegeheim.

Am Morgen des 10. 5. 2012 stieg sie mit ihrem Rollator in den Aufzug, der sie vom ersten Stock ins Erdgeschoss brachte.

Von dort gelangte sie an der unbesetzten Rezeption vorbei ins Freie und ward von da an offiziell nicht mehr gesehen. Zumindest nicht lebend.

I. Fleisch am Stiel

Gute Herkunft – Gutes Fleisch

(Werbeslogan einer Detmolder Metzgerei)

1.

»Oh Gott, er bringt mich um!«

Die blonde toupierte Dame in Pelz und schwarzen Strümpfen erinnerte an eine Filmdiva. Irgendwie überkandidelt und aufgedreht.

Sie reichte mir höchstens bis zur Brust, und dennoch strahlte sie eine quirlige Präsenz aus, die im Gegensatz zu ihrer Körpergröße stand. Mit dieser Stimme hätte sie in jedem Edgar Wallace-Reißer die jeweilige Scream-Queen ersetzen können.

Keine Ahnung, ob sie das bezweckt hatte, aber spätestens jetzt drehten sich sämtliche Kunden zu ihr um.

»Keine Sorge, Frau Heuwinkel«, erklärte die Fachfrau hinter dem Tresen. »Die Kümmelsülze ist zwar aus, aber die Hausgemachte isst Ihr Mann genauso gern.«

»Woher wollen Sie das denn wissen?«

»Wir sind zusammen zur Schule gegangen«, erklärte Frau Schlüter ruhig. »Besonders in Mathe war er schlecht. Ich hab ihn immer abschreiben lassen ...«

Ein paar Kunden schmunzelten. »Also gut, geben Sie mir die Hausgemachte. Wenn's Herbert nicht schmeckt, schicke ich ihn vorbei, und Sie haben die Konsequenzen zu tragen.«

Sie sagte es so, dass man sie nicht ernst nehmen konnte. Ihre theatralische Art amüsierte mich.

»Wenn nicht, bestellen Sie ihm schöne Grüße«, erwiderte Frau Schlüter. »Er hat noch was gutzumachen bei mir.« Sie blinzelte der Kundin zu, schnitt ein Stück ab, wog es und sagte: »Zweihundert Gramm, was meinen Sie, reicht das zum Frühstück?«

Frau Heuwinkel war sich plötzlich nicht mehr sicher. »Ich hasse Sülze. Dieses glibberige Zeug finde ich einfach nur eklig. Ich habe keine Ahnung, wie viel Herbert davon zum Frühstück vertilgt. Aber vielleicht hat er Ihnen das ja auch schon damals auf der Schulbank verraten?«

»An seine Pausenbrote erinnere ich mich nicht mehr so genau«, erwiderte Frau Schlüter. Im Gegensatz zu der künstlichen Diva wirkte sie umso bodenständiger. Sie war etliche Jahre älter als diese; ein paar graue Strähnen in ihrem ansonsten dunklen Haarschopf zeigten es geradeheraus. Und sie war nicht mehr geschminkt, als es für eine Fleischermeisterin vonnöten war. Sie war etwas füllig, ohne dass sie jedoch dick wirkte. Sie hatte ein hübsches Gesicht. Trotzdem musste ich bei ihrem runden Kopf immer an die Wurst mit Gesicht denken, die der Hit bei ihren minderjährigen Kunden war. Ihre Wangen waren gerötet, wodurch sie noch pausbäckiger wirkten und an eine Putte erinnerten. Ein Zeichen dafür, dass sie sich im Moment ziemlich ärgerte.

Ich ließ meine Gedanken schweifen. Warum war ich überhaupt hier?

Ich betrachtete die Auslage hinter dem Glas. Genau, ich wollte ein Schaschlik machen. Zwar bot Schlüter bereits fertiges an, aber ich wollte es selbst zubereiten: mit Speck, Paprika, Zwiebeln und Gurken …

»Im Übrigen ist das kein Glibber an der Sülze, sondern Gelee«, hörte ich Frau Schlüter sagen. »Wissen Sie überhaupt, wie aufwendig unsere hausgemachte Sülze hergestellt wird? Also, ich erklär' Ihnen das gerne mal …«

Es konnte also noch länger dauern, bis ich an der Reihe war.

Zumal vor mir noch drei weitere Kunden geduldig anstanden.

In diesem Moment sah ich die schwarze Gestalt draußen vor dem Schaufenster. Sie war wirklich schwarz: von Kopf bis Fuß in Schwarz gekleidet. Das einzig Bunte war die rote Zunge seiner schwarzen Puma-Sneakers mit grauem Raubkatzenemblem. Das Gesicht war mit einer Sturmhaube vermummt.

Die Gestalt holte einen Stiel hervor. An dem Stiel war ein Beil. Im nächsten Moment schwang sie die Waffe wie ein Tomahawk. Noch konnte ich nicht recht fassen, was ich da sah, doch spätestens, als das Beil durch die Luft flog und die Scheibe in tausend glitzernde Einzelteile splitterte, reagierte ich. Ich warf mich nach vorn, bekam Frau Heuwinkel zu fassen, und gemeinsam landeten wir auf dem Boden. Das Beil segelte über unsere Köpfe hinweg und zerteilte die Schale mit der Sülze in zwei Hälften.

Ein oder zwei Sekunden lang herrschte eine unnatürliche Stille. So als hätte jemand plötzlich das Radio abgedreht. Doch dann erschallte es umso lauter: Die ungefähr zehn Kunden und die drei Verkäuferinnen im Laden redeten wild durcheinander, eine Frau schrie um Hilfe, ein Kind weinte.

»Ich glaube, Sie können mich jetzt wieder loslassen«, sagte Frau Heuwinkel unter mir. Sie klang plötzlich gar nicht mehr so künstlich arrogant. Das ganze Gehabe war von ihr abgefallen wie eine synthetische Wurstpelle. Ihr toupiertes Haar war in Unordnung geraten. Ein paar blonde Strähnen fielen ihr in die Stirn und verliehen ihr etwas Verwegenes.

Ich sah sie plötzlich mit ganz anderen Augen. Konnte sie etwas dafür, dass sie halb so alt war wie der alte Heuwinkel? Und wahrscheinlich auch nur halb so reich? Oder überhaupt nicht reich? Manche kolportierten, sie wäre arm wie eine Kirchenmaus gewesen, als ihr zukünftiger Ehemann sie, die sich zwar Schauspielerin schimpfte, es aber noch nicht einmal in eine Vorabendserie geschafft habe, draußen in einem Schlafsack vor der *Roten Flora* aufgelesen habe. Früher war das *Flora* tatsächlich einmal ein Theater gewesen, heute beherbergte es das Autonome Zentrum im Hamburger Schanzenviertel. All das wusste man zu erzählen, und es war irgendwie auch bis zu mir gedrungen.

Ich nickte und rappelte mich auf. Danach half ich Frau Heuwinkel auf die Beine. Ihre schwarze Strumpfhose hatte bei dem Zwischenfall einen Riss davongetragen.

»Was starren Sie so?«, zischte sie.

»Ein schlichtes Dankeschön hätte gereicht«, lächelte ich zurück.

»Dafür, dass Sie mir die Strumpfhose zerrissen haben?«

»Wahrscheinlich wäre es Ihnen lieber gewesen, wenn Ihr hübscher Kopf skalpiert worden wäre.«

»Skalpiert?«

Ich wies auf den Tomahawk. »Es hätte uns fast erwischt.«

Erst jetzt schien sie zu begreifen, was überhaupt geschehen war. Einen Moment lang malte sich der Schrecken auf ihrem Gesicht ab. Dann schob sie wieder die Maske davor. Diesmal die des trotzigen Kindes.

Doch plötzlich änderte sich ihr Gesichtsausdruck abermals. Ich las Panik darin.

»Paule!«, schrie sie auf. »Gehen Sie mir aus dem Weg!«

Sie rannte an mir vorbei, und irgendwie hatte ich das Gefühl, dass sie jetzt nicht schauspielerte. Ich sah mich kurz um. Bis auf die Sülze hatte niemand etwas abbekommen. Allen saß noch der Schreck in den Knochen. Das Kind weinte. Die Mutter tröstete den Kleinen. Die anderen Kundinnen redeten noch immer wild durcheinander.

Ich folgte der Frau nach draußen. Gestikulierend stand sie am Geländer, das die drei Stufen zum Laden säumte.

»Er ist weg! Paule ist weg!«, sagte sie atemlos. Sie machte keine Szene. Ihre Sorge war wirklich echt.

»Mein Dackel!«, erklärte sie mir. »Ich habe ihn hier angebunden.«

Eine echte Träne lief ihr über die linke Wange.

In diesem Augenblick tat sie mir leid. »Wir finden ihn schon wieder«, sagte ich. »Er kann ja nicht weit sein. Wahrscheinlich hat er einen Schreck bekommen, hat sich losgerissen und …«

»Paule hat sich noch nie losgerissen. Das hätte er gar nicht geschafft. Es war ein Lederhalsband. Und, wo bitte, ist die Leine abgeblieben?«

Ich hielt es für müßig zu antworten. Inzwischen hatte sich bereits eine Handvoll Schaulustiger eingefunden.

»Was das kostet!«, entrüstete sich ein Rentner. »Eine Scheibe von dieser Größe ist nicht billig!«

Er sah mich so misstrauisch an, als hätte ich den Schaden verursacht.

Unschlüssig sah ich mich um. Ich schaute in die Richtung, in die der Vermummte verschwunden war. Es war nichts mehr von ihm zu sehen.

»Jetzt stehen Sie hier nicht rum, wir müssen Paule suchen!«

Paule suchen? Irgendwie hatte davon nichts im Drehbuch gestanden. Ich bückte mich und hob einen orangefarbenen Einkaufschip auf. »Gehört der Ihnen?«, fragte ich.

Sie sah mich an, als wäre ich übergeschnappt. Dann schien sie endlich zu begreifen, dass sie und ich auf zwei verschiedenen Planeten unterwegs waren.

»Ach, Sie können mich mal!«, rief sie mir freundlichst zu und lief davon. Dabei rief sie immer wieder den Namen ihres Dackels. Sie hatte keine wirklich schöne Stimme, und auch Paule zauberte sie damit nicht wieder herbei.

»Jetzt warten Sie doch!«, rief ich ihr hinterher und spurtete los. Vielleicht waren unsere zwei Planeten ja doch nicht so weit entfernt, wie ich gedacht hatte. Sie lief nämlich in dieselbe Richtung, in der der Tomahawk-Attentäter verschwunden war.

Noch immer rief sie mit ihrer hohen, unnatürlichen Stimme, die auch mich eher vergrault als angezogen hätte.

»Versuchen Sie's doch mal mit einer ganz normalen Tonlage«, schlug ich vor.

»Ach, Sie schon wieder.« Sie warf mir einen unfreundlichen Blick zu.

Ich versuchte, mich in den Täter hineinzudenken. Wohin mochte er nur so schnell geflüchtet sein? Die Häuser in der Einkaufsstraße standen nicht dicht an dicht. Dazwischen war meistens ein schmaler Durchgang. Manche waren mit hohen Türen verschlossen, andere nur mit einem Holztor oder mit einem Maschendrahtzaun vom Bürgersteig abgetrennt. Einige wenige boten freien Zugang in den Hinterhof. Es gab mehr Möglichkeiten, als ich Finger hatte, um hier schnell irgendwo zu verschwinden. Erst recht, wenn man sich auskannte. Die nächste Querstraße war nur fünfzig Meter entfernt. Auch da wäre er jetzt längst über alle Berge gewesen.

Zumindest schloss ich aus, dass er in eines der anderen Geschäfte geflüchtet war. Die waren so klein, dass er sich dort nicht lange hätte aufhalten können, ohne aufzufallen: eine Apotheke, eine Schneiderei, ein Fotokopiergeschäft, ein Pizza-Service …

Dann fiel mein Blick auf die Kneipe auf der anderen Straßenseite. »Zum Letzten Heller« stand in Fraktur auf einem hölzernen Schild über dem Eingang. Eine schmale Treppe führte hinunter. Vor der Kneipe parkte ein weißer Sprinter mit Warnblinklicht. Der Fahrer lud gerade die Ware aus.

Frau Heuwinkel war inzwischen weitergelaufen. Ich überquerte die Straße und sprach den Fahrer des Sprinters an. Es war ein junger Türke. Er kam mir mit seinen pomadig nach hinten gekämmten schwarzen Haaren und den mädchenhaften Gesichtszügen irgendwie bekannt vor. Wo hatte ich dieses Babyface schon mal gesehen?

Dann hatte ich ihn in die richtige Ecke gesteckt: Özal, Özil ... Mesut Özil, der Fußballer, der bei Real Madrid spielt. Allerdings war dieser Özil viel schwergewichtiger, und er trug einen schmutzigen Overall. Er war gerade dabei, ein paar weiße Styroporkisten auf einer Sackkarre zu transportieren. Als er meinen Blick bemerkte, verfinsterte sich seine Miene. »Was guckst du, eh?«, herrschte er mich an.

Ich wies auf die Metzgerei vis-à-vis, vor der sich immer mehr Schaulustige versammelten. »Haben Sie gesehen, wer die Scheibe dort eingeworfen hat?«, fragte ich freundlich.

»Nix gesehen«, sagte der Bursche mit einem grimmigen Gesichtsausdruck. Er wandte sich um und schob die Sackkarre zur Treppe.

Ich zuckte die Achseln. Da konnte man nichts machen. Der freundliche Osmane verschwand im Kellerloch der Gaststätte. Als ich an dem Lieferwagen vorbeiging, konnte ich trotzdem meine Neugierde nicht bezähmen. Ich klappte eine der nur angelehnten Flügeltüren auf und schaute auf die Ladefläche. Es war dunkel da drin, und muffige Luft schlug mir entgegen. Ich konnte noch ein paar weitere Styroporkisten ausmachen. Das war's. Einen Moment lang hatte ich tatsächlich gedacht, der Vermummte könnte hier Unterschlupf gesucht haben.

Frau Heuwinkel mit ihrer blonden Mähne war inzwischen fast bei den Bahngleisen. Diese teilten die Geschäftsstraße in zwei Hälften. Der obere Teil wurde allein schon deshalb mehr frequentiert, weil es eine Einbahnstraße war. Die Schranken waren heruntergelassen. Wenn der Tomahawkschwinger es gerade noch darunter durch geschafft hatte, wäre er jetzt auch über alle Berge gewesen.

Ebenso gut hätte er aber auch vor der Schranke nach links abbiegen können. Dort lag das Reisebüro, dem sich gleich die Post anschloss, und dahinter ging es zu einem Parkplatz und zu einem Kanuverleih.

Rechter Hand führte ein kleiner Weg an den Bahngleisen entlang. Mir wurde einmal mehr bewusst, dass es tausendundeinen Fluchtweg gab. Das hier war der ideale Ort, um eine Bank zu überfallen. Aber der Täter war kein Bankräuber gewesen. Er hatte es nicht auf Geld abgesehen. Er hatte nur ein Beil geworfen, eine Schaufensterscheibe damit zertrümmert und eine Sülze zerteilt. Dabei hatte er es in Kauf genommen, Menschen zu verletzen.

Das war sein Fehler gewesen. Vielleicht hätte ich mich sonst nicht für ihn interessiert.

Vielleicht hätte diese Geschichte dann einen ganz anderen Verlauf genommen …

So aber dachte ich daran, dass das Beil uns fast erwischt hätte. Besser gesagt: mich – wenn ich mich nicht über Frau Heuwinkel geworfen hätte.

Die Frage war: Hatte es jemand auf mich abgesehen?

Wie alle Menschen war ich in dieser Hinsicht sehr einfach gestrickt: Wer glaubt schon, dass es da draußen irgendwelche Zeitgenossen gibt, die einem schaden wollen? Gut, ein bisschen ärgern vielleicht, indem sie dir die Reifen zerstechen oder dir Drohbriefe schicken, dich bei der Polizei anschwärzen, weil du angeblich falsch geparkt hast …

Doch seit dem letzten Jahr war ich in dieser Hinsicht vorsichtiger geworden. Abends schloss ich die Eingangstür zweimal ab. Ich schaute mich nach allen Seiten um, wenn ich die Mülltonne den langen Weg vom Haus zur Straße brachte. Ich zucke noch immer zusammen, wenn ich plötzlich ein unerwartetes Geräusch hinter mir höre. Und ich war froh, Luna an meiner Seite zu haben. Luna ist meine Mischlingshündin, die eifrig über mich wacht.

Ich sah, wie der Zug heranraste und am Bahnhof hielt. Die Schranken waren noch immer geschlossen. Die Autos standen davor. Alles war wie erstarrt.

Einen Moment lang hatte ich das Gefühl, als würde die Zeit sich unendlich dehnen. Der Axtwerfer musste noch in der Nähe sein, das spürte ich. Ich musste mich nur in den Flüchtenden hineindenken …

Vielleicht würde er auch plötzlich hinter mir auftauchen und …

Ein Schwarm Krähen kreiste über dem Kirchturm und riss mich in die Wirklichkeit zurück. Im selben Augenblick sagte eine Stimme hinter mir: »Die Wut ist eine äußerst jähe Leidenschaft. Man sagt in der Tat, sie sei ein Kochen des Jähzorns und eine Regung gegen den, der einem Unrecht getan oder vermeintlich getan hat.«

Ich fuhr herum und gewahrte einen Geistlichen. Er trug eine schwarze Mönchskutte und lächelte mich hinter seinem dunklen Vollbart freundlich an. Sein runder Kopf war kahl rasiert, was ihm etwas Grobschlächtiges verlieh. Seine blauen Augen blitzten, als hätte es ihm einen diebischen Spaß bereitet, mich zu erschrecken.

Unwillkürlich verglich ich ihn mit dem Axtwerfer, kam aber nach ein paar Sekunden zu dem Schluss, dass er es nicht war. Der Attentäter war kleiner gewesen, dieser Mönch war bestimmt eins neunzig groß. Außerdem hatte der Maskierte Turnschuhe getragen, die unbestrumpften Füße des Geistlichen steckten in Sandalen.

Dennoch, ich konnte nicht anders, als ihn anzustarren.

»Was ist denn los mit Ihnen?«, fragte er freundlich. »Sie sehen aus, als hätten Sie einen Geist gesehen.«

»Ich sehe Sie, das reicht.«

»Ich habe Sie doch nicht etwa erschreckt? Das tut mir leid.«

Ich glaubte ihm nicht. Aber gut, ich hatte andere Sorgen. Wieder sah ich mich nach Frau Heuwinkel um. Der Blondschopf war verschwunden. Die Schranken waren immer noch geschlossen.

»Suchen Sie jemanden?«, erkundigte sich der Mönch.

Ich hatte keine Lust, ihm mehr auf die Nase zu binden als nötig, daher schwieg ich.

»Falls ich Sie erschreckt habe, entschuldige ich mich. Manchmal sticht mich der Hafer.«

Ich sah ihn scharf an. »Sie geben es also zu?«

Er nickte. »Sie sind zusammengefahren, als hätten sie ein schlechtes Gewissen. Haben Sie ein schlechtes Gewissen?«

»Wie kommen Sie darauf?« Ich blickte ihn verwirrt an.

»Vielleicht wegen der blonden Dame?«, fragte er. »Sie haben Sie verfolgt ...«

»Ich habe sie nicht verfolgt, ich habe sie begleitet. Sie sucht ihren Hund.«

Der Mönch rieb sich den Bart. »Ach, das war *ihr* Hund ... Allmählich verstehe ich ...«

Plötzlich wurde mir klar, dass er alles gesehen haben musste. Ich riss mich zusammen und fragte geduldig: »Was haben Sie gesehen?«

»Sind Sie Polizist?«, fragte er.

»Nein, aber mir wurde vor ein paar Minuten mit einer Axt fast der Kopf gespalten.«

»Also suchen Sie gar nicht den Hund?«

»Nein, verdammt ...«

»Bitte fluchen Sie nicht ...«

»Ich weiß, die Wut ist eine äußerst jähe Leidenschaft«, zitierte ich ihn.

»In der Tat. So beginnt Evagrius seine äußerst lebendige Beschreibung des Dämons des Zorns.«

»Grüßen Sie ihn von mir«, sagte ich und ließ den Mönch stehen.

Irgendetwas stimmte nicht. Es war nur so ein Gefühl, das ich nicht wirklich begründen konnte. Die Ahnung, dass etwas noch viel Schlimmeres in der Luft hing.

Während ich mich der Schranke näherte, hielt ich weiter nach Frau Heuwinkel Ausschau. War sie der Grund für meine Sorge? Was war, wenn sie ihren Hund gefunden hatte? Und derjenige, der ihn entführt hatte, identisch war mit dem Axtwerfer?

Ich blickte zum Bahnhof hinüber. Der Zug fuhr an. Ich spürte den warmen Luftzug, als er vorüberfuhr. Als sich die Schranken endlich öffneten, drehte ich mich um und ging zur Metzgerei zurück. Die Menschentraube vor dem Eingang war womöglich sogar noch weiter angewachsen.

Eine schmale Gasse, in der höchstens ein Lieferwagen Platz hatte, führte zur Seitenmauer des Hauses. Mir fiel auf, dass eine Tür offen stand. Wahrscheinlich führte sie zum Kühlhaus.

Aus irgendeinem Grunde weckte die Tür meine Neugier. Spontan bog ich in die Gasse ab. Meine Gedanken überschlugen sich. Was war, wenn der Vermummte gar nicht so weit gelaufen war, wie ich gedacht hatte. Wenn er nur bis hierher in die Gasse gerannt und durch die geöffnete Tür in die Metzgerei geschlüpft war?

Die Hauswände standen hier so dicht zusammen, dass ich nur die Arme hätte ausbreiten müssen, um sie berühren zu können. Es war ziemlich dunkel hier, wie gemacht für jemanden, der sich verstecken wollte. Aber welchen Sinn sollte das haben?

Der Lärm der Hauptstraße drang nur gedämpft zu mir, so als hätte ich Watte in den Ohren.

Dann hörte ich eine Frau schreien.

Sie schrie sich die Seele aus dem Leib.

Ich ging in die Richtung, aus der der Schrei kam. Ich rannte in die Einfahrt, lief durch die geöffnete Tür, die von der Seite in die Metzgerei führte, und hastete den Korridor dahinter entlang.

Ich wäre fast auf sie geprallt.

Sie stand vor der Kühlkammer und schaute hinein. Der Schrei war in ein Schluchzen übergegangen.

Ich drängte mich an ihr vorbei und blickte ebenfalls in die Kammer.

Wir hatten Paule gefunden.

Sein winziger blutender Körper hing an einem Fleischerhaken von der Decke. Man hatte ihn fachgerecht aufgeschnitten und ausgeweidet. Sein Inneres lag auf dem Fliesenboden verteilt in einer Lache aus Blut und Eingeweiden.

Der berüchtigte Metzger hatte wieder zugeschlagen.

2.

Das war ein gutes Omen: Ein Storchenpaar nistete auf dem Schlossturm des Braker Schlosses. Vor Jahren hatte man dort ein Wagenrad angebracht, in der Hoffnung, die Störche würden dort ihr Nest bauen. Nun hatten sie es tatsächlich getan.

Steffi Klug von Radio Teuto Eins verkündete es wie das Lippische Weltwunder.

Seitdem ich die Moderatorin im letzten Jahr persönlich kennengelernt hatte, hatte ich mich sogar an ihre Stimme gewöhnt, die ich vorher immer ein bisschen nervtötend gefunden hatte.

Aber Steffi hatte noch mehr gute Nachrichten zu bieten:

In einer Bad Meinberger Klinik kredenzte der Küchenchef für die Patienten, die unter Schluckbeschwerden litten, eine geschäumte Bratwurst. Angerichtet wurde in Tassen, damit die Schaumkost nicht zerfloss. Irgendwie verging mir der Appetit auf mein Frühstück, wenn ich an Eiermus und Schinkenschaum dachte …

Bezüglich des geplanten lippischen Nationalparks hatte sich jetzt ein wichtiger Minister dafür ausgesprochen. Ich wettete, dass die tausend lippischen Jäger schon jetzt eine Kugel für ihn polierten.

Bei Ausgrabungen auf der Falkenburg war eine aus Knochen geschnitzte Schachfigur gefunden worden. Sie stellt einen Bischof dar, der auf einem Thron sitzt. Kopf und Thron waren verschwunden. Gar nicht so schlecht, dachte ich, wenn die Symbole der Macht auch in der Wirklichkeit verschwinden würden. Dann musste ich wieder an gestern denken. Hatte ein autonomer Fleischhasser das Beil geschwungen? Aber wieso war ein unschuldiger Dackel auf bestialische Weise getötet worden?

Wie auch immer, das ging mich nichts an. Nicht wirklich.

Unten hörte ich einen Motor aufheulen. Spätestens jetzt war ich putzmunter.

Es war kurz nach sieben. Ich schwang mich aus dem Bett und schaute aus dem Fenster.

Ollie saß in seinem Morgan. Er trug einen beigen Overall und eine lederne Pilotenkappe, so als wollte er an einem Rennen teilnehmen. Neben ihm saß die Gräfin und klammerte sich fest. Ich wusste, dass sie seinem Gefährt mit Misstrauen begegnete, und bis vor einigen Monaten hatte sie sich strikt geweigert, in diesem »roten Teufelswagen« mitzufahren.

Seit zwei Monaten schien sie ihre Meinung jedoch geändert zu haben. Jeden Morgen pünktlich um fünf nach sieben, nachdem Steffi Klug ihre Lokalnachrichten verlesen hatte, traten die beiden vor die Haustür, setzten sich in den Wagen und fuhren davon.

Am Anfang hatte ich mir keine Gedanken gemacht. Erst als ich eher beiläufig gefragt hatte, wohin sie denn jeden Morgen fuhren, reagierten sowohl Ollie als auch die Gräfin äußerst merkwürdig, und mein Interesse war erwacht.

Ollie hatte herumgestottert, und die Gräfin war rot angelaufen. Dann hatte Ollie etwas von »Shopping« erzählt, während die Gräfin schnell das Thema gewechselt hatte.

Dass die zwei shoppen gingen, konnte ich mir so früh am Morgen nicht vorstellen. Die meisten Geschäfte hatten noch zu – außer Bäckereien und Metzgereien. Außerdem kamen die beiden immer ohne Einkäufe zurück. Auch danach konnte man die Uhrzeit stellen. Meist kündete Punkt eins ein lautes Motorknattern ihre Rückkehr an.

Ollie schaute kurz hoch und sah mich am Fenster stehen. Er hob kurz die Hand zum Gruß. Die Gräfin tat so, als würde sie mich nicht sehen. Als wäre es ihr peinlich, dass ich sie beide ertappt hatte.

Einmal mehr fragte ich mich, was die zwei zu verbergen hatten.

»Moritz, Sie ahnen ja nicht, was passiert ist! Sie müssen unbedingt rüberkommen! Beeilen Sie sich!«

Das klang nicht wie eine Bitte. Das war ein Befehl! Wie lange hatte ich diesen Ruf nicht mehr vernommen? Eine Woche? Ein paar Tage? Oder war es erst vorgestern gewesen, dass mich die Gräfin zu sich hinübergebeten hatte?

Sie hatte ein ernsthaftes Problem gehabt, das angeblich nur ich zu lösen in der Lage war. Duffy, ihr Butler, hatte seinen freien Tag gehabt, und sie hatte nicht gewusst, wo dieser den Schlüssel zum »Chinesischen Salon« hingelegt hatte. Ich hatte eher den Verdacht, dass ihr langweilig gewesen war und sie unbedingt Gesellschaft brauchte. Und da auch Ollie unterwegs gewesen war, war ihre Wahl auf mich gefallen. Es hatte mich nicht weiter gewundert, dass der Schlüssel wundersamerweise plötzlich wieder aufgetaucht war. Zufällig war auch gerade der Tee fertig geworden, und zusammen mit den noch ofenwarmen Scones und der selbst gemachten Zitronenkonfitüre bildete er den Auftakt zur einstündigen High-Tea-Zeremonie.

Ich war also auf alles gefasst, als ich meine Wohnung, die im Westtrakt des malerischen Anwesens liegt, verließ und über den Hof Richtung Osttrakt stiefelte. Merkwürdig war, dass sowohl Ollies feuerroter Morgan als auch Duffys quietschgelbe Ente in der Parkbucht standen. Diesmal schien die Gräfin mich also nicht aus purer Langeweile angerufen zu haben.

Ich ahnte Schlimmes. War vielleicht wieder einer ihrer geliebten Möpse, Muff und Potter, ausgebüxt? Vor ein paar Monaten war Muff in einem Fuchsbau stecken geblieben. Mithilfe der Feuerwehr hatten wir ihn schließlich aus seiner Zwangslage befreien können.

Muff und Potter waren die dicksten Möpse, die ich je gesehen hatte. Kein Wunder – fütterte die Gräfin sie doch bevorzugt mit Delikatessen, aus denen ihre eigenen Mahlzeiten bestanden. Als Betthupferl bekamen sie jeder eine Praline. Eigentlich war es ein Wunder, dass sie noch nicht geplatzt waren.

Ich musste plötzlich wieder daran denken, was sich in der Fleischerei zugetragen hatte. Hätte es Muff oder Potter erwischt, die Gräfin würde nicht darüber hinwegkommen.

Bevor ich klopfen konnte, wurde die Eingangstür auch schon aufgerissen, und unversehens stand ich Duffy gegenüber.

Mein Verhältnis zu Duffy war in etwa so wie das zwischen Tom und Jerry, Donald Duck und Gustav Gans oder noch besser: zwischen Donald und dessen Onkel Dagobert.

Zu Anfang hätte er mich am liebsten vom Hof gejagt, weil ich in seinen Augen schon äußerlich nicht in die »feine Gesellschaft« seines geliebten Herrn, des verstorbenen Majors, passte. Ich trug lieber T-Shirt und Jeans als Uniform und Anzug. Und auch mit dem Paisley-Hausmantel des Majors konnte ich nicht mithalten. Der war zwar ebenso verschlissen wie mein Frottee-Bademantel, aber aus chinesischer Seide.

Seit wir im letzten Jahr Seite an Seite gewisse Widrigkeiten aus dem Weg geräumt hatten, war mir Duffy nicht mehr ganz so feindlich gesonnen. Allerdings sah er noch immer auf mich herunter, wähnte er sich doch auf der Gewinnerseite. Dabei übersah er geflissentlich die Tatsache, dass er seinen Job allein meinen regelmäßigen Geldeinlagen verdankte.

Duffy war ein Butler vom alten Schlag. So jemanden wie ihn gab es heute wahrscheinlich nur noch im Panoptikum oder in England. Für mich war er das Faktotum des Hauses. Er selbst wäre über diese Bezeichnung wahrscheinlich entsetzt gewesen.

Dabei hieß Duffy mit richtigem Namen Dieter. Dieter Grabowski. Aber er war britischer als jeder Zugereiste von der Insel. Er hatte den Beruf des Butlers in London von der Pike auf gelernt. Seine dunkle Livree wirkte stets wie frisch aus der Reinigung. Seine Schuhe glänzten, als würde er sie mit Klarlack veredeln. Inzwischen war er eigentlich in einem Alter, in dem er bei manchen Tätigkeiten selbst einen Diener brauchen könnte – aber in stoischer Treue dachte er nicht ans Abdanken.

Er färbte sich die Haare pechschwarz und glättete sie mit Pomade, sodass er auf den ersten Blick tatsächlich ein paar Jährchen jünger wirkte. Duffy hatte nur einen Fehler – wenn man denn eine gewisse Vorliebe von ihm so bezeichnen wollte. Er hatte stets ein Kaugummi im Mund. Er entschuldigte das damit, dass er drei Jahre lang bei einem texanischen Milliardär in Dienst gewesen sei. Dort hatte er es sich angewöhnt – und war seitdem nicht mehr davon losgekommen. Außerdem behauptete er, Kaugummikauen fördere das Denkvermögen.

»Da sind Sie ja endlich«, begrüßte er mich tadelnd.

Seit ich den Telefonhörer aufgelegt hatte, waren gerade mal

fünf Minuten vergangen, aber ihm konnte ich es nie recht machen. Das war es, was ich mittlerweile als unsere Donald-und-Dagobert-Phase bezeichnete. In der Regel zitiert Dagobert Duck seinen nichtsnutzigen Neffen zu sich und betraut ihn mit einer meist sehr undankbaren Aufgabe. Genauso behandelte mich Duffy. Obwohl nicht er, sondern in der Regel die Gräfin mir die Aufgabe zuwies.

»Um was geht es diesmal, Duffy?«, fragte ich grußlos. »Sind Muff und Potter endlich verwurstet worden? Hat Ollie die Masern? Oder hat die Gräfin ihren Teebeutel verlegt?«

»Ihnen wird das Scherzen noch vergehen«, erwiderte Duffy böse. »Warten Sie nur ab!«

Das klang tatsächlich nach Ärger. Und dieser Ärger hatte stets mit Geld zu tun.

Als ich den Salon betrat, blickte mir die Gräfin bereits besorgt entgegen. Sie saß in einem hohen Lehnstuhl und wirkte darin tatsächlich so vornehm wie eine Von und Zu. Dabei war sie gar keine richtige Gräfin. Die Gräfin war noch nicht einmal eine Von und Zu. Ihr Name war Lisa Maier. In der Schule wurde sie nur Lieschen genannt. Nicht Lieschen Müller, nein, Lieschen Maier. Der ständige Mangel an Respekt, was ihren Namen betraf, muss sie bestärkt haben in ihrer nach außen gezeigten Rolle als Tochter aus bestem Hause. Mit zehn Jahren, so hatte mir eine ihrer Freundinnen aus dem Landfrauenklub verraten, ließ sie sich nur noch Elisabeth nennen – nicht nach Elisabeth II., die da noch gar nicht den Thron bestiegen hatte, sondern nach Elisabeth I., auch »die jungfräuliche Königin« genannt.

Die Gräfin besitzt mehr Tiegel, Cremedosen und Tuben gegen Falten und sonstige Spuren des Alters als irgendjemand sonst, den ich kenne. Nicht, dass es etwas helfen würde. Die Jahre hatten sich in ihr Gesicht gezeichnet wie tiefe Kraterrisse. Manchmal verglich ich sie insgeheim mit der unvergessenen Agnes Windeck, obwohl die Gräfin eindeutig die jüngere Ausgabe war.

Sie behauptete, sie sei Anfang sechzig, und niemand wagte es, ihr zu widersprechen.

Wer sie nicht kannte, mochte dem Irrtum verfallen, dass sie etwas durch den Wind war. Dafür konnte sie einem in anderen Momenten mit ihren Argumenten messerscharf besagten Wind aus den Segeln nehmen.

In puncto Stil und Gastfreundschaft machte ihr niemand etwas vor, und so fanden in ihren Räumen allwöchentlich Soireen aller Art statt. Manchmal frage ich mich, ob sie nicht einen heimlichen Zwilling hat, der ihr einen Teil ihrer Aktivitäten abnimmt. Denn auch tagsüber pflegt sie nicht etwa zu ruhen, sondern wieselt zumeist in unserer gemeinsamen Gaststätte, dem *Rübezahl*, herum und bewirtet die Gäste. Zudem ist sie Mitglied des erwähnten Landfrauenklubs und eines Bridgevereins. Beide setzen sich im Großen und Ganzen aus denselben Mitgliedern zusammen.

Diesmal schien tatsächlich etwas Schlimmeres passiert zu sein, denn die Gräfin war nicht am Telefonieren – eine ihrer Lieblingsbeschäftigungen. Seit Ollie ihr zum letzten Geburtstag ein Handy geschenkt hatte, konnte sie nun endlich beide Leidenschaften miteinander verbinden: telefonieren und gleichzeitig allgegenwärtig sein.

Sie sah mir mit einer Miene entgegen, die mindestens eine Woche Regenwetter ankündigte. Muff, der sensiblere der beiden Möpse, hatte sich verdrückt und war nicht mehr zu sehen, während Potter ganz in der Nähe, vor dem Kamin, die Ohren spitzte.

»Ah, endlich sind Sie da, Moritz!«, begrüßte sie mich erleichtert. Mit zitternden Händen reichte sie mir ein Bündel

Papiere. Stirnrunzelnd nahm ich es entgegen. Es handelte sich um Rechnungen. Das war nichts Neues. Was also hatte der Aufruhr zu bedeuten?

Schweigend schaute ich die Rechnungen durch. Sie kamen von den Stadtwerken, von der Versicherung, von der Telekom und von weiteren, noch viel unangenehmeren Blutsaugern. Auch einige Mahnungen und letzte Aufforderungen waren darunter. Recht befremdlich erschienen mir die Rechnungen ihres Frisörs und sogar eine Aufforderung des Landfrauenklubs, doch endlich die Mitgliedsbeiträge der letzten beiden Jahre zu überweisen.

»Ist das nicht infam?«, beschwerte sie sich. »Ausgerechnet Hedwig Bollhöfer! Diese Schnepfe, die damals ihren Hans-Peter nur deswegen rumgekriegt hat, weil ich ihr meinen Lippenstift geliehen habe! Sie selbst war arm wie eine Kirchenmaus!«

Wie sich herausstellte, hatte Hedwig Bollhöfer besagten Hans-Peter im zarten Alter von vierzehn Jahren das erste Mal geküsst. Seitdem waren die beiden ein Paar, und aus Hans-Peter wurde ein vermögender Spediteur. Und das alles hatten die beiden irgendwie der Gräfin zu verdanken und standen seitdem auf ewig in deren Schuld. Jedenfalls war es eine Unverschämtheit, dass ausgerechnet Hedwig, in ihrer Funktion als Kassenwart, die Freundin zur Zahlung aufforderte.

Wie dem auch sei – viel dringlicher erschienen mir die anderen Mahnungen, darunter die mehrerer Versandhäuser. Daher also die Pakete, die der Postbote in den letzten Monaten ins Haus geschleppt hatte. Ich hatte mich schon gewundert.

Die Gräfin sank ein wenig auf ihrem Stuhl zusammen, als ich sie nach den Bestellungen fragte. »Ich habe nur das Nötigste bestellt!«, verteidigte sie sich. »Ich kann doch unseren Gästen nicht in Lumpen gegenübertreten!«

Mir war noch nie aufgefallen, dass ausgerechnet sie Bedarf an neuer Kleidung hatte. Die Gräfin war einem Stil verhaftet, den man auch mit wohlwollender Einschätzung nur als »old fashioned« bezeichnen konnte, doch zeugte die Wahl ihrer Kleidung zumeist von einem gewissen Geschmack und von teuren Schneidern.

»Otto Gourmet ...«, las ich. »Was haben Sie dort bestellt? Schinkenkleider?«

»Unsinn!«, zischte sie. »Woher, glauben Sie, mein lieber Moritz, stammten wohl die Wagyu-T-Bone-Steaks, die Sie letztens so genüsslich verspeist haben?«

Entsetzt sah ich auf die Rechnung: Die belief sich auf einen vierstelligen Betrag. »Ich dachte, Sie hätten die Wagyu-Steaks preiswert über die Fleischerei Schlüter bezogen?«, erinnerte ich sie.

»Leider konnte ich Frau Schlüter von meiner Idee, einheimische Gaumen mit Spitzenfleisch zu verwöhnen, nicht überzeugen«, erwiderte sie kleinlaut.

»Ich will die Wahrheit hören!«, verlangte ich. »Und zwar die ganze!«

»Nun ja, um ein wenig aus den Miesen herauszukommen, hatte ich den Plan, diese Wagyu-Steaks zum Auftakt der Grillsaison anzubieten, um die Spitzen der Gesellschaft ins *Rübezahl* zu locken ...«

Ich hatte so meine Zweifel, ob die Gräfin dabei wirklich nur an die Rettung der Finanzen gedacht hatte. Zu gern bewegte sie sich in den »oberen Kreisen«, die ihr jedoch meistens die Tür vor der Nase zuschlugen.

»Weiter im Text!«, drängte ich.

»Wie Sie wissen, lieber Moritz, hatte ich Einladungen an

den gesamten lippischen Adel und an die Hochfinanz geschickt.«

Sie hatte mich nicht eingeweiht, also konnte ich mich auch nicht erinnern. Außer dem Sparkassendirektor und dessen Gattin war das Lokal jedenfalls leer gewesen. Noch tagelang hatten wir uns von Steaks ernährt. Die letzten Reste hatten Muff und Potter verspeist. Ich hatte nicht geahnt, dass es Wagyu-Fleisch gewesen war, das mir die Gräfin vorgesetzt hatte.

»Ich hatte Frau Schlüter, diesem Aas, vorgeschlagen, das Fleisch gemeinsam einzukaufen. Unverwertete Reste sollte sie nach dem Event in ihrer Metzgerei verkaufen ...«

»Wäre das überhaupt legal gewesen?«, wunderte ich mich. »Ich meine, die hygienischen Auflagen ...«

Sie unterbrach mich mit einer herrischen Handbewegung. »Sie hat sich von Anfang an geweigert. Sie hielt meinen Plan für größenwahnsinnig und hat mir stattdessen angeboten, uns mit Schweinesteaks zu beliefern! Schweinesteaks! Außerdem hat sie darauf bestanden, dass wir zunächst unsere Schulden bei ihr bezahlen sollten ...«

»Schulden? Und wieso *unsere* Schulden?«

»Na, Ihr Geld steckt doch schließlich auch im *Rübezahl*!«, erwiderte die Gräfin tadelnd.

»Ganz genau: mein Geld!«, bestätigte ich. Ich hatte ihr und Ollie im letzten Jahr mit einem Teil meiner Ersparnisse unter die Arme gegriffen. So ganz nebenbei hatte ich dadurch dem guten Duffy auch noch den Job gerettet. Eigentlich war die Rückzahlung des Geldes längst fällig gewesen, doch bisher hatte sich die Gräfin stets geschickt aus der Affäre gezogen.

»Sie haben sogar beim Metzger Schulden?«, fragte ich entsetzt. Eigentlich hatte ich gedacht, dass das *Rübezahl* ganz gut lief.

»Also musste ich die Steaks bei diesem Gourmet-Versand bestellen«, beantwortete sie indirekt meine Frage. »Schließlich waren die Einladungen schon verschickt. Hätte ich mich vielleicht blamieren sollen?«

Ich antwortete nicht. Der Klumpen in meinem Magen wurde größer, während ich die Rechnungen weiter durchsah. Eines stand fest: Trotz ihrer Beteuerungen verstand die Gräfin nichts, aber wirklich gar nichts von solider Haushaltsführung. Kein Wunder – hatte sie doch zu Zeiten, als der Major noch lebte[1], stets aus dem Vollen schöpfen können. Und wenn es noch nicht einmal für den eigenen Haushalt reichte, wie sollten ihre Finanzkünste dann erst für das Restaurant reichen?

Mit einem mehr als unguten Gefühl legte ich die Rechnungen schließlich zur Seite.

»Ich weiß nicht, wie ich da helfen kann«, sagte ich. »Ich bin Journalist, kein Steuerberater. Wenngleich Ihnen selbst ein gewiefter Finanzjongleur kaum mehr helfen kann ...«

»Ollie und ich haben sogar morgens gearbeitet, um weiteres Kapital zu erschließen.«

»Sie haben gearbeitet?«

»Jeden Morgen in der Schlemmer-Filiale in Detmold. Ich an der Kasse, und Ollie hat im Lager geschuftet.«

Jetzt wusste ich, warum die beiden jeden Morgen in aller Herrgottsfrühe das Haus verlassen hatten!

»Heute Morgen haben wir die Kündigung bekommen. Insolvenz! Ist das nicht die Höhe? Wir wissen noch nicht einmal, ob sie uns unseren restlichen Lohn noch auszahlen!« Sie schaute mich an, als wäre ich für ihre Lage verantwortlich. »Sie haben uns doch schon einmal aus der Patsche geholfen«,

1 Siehe auch »Blut und Rüben«

erinnerte sie mich, während sie mich mit einem treuherzigen Augenaufschlag zu überzeugen versuchte.

»Ja, aber das wird diesmal nicht reichen. Sie haben über Ihre Verhältnisse gelebt!«

»Also gut, dann zwingen Sie mich, zum letzten Mittel zu greifen, mein lieber Moritz«, seufzte sie.

Da war ich aber mal gespannt!

»Ich werde Ihnen die Miete erhöhen müssen.«

Aus den Augenwinkeln sah ich Duffy befriedigt grinsen. Na warte, Bürschchen, dachte ich.

»Das haben Sie schon im letzten Jahr«, erinnerte ich die Gräfin. »Sie haben die Erhöhung bis zum Äußersten ausgeschöpft!«

»Daran sehen Sie, dass ich mich in solchen Dingen einfach nicht auskenne!«

»Ich habe eine bessere Idee, als dass sie mir die Miete erhöhen. Abgesehen davon, wie gesagt, dass es nicht rechtens wäre und ich sie dann verklagen müsste. Warum entlassen Sie nicht endlich Duffy?«

Das Grinsen verschwand augenblicklich aus dem Gesicht des alten Burschen.

»Ich protestiere!«, mischte er sich ganz unbutlerhaft in unser Gespräch ein. Seinc Kaubewegungen verrieten, dass er äußerst aufgebracht war. »Ich bin unkündbar. Der Major hat es mir sogar schriftlich gegeben!«

»Ja, aber jetzt stehen Sic in Diensten der Gräfin, mein Lieber. Da sind die Verträge eines Toten leider null und nichtig.«

»Jetzt reicht es aber!«, fuhr die Gräfin dazwischen. »Moritz, seien Sie nicht so fies zu Duffy. Und Sie, Duffy, schlucken Sie bitte diesen entsetzlichen Kaugummi hinunter!«

Duffy gehorchte stumm.

»Wenn Sie uns schon nicht mit Ihrem eigenen Geld helfen wollen, dann müssen Sie uns wenigstens fremdes Geld verschaffen!«, verlangte die Gräfin und lenkte damit die Aufmerksamkeit wieder auf ihr Problem.

»An was haben Sie denn da gedacht? Soll ich eine Bank ausrauben?«

»Nicht ganz. Aber Sie könnten bei Ihrem Freund, dem Sparkassendirektor, ein gutes Wort einlegen ...«

»Erstens ist Krautkrüger nicht mein Freund«, erwiderte ich. »Er hat uns nur zufällig im letzten Jahr zur Seite gestanden. Und zweitens wird es nicht reichen, ein gutes Wort einzulegen. Sie brauchen entweder einen Bürgen, oder Sie müssen dieses Anwesen weiter beleihen.«

»Das habe ich schon«, sagte sie kleinlaut.

»Was? Einen Bürgen?«

»Hypotheken aufgenommen. Die Sparkasse hat den Hahn zugedreht.«

Ich atmete laut aus. Alles war noch viel schlimmer, als ich dachte.

In diesem Moment vernahm ich Schritte, die polternd die hölzernen Stufen herabklickten. Ein paar Sekunden später stand Ollie im Raum.

Sein eigentlicher Name lautete Oliver Dylan Dickens. Seine früh verstorbenen Eltern waren sowohl Charles Dickens-Fans als auch den Balladen Bob Dylans zugeneigt. Ollie war Engländer, mit sämtlichen Spleens und Macken, aber auch mit den positiven Eigenschaften, die man gemeinhin mit diesem Inselvölkchen verbindet. Er war hochgewachsen, sah gut aus, und wenn sich seine Wangen rötlich färbten, erinnerte er irgendwie an Prinz William. Allerdings waren Ollies Haare von dichtem Wuchs und recht störrisch. Vor einem Jahr war Ollie mit seinem Morgan im Lipperland erschienen wie ein

Komet, hatte sämtliche Eingeborenen verwirrt und gleich sein Herz an eine Rundfunkmoderatorin verloren, nämlich an besagte Steffi Klug.

Das Anwesen gehörte ihm. Er hatte es von seinem verstorbenen Großonkel Reginald geerbt, den alle Welt nur den Major genannt hatte. Zumindest auf dem Papier gehörte es ihm. Allerdings war sowohl das Haus als auch der Grund und Boden derart mit Hypotheken belastet, dass der eigentliche Besitzer die Sparkasse war.

Dennoch hatten er, die Gräfin und Duffy mit meiner bescheidenen Hilfe eine Gaststätte wiedereröffnet, das *Rübezahl* – in der Hoffnung, es möge Ollie Ruhm und Reichtum bescheren.

»Tante Liza, alte Schachtel!« Er strahlte und küsste sie auf die Wangen. »Hi, Duffy, altes Haus!« Der Butler nickte pikiert. »Moritz, alter Schwede!« Er schüttelte mir die Hand.

Ollie konnte perfekt Deutsch. In letzter Zeit nervte er jedoch mit gewissen Redewendungen und aufgeschnappten Anreden, die seltsam unpassend erschienen.

»Setz dich, mein lieber Junge«, sagte die Gräfin. Sie machte eine bedeutungsschwangere Pause, ehe sie fortfuhr: »Ich habe Herrn Moritz bereits unsere momentane finanzielle Situation erläutert. Er wird uns helfen …«

»Moment!«, protestierte ich, aber Ollie war bereits aufgesprungen, kam zu mir herüber und schlug mir auf die Schulter. »Dann ist ja alles im Ruder, dear friend! Wir zusammen werden den Laden schon schaukeln. Wie wär's mit einem Schluck Whisky, um das Abkommen zu beflügeln?«

»So weit ist es leider noch nicht!«, stoppte ihn Tante Lisa. Ollie schaute verwundert drein.

»Aber warum nicht?«

»Weil ich nicht daran denke, meine letzten Ersparnisse in

ein sinkendes Schiff zu stecken«, erklärte ich. »Ich weiß, dass ihr Engländer da ein bisschen anders tickt ...«

Er wich einen Schritt von mir zurück und sagte stolz: »Jawohl, mein Freund. Es waren zumeist männliche Engländer, die beim Untergang der Titanic ertranken. Weil Erziehung und Ehrgefühl ihnen verboten, sich vor den anderen in die Rettungsboote zu drängen. Zuerst ließen sie den Frauen, Kindern und Alten den Vortritt. Einer meiner Vorfahren war so jemand. Er soll laut ›God save the Queen‹ geschmettert haben, als die kalten, tödlichen Finger des Atlantik bereits nach seinem Herzen griffen ...«

»Meines Wissens war es aber auch ein Engländer, der die Titanic gegen den Eisberg gefahren hat«, sagte ich ungerührt und brachte seinen poetischen Erguss zum Schmelzen.

»Wie dem auch sei«, fuhr die Gräfin dazwischen. »Ich habe hier ein paar interessante Angebote, die wir uns anschauen sollten.« Duffy beugte sich neugierig vor, was ihm sofort einen strengen Blick eintrug. »Duffy, bitte bereiten Sie uns einen Tee, während ich die beiden Herren informiere. Lassen Sie ihn sehr lange ziehen ...«

Die Botschaft war eindeutig, und Duffy verließ pikiert den Raum.

»Er muss nicht alles wissen«, lächelte die Gräfin unschuldig.

»Und um was für Angebote handelt es sich diesmal?«, fragte ich skeptisch.

Unwillkürlich musste ich an die Ereignisse des letzten Jahres denken. Damals wollte ein amerikanisches Gen-Mais-Konsortium das Anwesen kaufen. Fast hätten wir alle dabei ganz schön draufzahlen müssen. Wir hatten zumindest Lehrgeld bezahlt ...

»Die ›Hühnermeier – macht Hühner glücklich‹-GmbH

fragt an, ob wir Interesse haben, zwanzigtausend Quadratmeter zu verkaufen, damit sie darauf eine ihrer bundesweit geplanten Hähnchenmastanlagen errichten. Es handelt sich um hunderttausend putzige Hähnchen …«

»Stopp!«, bestimmte ich und fuhr fort: »… die eingepfercht auf engstem Raum erbärmlich dahinvegetieren. Industrielle Massentierhaltung ist nichts anderes als Tierquälerei, die einfach zum Himmel stinkt!«

Ich sah das Lächeln auf ihren Lippen und erkannte, dass sie mich reingelegt hatte. Natürlich würde sie nie dulden, dass Ollie einen solchen Deal eingehen würde. Ihre Bielefelder Zwerg Kennhühner laufen frei auf dem Hof herum, und sie kennt ein jedes mit Namen. Den Hahn nennt sie Charles, und seine Lieblingsdame, wenn man ein Huhn so bezeichnen darf, heißt natürlich Camilla. Camilla hatte im letzten Jahr sagenhafte einhundertzweiundachtzig Eier gelegt.

»Außerdem«, bekräftigte die Gräfin, »führen die hohe Ammoniakkonzentration, die wegen des Hühnerkotes entsteht, und die Antibiotika-Rückstände zu einer Belastung des Trinkwassers …«

»Ich bin entzückt über dein umfassendes Wissen, Tante Liza!«, staunte Ollie.

Die Gräfin winkte milde lächelnd ab. »Weiß ich alles von Hertha Däubling. Die hat im Landfrauenklub einen Vortrag über Hähnchenmast gehalten, dass uns allen schlecht geworden ist. Der Hertha wollen sie so ein Hühner-KZ direkt vor ihren Bio-Hof in Pottenhausen bauen.«

»Nein, das kommt für uns auf keinen Fall infrage«, bekräftigte Ollie.

Die Gräfin seufzte. »Tja, dann bleibt nicht mehr viel übrig. Ferdi Petig fragt an, ob er für seine Schwäbisch Hallischen ein Stück Weide pachten kann …«

»Ferdi Petig?«, erkundigte sich Ollie.

»Ferdi hat seinen Hof in Bega«, erklärte ich. »Er hat sich auf Ferkelzucht spezialisiert, aber er ist einer von den Bauern, bei dem es die Schweine noch einigermaßen gut haben. Die haben in ihren Ställen genügend Platz und frisches Stroh unter dem Hintern. Und dann züchtet er noch die Schwäbisch Hallischen; die laufen bei ihm auf der Weide herum. Aber allein vom Verkauf der Tiere kann er nicht leben ...«

»Und hier habe ich noch eine Anfrage vom WDR. Sie möchten das *Rübezahl* in einer neuen Sendereihe vorstellen ...« Sie blickte in die Runde.

»Das wär's doch!«, sagte Ollie begeistert. »Wir kommen ins Fernsehen und die Gäste anschließend zu uns.«

»Nicht, wenn wir weiterhin so dilettantisch wirtschaften und kochen.«

»Dann kocht eben Ihr Freund Rolf noch einmal für uns«, schlug die Gräfin vor.

»Das wäre unredlich«, widersprach ich. »Vor den Fernsehzuschauern würden wir uns mit Rolfs Kochkünsten schmücken und nachher den Gästen Duffys Mohrrübeneintopf vorsetzen.«

»Dann bleiben uns nur noch zwei Möglichkeiten«, seufzte die Gräfin: »Wir geben auf – oder Sie sprechen doch mit Ihrem Freund, dem Sparkassendirektor!«

3.

Als ich mein Domizil erreichte, passierten zwei Dinge auf einmal. Luna, meine Labrador-Mischlingshündin, sprang mir entgegen, sodass ich fast wieder in den Hausflur zurückfiel. Und zweitens klingelte das Telefon Sturm. Während ich mich an Luna vorbeikämpfte, die das Ganze für ein großartiges Spiel zu halten schien, hatte der Anrufer aufgelegt.

Ich schaute auf das Display. Eine Hamburger Nummer, die mir nicht ganz unbekannt vorkam. Also nahm ich den Hörer auf, tippte die Rückruftaste und wartete geduldig, bis am anderen Ende wieder abgenommen wurde.

»Hier Morgenstern«, meldete ich mich.

»Hier Abendroth«, tönte mir eine sonore Stimme entgegen. Mit der Stimme hätte er auch Politiker, Synchronsprecher oder Sportreporter werden können. Aber Phillip Abendroth hatte sich für eine andere Laufbahn entschieden. Er hatte als Laufbursche angefangen und es bis zum Chefredakteur eines Hamburger Magazins gebracht. Normalerweise langweilte er sich in diversen Workshops, auf Sitzungen und Empfängen zu Tode. Ganz selten stach ihn jedoch noch der Hafer und er schrieb brillante Leitartikel.

Er besaß eine Villa in Winterhude, war in dritter Ehe mit einer dreißig Jahre jüngeren Frau verheiratet, spielte Golf und sammelte Sportwagen und Originale von Andy Warhol. Wir kannten uns aus der Zeit, als ich mich als Journalist auf die Aufklärung spektakulärer Mordfälle spezialisiert hatte. Schon damals war er fett gewesen. Seine fünfte Leidenschaft, neben jungen Frauen, schnellen Wagen, echten Warhols und dem Schreiben, war das Essen. Er war das, was man einen Gourmand nannte. Er aß viel, und das mit Leidenschaft. Nach jedem Treffen mit ihm, die selbstverständlich in diversen Lokalen stattfanden, war ich ein paar Kilo schwerer.

Und Abendroth war tatsächlich sein richtiger Name. Wir machten uns einen Spaß daraus, Morgenstern und Abendroth klingen zu lassen wie eine geheime Parole.

Aber wir hatten noch etwas gemeinsam: Wir waren beide im Teutoburger Wald geboren. Das verband uns. Mehr noch als unsere Leidenschaft, mit unserem Schreiben etwas zu bewirken – und sei es auch nur die Hoffnung, dass es irgendwann einmal etwas fruchten würde.

»Ich habe gehört, dass du wieder schreibst«, begrüßte er mich übergangslos. »Warum bist du mit dem Artikel mit den Rüben nicht zu mir gekommen?«

»Ich bitte dich«, antwortete ich. »Kopflose Leichen im Teutoburger Wald ... Das war und ist nicht euer Stil. Außerdem haben die anderen mehr geboten.«

»Du hättest mich fragen sollen«, knurrte er, und ich wusste, dass er wahrscheinlich immer noch verstimmt war.

»Ich mache es wieder gut«, sagte ich reuevoll.

»Okay, aber jetzt hör mir zu: In eurem schönen Teutoburger Wald hängt eine Leiche. Am Fleischerhaken. Außerdem trägt sie einen Taucheranzug. Der oder die Tote befindet sich in einem abgelegenen Waldstück in der Nähe eines alten Steinbruches in Bad Salzuflen. Ich kann dir die GPS-Daten durchgeben.«

Ich hörte, wie er in einem Haufen Zettel kramte, und sah ihn förmlich vor mir an seinem Schreibtisch, der meistens ein einziges Chaos war. Aber ich hatte noch nie erlebt, dass ihm etwas verloren gegangen wäre. Meistens tauchte es nach Wochen oder Jahren aus irgendeinem Stapel wieder auf – und seltsamerweise genau dann, wenn man es brauchte.

Ich griff zu Stift und Block und schrieb automatisch mit. Erst als ich die GPS-Daten notiert hatte, wurde mir bewusst, dass ich in die Falle getappt war. Ich hatte nicht die geringste Lust, erneut in einen Mordfall verwickelt zu werden. Und sei es nur, indem ich darüber berichten musste.

Ich zerknüllte das Papier und startete einen letzten Versuch, vielleicht doch noch auf andere Weise mit Abendroth ins Geschäft zu kommen. »Du ahnst ja nicht, wer nächstes Wochenende nach Gütersloh kommt und der Garnison die Ehre erweist?«

Die Stille am anderen Ende der Leitung irritierte mich etwas. Diese Stille hörte sich verdächtig nach der berüchtigten Ruhe vor dem Sturm an.

»Elisabeth II.«, sagte ich daher. »Es geht um Orden für den Einsatz englischer Soldaten in Afghanistan. Du weißt, wie ich dazu stehe. Mein Artikel wird keine Hofberichtserstattung werden.«

»Ich will, dass du den Taucher übernimmst«, sagte er. Seine Stimme duldete eigentlich keinen Widerspruch.

Trotzdem ließ ich mich nicht einschüchtern: »Der berühmte Taucher im Wald also, hm. Du weißt doch selbst, was das in der Regel bedeutet ...«

»Du meinst Tod durch autoerotische Unfälle«, präzisierte er. »In der Regel findet man diese Spinner in ihrer Wohnung oder im Hotelzimmer. David Carradine, dieser Kung Fu-Schauspieler, war so ein Fall. Wurde in Bangkok in einem Luxushotel aufgefunden. Stranguliert im Schrank. Es hieß, er hätte den besonderen Kick mit ausgefallenen Sexpraktiken gesucht. Hat wohl einen Fehler gemacht, der Junge ...«

Ich nickte, obwohl Abendroth es nicht sehen konnte. Es gefiel mir nicht, wie lapidar er darüber sprach. Natürlich kannte ich den Fall. Die Gazetten auf der ganzen Welt hatten darüber berichtet. Ich war in meiner aktiven Zeit immer wieder auf autoerotische Unfälle gestoßen. Meistens waren es Männer, die sich gezielt strangulierten, um einen Sauerstoffmangel im Gehirn herbeizuführen und so die sexuelle Erregung zu steigern. Manchmal ging das dann schief ... Meistens handelte es sich um bedauernswerte Einzelgänger, die keine engen Beziehungen hatten.

Ich seufzte. Abendroth hatte mich an der Angel.

»Woher weißt du von dem Toten?«, fragte ich.

»Betriebsgeheimnis. Alles, was ich will, ist, dass du ihn dir anschaust und den Fall anschließend für unsere Leser aufbereitest.«

Er nannte eine Summe, die nur jemand ablehnen konnte, der über ein regelmäßiges Einkommen verfügte. Und selbst dann ...

Während ich mit der einen Hand den Hörer ans Ohr gepresst hielt, faltete ich mit der anderen den Zettel wieder auseinander und strich ihn glatt.

»Wie viel Zeit habe ich?«, fragte ich.

»Nachdem ich aufgelegt habe, eine Stunde. Danach wird mein Informant die Leiche offiziell finden und die Polizei benachrichtigen.«

Ich schaute auf die Uhr. Es war 15 Uhr 36. Ich hatte keine Ahnung, wo der Taucher im Wald auf mich wartete. Ich hatte nur die Geodaten und wusste, dass es in Bad Salzuflen war. Aber Abendroth hätte mir nicht nur eine Stunde gegeben, wenn der Ort weit entfernt gewesen wäre.

Ich griff erneut zum Telefon und wählte Ollies Nummer.

»Wie wär's mit einer Spritztour?«, fragte ich harmlos.

»*A joyride*? Mein lieber Freund, was hast du vor?«

Ich erzählte es ihm. Obwohl ich sein Gesicht nicht sehen konnte, spürte ich förmlich, wie es sich immer mehr verdüsterte.

»Das klingt nicht nach *joy*«, sagte er schließlich. »Eher nach Schlama – Schlamm …«

»Schlamassel«, half ich ihm auf die Sprünge. Ein für Engländer sehr schwieriges bis unaussprechliches Wort. »Aber ich verspreche dir, es wird nichts passieren«, sagte ich leichthin.«

»Und wenn dein Freund dich reingelegt hat?«

»Abendroth ist verlässlich. Mit solchen Tricks arbeitet er nicht.«

Ich legte abermals auf und überlegte, ob ich zuvor noch jemanden anrufen sollte, um mich abzusichern. Ich dachte an Norbert, einen meiner besten Freunde und nebenbei noch Polizist. Aber selbst Norbert würde auf die Barrikaden gehen, wenn ich von ihm verlangen würde, sich noch eine Stunde zu gedulden.

Also ließ ich es sein.

Ich zog mir eine Jacke über. Luna hatte ein paar Momente lang die Hoffnung gehegt, dass ich sie mitnehmen würde. Sie war kein ausgebildeter Leichenspürhund, aber sie konnte ganz nützlich sein beim Auffinden des Toten. Andererseits hatte ich ja die Geodaten. Also entschied ich, sie daheimzulassen, auch wenn sie mich traurig anschaute. Ich schloss die Tür zweimal ab und ging.

Auf dem Hof erwartete mich Ollie. Ich sprang in seinen Morgan und gab ihm den Zettel mit den Zahlen. Er tippte sie in sein Navi und sagte:

»Ich habe kein gutes Gefühl …«

»Fahr einfach los.«

Ich schaute auf die Uhr. Zehn Minuten hatte ich bereits verloren, aber auch das hatte Abendroth, wie ich ihn kannte, mit eingerechnet. Schließlich konnte er nicht von mir verlangen, dass ich gleich zum Auto hetzte und davonraste.

Ollie lenkte seinen Morgan die Einfahrt hinunter. An der Hauptstraße wies ihn das Navi nach links, Richtung Herford.

Der Roadster hatte kein Verdeck, zumindest hatte Ollie es an diesem Tag nicht aufgespannt. Ich sah hinauf in die Wolken und hoffte, dass es trocken bleiben würde. Der Wettergott meinte es in diesem Mai nicht gut mit uns. Zumindest nicht der lippische Wettergott, der stets ein bisschen grimmiger war als seine Kollegen im Süden. An zwei, drei Tagen hatte die Sonne vom Himmel geknallt, und man hatte bereits draußen auf der Terrasse sitzen können. Seit einer Woche war es wieder eiskalt.

Ollie hatte meinen Blick bemerkt. »Englisches Wetter. *Mostly cloudy*! Fantastisch!«

Der Teutoburger Wald hatte tatsächlich viel mit Großbritannien gemein: Neben dem englischen Wetter gab es abgeschiedene Täler wie in Wales und ein Völkchen namens Lipper, das den Schotten in puncto Sparsamkeit einiges voraus hatte. Außerdem waren sie genauso trinkfest wie die Iren, allerdings weniger sangesfreudig.

Wir umfuhren die Detmolder Innenstadt, kamen an dem Chinahochhaus vorbei, und endlich erstreckte sich vor uns die B239 Richtung Lage. In den letzten Jahren waren immer weitere Industrieflächen hinzugekommen, die den Blick auf die Felder und bewaldeten Hügel zu beiden Seiten versperrten.

Linker Hand thronte hoch oben das Hermannsdenkmal. Ollie ließ den Motor aufheulen und beschleunigte den Morgan. Wahrscheinlich dachten wir beim Anblick des schwerttragenden Arminius beide an dasselbe: wie wir Ollies Freundin dort befreit hatten. Leider hatte sich die Affäre zwischen Steffi und ihm bald danach ziemlich abgekühlt. Im Moment kochte sie auf Sparflamme. Ich wusste, dass Ollie darunter litt.

Rechts kam der Kirchturm von Heiden in Sicht. Aus der Ferne wirkte er schief, was jedoch daran lag, dass er ein gedrehtes Dach aufwies. Es gibt keine Erklärung dafür, außer der Sage, dass der neidische Teufel, als die Kirche erbaut war, das Dach abzureißen versuchte. Es gelang ihm jedoch nur, es ein wenig zu drehen, und danach suchte er das Weite.

Die Industrieflächen wichen Äckern und Wiesen, und ein paar Minuten lang genoss ich den weiten, unverbauten Ausblick, bis in der Ferne die hässlichen Schornsteine der Zuckerfabrik in Lage auftauchten.

Um diese Zeit herrschte in Lage Rushhour. Außerdem mussten wir vor den Schranken an der Zuckerfabrik warten. Ich fragte mich, ob Abendroth dies alles berücksichtigt hatte.

Lage gilt manchen als hässlichste Stadt Lippes. Die hingeduckten grauen Häuser entlang der Bundesstraße zeugen von jahrzehntelangem Joch im Schatten der Zuckerfabrik. Leer stehende Bauten erinnern an bessere Zeiten. »Im Dunkeln«, so hörte ich neulich einen Bauern an der Theke im *Neuen Krug* ernsthaft lamentieren, »möchte ich da nicht mit dem Trecker liegen bleiben ...«

Ansonsten gibt es überall schlimmere Städte.

Im Lagenser Kreisel nahm Ollie die Ausfahrt Richtung Herford. Ich runzelte die Stirn. Bis Herford waren es bestimmt noch vierzig Minuten Fahrt. Zum Glück lag unser Ziel bereits in Bad Salzuflen, andernfalls würden wir es nicht rechtzeitig schaffen.

In Waddenhausen fuhr Ollie fast auf einen Laster auf. Fünf Minuten schlichen wir hinter diesem her, bis mein Fahrer die Geduld verlor und zum Überholen ansetzte.

Ich hatte das Gefühl, ich müsste ihm etwas Wichtiges sagen. Aber es fiel mir nicht ein. Und wenn es mir eingefallen wäre, dann wäre es sowieso sinnlos gewesen. Der Achtzylinder-V-Motor heulte auf wie ein mehrdüsiger Kriegsbomber. Doch der Fahrer des Lkw schreckte erst auf, als wir mit ihm auf gleicher Höhe waren.

Was mich eher interessierte, war der entgegenkommende BMW. Dessen Fahrer schien an Geschwindigkeitsbegrenzungen nicht das geringste Quantum Hirn zu verschwenden. Ich drückte mit beiden Füßen gleichzeitig das imaginäre Gas- und Bremspedal. Außerdem klammerte ich mich am Sitz fest. Ollie gab weiterhin verbissen Gas.

Und dann fiel mir wieder ein, wovor ich ihn hatte warnen wollen. Aber jetzt war es eh zu spät. Ich sah den BMW-Fahrer auf mich zurasen. Er war jetzt so dicht heran, dass ich sogar die Schweißperlen auf seinem kahlen Schädel zu sehen glaubte. Im nächsten Moment wurde ich zur Seite gerissen. Eine kakophonische Hupe betäubte meine Gehörgänge. Ich erwartete den Aufprall.

Aber der kam nicht.

Ich öffnete blinzelnd die Augen und erkannte, dass Ollie in letzter Sekunde den Schwenk nach rechts geschafft und den LKW überholt hatte.

»Ollie, ich …«

Ein regelrechtes Blitzlichtgewitter ging über uns hernieder. Das war es, was ich ihm die ganze Zeit hatte sagen wollen.

Irgendwo hatte ich gelesen, dass die Polizei auf der B237 ein neues Radarfallensystem testen wollte.

Nun, sie hatten ein ideales Opfer gefunden!

Ollie sah kurz zu mir herüber, als erwarte er eine Erklärung.

Ich überlegte nicht eine Sekunde, sondern entschied rein aus dem Bauch heraus.

»Gib Gas!«, schrie ich.

Ollie nickte. Sein Gesicht unter dem Lederhelm wirkte zu allem entschlossen. Seine Augen blitzten voller Abenteuerlust. Einen solchen Anblick mussten seine Vorfahren geboten haben, als sie an der Seite von Richard Löwenherz am dritten Kreuzzug zur Rückeroberung Jerusalems teilnahmen und gegen die Truppen des Sultans Saladin kämpften.

Leider sieglos, und bekanntlich landete Richard Löwenherz später im Kerker.

Ollie war erfolgreicher. Ich schaute mich um und sah, dass die Polizisten noch immer dastanden wie paralysiert. Offensichtlich hatten sie nicht mit einem Wahnsinnigen gerechnet, der ihrer geballten Staatsmacht einfach davonfuhr. Dafür hatte der Brummifahrer angehalten. Ich sah, wie er ausstieg und mit beiden Händen gestikulierte. Ollie setzte zu einem weiteren Überholvorgang an, und die Szenerie entschwand meinem Blick.

»Wahrscheinlich sperren sie gleich ein paar Straßen ab«, schrie ich gegen den Motorenlärm an. »Am besten fährst du gleich mal links rein!«

Wir hatten das Messegelände in Bad Salzuflen erreicht. Das Navi pendelte sich neu ein. Wir waren noch immer in der korrekten Richtung unterwegs.

Ollie bremste ab und fädelte sich in den normalen Verkehr ein. Auf der Wasserfuhr ging es Richtung Wüsten. Wir näherten uns anscheinend unserem Ziel.

Ich konzentrierte mich darauf, abwechselnd auf meine Uhr zu schauen und den Kopf zu drehen, ob uns jemand auf den Fersen war. Allerdings waren wir nun auf den Nebenstraßen unterwegs. Andererseits: Der feuerrote Morgan war nicht gerade die ideale Tarnung.

Über uns hörte ich einen Hubschrauber kreisen. Unwillkürlich duckte ich mich. Er flog über uns hinweg und ging erst tiefer, als er über einem Waldstück kreiste. Wurden wir bereits gesucht? Hatte man einen Hubschrauber auf uns angesetzt? Mir schwante etwas. Doch ein weiterer Blick auf meine Uhr zeigte mir, dass wir dank Ollies Formel-1-Einlage noch immer zwölf Minuten Zeit hatten.

An der Gaststätte *Vierenberg*, die an der Straße lag, steuerten wir den Parkplatz an.

Ollie riss das Navigerät mitsamt der Saugfußhalterung von der Windschutzscheibe und sprang aus dem Wagen. Ich folgte ihm.

Wir waren nur wenige Schritte weit gekommen, als eine bekannte Stimme mich anfuhr:

«Moment, die Herren! Hier können Sie nicht lang!«

Es kam mir vor, als wäre er soeben erst aus dem Gebüsch gesprungen. Aber wahrscheinlich waren wir so mit uns selbst beschäftigt gewesen, dass wir ihn einfach nur übersehen hatten.

Dabei war er eigentlich kaum zu übersehen. Krause war hager, hochgewachsen, jung und dynamisch. Und er trug einen Schnauzbart. Außerdem war er bei der Polizei.

Und er war der Einzige in dieser Burschenschaft, der mich auf den Tod nicht ausstehen konnte.

Das beruhte auf Gegenseitigkeit und machte die Sache nicht besser.

Auch er erkannte mich, und seine Augen blitzten auf.

»Sie habe ich ja lange nicht gesehen«, freute er sich. Aber die Art der Freude gefiel mir nicht. Wo Krause und ich uns begegneten, drohte Ärger. Und bis jetzt hatte ich meistens den Kürzeren gezogen.

»Wo haben Sie Ihren Hasso gelassen?«, fragte ich und bemühte mich ebenfalls um Freundlichkeit. »Bei mir zu Hause warten noch ein paar niedliche Welpen, die ihm wie aus dem Gesicht geschnitten sind.«

Bei unserer ersten Begegnung hatte sein Diensthund Luna begatten wollen. Allerdings war das so lange her, dass aus den Welpen inzwischen eher Rowdies geworden wären.

Es war egal, sein dämlicher Gesichtsausdruck war es wert. Sein Schnurrbart zitterte kurz, dann blaffte er mich an: »Hier geht's nicht lang.«

»Auf welchem Schild steht das denn geschrieben?«, fragte ich und schaute mich demonstrativ um.

»Das sage *ich* Ihnen, und Sie schreiben es sich hinter die Ohren!«

»Gut, dass Sie sich Ihre Freundlichkeit bewahrt haben. Ich habe sie vermisst.«

Mit Ironie konnte er nicht umgehen, also blickte er mich wütend an.

Plötzlich schien ihm etwas aufzufallen. »He, Sie waren doch zu zweit! Wo ist denn Ihr Komplize abgeblieben?«

»Komplize?« Ollie war tatsächlich verschwunden. Kluges Kerlchen! Ich lächelte Krause unschuldig an, während ich mich abermals umschaute. »Sind Sie sicher?«

»Verarschen kann ich mich selber!«, schrie er. Jetzt zuckte auch eine seiner Wangen. Offensichtlich überforderte ihn die Situation. »Wo steckt er?«

»Ich weiß nicht, wen Sie meinen. Sind Sie sicher, dass alles in Ordnung ist?«

Anstatt mir zu antworten, stürmte er an mir vorbei. Er zog seinen Gummiknüppel aus dem Holster und stocherte damit im Gebüsch herum. Dabei stieß er wilde Drohungen aus. Ich zuckte die Schultern und nutzte die Gelegenheit, um mich ebenfalls zu verdrücken. Schließlich hatte ich noch immer kein Schild gesehen, das mir das Weitergehen untersagt hätte.

Ich schlug mich in die Büsche. Von Ollie war nichts zu sehen, und ich konnte ihn nicht rufen oder mich sonst irgendwie bemerkbar machen. Also lief ich auf gut Glück weiter. Der Weg verlief nur zwei Meter weiter parallel bergauf, aber ich bevorzugte das Dickicht. Eigentlich hätte Krause mir längst folgen müssen, aber vielleicht hatte er den Auftrag bekommen, unten alles abzuriegeln. Wahrscheinlich würde jemand wie er seinen Platz erst verlassen, wenn neben ihm eine Bombe einschlug.

Unvermittelt stieß ich auf Ollie. Ich rempelte ihn an. Er stand in gebückter Haltung vor einem Busch und kotzte sich die Seele aus dem Leib.

Ich sprach ihn an, aber er reagierte nicht. Also lief ich weiter. Nur fünf Schritte entfernt stieß ich auf den Hauptweg. Der Hubschrauber kreiste erneut über mir. Er flog so tief, dass ich den Piloten erkennen konnte.

Dann sah ich die ganzen Leute. Einige kannte ich. Norbert, meinen alten Freund und Currywurstkumpel. Drei, vier Polizisten standen regungslos da. Mehrere Sanitäter liefen herum. Niemand beachtete mich.

Und dann, als ich hochschaute, sah ich, was dieser ganze Trouble im Wald zu bedeuten hatte:

Von der Fichte stand nur noch der zersplitterte Stamm. Wahrscheinlich hatte irgendwann ein Blitz eingeschlagen oder ein Sturm hatte ihn gekappt. Am oberen Ende war er nicht dicker als ein männlicher Unterschenkel. Das heißt:

Eigentlich konnte ich das Ende nicht sehen. Es steckte im Anus einer Person, die dort aufgespießt worden war.

Manchmal kommen einem die absurdesten Gedanken. Ich musste plötzlich an die Schaschlikspieße in der Metzgerei Schlüter denken.

Fleisch am Spieß ...

Ich musste schlucken, als ich erkannte, dass der oder die Gepfählte noch lebte. Trotz der fürchterlichen Verletzung zuckten die Finger der linken Hand. Der Verletzte steckte tatsächlich in einem schwarzen Taucheranzug.

Einige Waldarbeiter waren dabei, eine Art Flaschenzug zu errichten.

Noch während ich versuchte, das Geschehen zu begreifen, war plötzlich Norbert bei mir. »Was hast du hier zu suchen?«, fauchte er mich an. »Jetzt sag bloß nicht, du spazierst zufällig hier durch die Gegend!«

»Wie ist das passiert?«, fragte ich fassungslos.

Norbert atmete tief durch. »Zuerst dachten wir, es wäre ein Scherz: der Taucher im Wald. Anonymer Telefonanruf. Zwei Polizeibeamte sind losgefahren und haben sich die Sache angesehen. Danach haben wir alles in Bewegung gesetzt, um den armen Kerl dort oben zu befreien ...«

»Also lebt er tatsächlich noch?«

Norbert nickte. »Er ist ohnmächtig geworden vor Schmerzen. Aber er lebt. Wahrscheinlich würde er sogar noch ein paar Tage lang durchhalten, wenn er dort oben hängen bleiben würde. Wenn er Glück hat und der Stamm keine lebenswichtigen Organe verletzt hat, natürlich nur. Hast du schon mal *Dracula* gesehen?«

Ich nickte. »Du meinst den von Francis Ford Coppola, oder?« Ich dachte an den Vorspann, in dem die Gepfählten zu sehen waren.

»Die historische Vorlage für Dracula, dieser Vlad sowieso, war berüchtigt für seine Grausamkeit. Er ließ seine Gegner auf eiserne oder hölzerne Pfähle spießen ...«

»Was ihm den Beinamen Vlad, der Pfähler, eintrug«, ergänzte ich.

»Lenk nicht ab«, sagte er scharf und kam wieder auf sein Thema zurück: »Wer hat dir erzählt, was hier los ist?«

»Du meinst: Wer hat gequatscht? Niemand, wenn du es genau wissen willst. Ich habe einen Auftrag angenommen. Und der beinhaltet, mich hier umzusehen.«

Er zog eine Braue hoch. »Seit wann schreibst du wieder über Verbrechen?«

Ich deutete zu dem Verletzten. Einer der Waldarbeiter ließ sich soeben zu ihm hochseilen. »Liegt denn ein Verbrechen vor?«, fragte ich unschuldig.

In diesem Augenblick klingelte mein Handy. Gleichzeitig rief jemand nach Norbert. Es war eine weibliche Stimme. »Wenn ich zurück bin, bist du verschwunden!«, befahl er und entfernte sich. Ich sah, dass er mit einer Frau sprach. Sie hatte rotblonde Haare und trug ein graues Kostüm. Sie erinnerte mich an jemanden, aber ich wusste nicht, an wen. Und ich hatte auch keine Zeit, länger darüber nachzudenken. Ich drückte das Handy ans Ohr.

»Ja?«, meldete ich mich.

»Du hältst mich wahrscheinlich für das mieseste Arschloch, das auf dieser Erdhalbkugel zu finden ist«, dröhnte mir Abendroths Stimme entgegen.

»Wieso Halbkugel?«, entgegnete ich. »Du bist das mieseste Arschloch auf dem ganzen Erdenrund. Du hast es gewusst, oder?«

»Nein. Mein Informant hat nur was von einem Toten im Taucheranzug erzählt. Ehrenwort. Danach hat er noch einmal angerufen, aber da war es zu spät, dich zu warnen ... Hast du Ärger?«

»Nein. Abgesehen davon, dass mein Fahrer, der sich im Moment die Seele aus dem Leibe kotzt, sämtliche Geschwindigkeitsbeschränkungen zwischen Detmold und Bad Salzuflen missachtet hat und dafür wahrscheinlich seinen Lappen verliert, dass ich mich ein paar unbequemen Fragen werde stellen müssen, weil ausgerechnet mein Freund Norbert mich hier am Tatort antrifft, und dass ich mir alles in allem verarscht vorkomme, habe ich keinen Ärger.«

Es tat gut, Dampf abzulassen. Es lenkte von dem Grauen ab, das sich vor meinen Augen abspielte.

»Dann bin ich beruhigt«, sagte Abendroth. »Aber er sagte es in einem Ton, der mir nicht gefiel. Ich kannte ihn zu gut. Er führte irgendwas im Schilde.

»Ich habe da nämlich noch eine kleine Überraschung für dich«, fuhr er fort. Er machte eine bedeutungsschwangere Pause.

Ich wiederum wartete darauf, dass er fortfuhr. Die Pause schien mir endlos zu dauern. Ich hob den Kopf und sah, dass sich mittlerweile ein Sanitäter zu dem Mann im Taucheranzug hochgeseilt hatte. Mein Blick wanderte weiter. Norbert und die Frau im grauen Tweedkostüm diskutierten lautstark und mit erregten Gesten. Sie war schlank und zierlich und trug die schulterlangen Haare offen.

»Bist du noch dran?«, fragte ich.

»Natürlich, was ist das für ein Lärm bei euch?«

»Der Hubschrauber. Wahrscheinlich sucht er einen Platz zum Landen«, sagte ich. Allerdings würde der Pilot noch eine Weile nach einer passenden Stelle suchen müssen. Der Wald war hier sehr dicht.

Abendroth antwortete nicht. »Hallo?«, rief ich in den

Hörer. »Was für eine Überraschung hast du noch für mich in petto? Hallo?«

Er hatte die Verbindung unterbrochen. Dieses Aas!

»Irgendwas Interessantes?«, hörte ich in diesem Moment Norberts Stimme.

Ich blickte auf. Ich hatte nicht bemerkt, dass er herangekommen war. Im Schlepptau befand sich die rotblonde Frau.

»Darf ich vorstellen?«, fuhr Norbert fort. »Frau Dr. Rosenstolz, die zuständige Staatsanwältin ...«

»Oberstaatsanwältin«, verbesserte ihn Frau Rosenstolz.

»... und Moritz Morgenstern, Journalist und Lebenskünstler.«

»Eher Lebenspessimist«, verbesserte ich ihn und zitierte meinen Namensvetter Christian Morgenstern: ›Beim Menschen ist kein Ding unmöglich, im Schlimmen wie im Guten ...‹«

»Nun, Herr Morgenstern, Sie sehen ja, wir haben es hier eher mit dem Schlimmen zu tun. Herr Decarli hat mir erzählt, wer Sie sind. Ich will wissen, woher Sie Ihre Information hatten. Und erzählen Sie mir nicht, Sie hören den Polizeifunk ab ...« Ihre Stimme klang kalt und professionell. Ich blickte in ihre hellblauen Augen und versuchte darin so etwas wie Emotionen zu erkennen.

In diesem Moment kam Ollie herangewankt. Er trat neben mich und murmelte etwas davon, wie schlecht ihm sei.

»Aha, noch so ein Vogel«, stellte Madame Rosenstolz fest. »Ich werde Sie beide als mögliche Tatzeugen zunächst einmal ins Präsidium bringen lassen.«

»Amelie!«, sagte Norbert. »Übertreib nicht. Ich kenne die beiden. Vor allem Moritz. Wenn er uns was zu sagen hätte, würde er es jetzt tun. Nicht wahr, Moritz?«

Ich nickte und setzte ein unschuldiges Gesicht auf. »Genauso ist es«, bestätigte ich.

»Also schön«, sagte Amelie Rosenstolz und warf mir einen finsteren Blick zu. »Auf deine Verantwortung, Norbert. Trotzdem will ich beide sprechen, wenn das hier alles erledigt ist. Klär einen Termin mit ihnen ab!«

Sie drehte sich um und marschierte entschlossen zum Ort des Geschehens zurück.

»Wo hast du denn die aufgegabelt?«, fragte ich.

»Du bist gut. Sie ist seit einem Jahr bei uns. Und sie ist nicht schlecht. Okay, vielleicht ein bisschen herrisch und dominant ...«

»Ich wusste nicht, dass du auf solche Frauen stehst.«

»Du hast es gerade nötig, Witze zu reißen. Du hast mir noch immer nicht erzählt, was du hier zu suchen hast.«

»Wenn du's genau wissen willst: Ollie wurde in Holzhausen geblitzt. Daraufhin geriet er in Panik und ist wie der Teufel direkt hierher gefahren ...«

»Sorry, aber für solchen Unsinn habe ich keine Zeit. Haut ab, bevor ich euch Krause auf den Hals hetze. Ich habe hier Wichtigeres zu tun ...«

»Halt die Ohren steif!«, verabschiedete ich mich. Irgendwie war ich froh, dieser makabren Szenerie den Rücken kehren zu können.

Als ich mich umdrehte, stieß der Gepfählte plötzlich einen markerschütternden Schrei aus. Ich wollte nicht wissen, was der Grund dafür war.

4.

Als ich die Wohnungstür aufschließen wollte, stutzte ich. Ich erinnerte mich genau, dass ich vor der Abfahrt den Schlüssel im Schloss zwei Mal herumgedreht hatte. Jetzt ließ sich die Tür einfach öffnen. Sie war nicht abgeschlossen.

Seit dem vergangenen Jahr war ich in solchen Dingen vorsichtig geworden. Und auch jetzt stürzten sofort die Bilder von den Ereignissen auf mich ein. Damals war meine Wohnung auf den Kopf gestellt worden. Außerdem hatte man mich, als ich abends den Mülleimer rausgestellt hatte, halb tot geschlagen.

Mein Körper versteifte sich. Ich war nicht in der Lage, die Tür weiter aufzudrücken. Dann dachte ich an Luna. Sie musste in der Wohnung sein. Normalerweise wäre sie mir schwanzwedelnd entgegengekommen.

Jetzt schlug mir nur Stille entgegen.

Ich atmete einmal tief durch, dann drückte ich die Tür auf. Ich nahm einen Geruch wahr, der vorher nicht in der Luft gehangen hatte. Dann hörte ich ein leises Bellen. Luna!

Ich wagte einen Schritt in die Wohnung hinein. Der Geruch wurde stärker. Ich glaubte, einen Duft von Birne, Veilchen, Moschus und ein paar anderen Ingredienzen zu riechen. Irgendein Parfüm. Ein sehr penetrantes Parfüm.

Als ich die Küche betrat, erkannte ich, warum Luna mir nicht entgegengekommen war. Sie rekelte sich auf dem Sofa und ließ sich kraulen. Der Eindringling, der neben ihr saß, war eine Frau. Sie war klein und ziemlich korpulent. Sie war noch jung, höchstens zwanzig. Das blonde, lockige Haar war in der Mitte gescheitelt und sah aus wie ein gefärbter Wischmopp. Das Gesicht war grell geschminkt, die Augenbrauen nachgemalt. Die rot geschminkten Lippen wirkten unecht. Selbst auf den ersten Blick erkannte ich, dass sie mit Silikon aufgespritzt waren. Irgendein Dilettant hatte seine Handschrift damit dauerhaft hinterlassen. Die zwei Ringpiercings in der Oberlippe wirkten wie zwei Wildschweinhauer, die aus dem Mund herausragten.

Sie war alles andere als eine Schönheit, und ich fragte mich unwillkürlich, wie sich ein junges Mädchen derart verunstalten konnte.

Sie trug eine weiße Bluse und Jeans. Die Hose spannte sich an den strammen Oberschenkeln. Ihre Stiefel hatten hohe Absätze – garantiert, damit sie größer wirkte.

Die grünen Augen schauten mich feindselig an.

»Was glotzt du so, Alter?«, stieß sie mit heiserer Stimme aus. Ihre Blicke warfen Dolche.

»Wie kommen Sie hier herein?«, fragte ich. »Wer sind Sie?«

Unwillkürlich sah ich mich um. Ich untersuchte die ganze Küche, und als sie immer noch nicht geantwortet hatte, auch kurz die Nebenräume. Außer uns beiden befand sich niemand in der Wohnung. Von der jungen Frau selbst ging wohl keine Gefahr aus. Sie wäre sonst nicht so ruhig geblieben. Außerdem hätte sie dann sicherlich nicht ein derart auffälliges Parfüm benutzt. Jeder, der die Wohnung betrat, musste es riechen: *Angel*, die Keule unter den Parfüms.

»Warum laufen Sie hier herum?«, fragte sie misstrauisch. Die Aggressivität in ihrer Stimme war noch immer vorhanden. Aber wenigstens duzte sie mich nicht mehr. Es war das

Mindeste an Höflichkeit, das ich von einer Fremden, die in meiner Wohnung Platz genommen hatte, erwarten konnte. »Glauben Sie, ich habe etwas gestohlen?«

»Sie haben meine Frage immer noch nicht beantwortet!«, knurrte ich. Ich zog einen Stuhl heran, sodass er ihr gegenüberstand, und setzte mich rittlings darauf.

»Nun?«, fragte ich drohend. »Ich kann auch die Polizei rufen.«

»Ich heiße Sare«, antwortete die junge Frau.

»Ist das ein Spitzname?«

»Nein, ein kurdischer Name. Ich bin Kurdin.«

Ich war verblüfft, und offensichtlich sah sie es mir auch an. »Das hätte ich nicht gedacht«, sagte ich.

»Und warum nicht? Glauben Sie, wir Kurden laufen alle in langen Gewändern und verschleiert herum?«

»Nein, aber ich hätte Sie für eine Deutsche gehalten.«

»Wieso? Glauben Sie, wir müssten aussehen wie Affen?« Sie schüttelte den Kopf. »Ich bin mir nicht sicher, ob Sie mir wirklich helfen können.« Sie machte Anstalten, aufzustehen.

»Halt!«, sagte ich. »Sie haben mir immer noch nicht verraten, wie Sie in meine Wohnung gekommen sind. Und was Sie überhaupt wollen. Vielleicht kann ich Ihnen ja doch helfen.«

Ich wusste nicht, warum ich so reagierte. Sie interessierte mich weder als Frau noch als Fall. Aber als Person. Selten hatte ich jemandem gegenüber auf den ersten Blick eine so starke Abneigung empfunden. Ich wollte nicht, dass die Gefühle die Oberhand über meine Entscheidungen gewannen.

Und ich wollte, verdammt noch mal, wissen, wie sie hereingekommen war und was sie damit bezweckte.

Sie sank wieder auf die Couch zurück. Luna seufzte wohlig, als sie weiter gekrault wurde. Erst jetzt bemerkte ich, dass die Hand meiner Besucherin mit Narben übersät war. Sie folgte meinem Blick.

»Brandnarben«, erklärte sie beiläufig. »Nichts Besonderes.«

»Also?«

»Was?«

»Erzählen Sie mir nicht, dass Luna Ihnen die Tür aufgemacht hat …«

»Luna?«

Ich wies auf meine Hündin. »Ich hatte sogar abgeschlossen.«

»Ich habe geklingelt«, sagte sie. »Und als niemand aufgemacht hat, habe ich im Nebentrakt geschellt …«

»Im Haupttrakt also«, verbesserte ich sie.

»Ein altes Weib hat mir geöffnet. Ich habe ihr meine Sache vorgetragen, und sie hat mir den Schlüssel zu Ihrer Wohnung gegeben. Fertig.«

Ich stieß einen stummen Fluch aus. Egal, welche Geschichte sie der Gräfin aufgetischt hatte, es war unverantwortlich von dieser gewesen, den Schlüssel herauszugeben.

»Nix fertig«, sagte ich. »Und das machen Sie immer so? Dass Sie sich Zugang zu fremden Wohnungen verschaffen?«

»Ich wollte nicht draußen warten«, sagte sie. »Ihr Freund hat mir geraten, mich zu verstecken …«

»Dürfte ich erfahren, wie dieser Freund heißt?«

»Ich kenne nur seinen Nachnamen: Abendroth.«

Diesmal behielt ich den Fluch nicht für mich. Ich stieß ihn laut aus und hatte augenblicklich ein schlechtes Gewissen, als ich ihr erschrockenes Gesicht sah. Mir wurde bewusst, dass sie fast noch ein Kind war. Gleichzeitig wurde mir klar, was Abendroth mit der Überraschung gemeint hatte.

»Wie alt sind Sie?«, fragte ich.

»Achtzehn. Seit gestern.«

»Herzlichen Glückwunsch nachträglich.«

»Danke.«

Wir schwiegen eine Weile, und ich dachte: *Oh Gott, Morgenstern, wo schlitterst du da nur wieder rein? Was hat das zu bedeuten? Du hättest es wissen müssen. Vorgestern schon diese Sache bei Schlüter, gestern der Offenbarungseid der Gräfin, heute der gepfählte Taucher im Wald …*

Und jetzt noch diese junge Kurdin, bei der mir schon das ungute Gefühl im Bauch sagt, dass sie Ärger im Gepäck hat. Ich wusste nicht das Geringste von ihr, und auch über die Kurden im Allgemeinen waren meine Kenntnisse beschränkt. Vielleicht hatte das eine auch nichts mit dem anderen zu tun. Vielleicht hatte sie auch nur ein Problem mit einem Stalker. *Aber dann,* flüsterte mir eine bösartige Stimme ins Ohr, *hätte Abendroth sie nicht zu dir geschickt.*

»Also gut, Sie heißen Sare, sind Kurdin und sitzen hier, weil ein gewisser Abendroth Ihnen geraten hat, mit mir Kontakt aufzunehmen«, fasste ich zusammen.

Sie nickte. Und als sie noch immer schwieg, platzte mir erneut der Kragen. »Das ist hier keine Quizshow, und ich heiße nicht Günther Jauch. Also reden Sie endlich!«

Sie sank noch tiefer in die Couch. Ihre Selbstsicherheit, das erkannte ich nun, war nur aufgesetzt gewesen. Luna leckte ihr die Hand. Sie zog sie zurück und verbarg sie.

Schließlich fasste sie sich und sagte: »Da ich gestern volljährig geworden bin, sollte mein Geburtstag zugleich mit einer anderen Feier begangen werden. Seit meiner Geburt bin ich einem Typen versprochen, der zwanzig Jahre älter ist als ich und der in Münster lebt. Meine Familie bekommt sehr viel Geld für die Hochzeit. Sie haben schon die Verträge für ein neues Haus unterschrieben …«

»Das heißt«, unterbrach ich sie, »Sie sollten zwangsverheiratet werden.«

»Bei uns ist das so üblich. Ich habe das immer gewusst, und ich bin so erzogen worden, dass ich meine Pflicht der Familie gegenüber erfüllen muss ...«

Pflicht erfüllen ... Das klang seltsam sperrig aus dem Mund einer achtzehnjährigen prolligen jungen Frau. Ich ahnte schon, wie es weiterging, allerdings nicht in dieser Dimension.

»Seit einem Monat ist meine Family damit beschäftigt, alles vorzubereiten. Bis gestern sind dreihundert Gäste angereist. Auch meinen Bräutigam habe ich gestern das erste Mal gesehen. Er ist nicht nur alt. Er ist ein hässlicher, alter, geiler Kerl. Es ekelt mich, wenn ich auch nur daran denke, mit ihm das Bett zu teilen!«

»Wir sind hier in Deutschland, in einem freien Land«, sagte ich wenig überzeugt. »Niemand kann Sie gegen Ihren Willen verheiraten.«

»Was glauben Sie denn, wie viele Zwangsehen es jedes Jahr in Deutschland gibt? Sie haben doch bestimmt von den Fällen gelesen, in denen die Frau es gewagt hat, sich zu wehren, und dann von ihrer Familie ermordet wurde.«

»Sie haben ja recht«, erwiderte ich. »Ich habe nicht die geringste Ahnung. Und ich habe auch keine Lust, mich damit zu befassen. Gehen Sie mit Ihrem Problem zur Polizei und fertig!«

»Zur Polizei?« Sie sprach das Wort aus wie ein besonders unflätiges Schimpfwort. »Zwei meiner Cousins sind bei den Bullen. Dort bin ich nicht sicher. Die finden mich überall.«

Ich stand auf, ging die paar Schritte zum Fenster und schaute hinunter in den Hof. »Wenn Ihre Familie Sie überall findet, was macht Sie so sicher, dass sie Sie nicht bis hierher verfolgt hat?«, fragte ich und drehte mich wieder zu ihr um.

»Sie haben Schiss, oder?«

Ich stellte mir ihre dreihundert aufgebrachten Verwandten vor und einen wütenden Ehemann, der bereits das Brautgeld bezahlt hatte und der nun seine Ware verlangte.

»Ich habe es meiner Familie von Anfang an gesagt«, sagte sie heftig. »Das mit dem Haus war Wahnsinn! Ich habe ihnen gesagt, dass sie erst einmal abwarten sollen. Wenn ich plötzlich von einem Auto überfahren worden wäre, hätten sie ja auch auf das Geld für mich verzichten müssen, oder?«

Sie redete sich weiter in Rage. Nach und nach erfuhr ich ihre Geschichte. Ihr zukünftiger Ehemann hieß Kemal. Außerdem hatte sie sieben Geschwister: fünf Brüder, von denen drei als äußerst gewalttätig galten, und zwei Schwestern, wobei die ältere auch schon mal gern die Fäuste schwang. Sare war gestern frühmorgens geflohen – mit nichts als den Klamotten am Leib und mit zweihundert Euro. Seitdem war sie auf der Flucht. Weit war sie noch nicht gekommen, denn sie kam aus Gütersloh. Schließlich blieb nur noch eine Frage: »Was haben Sie mit Abendroth zu schaffen?«

»Ich wollte Hilfe. Aber hier haben alle abgewinkt. Die haben Angst. Also habe ich mich an eine große Zeitung gewandt. Ein Typ namens Abendroth hat mir versprochen, dass er mir hilft, und er hat mir als Erstes Ihre Adresse gegeben. Und jetzt sitze ich hier und frage mich allmählich, ob ich einen Fehler gemacht habe.«

»Das frage ich mich auch«, antwortete ich. »Es scheint so, als hätte Abendroth uns beide hereingelegt.«

»Ich dachte, Sie sind ein Detektiv oder so«, sagte Sare kleinlaut.

»Ich muss Sie enttäuschen. Ich bin Journalist, und ich habe

auch schon den einen oder anderen Artikel für Abendroth geschrieben. Ich kann recherchieren; früher habe ich sogar Kriminalfälle aufgeklärt. Aber was soll ich über Sie schreiben? Ich glaube, viel wichtiger ist es, Sie vor Ihrer Familie zu schützen. Sie müssen sich irgendwo verstecken. Haben Sie keine Freundin oder so?«

»Da wäre ich nirgends sicher. Aber hier vermutet mich niemand. Niemand kennt Sie!« Sie lächelte mich so Hilfe suchend und mitleiderregend an, dass ich Abendroth erneut verfluchte. Er sollte in der Hölle schmoren!

»Ich mache uns erst einmal einen Kaffee«, schlug ich vor und wandte mich zur Küche.

»Haben Sie auch Tee?«, fragte sie.

»Den besten, den es im Teutoburger Wald gibt. Haben Sie Hunger?«

Sie nickte. »Den letzten Döner hab ich gestern Abend gegessen.

»Ich mache Ihnen ein paar Brote. Ich nehme an, ohne Schinken, oder?«

»Ja, ich esse kein Schweinefleisch«, bestätigte sie.

Ich nickte und wollte gerade in der Küche verschwinden, als es an der Tür schellte. Einen Moment lang trafen sich unsere Blicke. Ich las Erschrecken und Furcht darin. Und auch ich schaute sicherlich nicht sehr zuversichtlich drein.

Ich ging zum Fenster und spähte abermals hinaus. Draußen konnte ich niemanden sehen. Entweder hatte er sich so in den Eingang gepresst, dass das Vordach ihn völlig verdeckte, oder ...

Siedend heiß fiel mir ein, dass ich unten nicht hinter mir abgeschlossen hatte. Der Besucher stand also bestimmt schon vor der Wohnungstür.

Wieder klingelte es. Diesmal stürmischer. Ich schlich zur

Tür. Aus den Augenwinkeln sah ich, dass Sare plötzlich eine Waffe zog. Es handelte sich um eine alte Heckler & Koch-Pistole. Sie hatte sie im Hosenbund versteckt gehabt. Ungeschickt fuchtelte sie damit herum.

»Was soll das, Mädchen?«, zischte ich. »Steck die Knarre wieder weg!«

»Ich habe vierzehn Patronen«, sagte sie. »Die Letzte ist für mich.«

»In welchem Film hast du das denn gesehen?«, fragte ich. Sie machte noch immer keine Anstalten, die Pistole wegzulegen.

Ich streckte die Hand aus. »Gib Sie mir!«

Sie schüttelte den Kopf.

»Also gut, dann steh auf und verschwinde! Ich habe keine Lust, wegen einer schießwütigen Kurdin draufzugehen!«

Sie zögerte. Schließlich nickte sie. Dann gab sie mir die Waffe.

Ich nahm die Heckler & Koch entgegen, vergewisserte mich, dass sie gesichert war, und steckte sie hinten in den Hosenbund.

Diesmal klingelte es anhaltend. Ich ging wieder zur Tür.

»Wer ist da?«, fragte ich laut.

»Ich!«

Ich riss die Tür auf. Ollie guckte erstaunt. »Ich wollte nicht stören, aber ...«

Er schaute an mir vorbei und riss Mund und Augen gleichzeitig auf. »Ich ...«

»Hat es dir die Sprache verschlagen?«, brummte ich. »Was willst du?«

Er zwinkerte mit den Augen und machte ein paar hektische Zeichen, die wahrscheinlich besagen sollten, dass er vor der fremden Frau nicht frei sprechen konnte.

»Komm rein«, sagte ich. »Sie beißt nicht.« Nachdem ich die Tür geschlossen hatte, stellte ich die beiden einander vor. »Das ist Sare. Sare, das ist Ollie.«

Die beiden gaben sich die Hand. Das Funkeln in Ollies Augen gefiel mir nicht. Ich hatte es erst einmal gesehen, und das war, als er sich Hals über Kopf in die Rundfunkmoderatorin Steffi Klug verguckt hatte. Gut, im Moment herrschte Funkstille, aber immerhin war er so gut wie verlobt.

»Ich, äh ...«

»Schon gut, Ollie«, beruhigte ich ihn. Auch dieses Symptom war mir bekannt. Er verlor angesichts hoffnungsloser Verliebtheit sein Sprachvermögen. Ich überlegte, ob ich ihn einfach wieder an die Luft setzen sollte, bevor er einen Fehler machte.

Aber schließlich fing er sich doch wieder. Als ich fragte: »Ich wollte gerade einen Tee kochen. Willst du auch einen?«, kamen immerhin zwei ganze vollständige Worte aus seinem Mund: »Sehr gern.«

Ich verschwand in der Küche und konnte nur hoffen, dass Ollie keine Dummheiten machte. Während ich Wasser in den Teekessel laufen ließ, diesen auf den Herd setzte und anschließend drei Löffel Darjeeling in das Teesieb füllte, versuchte ich eine Erklärung dafür zu finden, was Abendroth sich eigentlich bei all dem gedacht hatte. Ich kannte ihn als Strategen. Er überließ im Allgemeinen nichts dem Zufall. Selbst wenn ich ihm abnahm, dass ihm ein Fehler unterlaufen war, als er gedacht hatte, er würde mir eine Stunde Zeit verschaffen können. Aber zumindest der Taucher im Wald und das Auftauchen der jungen Kurdin mussten irgendwie zusammenhängen.

Als der Kessel pfiff und ich das kochende Wasser über den Tee goss, kam mir ein weiterer Gedanke: Konnte es sein, dass

Sare da mit drinsteckte? Dass sie etwas mit dem Taucher zu tun hatte?

Als ich drei Minuten später mit dem Tee das Zimmer betrat, lag mir eine Frage auf den Lippen.

Ollie und Sare schienen die ganze Zeit geschwiegen zu haben. Ollie starrte unverwandt auf den Teppich. Sare atmete hörbar auf, als ich wieder da war.

Ich servierte den Tee und fragte wie beiläufig: »Waren Sie schon einmal tauchen?«

Sie sah mich an, als hätte ich nicht mehr alle Tassen im Schrank.

»Was soll die Frage? Natürlich habe ich schon mal getaucht. Also untergetaucht. Im Freibad ...«

»Ich meine, im Taucheranzug.«

»Nein, wie kommen Sie darauf?«

»War nur eine Frage«, sagte ich.

»Mein Vetter Ramadan war Taucher während seiner Armeezeit«, fuhr sie zu meiner Überraschung fort. »Kampfschwimmer. Er hat oft damit geprahlt, wie hart die Ausbildung war ...«

Sie nippte an ihrer Teetasse. »Warum wollen Sie das wissen?«

»Ich will alles wissen«, sagte ich. »Wenn Sie wirklich wollen, dass ich Ihnen helfe, *muss* ich alles wissen ...«

Sare war in einem winzigen Dorf im Süden der Türkei geboren worden – oder im Norden Kurdistans – je nach Sichtweise. Die Familie war so arm, dass ihre meisten Verwandten das Dorf verlassen hatten. Nur noch alte Leute und Kinder waren dageblieben. Die, die arbeiten konnten, verdienten sich ihr Geld als Hilfskräfte auf den Opiumfeldern der reichen

Bauern. Sares früheste Erinnerung war, wie sie mit ihren Großeltern auf die steilen Berge um das Dorf gestiegen war und mit den Ziegen gespielt hatte. Und immer wieder seien türkische Soldaten in ihr Dorf eingefallen, hätten die, die dortgeblieben waren, verhört, sie geschlagen und sie bestohlen.

Von ihrer Mutter wusste Sare, dass ihre Vorfahren noch in Höhlen und Erdlöchern gelebt hatten. Sie solle Gott danken, dass sie in einem richtigen Haus aufwachsen dürfe.

Bereits damals war sie ihrem zukünftigen Ehemann Kemal versprochen worden. Sie selbst erinnerte sich nicht an ihn, doch sie wusste, dass er regelmäßig alle paar Monate vorbeigeschaut hatte, um ihren Eltern Geschenke zu bringen. Nach und nach sei die Familie reicher geworden. Wenn die auf den Opiumfeldern arbeitenden Verwandten zu Besuch gekommen waren, hatten sie immer Opium zum Schmuggeln dabeigehabt.

Sare erinnerte sich, dass sie mehrmals mit ihren Großeltern, den Hirten, losgezogen war. Dabei hätten sie die Ziegenherde als Tarnung benutzt. Das Opium hatten sie unter Sares Kleidung versteckt. Einmal hätten Soldaten sie aufgegriffen. Ihre Großeltern hätten behauptet, sie würden nur nach ein paar Ziegen suchen, die sich von der Herde entfernt hatten. Die Soldaten hätten ihnen das abgenommen, aber von da an hatte Sare zu Hause bleiben müssen. Zu ihrer Sicherheit, wie die Großeltern ihr sagten.

Als sie sechs war, baute der türkische Staat in ihrem Dorf eine Schule. Sare hatte Angst davor, eingeschult zu werden. Alle hatten Angst, auch ihre Eltern und ihre Großeltern. Die Kinder wurden registriert, und diejenigen, die einen kurdischen Namen hatten, bekamen einen neuen. Einen türkischen. Sare hatte Glück, denn an ihrem Namen nahm niemand Anstoß.

In der Schule bläute man den Kindern ein, dass sie keine Kurden seien, sondern Türken. Ein Kurde zu sein bedeutete, zu vegetieren wie ein Tier. Nein, sogar schlimmer als ein Tier. Sare erinnerte sich an ein Sprichwort, das einer der Lehrer ihnen beigebracht habe: »Esege Kürt demisler, esek kirk gün yem yememis.«

Das hieß in etwa, dass man einen Esel mit der Bezeichnung Kurde angesprochen habe. Daraufhin sei dieser so beleidigt gewesen, dass er vierzig Tage lang kein Futter gefressen hätte.

Die fremde türkische Sprache wurde den Kindern eingebläut. Schläge waren an der Tagesordnung. Ein älterer Bruder Sares wurde mehrmals so heftig geschlagen, dass er das Bewusstsein verlor, weil er sich seinen neuen türkischen Namen nicht merken konnte und nicht darauf reagierte, wenn die Lehrer ihn aufriefen.

Eines Tages kamen noch mehr Soldaten in das Dorf als sonst. Sie durchsuchten alle Häuser und nahmen viele Bewohner fest. Auch Sares Großeltern. Sie sah sie nie wieder. Die Soldaten beschuldigten die Dorfbewohner, verbotene Waffen zu besitzen und Opium zu schmuggeln.

Nachdem die Soldaten verschwunden waren, beschloss ein Teil der Dorfbewohner, sich zu rächen. Sie verdächtigten die türkischen Lehrer, die Kinder ausgehorcht und die Familien bei den Behörden angeschwärzt zu haben. Noch in derselben Nacht wurden die drei vom türkischen Staat entsandten Lehrer im Schlaf überrascht, zusammengeschlagen, nackt durch das Dorf gehetzt und fortgejagt.

Sares Sippe fürchtete die Rache der Soldaten. Am nächsten Tag packten sie Hab und Gut zusammen und flüchteten. Die Flucht dauerte Monate, und schließlich kamen sie bei entfernten Verwandten im Teutoburger Wald unter.

Sare und ihre Geschwister gingen zur Schule, wobei sich insbesondere die Mädchen rasch eingewöhnten und die deutsche Sprache erlernten. Nach dem Hauptschulabschluss machte Sare eine Lehre als Krankenpflegerin. Seit einem Jahr war sie arbeitslos. Wegen ihrer Migräneanfälle, wie sie sagte. Die ewigen Fehlzeiten seien ihr zum Verhängnis geworden.

Ich fragte sie nach ihrem Vetter Ramadan, dem Kampfschwimmer. Sie zuckte die Achseln. Viel habe sie mit dem nicht zu tun. Er kümmere sich kaum um die Familie und lebe in der Türkei. Sie habe ihn nur erwähnt, weil ich nach einem Taucheranzug gefragt hätte.

»Und was erwarten Sie jetzt von mir?«

»Dass Sie mich beschützen«, antwortete sie einfach.

5.

Als ich am nächsten Morgen in die Metzgerei kam, legte Frau Schlüter sofort die Schinkenscheiben, die sie gerade in eine Folie wickelte, zur Seite, überließ die Kundin einer Mitarbeiterin und wandte sich mir zu. Ihre Augen waren gerötet, als hätte sie geweint. Sie kam hinter der Theke hervor und winkte mich beiseite.

»Wo waren Sie denn neulich so plötzlich, Herr Morgenstern?«, sagte sie vorwurfsvoll. »Wir haben Sie alle gesucht.«

Das war sicherlich übertrieben, aber ich nahm es so hin. Nachdem ich den ausgeweideten Dackel gesehen hatte, hatte ich mich noch vor dem Eintreffen der Polizei aus dem Staub gemacht. Auf Schaschlik war mir auch der Appetit vergangen.

»Haben Sie Anzeige erstattet?«, fragte ich.

Sie nickte. »Aber die Polizei hat mir gleich gesagt, dass wenig Aussicht besteht, den Täter zu finden. Er hat ja diese Maske getragen. Und außer hier in der Metzgerei gab es keine Zeugen …«

Wir standen bei dem Regal mit dem Senf und den Essiggurken, und ich betrachtete versonnen den grünlichen Inhalt.

»Herr Morgenstern, hören Sie mir überhaupt zu?«, fragte Frau Schlüter.

Ich nickte und wandte mich wieder zu ihr hin. »Aber natürlich«, log ich.

Erst jetzt erkannte ich, dass sie wirklich etwas auf dem Herzen hatte. Sie wühlte in den Taschen ihres blau-weiß gestreiften Kittels und zog ein zerknittertes Blatt Papier heraus. »Ich habe so gehofft, dass Sie heute vorbeikommen«, sagte sie mit zitternder Stimme.

Ich schaute mich um. Es war nun totenstill im Laden. Die Kunden schauten unverblümt zu uns herüber.

»Haben Sie nicht einen Raum, wo wir uns ungestört unterhalten können?«, fragte ich.

Sie nickte. »Da, in der Küche«, sagte sie. Sie bat mich hinter den Tresen. Direkt hinter der Kasse führte eine Tür in einen großen Raum. Hier also wurden die leckeren Suppen gekocht, die ich meistens in gefrorenem Zustand für eine schnelle Mahlzeit mit nach Hause nahm, wenn ich hier einkaufte.

Außer verschiedenen Küchengeräten gab es auch einen Tisch und mehrere Stühle. Ich schloss die Tür hinter uns, wir setzten uns, und während ich las, was auf dem Blatt stand, begann Frau Schlüter zu schluchzen.

»Ich wollte es erst einfach löschen«, sagte sie. »Aber dann dachte ich, dass ich es nicht einfach ignorieren kann. Also habe ich es ausgedruckt.«

»Das war richtig so.«

Auf dem Papier stand: »Das war erst der Anfang. Nieder mit kapitalistischen Tiermördern! Wenn du Mörderfotze weiter Tiere über deinen dreckigen Tresen verkaufst, findest du deine Hackfresse ebenfalls im Kühlraum wider!«

Wieder war wirklich ohne e geschrieben, aber das konnte auch ein Tippfehler sein, ohne dass man dadurch Rückschlüsse auf den Bildungsstand des Absenders ziehen konnte.

»Was soll ich denn jetzt machen?«, schniefte Frau Schlüter. »Ich kann doch den Laden nicht zumachen?«

»Hm«, machte ich und überlegte.

»Heißt das: Doch?«

»Nein, das heißt, dass ich auch keine Ahnung habe, was ich Ihnen da raten soll. Waren Sie schon bei der Polizei?«

»Die Polizei!« Sie schnaufte verächtlich. »Seit das mit dem Axtwerfer passiert ist, weiß ich, dass auf die kein Verlass ist. Ich wäre nicht die Erste, haben sie gesagt. Auf andere Metzgereien sind auch schon Anschläge verübt worden. Sie glauben, das hängt mit der Fleischerfachmesse zusammen, die hier stattfinden soll, und hoffen, dass sich die Anschläge danach von selbst erledigen. Jedenfalls haben sie mir nicht gerade Mut gemacht. Aber Sie! Sie waren doch letztes Jahr sogar in der Zeitung!«

Leider, dachte ich. Ich hatte nicht verhindern können, dass ich im Zusammenhang mit meinem kriminellen Vetter Armin durch die Gazetten gezogen wurde. Selbst die Zeitung mit den vier berüchtigten Buchstaben – blöd, ignorant, link, dämlich – hatte über mich berichtet. Genüsslich war meine Vergangenheit als Journalist durchleuchtet worden. Dann der mysteriöse Knacks ... Und schließlich die Auflösung eines neuen Falles, noch dazu eines, in den Familienmitglieder und Freunde verstrickt waren. Das alles hatte ich nicht verhindern können. Am schlimmsten war jedoch die Berichterstattung in den hiesigen Medien. Einfach deshalb, weil mich nun jeder kannte. Dass zudem Steffi Klug entführt worden war, hatte alles noch zusätzlich aufgeheizt. Als Radiomoderatorin war Steffi hier sehr bekannt und beliebt.

Jedenfalls hatte ich seitdem das Gefühl, dass jedermann mit seinem Problem und Problemchen ausgerechnet in mir den Heilsbringer sah.

Es kostete mich meistens sehr viel Mühe, ihnen begreiflich zu machen, dass sie da an den Falschen geraten waren. Ich bin weder Detektiv noch seelischer Mülleimer, Telefonseelsorger oder Psychiater. Und auch kein Pfarrer Braun, der die Beichte abnimmt und abschließend die Absolution erteilt.

Ich bin ein ehemaliger Journalist, der sesshaft geworden ist.

Wieso *ehemalig?*, hätte die Gräfin jetzt gefragt. Aber Sie schreiben doch noch!

Ja, ich schreibe wieder. Ich schreibe über den Teutoburger Wald, über den Menschenschlag hier, über das gute Essen … Ich werde nicht reich damit, aber es reicht zum Leben.

Das Wichtigste war, dass ich meine Freiheit behielt. Die Freiheit, darüber zu schreiben, worüber ich wollte.

Und irgendwie hatte Abendroth mit seinem Anruf eine Lawine ins Rollen gebracht, die es aufzuhalten galt …

»Was ist mit Ihnen?«, fragte Frau Schlüter zaghaft. »Sie helfen mir doch, oder?«

Ich seufzte tief und setzte zu einer Abfuhr an.

»Sie finden den Schuft, das weiß ich«, sagte sie schnell. »Und Ihr Steak, das kriegen Sie jetzt jeden Tag umsonst von mir!«

Sie lächelte wieder, und irgendwie brachte ich es nicht fertig, dieses Lächeln wieder zu zerstören. Ich wäre mir vorgekommen wie ein Schuft.

Ich seufzte ein zweites Mal, dann nahm ich ihre Hand. »Ich werde mich darum kümmern.«

Sie fiel mir um den Hals und gab mir einen Kuss. Danach riss sie die Küchentür auf und rief in den Laden: »Kathi, pack mal zwei Rumpsteaks ein für Herrn Morgenstern. Aber die größten und besten, die wir haben!«

Sie warf mir noch ein strahlendes Lächeln zu und verschwand wieder im Verkaufsraum. »Herr Morgenstern hat mir versprochen, den Übeltäter zu fassen!«, hörte ich sie sagen.

Am liebsten hätte ich mich durch den Hinterausgang verdrückt. Aber aus der Nummer kam ich so schnell nicht wieder raus. Ich folgte Frau Schlüter, ging unter den Blicken der

Anwesenden zur Tür und war im Begriff, nach draußen zu eilen.

»Warten Sie doch, Ihre Steaks ...«, rief mir Frau Schlüter hinterher.

»Hole ich später ab!«, rief ich über die Schulter.

In diesem Augenblick prallte ich mit Frau Heuwinkel zusammen. Sie schrie auf und fiel direkt in meine Arme. Ich fing sie auf, und zwei, drei Sekunden standen wir einfach nur verdutzt da. Dann löste sie sich von mir. Dabei schaute sie mich an. Ihre Augen waren verquollen. Seit gestern schien alle Welt nur noch zu weinen. Allerdings hatte sie nun wirklich Grund dazu. Immerhin war ihr Hund bestialisch abgeschlachtet worden.

Frau Heuwinkel war ganz in Schwarz gekleidet. Ganz so, als hätte es nicht ihren Hund, sondern den alten Heuwinkel erwischt. Das Kostüm stand ihr gut, vor allem der kurze Rock, der knapp über dem Oberschenkel endete. Darunter blitzte ein rüschenbesetztes Strumpfband. Ich revidierte meinen ersten Eindruck. Nach Trauer sah das nicht aus. Selbst ihre Lippen waren violett geschminkt und erinnerten an eine giftige Blüte.

»Ich glaube, Sie bringen mir Pech«, sagte sie. »Immer wenn Sie auftauchen, passiert irgendetwas.«

»Tut mir leid, dass ich Sie fast über den Haufen gerannt habe.«

Sie zupfte an ihrem Rock und zog ihn zurecht. »Ist schon in Ordnung«, sagte sie großzügig. »Wie wär's, wenn Sie mich zu einem Tee einladen?«

Ich nickte, und sie hakte sich bei mir ein. »Wenn die Leute schon reden, dann sollen Sie auch einen Grund dazu haben, finden Sie nicht?«

Sie hatte doch keinen Tee bestellt, sondern sich für einen Cappuccino entschieden. Der Milchschaum setzte sich als weißer Bartflaum über ihrer Oberlippe ab. Wir saßen uns gegenüber. Das Café del Sol war proppenvoll. Wir hatten gerade noch einen Zweiertisch bekommen. Von meinem Platz aus konnte ich auf die Bahnschranken blicken.

»Und er hat die hausgemachte Sülze wirklich weggeschmissen?«, fragte ich.

»Herbert ist sehr eigen«, sagte sie.

»Verzeihen Sie, aber Sie wirken nicht gerade wie eine Frau, die sich von ihrem Ehemann herumkommandieren lässt.«

»Wir haben viel Spaß miteinander«, sagte sie mit gesenktem Blick.

»Das kann ich mir vorstellen«, sagte ich. Ich fasste ihren Arm und schob den Ärmel ihrer schwarzen Kostümjacke hoch. Sie ließ es geschehen.

Auf dem Arm waren einige blaue Flecke.

»Er hat Sie geschlagen«, sagte ich empört.

»Ach, das ist halb so schlimm«, antwortete sie und zog den Ärmel wieder herunter.

»Warum verlassen Sie ihn nicht?«

»Das ist nicht so einfach.« Sie seufzte.

Während ihr Cappuccino langsam kalt wurde, erzählte sie mir ihre Lebensgeschichte. Ihre Eltern waren beide Alkoholiker. Es verging kaum ein Tag, an dem beide nicht lautstark stritten. Alle paar Tage prügelten sie aufeinander ein. Meistens war es ihre Mutter, die ihren Vater schlug. Ich erfuhr, dass Frau Heuwinkel mit Vornamen Hermine hieß. Sie war im tiefsten Erzgebirge, in Schwarzenberg, zur Welt gekommen und dort aufgewachsen. Ihr Großvater schnitzte Räuchermännchen. Mit zehn zog sie zu ihm, weil sie es bei ihren Eltern nicht mehr aushielt. Mit elf wurde sie von ihrem Großvater sexuell missbraucht.

Ab zwölf verdiente sie sich regelmäßig ein Taschengeld, indem sie sich von den älteren Jungs im Dorf befummeln ließ. Damals hörte sie leidenschaftlich *Sisters of Mercy* und kleidete sich ebenfalls wie ein Gothic. Mit sechzehn hatte sie die erste Abtreibung hinter sich. Mit siebzehn flüchtete sie nach Berlin und kam dort völlig unter die Räder. Ein paar Jahre lebte sie in der Gothic-, Drogen- und Obdachlosenszene. Ob gleichzeitig oder hintereinander, das wusste sie nicht mehr zu sagen. Sie stand meistens unter Drogen, und viele Erinnerungen an diese Zeit waren einfach verschüttgegangen. Zumindest wusste sie noch, in welcher Reihenfolge ihr der Durchbruch in ein normales Leben gelang: indem sie zuerst von den Drogen loskam, dann eine Wohnung fand und sich schließlich auch aus der Gothic-Szene abseilte. »Nicht, weil mir die Musik nicht gefallen hätte oder die Leute, im Gegenteil, die sind meistens viel netter und liebevoller als der gemeine Spießer. Außerdem sehnen sie sich nach dem Tod. Und das, so habe ich festgestellt, tue ich auch. Seit meiner Geburt …«

Sie hatte erkannt, dass es nicht gerade förderlich ist bei der Jobsuche, wenn man mit Piercings im Gesicht und ganz in Schwarz zum Vorstellungsgespräch erscheint. Also hatte sie sich allmählich einen anderen Style zugelegt. Sie trug noch immer am liebsten dunkle Kleidung, aber sie färbte sich die Haare nicht mehr tiefschwarz. Der rotblonde Typ kam besser an. Sie schminkte sich betont auffällig, mit schwarzer Wimperntusche und knallrotem Lippenstift.

Und das andere? Na gut, sie hatte auf der Schule ihr Abi nachgeholt und angefangen, Architektur zu studieren. Architektur deswegen, weil es in dem Dorf, aus dem sie kam, nur hässliche alte Häuser gab.

Einmal hatte sie im Atelier eines Schwarzenberger Künstlers ein Ölgemälde gesehen, das sie fasziniert hatte. Er hatte ihr erklärt, dass das Gebäude auf dem Bild Mont St. Michel sei. Von da an hatte sie den Wunsch gehabt, selbst Häuser zu entwerfen. Und sie hatte immer in die Normandie reisen wollen. Beides war bis heute ein Traum geblieben.

Ihr erster Mann war ihr Professor an der Uni gewesen. Wegen ihm hatte sie ihr Studium aufgegeben. Was sie nicht gewusst hatte: Er war ganz wild auf Lehrer- und Schüler-Spiele, wobei sie die Rolle der Domina übernehmen musste. Nach zwei Jahren hatte sie ihn verlassen und war vom Regen in die Traufe gekommen.

Ihr zweiter Mann war Bauunternehmer und hatte sich im wahrsten Sinne des Wortes nach oben geboxt. Das Boxen behielt er auch in ihrer Ehe bei. Mehrfach war sie weggelaufen, aber er hatte sie jedes Mal wieder aufgespürt und windelweich geschlagen. Erst als er wegen Steuerhinterziehung hinter Gitter kam, war es ihr gelungen, einen Schlussstrich zu ziehen.

Ihren dritten Ehemann hatte sie auf einer Landwirtschaftsmesse kennengelernt. Sie war dort als Hostess gebucht, und, na ja, mit guten Kunden ging man dann auch schon mal abends aus. Heuwinkel war nicht nur Politiker, sondern in erster Linie Schweinemäster. Seine Betriebe waren im ganzen Landkreis verteilt. Er galt als wohlhabend und einflussreich.

Mittlerweile war auch mein Kaffee kalt geworden. Ihre Geschichte berührte mich sehr, aber ich wusste nicht, wie ich ihr hätte helfen können.

»Es ist ja nicht so, dass er ein Unmensch wäre«, sagte sie. »Er ist ziemlich großzügig, wenn's drauf ankommt.«

Der Inhaber kam und fragte, ob wir noch einen Wunsch hätten. Er schaute auf unsere Tassen mit den kalt gewordenen Resten und runzelte die Stirn, als wir das Gleiche nochmals bestellten.

»Sagen Sie, Hermine, ist Ihr Mann Taucher?«

»Taucher? Soll das ein Witz sein? Wie kommen Sie darauf?«

»Ach, vergessen Sie's«, sagte ich.

Ich schaute an ihr vorbei aus dem Fenster. Ein Zug, der gerade am Bahnhof gestanden hatte, fuhr soeben an, durch den Bahnübergang, und die Schranken öffneten sich.

Und plötzlich sah ich die Mönchsgestalt wieder. Er ging mit eiligen Schritten über den Bahnübergang Richtung Metzgerei.

»Verzeihen Sie!«, sagte ich, sprang auf und lief zur Tür. Draußen blendete mich die Sonne. Ich kniff die Augen zusammen und rannte in Richtung Übergang. Ich sah, wie die Ampel auf Rot schaltete und fluchte. Einen Augenblick später bewegten sich die Schranken nach unten.

Ich bückte mich, um im letzten Augenblick darunter durchzuschlüpfen. Jemand packte mich schmerzhaft am Oberarm und riss mich zurück.

Ich schaute auf und erblickte Krause!

Seine Augen blitzten voller Befriedigung, so als hätte er mich gerade bei einem Bankraub erwischt.

»Das wird teuer, mein lieber Freund!«, sagte er gehässig.

Ich riss mich los. Die Schranke war geschlossen. Der Mönch über alle Berge.

»Sie Idiot!«, zischte ich. »Ich habe gerade jemanden gesehen, den …«

»Beamtenbeleidigung also auch noch!«, knurrte er. »Zeigen Sie mir mal Ihren Ausweis?«

»Sind Sie jetzt total verrückt geworden, Krause? Sie wissen doch, wer ich bin!«

Er schüttelte unbeirrt den Kopf. »Das kann ja jeder sagen.«

»Also schön: Ich bedanke mich bei Ihnen, dass Sie mir soeben das Leben gerettet haben. In Ordnung?«

»Das macht zweihundertzweiundzwanzig Euro, mein Lieber. Und vier Punkte in Flensburg.« Er zog seinen Block aus der Brusttasche, schrieb mit gerunzelter Stirn den Strafzettel aus und gab ihn mir. Mittlerweile war der Zug vorübergesaust, und die Schranken hatten sich wieder geöffnet.

Ich entspannte mich. Der Mönch war bestimmt schon über alle Berge.

»Sie können von Glück sagen, dass ich nicht Staatsanwalt bin oder bei der Kripo, die in dem Fall ermittelt«, sagte er.

»Weil ich den Bahnübergang überqueren wollte?«

»Wie immer die Scheinheiligkeit in Person, was?«, blaffte Krause. »Haben Sie unser letztes Rendezvous schon wieder vergessen?«

Diesmal musste ich grinsen. »Klar, Krause, Sie trauen mir auch zu, dass ich den Taucher im Wald gepfählt habe, was?«

»Der Taucher ist gestern Nacht im Klinikum seinen Verletzungen erlegen«, sagte Krause unbewegt, und mir verging das Grinsen.

»Das ist wirklich grauenhaft«, sagte ich.

»Ja, denn jetzt ist es Mord«, sagte Krause. Er lächelte grausam.

»Woher wissen Sie, dass es kein Unfall war?«

Sein widerliches Lächeln klebte noch immer in seiner Visage. »Fragen Sie doch Ihre Freundin, Frau Heuwinkel.«

»Was hat die mit dem Fall zu tun?«

»Bei dem toten Taucher handelt es sich um ihren Ehemann. Und Sie stecken mit drin, Morgenstern!«

Als ich zurück ins Café stürmte, war Hermine Heuwinkel verschwunden. Ich fragte den Inhaber, aber der zuckte nur mit den Schultern. Als ich mich abwenden wollte, hielt er mich zurück: »Ich dachte schon, dass Sie beide die Zeche prellen wollen ...«

Er lächelte mich an, und ich verstand. »Wie viel?«

»Macht zusammen fünf fünfzig.«

Ich gab ihm einen Zehner und verzichtete auf das Wechselgeld. Ich stürmte wieder nach draußen. Hermine Heuwinkel war nirgends zu sehen. Krause stand noch immer vor der Schranke. Als er mich sah, setzte er ein grimmiges Gesicht auf.

»Haben Sie Frau Heuwinkel gesehen?«, fragte ich ihn.

»Wieso? Ist doch Ihre Freundin!«

Die Schranken senkten sich abermals. Irgendwie schienen sie in diesem Stück mein Schicksal zu bestimmen. Ich kam mir vor wie ein Schauspieler auf einer Theaterbühne. Und die Schranke stand genau in der Mitte. Und seltsamerweise war sie, immer wenn ich unbedingt auf die andere Seite musste, geschlossen. Das Publikum würde seinen Spaß haben.

In diesem Moment erspähte ich Hermine Heuwinkel jenseits der Schranke. Sie war auf dem Weg zum Metzger. Ich sah, wie sie unschlüssig vor dem Schaufenster stand. Ich schaute zu Krause. Der spielte gerade mit seinem Handy herum.

Ich nutzte die Gunst der Stunde, schaute nach rechts, schaute nach links und vergewisserte mich, dass kein Zug kam. Dann bückte ich mich und schob mich unter dem gestreiften Balken hindurch. Noch während ich lossprintete, hörte ich Krause hinter mir schreien: »Morgenstern, das kostet Sie das Doppelte. Mindestens! Bleiben Sie stehen!«

Ich achtete nicht auf ihn. Ich war mir sicher, dass er mir nicht folgte. Damit würde er ja selbst eine Ordnungswidrigkeit begehen.

Die Schranke auf der gegenüberliegenden Seite überwand ich mit einem eleganten Sprung.

Ich fluchte, als ich feststellte, dass ich Hermine Heuwinkel erneut aus den Augen verloren hatte. Meine Hoffnung war, dass sie inzwischen in der Metzgerei verschwunden war. Als ich wieder beim Laden war, sah ich, dass die Schlange der Kunden bis auf die Straße reichte. Normalerweise war die Metzgerei gut besucht. Im ganzen Teutoburger Wald gab es vielleicht hier und da genauso gutes Fleisch. Aber nicht die fachliche Beratung und die Zeit, die Frau Schlüter und ihre Mitarbeiter den Kunden widmeten. Besonders die Älteren liebten es, auf der Bank, die im Verkaufsraum stand, ein Schwätzchen zu halten. Wie früher auf dem Marktplatz, aber viel bequemer. Doch wahrscheinlich war der noch größere Kundenandrang der Tatsache zu verdanken, dass sich der Überfall wie ein Lauffeuer herumgesprochen hatte.

Ungeduldig drängte ich mich an der Schlange vorbei, was mir sofort ein paar harsche Bemerkungen einbrachte:

»Verzeihung, haben Sie Frau Heuwinkel gesehen?«, rief ich Frau Schlüter zu.

»Herr Morgenstern!« Frau Schlüter wirkte etwas gehetzt. »Hier sind Ihre Steaks!«

Ich bahnte mir einen Weg bis zur Theke. Diesmal murrte keiner mehr.

Frau Schlüter drückte mir eine große Tüte in die Hand.

»Ich nahm sie entgegen und wunderte mich. »Ist das nicht ein bisschen viel?«

»Da ist auch noch die Kümmelsülze für Frau Heuwinkel dabei. Sie hat mich angerufen und wollte sie abholen. Ich habe gehört, dass Sie mit ihr ... also, vielleicht können Sie sie ihr ja vorbeibringen. Oder ihrem Mann. Liegt ja quasi auf Ihrem Weg.«

Sie lächelte mich so unschuldig und freundlich an, dass ich einfach nicht Nein sagen konnte. Allerdings war ich einmal mehr verblüfft, wie schnell sich irgendwelcher Klatsch in diesem Stadtteil herumsprach.

Ich fragte mich, was ich falsch gemacht hatte. Ich war hierher gezogen, weil ich die Einsamkeit gesucht hatte. Seit den Ereignissen des letzten Jahres war ich drauf und dran, eines der bekanntesten Gesichter im Teutoburger Wald zu werden.

Eigentlich hätte ich nun schnurstracks nach Hause fahren sollen.

Oder Abendroth anrufen, um ihm zu sagen, dass er sich seinen verdammten Auftrag sonst wohin stecken sollte.

Vor allem hätte ich Hermine Heuwinkel ab sofort aus meinem Kopf verbannen sollen.

Stattdessen machte ich den Fehler, mich in meinen Volvo zu setzen und geradewegs zum Anwesen der Heuwinkels zu fahren. Ich war mir plötzlich sicher, dass ich Hermine Heuwinkel dort antreffen würde.

Früher oder später.

6.

Anwesen war der richtige Ausdruck. Ich fühlte mich irgendwie an die Ponderosa-Ranch aus »Bonanza« erinnert, als ich die breite, kiesbestreute Auffahrt hinauffuhr, die an einem zweiflügeligen schmiedeeisernen Tor endete. Auf dem Weg zuvor war mir ein schwarzer Audi aufgefallen, der am Straßenrand parkte. Offensichtlich wurde das Haus observiert. Ich fühlte mich wie auf dem Präsentierteller.

Die efeubewachsene Mauer zu beiden Seiten war über zwei Meter hoch, und dahinter standen noch höhere, dichte Sträucher.

Ich ließ den Motor laufen, stieg aus dem Wagen aus, schaute freundlich in eine Überwachungskamera und klingelte. Ich hatte keine große Hoffnung, dass sie mir wirklich öffnen würde.

Umso überraschter war ich, als nach drei Sekunden ein unangenehmes Summen ertönte und die Torflügel wie von Geisterhand aufgingen.

Ich stieg wieder in den Volvo und fuhr durch das geöffnete Tor die Einfahrt weiter hoch. Nach hundert Metern parkte ich den Wagen vor dem Haus. Es war ein lang gestrecktes, protziges Gebäude.

Ich stieg ein zweites Mal aus und ging zur Haustür. Haustür war nicht der richtige Ausdruck. Alles war hier eine Spur zu groß. Der Kies knirschte unter meinen Schritten. Es war das einzige Geräusch.

Ich klingelte. Nach einer Weile hörte ich drinnen Schritte. Wieder tauchte vor meinem inneren Auge die Cartwright-Ranch auf. Ich musste daran denken, wie ich seinerzeit sonntagnachmittags begeistert vor dem Schwarz-Weiß-Fernseher gesessen und vor allem Adam die Daumen gedrückt hatte. Jetzt erwartete ich eher Hoss. Oder den alten Ben. Oder Hop Sing, den chinesischen Koch.

Am liebsten wäre ich aber geflüchtet. Plötzlich hatte ich Angst vor dem, was mich erwartete. Was war ich doch für ein Idiot, mich hier einzumischen.

Sie öffnete die Tür und stand mit verweinten Augen vor mir. Sie konnte noch nicht lange zu Hause sein. Aber es hatte gereicht, sie völlig zu verstören.

»Was ... was ist ... Wie konnte das ...?«, stammelte sie.

»Gut, dass Sie da sind«, sagte ich und schob mich an ihr vorbei. »Ich habe vielleicht fünf Minuten, um es Ihnen zu erklären ...«

»Ich verstehe das nicht ...«

Sie bewegte sich nicht von der Stelle, und ich schloss für sie die Tür.

»Nicht weit von Ihrer Auffahrt parkt unauffällig ein schwarzer Audi. Bei der Frau und dem Mann darin dürfte es sich um Zivilfahnder handeln. Keine Angst, sie werden nicht gleich klingeln. Sie werden ihren Vorgesetzten informieren und Verstärkung anfordern.«

»Verstärkung?« Sie sah mich mit großen Augen an, während ich herauszufinden versuchte, ob sie mir nur etwas vorspielte oder ob sie wirklich so ahnungslos war, wie sie tat. »Ich bin vor zehn Minuten zurückgekommen. Herbert ist nicht da. Dafür ist alles ausgeräumt und liegt auf dem Boden herum. Als wäre jemand hier eingebrochen. Aber das Haus war abgeschlossen.«

»Kann ich mich mal umsehen?«, fragte ich.

Sie nickte und führte mich in eine Art Wohnzimmer. Oder besser gesagt, in einen Wohnsaal. Offensichtlich hatte Heuwinkel ein Faible für Größe. *Gehabt,* setzte ich in Gedanken hinzu. Ich fragte mich, ob sein Grab auch größer sein würde als alle anderen.

In dem Wohnzimmer herrschte Chaos. Zerbrochene Gläser und Vasen lagen auf den teuren Teppichen. Dazwischen Blüten und Stiele von Blumen. Es sah aus wie nach einem Kampf. Oder zumindest so, als hätte jemand versucht, es aussehen zu lassen wie einen Kampf. Dazwischen lagen herausgerissene Seiten aus Pornomagazinen. Ich bückte mich und hob eines auf. Es zeigte eine Frau, die nackt in einen Glasbehälter gesteckt worden war. Eine Kette schlang sich um ihren Körper. Das Wasser war so hoch, dass sie nur noch mit Mühe nach Luft schnappen konnte. Ein anderes Foto zeigte einen nackten Mann in einer Henkersmaske. Er stand neben einer Guillotine, in die der Kopf einer schreienden Frau eingespannt war.

»Stand Ihr Mann auf solche Praktiken?«, fragte ich.

»Wie kommen Sie darauf? Weil er mich geschlagen hat? Ich weiß nicht, wie dieses widerwärtige Zeug in unser Haus kommt!« Plötzlich wurde ihr bewusst, was ich gesagt hatte. »Wieso ›stand‹? Wieso reden Sie in der Vergangenheit? Was ist mit Herbert?«

Wenn es gespielt war, dann war es gut gespielt. Ich schaute auf meine Armbanduhr. »Wir haben noch etwa zwei Minuten. Ich will wissen, wo Sie seit gestern gewesen sind!«

Ich spürte, wie sie vor mir zurückwich. Nicht körperlich. Sondern irgendwie innerlich. Ihre Gesichtszüge verschlossen sich. Ihre Augen blickten kalt.

»Was wollen Sie überhaupt von mir?«, fragte sie scharf.

»Erinnern Sie sich, dass Sie mich zum Kaffee eingeladen haben? Ich hatte den Eindruck, dass Sie vielleicht jemanden brauchen, dem Sie Ihr Herz ausschütten können.«

Sie lachte auf. »Was sind Sie denn für einer? Ist das Ihre Masche? Barmherziger Samariter? Zuhörer? Frauenversteher?«

»Wo waren Sie, als Ihr Mann entführt und ermordet wurde?«, fragte ich scharf.

»Ermordet?« Sie sah mich mit ungläubigem Blick an. »Das ist ein Scherz, oder?«, fragte sie zögernd.

Ich fühlte mich nicht wohl in meiner Haut. Ich fühlte mich plötzlich völlig fehl am Platz.

»Es tut mir leid«, sagte ich schließlich.

»Was tut Ihnen leid?«

»Dass ich es Ihnen gesagt habe. Es war nicht richtig ...«

»Es braucht Ihnen nicht leid zu tun.«

Ich zuckte mit den Schultern.

»Wie ist er gestorben? War es ein Unfall?«

»Die Polizei wird es Ihnen besser sagen können als ich«, sagte ich ausweichend.

Sie stand da mit hängenden Armen und wirkte einfach nur hilflos. »Und was soll ich jetzt machen?«

»Wenn Sie wollen, bleibe ich hier, bis die Polizei da ist.«

»Bitte, helfen Sie mir!«

Ich nahm sie tröstend in den Arm. Sie weinte und presste sich an mich. Schließlich schob ich sie zurück. Wir hatten nicht mehr viel Zeit.

»Wenn Sie mir etwas sagen wollen, dann sagen Sie es schnell«, sagte ich. »Die Polizei wird gleich hier sein.«

»Ach ja, die Polizei ...« Es schien so, als hätte sie es immer noch nicht begriffen. Schließlich stammelte sie: »Ich war nicht da. Nachdem er mich geschlagen hatte, habe ich das

Haus verlassen. Ich hatte nicht vor, zurückzukommen. Aber als ich von meinem Konto Geld abholen wollte, war es gesperrt. Da ist mir bewusst geworden, wie ausgeliefert ich ihm war. Ich konnte nicht einfach abhauen. Wenn überhaupt, dann musste ich es cleverer anstellen.«

»Indem Sie ihn umbringen?«

»Unsinn!«, zischte sie. »Ich meine, indem ich es von langer Hand vorbereite. Genügend Geld beiseiteschaffen, mir einen anderen Namen zulegen und weit, weit weg von ihm ein neues Leben anfangen.«

»Wenn Sie das der Polizei sagen, ist das fast wie ein Geständnis.«

»Ich sage es aber nur Ihnen.«

»Waren Sie den ganzen Tag und die ganze Nacht weg?«, fragte ich.

Sie nickte. »Aber da ist noch etwas. Als ich vorhin zurückgekommen bin, hing vor der Haustür ein Galgenstrick. Die Schlinge bestand aus zwei Würsten.«

»Zeigen Sie mal her.«

»Ich habe alles gleich in den Müll geworfen. Aber da war noch etwas im Briefkasten.« Sie ging zum Schreibtisch, und als sie zurückkam, reichte sie mir einen zerknitterten DIN-A4-Bogen.

Ich las: »Deinen Macker haben wir schon bestraft. Du bist die Nächste! Gez.: Die Rächer der Entwürdigten und Entrechteten.«

»Die Rächer der Entwürdigten und Entrechteten? Was ist damit gemeint? Haben Sie eine Ahnung?« Ich gab ihr den Zettel zurück.

Sie zuckte die Achseln.

Der Drohbrief erinnerte mich an den, den Frau Schlüter mir gezeigt hatte. Stand dahinter irgendeine militante Tierschutzgruppe? Ich fragte Frau Heuwinkel, ob sie schon vorher Drohungen aus dieser Richtung bekommen hatte.

Sie schüttelte den Kopf. »Soweit ich weiß, nicht. Herbert ist zwar Schweinezüchter, aber er hat nie Probleme gehabt. Jedenfalls hat er nicht darüber gesprochen. Da müssen Sie schon seine Freunde oder Geschäftspartner fragen. In den letzten Wochen war er hauptsächlich damit beschäftigt, die Fleischerfachmesse in Bad Salzuflen vorzubereiten. Ich habe mich mit den geschäftlichen Dingen nie befasst.« Sie schaute sich um, dann ging sie zu einem großen Schreibtisch, der am anderen Ende des Raumes stand.

Auch auf dem Schreibtisch sah es so aus, als hätte hier ein Tsunami gewütet. Hermine Heuwinkel schob ein paar der Sachen zur Seite, wühlte darin herum und gab schließlich auf. »Er hatte hier immer einen grünen Ordner liegen, in dem er geschäftliche Unterlagen abgeheftet hat …«

Sie machte eine ratlose Handbewegung.

»Und jetzt ist der Ordner also verschwunden?«, bohrte ich nach.

»Jedenfalls ist er nicht mehr auf dem Schreibtisch. Herbert hat hier oft noch bis in die Nacht gearbeitet, während ich ferngesehen habe.«

»Wie idyllisch«, sagte ich. »Das klingt ja nach einer Traumehe …«

Es klingelte. Das Klingeln war kein schriller Schellton wie bei mir zu Hause. Es war ein sanftes Ding-Dong, das durch die Luft wehte wie ein entfernter, tiefer Glockenschlag.

»Sind das die Bullen?«, fragte Hermine Heuwinkel.

Diesmal zuckte ich die Achseln. »Schauen Sie doch nach.«

Sie schaute mich flehend an: »Bitte bleiben Sie bei mir, ja?«

Sie wartete meine Antwort nicht ab, sondern wandte sich

zu einem in der Wand verankerten Bildschirm um. Dann drückte sie einen Knopf. Ich schaute ihr über die Schulter und sah, dass drei Wagen vor dem Tor standen. Zwei zivile und ein Dienstfahrzeug.

»Haben Sie einen guten Anwalt?«, fragte ich.

Sie nickte. »Ich glaube schon. Herr Friedrich hat sich bisher um alles gekümmert ...«

»Dann wird er sich auch um Sie kümmern«, beruhigte ich sie. »Sagen Sie einfach erst mal nichts. Die werden versuchen, Sie aufs Glatteis zu führen.«

»Ich weiß«, sagte sie.

Ich versuchte immer noch, aus ihr schlau zu werden. Auf jeden Fall war sie abgeklärter und ausgebuffter, als sie mir zeitweise vorspielte.

Plötzlich drückte sie mir das Schreiben wieder in die Hand. »Das möchte ich der Polizei nicht zeigen. Aber ich möchte, dass Sie für mich herausfinden, von wem es stammt!«

»Wieso sind Sie sich so sicher, dass ich der Richtige bin für so etwas?«

»In die Enge getriebene Frauen spüren das«, antwortete sie ausweichend. »Sie sind doch Journalist, oder? Sie haben doch viel mehr Möglichkeiten als ich ...«

»Ja, vielleicht«, sagte ich. »Aber in erster Linie *war* ich Journalist.«

Es klingelte wieder. Die Beamten waren inzwischen ausgestiegen. Ich zählte acht oder zehn Männer und Frauen und fand das Aufgebot etwas übertrieben.

»Bitte!«, flehte sie.

Ich nickte und steckte das Blatt ein. Dabei fragte ich mich, warum sie das einzige Beweisstück, das für sie sprach, vor der Polizei verbergen wollte.

Es klingelte ein drittes Mal. Diesmal energischer.

Hermine Heuwinkel drückte nicht auf den Öffner, sondern ging selbst an die Tür. Ich hörte, wie sie draußen auf dem Korridor mit den Ankömmlingen sprach, und nutzte die Gelegenheit, den Blick noch einmal durch den Raum schweifen zu lassen.

Dann betrat Hermine Heuwinkel das Zimmer. Im Schlepptau die Beamten. Ich kannte keinen von ihnen.

Sie wiesen sich aus und forderten uns auf, uns hinzusetzen.

Frau Heuwinkel nahm auf einer großen weißen Ledercouch Platz. Ich begnügte mich mit einem Sessel gegenüber und fragte mich, was das Schweigen der Beamten zu bedeuten hatte.

Ich schaute in ihre Gesichter und versuchte, darin zu lesen. Insgesamt waren es sieben Leute. Also waren zwei von ihnen draußen geblieben. Entweder sicherten sie den Eingang oder durchsuchten das Gelände. Ich schloss nicht aus, dass weitere Polizeibeamte rund um das Anwesen verteilt waren und es sicherten.

Frau Heuwinkel fragte ein paarmal, was sie eigentlich wollten, aber offensichtlich hatten sie den Auftrag, keine Fragen zu beantworten. Sie fragte mich, ob das legal sei und ob sie nicht das Recht hätte, ihren Anwalt anzurufen.

»Ich würde warten«, sagte ich, und sie ergab sich irgendwann ihrem Schicksal, genau wie ich. Einmal fragte sie noch in die Runde, ob jemand einen Kaffee trinken wollte, doch sie bekam als Reaktion nur ein leichtes Kopfschütteln.

Irgendwann waren draußen weitere Stimmen zu hören. Schritte näherten sich, und zwei weitere Personen betraten das verwüstete Wohnzimmer.

Die beiden kannte ich.

Und sie kannten mich.

Norbert setzte eine säuerliche Miene auf, als er mich sah. »Mein Gott, ich fass' es nicht!«, sagte er. Alles andere konnte ich mir denken.

Die zweite mir bekannte Person war die Frau Oberstaatsanwältin. Sie bemühte sich jedoch, mit keinerlei Anzeichen zu verstehen zu geben, dass wir uns schon mal über den Weg gelaufen waren. In ihren Augen stand ich wahrscheinlich zu weit unter ihr. Sie sah zu Norbert auf, als erwartete sie von ihm, dass er sie vorstellte.

Norbert tat ihr den Gefallen.

»Frau Heuwinkel«, sagte er schließlich. »Wir müssen Ihnen leider mitteilen, dass Ihr Mann schwer verletzt aufgefunden wurde und seinen Verletzungen erlegen ist. Da Sie verschwunden waren, müssen wir annehmen, dass Sie etwas mit der Sache zu tun haben. Als Ehefrau haben Sie natürlich Zeugnisverweigerungsrecht. Trotzdem würden wir uns gerne mit Ihnen unterhalten – im Präsidium ...«

Wieder suchte sie meinen Blick. Sie erinnerte mich an ein waidwundes Reh.

»Nun mach mal halblang, Norbert. Frau Heuwinkel hat keinen Grund, etwas zu verbergen. Du siehst ja, wie es hier ausschaut. Die Sache ist doch klar: Jemand ist hier eingebrochen, hat Heuwinkel entführt und in den Wald gebracht ...« Ich musste ihm keine Einzelheiten erzählen. »Außerdem besteht keine Fluchtgefahr ...«

»Mach du mal halblang«, unterbrach mich Norbert. »Du solltest eigentlich froh sein, dass wir dich nicht gleich mit verhaften!«

»Wenn ich das Privatgespräch der beiden Herren mal unterbrechen dürfte«, meldete sich die Oberstaatsanwältin zu Wort. Sie wartete, bis wir beide uns ihr zugewandt hatten. Dann zog sie ein Diktiergerät hervor, schaltete es ein und fuhr fort: »Für mich ergibt sich hier ein ganz klares Bild: Nachdem wir das Haus der Eheleute Heuwinkel seit nunmehr vierundzwanzig Stunden observiert haben, ist die Tatverdächtige an den Ausgangspunkt des Geschehens zurückgekehrt. In ihrer Begleitung befindet sich ein gewisser Moritz Morgenstern, dessen mysteriöse Rolle in diesem Mordfall nur als Mittäterschaft gedeutet werden kann. Nachdem er bereits gestern wie zufällig am Fundort des Schwerverletzten auftauchte, nehmen wir ihn und Frau Heuwinkel hiermit fest ...«

»Hallo?«, unterbrach ich sie. »Festnehmen?

»Kann ich Moritz mal für einen Moment unter vier Augen sprechen?«, schaltete Norbert sich ein. Er wartete ihre Antwort nicht ab, sondern gab mir einen Wink. Ich stand auf, und er schob mich ins Nebenzimmer. Es war ein winziger Raum, in dem nur ein paar zusammengewürfelte Möbel standen. Zwar gab es auch ein paar Sitzgelegenheiten, aber wir zogen es vor, zu stehen.

»Du bringst mich in Teufels Küche!«, wetterte Norbert. »Spielst mal wieder den Schmalspur-Holmes, der uns leider immer wieder ins Gehege kommt. Und der zufälligerweise mein Freund ist, sonst würde ich ihn um einige Grade härter anfassen!«

Ich lehnte mich an einen Tisch und sagte: »Warum arbeiten wir nicht einfach zusammen?«

»Was hast du mir schon zu bieten?«

»Gegen eure Arroganz der Überlegenheit setze ich auf freies Denken.«

»Du Klugscheißer. Also schön, was weißt du, was wir nicht wissen?«

Ich erzählte ihm von dem Überfall auf die Fleischerei Schlüter.

Seine Miene wurde zusehends skeptischer. Schließlich

schüttelte er den Kopf und sagte: »Dahinter steckt irgendein Spinner. Glaubst du, du erzählst mir was Neues? Der hat schon ein paar andere Metzgereien heimgesucht. Ein Einzeltäter, wenn du mich fragst.«

»Und der Hund?«

»Das bearbeiten die Kollegen vom Tierschutz.«

Als Nächstes erzählte ich ihm, dass Heuwinkel seine Frau verprügelt und sie deshalb das Weite gesucht hatte.

»Und das glaubst du ihr?«, fragte er mit gerunzelter Stirn. »Die heult dir was vor, wirft sich dir an den Hals und erweckt dein edles Ritterherz.«

»Mach dich ruhig lustig«, sagte ich grimmig. Sein Spott verletzte mich mehr, als ich zugeben wollte. »Jetzt bist du an der Reihe.«

»Du hast mir ein paar Krumen hingeworfen, und dafür soll ich dir jetzt ein üppiges Festmahl servieren?«

»Wahrscheinlich steht es morgen sowieso in der Zeitung. Also?«

Auch er machte es sich bequem, indem er sich auf ein Sideboard setzte. Es knirschte. Norberts Körperfülle hatte sich mit den Jahren verdoppelt.

»Natürlich ist Heuwinkel kein unbeschriebenes Blatt für uns. Er erfüllt alle Klischees des Unternehmers, der über Leichen geht. Er hat sich nach und nach mit ziemlich unlauteren Mitteln zum erfolgreichsten Schweinezüchter in der Region hochgearbeitet. Mittlerweile hat er aber überall im Teutoburger Wald und auch im Ausland seine Zuchtfabriken. Von Steuerhinterziehung bis zu verbotenen Antibiotika, die er seinen Schweinen verabreicht hat, gibt es fast nichts, was ihm nicht vorgeworfen wurde. Irgendwie hat er immer den Kopf aus der Schlinge ziehen können, meistens durch die Zahlung von hohen Geldbeträgen. In den letzten Jahren ist es ruhiger um ihn geworden. Er wollte wohl seine politische Karriere voranbringen. Man hat ihm zugetraut, dass er bei der nächsten Wahl in den Landtag kommen würde.«

»Ist er irgendwann auffällig geworden, was seine sexuellen Neigungen betraf?«

Norbert schüttelte den Kopf. »Das ist das, worüber wir uns auch den Kopf zerbrechen. Wir ermitteln zurzeit in diversen Klubs und in der einschlägigen Szene. Bis jetzt ist nichts davon bekannt, jedenfalls ist nichts nach außen gedrungen. Seine zwei geschiedenen Frauen müssen wir allerdings noch vernehmen.«

»Das ist bis jetzt nicht viel, was ihr herausgefunden habt«, sagte ich.

»Heuwinkel ist vor drei Stunden seinen Verletzungen erlegen. Wir hatten gehofft, er würde noch einmal das Bewusstsein erlangen und uns etwas darüber sagen können, wer ihm das angetan hat ...«

»Warum seid ihr dann so sicher, dass seine Frau dahintersteckt?«

Er seufzte. »Da musst du die Oberstaatsanwältin fragen. Die hat es sich nun mal in den Kopf gesetzt.«

Ich nickte. Allmählich verstand ich, dass die Polizei genauso im Trüben fischte wie ich.

»Ihr wisst also nicht, wie er in den Wald gekommen ist? Oder auf den Baum?«

»Nein.«

»Wer hat ihn überhaupt gefunden?«

»Wir haben einen anonymen Anruf bekommen. Zuerst sind zwei Polizisten hingefahren. Für die beiden hat es zunächst so ausgesehen, als wäre das Opfer schon tot. Also haben sie gleich die Mordkommission benachrichtigt.«

»Und diese Rosenstolz?«

»Wurde natürlich auch benachrichtigt. Sie ist ziemlich ehrgeizig – und bevor du dazu etwas sagst: Ich finde das gut! Sie ist noch jung und hungrig. Solche Leute brauchen wir in der Verwaltung!«

»Mir kommen die Tränen …«

»Als du am Tatort aufgetaucht bist, waren wir schon eine Stunde da. Sag mal, woher hast du eigentlich davon gewusst?«

»Journalistengeheimnis«, sagte ich. »Ich würde es dir ja verraten, aber es bringt dich nicht weiter. Wahrscheinlich ist es derselbe Informant gewesen. Er hat sich erst bei einer Zeitung gemeldet und dann bei euch …«

»Wir kriegen es schon raus, verlass dich drauf!«, zischte Norbert.

Ächzend schob er sich vom Sideboard herunter. »Das war's dann, oder?«

Ich schüttelte den Kopf. »Noch nicht ganz. Wieso habt ihr seine Frau in Verdacht?«

»Wir müssen das ganze Umfeld des Toten überprüfen«, sagte er seufzend. »Und es könnte eine Beziehungstat sein.«

»Und sonst habt ihr keine Spur?«, fragte ich.

Norbert schüttelte den Kopf. Ich sah ihm an, dass es da noch etwas gab, was ihm Kopfzerbrechen bereitete. »Spuck's ruhig aus!«, ermunterte ich ihn.

»Was?«

»Na, das, was dich an dem Fall am meisten irritiert.«

»Unter dem Taucheranzug trug Heuwinkel Damenunterwäsche und mehrere Strumpfhosen, die er sich um den Körper gewickelt hatte. Aber auf der Haut klebte Schinken. Er hat sich den ganzen Körper mit Schinken beklebt!«

Als wir wieder ins Wohnzimmer kamen, warf Frau Dr. Rosenstolz uns einen misstrauischen Blick zu. Ansonsten schien sich die Situation etwas entspannt zu haben. Frau Heuwinkel hatte Kaffee gekocht, und irgendwie wirkten Polzisten mit einer Kaffeetasse in der Hand genauso gemütlich wie eine x-beliebige Runde von Beamten, die auf ein Pläuschchen zusammengekommen waren.

Nur die Oberstaatsanwältin hatte offenbar auf Kaffee verzichtet. »Nun, haben sich die Herren ausgesprochen?«, fragte sie spitz.

»Kann ich Sie einen Moment sprechen?«, fragte Norbert.

»Wenn's der Wahrheitsfindung dient.«

Dann zogen sich die beiden in eine entfernte Ecke des Wohnzimmers zurück.

»Ich glaube, Sie können noch mal Kaffee kochen«, sagte einer der Polizisten. Frau Heuwinkel nickte und verschwand in einem der angrenzenden Räume. Wahrscheinlich die Küche.

Ich ging ihr nach, und keiner hielt mich auf.

»Diese Staatsanwältin hat mir erzählt, wie Herbert gestorben ist. Komisch, ich kann irgendwie keine Trauer empfinden. Ich komme mir vor wie in einem Film. Das ist alles nicht wahr, oder?«

»Es ist wahr. Leider.«

Ich wies zum Wohnzimmer. »Wer das veranstaltet hat, der hat etwas gesucht. Und wenn er es nicht gefunden hat, kommt er vielleicht noch einmal wieder ...«

Sie hatte den Filter ausgewechselt, Kaffeemehl hineingelöffelt und die Kaffeekanne unter die Maschine gestellt und lutschte nun nervös am Daumen. »Daran habe ich nicht gedacht«, sagte sie schließlich. »Ich habe mich hier immer sicher gefühlt.«

Während der Kaffee durchlief, kam ihr offensichtlich ein

Gedanke. Ihr Gesicht erhellte sich etwas. »Sagen Sie, kann ich Sie nicht irgendwie mieten?«

»Ich bin nicht käuflich«, erwiderte ich.

»Auch nicht für eine Nacht?«

»Ich bin weder Loverboy noch Privatdetektiv.«

»Schade«, sagte sie. »Ich hätte ihnen auch ein schönes Gästezimmer zu bieten.«

»Sind Sie eigentlich froh, dass Ihr Mann tot ist?«, fragte ich unvermittelt.

»Sieht man mir das nicht an?«

»Ich will es aus Ihrem Mund hören.«

»Nur, wenn Sie mir Ihren Schutz anbieten!«

»Das ist Erpressung!«

»Mir bleibt in meiner Situation nicht anderes übrig.«

Der Kaffee war fertig.

»Also schön«, willigte ich ein. »Aber ich habe einen besseren Vorschlag: Sie kommen mit zu mir. Da sind Sie sicherer.«

Als wir ins Wohnzimmer kamen und Hermine Heuwinkel gerade den frischen Kaffee einschenken wollte, traten Norbert und Frau Rosenstolz gerade wieder aus ihrer Ecke.

»Abzug!«, bestimmte Norbert. Die Oberstaatsanwältin sagte gar nichts. Ihre Lippen bildeten einen dünnen Strich.

Während sich die Polizisten nach draußen bequemten, sagte Norbert: »Euren Kaffee haltet mal schön warm. Ich vermute, ihr werdet ihn noch brauchen ...«

»Könnte eine lange Nacht werden«, sagte ich.

»So weit ist es noch nicht, mein Lieber. Freu dich nicht zu früh«, sagte er leise. »Frau Heuwinkel«, sagte er dann, an Hermine Heuwinkel gewandt, »ich erwarte Sie um sechzehn Uhr im Präsidium. Meinetwegen bringen Sie Ihren Anwalt mit. Aber halten Sie mir Moritz vom Leib!«

Grußlos verließ er das Zimmer.

Als ich schon dachte, es wäre überstanden, kam er doch noch einmal zurück: »Ach ja: Ollie soll sich morgen früh um neun im Büro von Frau Dr. Rosenstolz einfinden.«

II. Durch den Wolf gedreht

Menschen,
die beim Anblick einer Metzgerei in Ohnmacht fallen,
sind mir ein Graus.

(Wolfram Siebeck)

Ich erwachte erneut von der Kälte. Sie war in meinen Körper gekrochen und breitete sich dort aus wie ein Geschwür. Sie zermürbte mich. Ich konnte nicht mehr klar denken. Nur noch an die Kälte und daran, wie ich sie überlebte.

Irgendwann war die Frage nicht mehr, wie ich sie überlebte, sondern wie lange.

Ich begriff, dass ich eine höhere Überlebenschance hatte, wenn ich mich bewegte. Es bedurfte einer fast schon unmenschlichen Anstrengung, meine Starre zu überwinden. Jedenfalls empfand ich es als unmenschlich. Es dauerte mehrere Minuten, bis ich mich endlich hingekniet hatte, und noch länger, bis ich mich an der Wand hochgezogen hatte. In gebückter Haltung setzte ich einen Fuß vor den anderen.

Mittlerweile war mir eingefallen, was passiert war.

Doch wie ich hierhergekommen war, wusste ich immer noch nicht.

Vielleicht war es auch nur ein Versehen. Irgendwann würde sich die Tür öffnen und sich alles als Missverständnis erweisen.

Doch diese Hoffnung starb schnell. So ein Versehen gab es nicht. Es gab keine Frau Schlüter, die am Montagmorgen den Kopf in die Kühlkammer stecken und ausrufen würde: »Mein Gott, Herr Morgenstern, Sie haben wir ja völlig vergessen!«

Trotz der Kälte spürte ich noch Schmerzen. Mein Kopf pochte wie eine zu laute Standuhr. Doch noch heftiger schmerzten meine Finger. In einem Anfall von Verzweiflung hatte ich die hauchdünne Eisschicht von den Wänden gekratzt, in der Hoffnung, darunter eine Tür, ein Schloss, einen Hebel oder irgendetwas zu finden, das mich hier rausbrachte.

Es gab tatsächlich eine Tür. Sie war schätzungsweise achtzig Zentimeter breit und einen Meter achtzig hoch. Allerdings hatte sie weder ein Schloss noch eine Klinke. Zumindest nicht von innen.

Ich kratzte und schlug dagegen, bis ich merkte, dass nicht nur meine Fingerkuppen bluteten, sondern auch meine Knöchel. Wegen der Kälte meldete sich der Schmerz erst mit einiger Verzögerung. Dafür aber blieb er.

Nachdem ich die Tür entdeckt und erfolglos dagegengehämmert hatte, versuchte ich es mit Gewalt. Doch es war genauso sinnlos wie meine Bemühungen zuvor. Nachdem ich fünfmal Anlauf genommen hatte und gegen die Tür gerannt war, schmerzte meine Schulter, und mein Kopf tickte nun wie eine Zeitbombe.

Irgendwann bekam ich Hunger. Weil ich meine Finger nicht mehr benutzen konnte, riss ich mit den Armgelenken eine der Würste ab und schlug die Zähne hinein. Ich spuckte die Pelle auf den Boden und biss herzhaft in den Schinken.

Ich tippte auf Westfälischen Schinken. Geräuchert.

Fast musste ich lachen, als ich daran dachte, dass man früher, als man die Schinken noch zu Hause im Rauch selbst räucherte, vom Schinkenhimmel sprach.

Ich war im Schinkenhimmel! Das war zumindest etwas, an das ich mich klammern konnte.

Besser als nichts.

Doch das Lachen verbiss ich mir. Ich hatte Angst, überzuschnappen.

Nach dem Verzehr des salzigen Schinkens bekam ich Durst.

Gierig leckte ich die Eisschicht von den Wänden.

Zwischenspiel:

Natürlich verschwindet niemand so einfach mir nix, dir nix. Jeder Mensch hat seinen Anfang, und jeder hat sein Ende – ob vorbestimmt oder nicht, das spielt keine Rolle. Er wird geboren, und er stirbt irgendwann. In der Zwischenzeit schlägt er Wurzeln. Einem Menschen, der einfach so dahingeht und verschwindet, dem fehlt etwas. So etwas wie der letzte Anker, den er setzt, bevor er wieder in See sticht.

Und deshalb kann ich nicht zur Tagesordnung übergehen und hinnehmen, dass sie einfach verschwunden sein soll. Ich habe nachgefragt.

Das Seniorenzentrum St. Agnes liegt genau an der B236 zwischen Horn und Detmold. Die hauseigene Werbebroschüre ist seit Jahren nicht mehr erneuert worden, das Layout entspricht dem Zeitgeist der Neunziger.

Die sterilen Bilder zeigen lachende Greise, die wahrscheinlich schon längst unter der Erde liegen. Der Text ist sachlich bis nichtssagend. Wo sich andere Häuser, Residenzen und Heime mit platten Werbesprüchen zu übertrumpfen versuchen, wie »Pflege in besten Händen«, »Fachlich kompetente Pflege mit persönlicher Note«, »Im Mittelpunkt des Lebens« oder auch »Gestalten Sie Ihr Leben neu!«, spricht der Prospekt des Seniorenzentrums St. Agnes in sachlich zurückhaltendem Ton von sich als »Seniorenhaus mit einem vielseitiges Programm und umfassendem Pflegeangebot«. Es steht tatsächlich »vielseitiges« statt »vielseitigen«. In all den Jahren ist es niemandem aufgefallen. Und wenn, so hat sich keiner verantwortlich gefühlt, die leicht angestaubt wirkenden Prospekte zu korrigieren oder gar durch neue, modernere zu ersetzen.

»Leicht angestaubt«, das ist auch mein erster Eindruck, als ich aus dem Linienbus steige und von der anderen Straßenseite aus das Gebäude zum ersten Mal betrachte. Es ist im schmucklosen Sechzigerjahre-Kastenstil erbaut. Nachträglich hat man Balkone angebracht. Auf eine einheitliche Begrünung wird kein Wert gelegt. An manchen Balkonen sind am Geländer Blumenkästen angebracht. Nur die wenigsten sind mit Blumen bepflanzt. Die meisten davon mit Stiefmütterchen.

Hinter der Hälfte der Fenster brennt Licht. Meist ist es grell und neonweiß. Hinter einem Fenster flackert es. Dort ist die Lampe defekt. Wie lange wohl schon?, frage ich mich, und ich habe vor meinem inneren Auge das Bild eines im Tode erstarrten Patienten, der von Spinnweben umgarnt darauf wartet, dass jemand kommt und die Birne wechselt.

So schlimm wird es schon nicht sein, denke ich, aber seit damals, als wir Omma Frederike im Altenheim besuchten, war ich in keiner solchen Einrichtung mehr.

Ich gebe mir einen Ruck und überquere die Straße. Es gibt an dieser Stelle eine Ampel und einen Zebrastreifen, wohl in der weisen Voraussicht, dass es Besucher gibt, die nicht so gut zu Fuß sind wie ich.

Der Eingang wirkt altbacken. Der steinerne Bogen über dem gläsernen Eingang hat im wahrsten Sinne des Wortes etwas Aufgesetztes.

Unwillkürlich atme ich noch einmal tief durch, bevor ich die Glastür aufdrücke und in die Empfangshalle trete. »Halle« ist vielleicht übertrieben, denn die Decken sind heruntergezogen worden und mit Holzverstrebungen verziert. Die dort eingelassenen Strahler verbreiten ein angenehm gedämpftes Licht. Gedämpft werden auch meine Schritte. Der dicke braune Teppich verschluckt jedes Geräusch.

Das alles hat eindeutig den leicht morbiden Charme der Siebzigerjahre. Und trotzdem bin ich angenehm überrascht. Es hat tatsächlich mehr von einer Hotellobby als von einem Altenheim.

Insassen sehe ich keine, die meisten sitzen wahrscheinlich beim Frühstück. Eine junge, braun gebrannte Frau mit kurzen weißblonden Haaren sitzt hinter dem Empfangstresen und schaut mir freundlich entgegen. Als ich sage, dass ich Journalist bin und mich auf die Suche nach der verschwundenen Lotte Unverzagt begeben will, klappt ihre freundliche Maske herunter wie ein Visier, und sie wechselt in den Geschäftsmodus.

»Frau Unverzagt ist leider noch nicht gefunden worden«, erklärt sie. »Alles andere müssen Sie schon die Polizei fragen.«

»Aber sie hat doch hier gewohnt? Im ersten Stock. Zimmer einhundertdrei?«

»Ja, das stimmt«, antwortet sie. »Möchten Sie unseren Prospekt mitnehmen?«, fragt sie dann.

»Gerne.«

Sie reicht ihn mir herüber. Ich reiche ihr im Gegenzug meine Visitenkarte. »Vielleicht fällt Ihnen ja noch etwas ein«, sage ich. »Auf der Karte stehen meine Telefonnummer und meine E-Mail-Adresse.«

Sie weist sie zurück. »Behalten sie die ruhig. Ich glaube nicht, dass mir noch etwas einfällt. Was glauben Sie, wie viele Visitenkarten ich seitdem schon bekommen habe?«

»Aber ich hätte gern eine«, sagt eine heisere Stimme hinter mir.

Ich fahre herum und sehe einen alten Mann, vornübergebeugt auf einem Rollator. Ich schätze den Mann auf über neunzig. Sein Gesicht besteht nur noch aus pergamentener Haut, die sich über die Knochen spannt. Sein klapperdürrer Körper steckt in einem schwarzen Anzug, der ihn umschlottert wie die Lumpen an einer Vogelscheuche.

Der Alte grinst böse, als er sieht, dass er mich allein durch seine Anwesenheit aus der Fassung gebracht hat.

»Ja, die Teppiche verschlucken hier jeden Schritt«, sagt er. »Obwohl ich noch gut höre, bin ich manchmal selbst überrascht, wen sie wieder abgeholt haben. Die holen die Toten so leise hier weg, dass ich manchmal Angst habe, ich bekomme meinen eigenen Tod nicht mit ...«

Ich reiche dem Alten meine Karte. »Oh, Herr Morgenstern. Ein Nachfahre des Dichters Morgenstern?«

»Nein, aber ich verehre ihn.«

»Dann kennen Sie bestimmt den Spruch: Man sieht oft etwas hundertmal, tausendmal, ehe man es zum allerersten Mal wirklich sieht.«

7.

Als ich am nächsten Morgen aufwachte, lief bereits das Radio. Steffi Klug machte einen Witz über »Ferkel sucht Bauer«. Ich versuchte, diesen Witz zu begreifen, aber irgendetwas hinderte mein Denkvermögen daran. Ich hatte das Gefühl, ich befände mich auf einer rosafarbenen Wolke, die irgendwo im Himmel schwebte. Aber wann immer diese Wolke vom Wind etwas unsanfter geschüttelt wurde, pochte ein unsäglicher Schmerz durch meinen Schädel.

Mir blieb nichts anderes übrig, als weiter zuzuhören. Dabei fragte ich mich, wer das Radio überhaupt angestellt hatte.

Die Interessengemeinschaft der Schweinehalter Deutschlands (ISN) warb für ihre neue Kontaktbörse im Internet. Ich hatte nie von dieser Interessengemeinschaft gehört, und sie interessierte mich auch nicht. Trotzdem schien das Thema Schweine mich seit Tagen zu verfolgen. Meine Gedanken schweiften kurz ab, als ich über Steffi nachdachte. Sie war alles andere als mein Idealbild von einer Frau, aber ich spürte, dass Ollie immer noch an ihr hing. Ich hatte keine Ahnung, warum zwischen beiden plötzlich wieder Funkstille herrschte. Vielleicht sollte ich mal bei Steffi anrufen und …

»Kaffee oder Tee?«, zwitscherte eine Stimme.

Ich schaute mit zerknittertem Gesicht auf und sah gleich zwei Frauen neben meinem Bett stehen. Irgendwie hatte ich es tatsächlich verdrängt, dass ich zwei Übernachtungsgäste beherbergte. Bei einem eingefleischten Junggesellen wie mir kommt es nicht oft vor, dass ich Frauen über die Schwelle meiner Wohnungstür lasse. Ich verabrede mich lieber außerhalb mit ihnen. Bis heute habe ich nie eine Putzfrau gehabt.

»Kaffee oder Tee?«, wiederholte nun die andere Stimme. »Oder beides?«

Hermine Heuwinkel hielt die gläserne Kaffeekanne in der Hand, Sare die bauchige weiße Teekanne.

»Kaffee«, krächzte ich. Irgendetwas war nicht in Ordnung mit meiner Stimme.

»Schwarz oder mit Milch und Zucker?«, erkundigte sich Frau Heuwinkel.

Erst jetzt sah ich, dass sie im Nachthemd vor mir stand. Ihre Arme waren tätowiert. Auch auf den muskulösen Beinen hatte sie Tattoos.

Dann zuckte ein gewaltiger Schmerz durch meinen Kopf.

»Schwarz!«

»Dachte ich mir schon. Ich habe keine Milch gefunden. Meinst du, ich kann mal bei deinen Nachbarn fragen? Ich krieg den Kaffee ohne Milch so früh am Morgen nicht runter ...«

Du? Seit wann duzten wir uns? Ich versuchte, Ordnung in das Chaos meiner Erinnerungen zu bringen, aber ab einer bestimmten Stelle traf mich erneut der pochende Kopfschmerz.

»Duffy. Frag Duffy wegen der Milch«, stöhnte ich. Ich schloss die Augen.

»Also keinen Tee?«, hörte ich Sare fragen.

»Bauer sucht Frau!«, sagte ich, und beide Frauen sahen mich verständnislos an.

»Du hast tatsächlich zu viel gebechert gestern Abend«, stellte Hermine Heuwinkel fachkundig fest. »Seit wann bist du Bauer?«

Ich war zu schwach, um zu erklären, dass ich endlich Steffis Witz verstanden hatte.

»Was ist passiert?«, fragte ich schwach.

»Ich geh' rüber und hol die Milch«, sagte Sare. »Erklär du es ihm.«

»Na ja, ich habe gestern meinen Koffer gepackt, und du hast mich zu deinem Freund Norbert begleitet. Du hast draußen warten müssen, während ich ihm alles erzählt habe, was ich wusste. Danach sind wir hierhergefahren. Dann hat Sare – übrigens eine sehr Süße! – uns bekocht. Es gab – warte mal, Börek und eine rote Linsensuppe als Vorspeise, danach ...«

»Ich meine, warum glaube ich, dass sich im Moment die Welt vor meinen Augen dreht?«

»Danach haben wir ein bisschen zusammengesessen und Mensch-ärgere-Dich-nicht gespielt. Daraufhin hast du eine Flasche Gin geholt, die du vorher vor uns versteckt gehalten hattest ...«

»Weil wir bis dahin schon drei Flaschen Rotwein intus hatten ...«

Allmählich fiel der Schleier.

»Du hast uns den Gin angeboten und behauptet, dass dir dein Freund Ollie erzählt hat, das wäre die Lieblingsmarke von Queen Mum. Du selbst hast dich an einer Flasche Whisky schadlos gehalten und damit angegeben, wie teuer der gewesen ist.«

»Nein!«, stammelte ich.

»Doch, du hast ganz schön angegeben damit ...«

Dunkel, sehr dunkel kam die Erkenntnis, dass ich einen sehr großen Fehler gemacht hatte.

»Ich meine, das war doch nicht der Lagavulin? Oder?«

»Keine Ahnung. Angepriesen hast du ihn jedenfalls wie einen Sack Gold.«

»Einundzwanzig Jahre alt ...«

Mit einem Schmerzenslaut sank ich zurück aufs Kopfkissen.

»Tut der Kopf so weh?«, erkundigte sie sich besorgt.

»Schlimmer. Der Whisky ist dreihundert Euro wert. Hab' ich ihn etwa ausgetrunken?«

»Du hast zumindest eine ganze Menge davon verkostet. Nachher hast du uns auch noch was davon angeboten. Aber Sare trinkt keinen Alkohol, und mich kannst du mit dem Zeug jagen. Ich habe mich an Queen Mum gehalten. Irgendwann bist du dann nach draußen und hast deinen Freund Ollie angeschleppt. Ein netter Kerl übrigens. Allerdings ist er etwas aufdringlich, wenn er getrunken hat. Er ist Sare ganz schön auf die Pelle gerückt ...«

Mehr wollte ich gar nicht wissen. Manchmal ist es vielleicht sogar ganz gut, wenn man einen Blackout hat.

Ich richtete mich wieder auf und nahm die Tasse mit dem immer noch dampfenden Kaffee. Heiß, wie er war, ließ ich ihn die Kehle hinunterrinnen. Allmählich erwachten meine Lebensgeister.

Ich lag auf dem Sofa im Wohn- und Arbeitszimmer. Wahrscheinlich hatten die beiden Frauen im Schlafzimmer genächtigt. Langsam erhob ich mich, schlug die Bettdecke zurück und setzte mich auf. Ich hatte meinen Schlafanzug an, aber ich wusste nicht, wie ich da hineingekommen war. Und ich wollte es auch gar nicht wissen.

Irgendetwas war mit Ollie. Etwas, was ich ihm sagen musste. Aber es wollte mir partout nicht einfallen.

»So weit ist alles klar«, sagte ich. Meine Zunge fühlte sich trotz des heißen Kaffees immer noch an wie ein Fremdkörper in meinem Mund. »Ollie und ich haben also den Lagavulin geleert ...«

»Am meisten hat dieser Wilbur getrunken«, sagte Frau Heuwinkel.

»Wilbur? Wer ist Wilbur?«

»Ein ziemlich ungehobelter Bursche. Er trinkt, flucht und kann in der Nähe einer Frau seine Hände nicht bei sich behalten. Außerdem ist er eine ziemlich ungepflegte Erscheinung, hält sich aber für unwiderstehlich.«

»Sind Sie sicher, dass ...«

»Sie?«

»Also gut: Du. Bist du sicher, dass du dir diesen – Wilbur? – nicht nur eingebildet hast?«

»Habe ich mich bis zur Besinnungslosigkeit betrunken oder du?«

Ich sah ihr zu, wie sie in die Küche ging. An den Füßen trug sie dicke weiße Wollsocken. Sie kamen mir bekannt vor, denn es waren meine eigenen.

Hermine Heuwinkel bewegte sich mit einer Selbstverständlichkeit, als würde sie hier wohnen. Komischerweise hatte ich nichts dagegen.

Nachdem ich geduscht und mich angezogen hatte, sah ich halbwegs aus wie ein normaler Mensch. Wenn man von den dunklen Ringen unter den Augen absah. Und mein Sprachvermögen hatte ich irgendwie auch noch nicht wiedergefunden.

So ging mein gemurmeltes »Guten Appetit« irgendwie unter, als ich die Küche betrat.

Die beiden Frauen frühstückten bereits und unterhielten sich angeregt. Ich setzte mich dazu, und da ich nicht weiter beachtet wurde, widmete ich mich einzig und allein den leckeren Speisen.

Der Tisch schien sich unter der Fülle der Köstlichkeiten zu biegen. Ich hatte gar keine Ahnung gehabt, dass ich das alles im Kühlschrank gehabt hatte. Ich griff zu einem Brötchen und belegte es mit Parmaschinken ...

»Woher habt ihr all diese Schätze?«, erkundigte ich mich schließlich.

»Ollie hat angeboten, wir könnten uns bei ihm bedienen ...«

Ollie, was war noch mit Ollie? Plötzlich fiel es mir siedend heiß wieder ein.

»Ollie muss um neun Uhr bei dieser Staatsanwältin sein!«, rief ich. Ich schaute auf die Uhr. Es war zehn vorbei. Ich sprang auf, aber Hermine hielt mich zurück.

»Er ist um halb neun losgefahren, nachdem er uns geholfen hat, den Tisch zu decken.«

»Und woher wusste er ...?«

»Du hast es ihm gestern erzählt. Alles in Ordnung.«

Ich widmete mich wieder dem Brötchen. Alles in Ordnung? War es das wirklich? Mehr denn je hatte ich das Gefühl, dass sich ein Gewitter über mir zusammenbraute. Eigentlich hätte jede kleine Wolke für sich meine ganze Aufmerksamkeit beansprucht, aber es war gleich ein ganzes Wolkengebirge.

In diesem Moment klingelte es an der Tür.

Sare sah mich erschrocken an. Die Lockerheit, die gerade noch geherrscht hatte, war mit einem Schlag verschwunden.

»Bleibt hier sitzen!«, sagte ich und ging ins Wohnzimmer. Ich sah aus dem Fenster und erblickte draußen vor der Haustür eine gedrungene Gestalt. Sie war in einen hässlichen blassroten Bademantel gehüllt und schaute zu mir hoch. In dem feisten Gesicht lag ein fröhliches Grinsen.

»Das ist Wilbur!«, erklärte Hermine. Sie war auf leisen Socken hinter mir aufgetaucht und spähte über meine Schulter hinweg ebenfalls nach unten.

Der Typ winkte.

»Muss ich ihn reinlassen?«, fragte ich.

»Ich habe irgendwie die Erinnerung, dass du ihn zum Frühstück eingeladen hast«, half Hermine mir auf die Sprünge. »Ist mir auch egal, was du machst. Ich werde diesem Burschen jedenfalls nicht im Nachthemd gegenübertreten. Und auf Sare solltest du auch achtgeben. Ich mache mich jetzt frisch, wenn du nichts dagegen hast.«

Sie verschwand im Badezimmer, während ich zur Tür ging und den Drücker betätigte, der die Tür unten öffnete.

Die massige Gestalt meines Besuchers schleppte sich die Treppe des engen Hausflurs herauf. Dann stand ich Wilbur gegenüber. Er wog geschätzte einhundertfünfzig Kilo, reichte mir aber nur bis zur Brust. Die spärlichen roten Haare fielen ihm bis auf die Schultern. Aus dem Ausschnitt seines verschlissenen Bademantels kräuselten sich ebenfalls rote Haare. Die vielen Sommersprossen in seinem Gesicht erinnerten mich an die Hinterlassenschaften eines Möwenschwarms.

Während ich ihn noch anstarrte, hob er theatralisch beide Arme und begann zu singen:

»Fühl meine Brust auch/wie sie entbrennt,
helles Feuer/das Herz mir erfasst,
ihn zu umschlingen/umschlossen von ihm
in mächtigster Minne/vermählt ihm zu sein ...«

»Was war das?«, fragte ich entsetzt.

»Brünnhildes Schlussgesang, in dem sie ihre todessehnsüchtige Liebe zu Siegfried ausdrückt«, erklärte mein Besucher in korrektem Deutsch, aber mit gewöhnungsbedürftigem englischen Akzent.

»Ja, eben«, antwortete ich. Natürlich kannte ich Wagners »Ring des Nibelungen.« Er hatte mit einer hohen Fistelstimme gesungen, die mir in den Ohren schmerzte.

»Ich bin der einzige Wagner-Sänger der Welt, der sämtliche Rollen zugleich beherrscht – einschließlich der weiblichen Stimmen!«, erklärte er stolz.

Er schnupperte. »Ich rieche, rieche *eggs and bacon*!«

Ohne, dass ich ihn aufgefordert hätte, einzutreten, drückte er mich mit seinem massigen Bauch gegen die Tür und schob sich an mir vorbei. Kopfschüttelnd schloss ich die Tür. Als ich mich umschaute, war er bereits in der Küche verschwunden, und ich folgte ihm.

Er nahm am Küchentisch Platz. Eigentlich hätte ich nun vermutet, dass er sich vorstellte, stattdessen schien sein theatralisches Wesen rasch wieder Oberhand zu gewinnen.

»Herrlich!«, schwärmte er. »Ein Frühstück ganz nach meinem Herzen!«

»Wer sind Sie?«, fragte ich.

Seine Pranken, die soeben beherzt nach dem Brotkorb greifen wollten, erstarrten in der Luft. Ungläubig blickte er abwechselnd zu mir und zu Sare. Diese erbarmte sich schließlich, verdrehte die Augen und stöhnte: »Das ist Wilbur!«

»Ja, ich weiß ...«

»*Dear friend*, wir haben Brüderschaft getrunken!«

»Ich weiß, mit meinem teuersten Whisky.«

»Ja, ein wunderbarer Tropfen.«

»Wer sind Sie?«, wiederholte ich meine Frage.

Wieder schaute er abwechselnd mich und Sare an. Dann fragte er Sare:

»Was meint er? Ist er auf den Kopf gefallen? Hat er sein Gedächtnis verloren?«

»Also«, begann Sare geduldig, »wie es scheint, ist Wilbur Ollies Vetter ...«

»Wie es scheint?«, begehrte Wilbur auf.

»Ich dachte immer, Ollie hätte keine weiteren Verwandten«, wandte ich ein.

Aber mittlerweile wusste ich gar nicht, ob ich wirklich mehr erfahren wollte. Gut, dieser Wilbur war also Ollies Vetter. Und ich hatte ihn offensichtlich, betrunken wie ich war, zum Frühstück eingeladen. Auch das war zu verkraften. Er würde sich den Bauch vollschlagen, sich danach wieder verdrücken, und ich würde, wenn alles glattlief, mit dem Kerl herzlich wenig zu tun haben.

»Entschuldigung«, sagte ich. »Ich hätte nur gern gewusst, mit wem ich den Frühstückstisch teile. Sie heißen also Wilbur und sind Ollies Vetter! Wie lange gedenken Sie zu bleiben, Wilbur?«

»Och, ein paar Monate vielleicht. Kommt drauf an, wie sich die Saison so entwickelt.«

Offensichtlich sah er mir mein Erschrecken an, denn er setzte sofort hinzu: »Keine Angst, mein Freund, ich werde nicht jeden Morgen zum Frühstück anklopfen.«

Dann wandte er sich mit sichtlicher Vorfreude den Speckscheiben zu. Er schaufelte sie auf eine Scheibe Brot und verleibte sie sich in Windeseile ein.

»Eigentlich übe ich vor einem Auftritt Enthaltsamkeit«, sagte er kauend. »Schon ein winziger Krümel in der Kehle genügt, die gesamte Vorstellung zu schmeißen.«

»Was Sie nicht sagen ...« Dennoch hatte er meine Neugier abermals geweckt.

»Sie haben gleich einen Auftritt?«, fragte ich hoffnungsvoll. Das hieße, dass ich ihn bald wieder loswürde.

»Ja, ich muss vorsingen.«

»Oh, am Theater? In Bielefeld oder in Detmold?«

»In der Fußgängerzone«, bekannte er. »Die subventionierten korrupten Bühnen sind nichts für meinesgleichen. Ich ziehe den ehrlichen Applaus der offenen Straße vor.«

Inzwischen war Hermine aus dem Bad gekommen.

Bisher hatte ich sie nur im Kostüm oder Kleid erlebt. *Aufgedonnert* war die richtige Bezeichnung. Heute hatte sie sichtlich abgeflaggt. Sie trug eine einfache Jeans und einen schlichten Pullover. Dazu hatte sie nur einen Hauch von Schminke aufgetragen. Das rotblonde Haar hatte sie mit einem Gummiband einfach zu einem Pferdeschwanz gebunden. Ich erkannte sie kaum wieder. Es war, als ließe sie mit dem Tod ihres Mannes eine Hülle zurück, eine Puppe, aus der nun die wahre Hermine Heuwinkel geschlüpft war. Und diese gefiel mir eindeutig besser als die aufgetakelte Version.

Sie nickte kurz in die Runde und setzte sich möglichst weit von Wilbur entfernt auf einen Stuhl, sodass sie mir gegenübersaß.

»Dein Freund Norbert fand im Nachhinein die Idee ganz gut, dass ich für ein paar Tage von der Bildfläche verschwinde«, sagte sie und nahm sich ein Brötchen.

»Wenigstens so lange, bis die Untersuchungen an Herberts Leiche abgeschlossen sind. Sollen die Gerüchte ruhig ins Kraut schießen! Bis dahin kann ich eh nichts machen ...«

»Was ist mit dem Haus?«, fragte ich.

»Wird observiert.«

Ich nickte. Nun hatte sie mich doch wieder am Wickel. »Vielleicht sollte ich mal vorsichtig bei seinen Stammtischbrüdern anklopfen? Vielleicht haben die ja was mit dem Einbruch zu tun?«

»Könnte nicht schaden. Von Herberts sogenannten Freunden ist einer zwielichtiger als der andere. Die haben alle Dreck am Stecken.«

Ich schaute auf Sare, die mit unbewegter Miene ihren Tee schlürfte. Irgendwie tat sie mir leid.

»Du bleibst am besten hier«, sagte ich. »Bis sich die Lage entschärft hat.«

»Die wird sich nicht entschärfen«, sagte sie. »Meine Familie wird mich so lange suchen, bis sie mich finden. Und dann werde ich mit Kemal zwangsverheiratet.«

»Hab keine Sorge«, sagte Hermine und nahm ihre Hand. »Wir werden dir helfen.«

Und selbst Wilbur hielt einen Moment mit dem Frühstücken inne und nickte eifrig.

Doch die Unterhaltung mit ihr hatte mich an etwas erinnert.

»Entschuldigt mich«, sagte ich und stand auf und ging nach nebenan zum Telefon. Ich musste länger suchen, um Abendroths Telefonnummer in meinem Zettelkasten zu finden. Ich hoffte, dass sie noch stimmte, denn nur die wenigsten Anrufer schafften es, bis zu ihm vorzudringen.

Und auch ich hatte Pech. Nach einiger Zeit meldete sich eine abweisende weibliche Stimme: »Langhardt!«

»Ich möchte gern Herrn Abendroth sprechen.«

»Ihr Name?«

»Morgenstern.«

»Oh, Herr Morgenstern, Herr Abendroth lobt Sie in den höchsten Tönen, wenn er von Ihnen spricht.«

»Das wird er nach diesem Telefonat nicht mehr.«

»Nein? Aber wieso nicht?«, flötete sie, inzwischen sehr freundlich.

»Können Sie mich zu ihm durchstellen? Ich möchte ihm mitteilen, dass er ein Arschloch ist.«

»Leider nein, Herr Abendroth ist nicht zu sprechen.« Ihre Stimme wurde um keinen Deut unfreundlicher. Sie war gut gebrieft.

»Sie sollten ihm deutlich machen, dass es gut für sein Seelenheil ist, wenn er vielleicht doch eine einzige Minute seiner wertvollen Zeit für mich opfert.«

Sie zögerte. Wahrscheinlich wog sie ab, wie ernst mein Anliegen war und wie ernst es Abendroth war, mich nicht zu sprechen.

»Worum geht es?«, fragte sie schließlich.

»Ich sagte es doch, um sein Seelenheil.«

»Bitte bleiben Sie in der Leitung.«

»Gerne«.

Ich wartete zwei Minuten, dann vernahm ich ein Klacken, und Frau Langhardt sagte: »Ich soll Ihnen ausrichten, Herr Abendroth ist für eine Woche nach Timbuktu gereist und verzichtet in dieser Zeit seines Urlaubs auf jegliche Kommunikationsmittel.«

Ich knallte den Hörer auf. Gleichzeitig verfluchte ich Abendroth.

Die Aussicht, erneut in die Küche zu gehen, bereitete mir ebenfalls wenig Freude.

Luna stupste mich an. Die hatte ich völlig vergessen.

Ich ergriff das Halsband, nahm sie an die Leine und verließ die Wohnung.

Ich benutzte den Waldweg bergauf. Zu beiden Seiten der Straße erstreckte sich der Teutoburger Wald. Nach fünfhundert Metern hatte ich einen Höhenweg erreicht. Leider lag er abseits des Hermannsweges, weswegen Ollies Gasthaus, das *Rübezahl*, von Touristen eher gemieden wurde. Leider. Wir hatten uns das anders vorgestellt, als wir das Lokal im letzten Jahr wagemutig eröffnet hatten.

Luna lief schnüffelnd voraus; sie kannte den Weg. Alle zwanzig Meter blieb sie stehen und vergewisserte sich, dass ich ihr folgte.

Ich liebe diese Strecke. Kaum ein Tourist verirrt sich hierher. Den meisten Einheimischen ist der Anstieg zu steil und zu verwuchert. Aber hat man erst die Höhe erreicht, entschädigt ein fantastischer Ausblick in die Täler und über die anderen waldreichen Hügel für den mühevollen Aufstieg.

Die Sonne schien, es waren nur wenige Wolken am Himmel. Es war nicht zu kalt, nicht zu warm, gerade das richtige Wetter für einen Morgenspaziergang.

Plötzlich glaubte ich weit voraus eine dunkle Gestalt zu erkennen. Doch im nächsten Moment war die Erscheinung wieder verschwunden.

Vielleicht war es auch nur eine Luftspiegelung gewesen. Oder ein Tier. Frühmorgens war ich in den Wäldern schon oft auf Wild gestoßen.

Dennoch spürte ich, wie ich mich verkrampfte und wie mein Schritt langsamer wurde. Mein Instinkt warnte mich. Wenn es hier oben jemand auf mich abgesehen hatte, so würde niemand es mitbekommen. Ich dachte an Sares dreihundert Hochzeitsgäste und an einen aufgebrachten Bräutigam, den man vor aller Augen lächerlich gemacht hatte. Oder an den oder die Unbekannten, dem oder denen Heuwinkel zum Opfer gefallen war. Das machte mir fast noch mehr Angst. Auch Heuwinkel war in einem Waldstück aufgefunden worden. Vor meinem geistigen Auge sah ich ihn wieder oben auf der Fichte aufgespießt.

Ich hatte keine Lust, so zu enden.

Luna war zurückgekommen. Sie leckte mir die Hand, sie verstand nicht, warum ich stehen geblieben war. Der Wind kam von hinten, also hatte sie auch nichts Verdächtiges wittern können.

Vor ein paar Tagen hatte eine besorgte Mutter mich kontaktiert. Ihre Tochter habe erzählt, dass ihr auf dem Bärenstein, ein Elf begegnet sei. Die Luft habe geflimmert, dann sei dieser Elf ihr erschienen. Er habe sie nur angelächelt, aber dabei habe sie ein solches Glücksgefühl empfunden, dass sie noch immer zittern müsse, wenn sie daran dachte. Als sich der Elf auflöste, habe sie geweint vor Freude und Trauer zugleich.

Ich hatte die Mutter mit dem schwachen Trost entlassen, dass solche Visionen manchmal einfach so kämen. Ich bin Realist. Trotzdem musste ich plötzlich daran denken. Es gab nicht wenige Leute, die an den Externsteinen und in der Umgebung esoterische Erfahrungen suchten.

Vielleicht hatte ich auch nur jemanden aus seinen Naturbetrachtungen aufgeschreckt.

Die Sonnenstrahlen kitzelten auf meiner Haut, aber die Leichtigkeit des Augenblicks war verflogen. Ich nahm Luna an die Leine und marschierte mit ihr weiter.

An der Stelle, wo ich glaubte, die schattenhafte Gestalt erblickt zu haben, blieb ich stehen. Es war niemand zu sehen. Eine schmale zertretene Spur führte in den Wald hinein, nicht breiter als ein Wildpfad. Meine Ahnung wurde zur Gewissheit. Ich hatte mich nicht getäuscht. Irgendjemand oder irgendetwas hatte sich kurz auf dem Weg gezeigt und war dann im Unterholz verschwunden.

Plötzlich schlug Luna an. Auch sie hatte nun etwas gewittert.

»Ruhig!«, befahl ich, aber sie bellte unverdrossen weiter. Ich fluchte. Am liebsten hätte ich sie irgendwo festgebunden und allein nachgeschaut, was sich dort verbarg.

Nein, am liebsten wäre ich einfach weitergegangen, hätte mich noch ein paarmal umgeschaut und mich vergewissert, dass mir niemand folgte, und hätte die Sache irgendwann vergessen.

In diesem Moment verschwand die Sonne hinter einer Wolke. Ich fröstelte. Aber nicht deswegen, sondern weil ich mehr und mehr das Gefühl hatte, dass mich jemand aus dem Dickicht heraus beobachtete.

Gleichzeitig hatte ich weiterhin alle Hände voll zu tun, um Luna zu beruhigen. Dabei erregte noch etwas anderes meine

Aufmerksamkeit. Ich bückte mich und betrachtete den Abdruck des Turnschuhs, den jemand im weichen Waldboden hinterlassen hatte. Er konnte noch nicht sehr alt sein …

»Also schön«, knurrte ich und ließ die Leine etwas lockerer. Luna stürmte los, und ich folgte ihr. Ich musste mich bücken, und die Dunkelheit des Blätterdachs schlug über mir zusammen. Nach ein paar Schritten konnte ich wieder aufrecht gehen. Erkennen konnte ich trotzdem nicht viel. Luna zerrte an der Leine, und schließlich stolperte ich über eine Wurzel. Um mich im Fallen mit den Händen abzustützen, ließ ich die Leine los. Unsanft kam ich auf dem Boden auf. Mein linkes Knie schien zu explodieren. Ein paar Sekunden lang sah ich Sterne.

Als ich wieder klar denken konnte, war Luna verschwunden. Ihr Gebell klang bereits weit entfernt. Es hörte sich seltsam dumpf an. Ansonsten war kein Geräusch zu hören, so als würde eine riesige Käseglocke über dem Wald hängen.

Mühsam rappelte ich mich auf. Die Hose war über dem Knie zerrissen. Es blutete, aber außer ein paar Schrammen schien ich nicht viel abbekommen zu haben.

Fluchend rannte ich weiter. Dabei ging mit jedem Schritt ein dumpfer Schmerz von dem abgeschürften Knie aus.

Ich biss die Zähne zusammen und rannte weiter. Je weiter ich in den Wald vordrang, umso mehr hatte ich das Gefühl, in eine andere Welt einzutauchen. Der Himmel war nicht mehr zu sehen, dafür ein allgegenwärtiges grünes Blätterdach, durch das ein gedämpft gefiltertes Licht fiel.

Die Bäume standen weniger dicht als am Anfang, dennoch wirkten sie wie ein gewaltiges Labyrinth aus riesigen Mikadostäbchen. Es dauerte nicht lange, und ich hatte die Orientierung verloren.

Lunas Gebell war verklungen. Ich rief nach ihr, versuchte

sie mit der Aussicht auf ein Leckerli zu locken. Vergeblich.

Plötzlich sah ich weit vor mir wieder die Gestalt! Sie trug einen dunklen Umhang, und sofort musste ich an den Mönch denken. In dieser Umgebung allerdings bereitete mir der Gedanke eher eine Gänsehaut.

Ein Mönch im Wald? Trugen nicht auch Satanisten schwarze Roben?

Meine Sorge um Luna wuchs. Irgendwelche Verrückten gab es immer.

Anstatt weiter nach ihr zu rufen, lief ich kurz entschlossen zu der Stelle, wo die Gestalt stand. Sie schien es zu bemerken, denn auch sie rannte los. Ich sah den wehenden schwarzen Umhang hinter ein paar Buchen verschwinden.

Als ich die Stelle erreichte, war die Gestalt verschwunden.

Ich drehte mich um die eigene Achse. Irgendwo musste sich der Kerl versteckt haben. Die Stämme waren hier besonders dick – er konnte sich also überall verborgen halten!

Ich hörte einen Zweig knacken und fuhr herum. Keinen Moment zu spät. Vor mir stand wieder eine schwarze Gestalt, diesmal mit Kapuze. Ich erkannte sie sofort wieder. Es war der gleiche Typ, der das Beil bei Schlüter ins Fenster geworfen hatte!

Jetzt hatte er kein Beil in der Hand, sondern einen Knüppel. Genauer gesagt einen ziemlich dicken Ast. Ich sah, wie er damit ausholte, und reagierte innerhalb eines Sekundenbruchteils, indem ich schützend die Arme hochriss. Der Knüppel traf mich am rechten Ellenbogen, und abermals sah ich Sterne. Ein taubes Gefühl breitete sich in meinem Arm aus. Doch ich konnte ihn noch bewegen.

Als mein Gegner zum zweiten Schlag ausholte, wehrte ich

seinen Arm mit beiden Unterarmen ab und drückte ihn zur Seite. Gleichzeitig machte ich einen Ausfallschritt, sodass ich nun seitlich hinter ihm stand. Meine Hand umfasste seinen Hals und drückte ihn nach hinten. Er ließ den Stock fallen. Ein gezielter Tritt in die Kniekehle, und er sank aufschreiend zu Boden. Ehe er sich's versah, war ich über ihm und drückte ihn mit dem Gewicht meines Körpers auf den Boden. Er versuchte sich zu wehren, sodass mir keine andere Möglichkeit blieb, als ihn ins Gesicht zu schlagen.

Er lag still da und atmete schwer.

»Was hast du hier zu suchen?«, presste ich angestrengt hervor.

»Spazieren gehen«, keuchte er. »Ist das etwa verboten?«

»Und seit wann gehört dazu, jemandem aufzulauern und einen anzugreifen?«

Als er nicht gleich antwortete, kniff ich ihn heftig in die Wange.

»Ich habe Angst bekommen. Ich dachte, Sie verfolgen mich.«

»Originelle Ausrede. Ich hoffe, bei der Polizei fällt dir mehr ein.«

»Polizei?« Plötzlich lag ein erschrockener Ausdruck auf seinem Gesicht.

»Denkst du, das hier ist Spaß?«

»Nein, aber du vielleicht!«, grinste er.

Ich deutete das Grinsen zu spät. Bevor ich reagieren konnte, vernahm ich einen zischenden Laut an meinem Ohr.

Kurz danach knallte etwas gegen meine linke Schläfe. Diesmal waren es nicht nur Sterne, die ich sah.

Ich sah das ganze Weltall. Und irgendwo darin explodierte eine riesige Sonne.

8.

Als ich wieder zu mir kam, hatte ich das Gefühl, als würde mir jemand mit Schmirgelpapier über das Gesicht fahren. Ich schlug die Augen auf und erkannte Luna. Ihre haarige Schnauze tauchte riesengroß in meinem Blickfeld auf. Mit ihrer rauen Zunge leckte sie mir mit Inbrunst übers Gesicht.

Ich schob sie zurück und rappelte mich stöhnend auf. Ich konnte nicht sagen, was am meisten wehtat: mein Kopf, mein Ellenbogen oder mein Knie. In mehreren Wellen überschwemmte der Schmerz mein Bewusstsein.

Ich schaute auf die Uhr. Das Glas war zerbrochen, und die Zeiger waren stehen geblieben. Ich tastete nach meinem Handy und fluchte erneut. Die Schweine hatten es mitgehen lassen! Ebenso wie meine Geldbörse, wie ich feststellen musste.

Als ich wieder auf den Beinen stand und den ersten Schritt vorwärts machte, hätte ich fast aufgeschrien. Ich torkelte und wäre wieder zu Boden gegangen, wenn nicht direkt vor mir ein Baum im Weg gestanden hätte, an dem ich mich festhalten konnte.

Während sich der Wald vor mir drehte wie ein Karussell, versuchte ich mich zu erinnern, was passiert war. Den ersten Knüppelschwinger hatte ich überwältigt. Ich hatte ihn als die Person erkannt, die bei Schlüter das Schaufenster zertrümmert hatte. Ein zweiter hatte mir von hinten eins übergezogen. Also dürfte es sich um seinen Partner gehandelt haben.

Auch die Tat bei Schlüter hatte auf mindestens zwei Täter hingedeutet: Der erste hatte das Beil geworfen und die Aufmerksamkeit auf sich gezogen, während der zweite sich Paule geschnappt und ihn ausgeweidet hatte.

Da konnte ich ja froh sein, dass mir nicht das gleiche Schicksal widerfahren war. Aber was hatten die beiden hier im Wald zu suchen gehabt?

Ich beschloss, die Antworten auf meine Fragen zu vertagen. Das Wichtigste war, dass ich aus diesem Wald herausfand. Ich hatte völlig die Orientierung verloren. Also verließ ich mich auf Luna. Ich nahm ihre Leine auf und ließ sie voraustraben. Zielbewusst schlug sie einen Weg ein, und ich folgte ihr. Sie begriff sehr schnell, dass ich nur langsam gehen konnte und passte sich meiner Geschwindigkeit an. Immer noch drehte sich alles um mich herum. Wahrscheinlich waren das Symptome einer Gehirnerschütterung. Mit der einen Hand betastete ich meinen Schädel. Zum Glück hatte ich keine blutende Wunde davongetragen. Dafür spürte ich eine dicke Beule oberhalb der Schläfe.

Nach wenigen Hundert Metern verließen mich die Kräfte. Ich sackte erneut zu Boden. Luna blieb stehen, schaute mich mit ihren traurigen Augen an, als wollte sie sagen: »Ich hab alles gegeben, Alter, aber ein bisschen musst du auch selber die Füße bewegen ...«

Bisher hatte ich die Bäume doppelt gesehen, als ich jetzt die Augen öffnete, sah ich sie gleich dreifach. Außerdem sah ich Dinge, die es eigentlich nicht gab. Keinen Elf.

Es sei denn, man hätte ihn erhängt, sodass er nun an einem Seil baumelte, das man an einem Ast befestigt hatte.

Die Gestalt hing ein paar Bäume weiter. Ich ließ den Stamm los und wankte dorthin. Die Füße befanden sich einen halben Meter über meinem Kopf.

Und es war, wie ich nun erkannte, weder ein Elf noch ein Mensch. Es war ein Tier, und wenn mich nicht alles täuschte, handelte es sich um eine Schweinehälfte. Alles in allem bot sich mir ein Anblick, wie ich es aus dem Schlachthaus kannte. Ich hatte zwar noch keines betreten, aber genug Bilder davon gesehen. Das Schwein war ausgenommen und ausgeblutet und hing wahrscheinlich schon ein paar Tage hier.

Das Tier ging bereits in Verwesung über. Hunderte Fliegen stoben plötzlich summend auf, als ich mit einem Ast, den ich mir gesucht hatte, in dem Kadaver herumstocherte.

Ich war kein Jäger, und dennoch konnte ich mir nicht vorstellen, dass es sich hier um eine Art von Köder handelte. Seltsamerweise musste ich an meine beiden Gegner denken. Ich hatte nicht die geringste Ahnung, was sie veranlasst haben könnte, eine Schweinehälfte mitten im Wald aufzuhängen und vergammeln zu lassen. Aber irgendwie schien plötzlich alles, worauf ich stieß, mit Borstenviechern zu tun zu haben.

Als ich weiterstocherte, fielen ein paar Maden herunter. Mir fiel ein, dass man anhand dieser Maden bestimmt leicht feststellen konnte, wie lange die Schweinehälfte bereits hier hing. Nicht, dass ich mir davon viel Aufklärung versprochen hätte. Dennoch bückte ich mich und hob eine der Maden auf, um sie in eine Streichholzschachtel zu legen. Obwohl Pfeifenraucher, hatte ich nie eine Pfeife dabei, weil ich nur in den eigenen vier Wänden paffte, dafür aber immer Feuer.

Nachdem ich die Streichholzschachtel mit der Made in meine Hosentasche gesteckt hatte, vertraute ich mich erneut Lunas Führung an.

Bis ich irgendwann nicht mehr alles nur dreifach sah. Sondern ... wie in einem Kaleidoskop.

Das Karussell drehte sich rasend schnell. So als würde es mit einem Formel-1-Motor betrieben. Gleichzeitig glaubte ich den ohrenbetäubenden Lärm der Boliden zu hören, vermischt mit einer klimpernden Kirmesmusik.

Das war der Zeitpunkt, als ich endgültig zusammensackte. Mein letzter Gedanke war: *Du hast einen Dachschaden.* Dann dachte ich eine ganze Weile gar nichts mehr. Ich wusste noch nicht einmal mehr, wo ich war. Ich saß auf etwas Weichem und spürte, wie die Kälte allmählich von unten nach oben kroch.

Die Kirmesmusik quälte meine Ohren noch eine ganze Weile, dann verstummte sie irgendwann, ohne dass ich hätte sagen können, wann das war. In meinem Dämmerzustand befand ich mich jenseits von Zeit und Raum.

Dann hörte ich eine Stimme. Sie sprach: »Wie sagte der heilige Benedikt von Nursia? ›Es ist für uns an der Zeit aufzuwachen und uns zu erheben!‹«

Ich öffnete die Augen und erblickte den Mönch. Diesmal war ich mir sicher, dass es derselbe war, mit dem ich mich unlängst unterhalten hatte.

»Wie witzig«, sagte ich.

Er streckte mir die Hand hin, aber als ich sie ergreifen wollte, ging er einen Schritt zurück. Ich fluchte.

»Helfen Sie mir!«, stöhnte ich.

»Ein andermal vielleicht. Jetzt muss ich mich sputen. Es ist gleich Mittagshore. Da muss ich pünktlich sein ...«

Ich schloss erneut die Augen und vergaß die Zeit.

Irgendwann verspürte ich Hunger, und seltsamerweise hatte ich etwas im Mund, das sich kauen ließ. Ich wähnte mich kurz im Schlaraffenland. Der Gedanke, einfach nur so dahinzuschweben, an Essen zu denken und es sogleich von unsichtbaren Händen serviert zu bekommen, war himmlisch. Aber nur ganz kurz. Ein bitterer Geschmack in der Kehle brachte mich dazu, dass ich würgen musste. Ich wollte das Zeug ausspucken, aber irgendjemand hielt mir den Mund zu und verhinderte es.

Dann schlummerte ich erneut weg.

Das nächste Mal wurde ich wach von aufgeregtem Gebell. Ich schlug die Augen auf, und sah drei Lunas auf mich zugerannt kommen. Keine vier! Also war ich wohl auf dem Wege der Besserung.

Sie war nicht allein. Ich wunderte mich, woher die vielen Leute plötzlich kamen. Ein ganzer Haufen Leute! Merkwürdigerweise kamen sie mir alle bekannt vor.

Ein hochgewachsener Mann beugte sich zu mir herunter. Ihn hatte ich schon einmal im Fernsehen gesehen. Es war Prinz William!

»Ich bin's, Ollie!«, sagte der Prinz, und ich begriff. Prinz William war inkognito hier im Teutoburger Wald. Wahrscheinlich hatte er seinen Truppen wieder mal einen Besuch abgestattet.

»Verstehe!«, antwortete ich und zwinkerte ihm zu. Dabei wunderte ich mich, wie schwer dieses eine einfache Wort über meine Lippen kam.

»*By Jove*! Du hast dir aber ganz schön einen hinter die Binde gekippt!«

Ich hatte keine Ahnung, was er damit meinte. Dafür erwiderte eine andere Stimme: »Unsinn, er ist nicht betrunken. Siehst du nicht, dass er schwer gestürzt ist?«

»Stimmt nicht!«, wollte ich entgegnen, aber es kam nur so etwas heraus wie »Schtimmich«. Die Frau war dunkelhaarig und klein.

»Ruhig«, sagte sie. »Ganz ruhig!«

»Wer sind Sie?«, wollte ich fragen, aber selbst ich rätselte, wie der Satz hieß, der aus meinem Mund kam.

»Wir müssen ihn irgendwie hier wegbekommen!«, sagte

eine zweite Frauenstimme. Ich verliebte mich sofort in sie und lächelte.

»Er grinst so debil«, sagte die erste. »Vielleicht hat Ollie doch recht …«

»Unsinn!«, beharrte die Frau, die für die Wärme in meinem Herzen verantwortlich war. »Seht ihr denn nicht die Beule an seinem Kopf!«

Ich spürte, wie ich ziemlich unsanft aus meinem Schwebezustand gerissen wurde.

»Kannst du gehen?«, fragte mich der, der sich Ollie nannte.

Ich nickte und erwiderte: »Ich kann sogar schweben.«

»Was sagt er? Jemand soll ihn heben? Wir haben ihn doch schon untergehakt!«

Ich seufzte. Wenn ich schon nicht mehr so herrlich schweben konnte, so wollte ich wenigstens nicht fallen. Also gehorchte ich instinktiv und bewegte meine Füße. Immer einen vor den anderen.

»Ist der schwer!«, stöhnte eine der Frauen. Und dazwischen vernahm ich das muntere Gebell eines Hundes.

Ich wusste nicht zu sagen, wie lange ich auf diese Weise fröhlich dahinspazierte, ich hatte jegliches Zeitgefühl verloren.

Irgendwann sackte ich erneut nieder (oder wurde niedergesackt) und fiel in den ersehnten Dämmer- und Schwebezustand. Dann landete irgendwo in meiner Nähe ein Flugzeug. Ich wurde in das Flugzeug gehoben, das sich donnernd in die Lüfte erhob. Dort drehte es ungefähr zwei Dutzend Loopings. Als es endlich landete und ich ausstieg, konnte ich mein Frühstück nicht mehr bei mir behalten und übergab mich in hohem Bogen.

Die Stimmen um mich herum schrien auf. Dieser Ollie redete beruhigend auf mich ein: »Lass es raus! Was immer es ist: Lass es alles raus! Hauptsache, du hast mir nicht die Ledersitze versaut!«

Danach fühlte ich mich tatsächlich etwas besser, vor allem, weil ich wieder schwebte. Wie auf einer Wolke, die sanft über einen regenbogenfarbenen Himmel trieb. Gott sei Dank ohne Loopings.

Dann hörte ich eine weitere Stimme. Diesmal erkannte ich sie. Ich schlug die Augen auf und sah Doktor Hölderlin. Er hatte kurze schwarze Haare, blaue Augen, aus denen ein verschmitzter Humor hervorblitzte. Er trug keinen weißen Kittel, sondern ein kariertes Hemd und Jeans. Also befand ich mich nicht auf seiner Station im Krankenhaus. Dort war ich im letzten Jahr gelandet, nachdem zwei rüde Schläger mich in die Mangel genommen hatten.[2]

Dr. Hölderlin war mir aber nicht nur sympathisch, weil er mir damals auf recht unorthodoxe Weise geholfen hatte, wieder schneller fit zu werden als üblicherweise, sondern weil er in früheren Jahren Greenpeace-Aktivist gewesen war. Er hatte französischen und japanischen Thunfischjägern ebenso ins Handwerk gepfuscht wie multinationalen Ölkartellen, die im Golf von Mexiko ihre Plattformen errichten wollten. Mit Vornamen hieß Hölderlin Volkwin, aber soweit ich mich erinnerte, waren wir immer noch beim Sie.

»Wie kommen Sie in mein Schlafzimmer?«, fragte ich erstaunt.

»Komisch, immer wenn wir uns sehen, stellen Sie merkwürdige Fragen«, antwortete er.

»Immer, wenn ich Sie sehe, geht es mir verdammt dreckig«, gab ich zurück.

2 Siehe auch »Blut und Rüben«

»Besser als umgekehrt. Immerhin bin ich der Arzt und Sie der Patient.«

Er gab mir eine Spritze, und ich zuckte kurz zusammen. Immerhin verschaffte mir die Prozedur die Gelegenheit nachzudenken.

»Moment, Sie sind nicht mein Hausarzt. Sie sind Chirurg …«

»… und Allgemeinmediziner. Keine Sorge, alle Ihre Gliedmaßen sind unversehrt. Sieht man von der Prellung am Knie einmal ab. Aber Sie haben recht. Normalerweise mache ich keine Hausbesuche. Ihre Mitbewohner haben nicht eher Ruhe gegeben, bis sie mich so weit hatten, dass ich hierherkomme …«

»Na ja, wir dachten, wir können dich doch nicht allein lassen«, schaltete sich eine zweite Stimme ein. Es war Sare. Ich fand mich sensationell! Sämtliche Namen fielen mir wieder ein.

»Andererseits hältst du uns ja hier quasi versteckt. Wir wollten auf keinen Fall Aufsehen erregen, und da hat sich Ollie zum Glück an Dr. Hölderlin erinnert«, sagte die Frau an ihrer Seite. Es war Hermine.

»Und ich habe ihn hergebeten!«, meldete sich eine dritte Stimme. Sie gehörte der Gräfin. Stolz fuchtelte sie mit ihrem neuen Handy herum.

Irgendwie fühlte ich mich nackt angesichts so vieler Frauen, die alle mehr zu wissen schienen als ich. Ich vergewisserte mich, dass die Bettdecke bis zur Brust hochgezogen war. Nur der Arm, in den mir Dr. Hölderlin die Spritze verpasst hatte, hing heraus.

»Hergebeten?« Hölderlin zog eine Braue in die Höhe. »*Herzitiert* wäre wohl der bessere Ausdruck. Sie haben meine ganze Station aufgescheucht! Sogar von Schädelbruch und Gehirnverletzung war die Rede.«

»Was ist eigentlich passiert?«, fragte ich schwach.

Hermine setzte sich auf die Bettkante und hielt mir eine Tasse mit heißem Kamillentee an die Lippen. »Der Doktor hat gesagt, du sollst viel trinken ...«

»Ja, was ist eigentlich passiert?«, fragte Hölderlin.

Ich erzählte, was sich ereignet hatte. Jedenfalls, soweit ich es zusammenbekam.

»So, diese verweste Schweinehälfte hing also mitten im Wald?«, fragte Hölderlin schließlich süffisant. »Und Sie haben sie entdeckt, nachdem sie diesem Mönch gefolgt sind ...«

»Es war kein Mönch!«, sagte ich verärgert, bereute es aber sofort wieder. Ich hatte eine Spur zu laut gesprochen. In meinem Kopf dröhnte eine Glocke, die den ganzen Schädel zu sprengen drohte. »Der Mönch kam erst später ...«

»Der Doktor sagt, Sie haben eine Schädelprellung davongetragen, mein lieber Moritz«, erklärte die Gräfin. Sie klang sehr besorgt.

Meine Hand fuhr an die Stirn, und ich ertastete einen Verband.

»Irgendwie kann ich Sie mir ohne Kopfverband gar nicht vorstellen«, stichelte Hölderlin. Er spielte auf den Vorfall im letzten Jahr an. Auch da hatte ich eine Kopfverletzung davongetragen.

»Jemand hat mir von hinten eins über den Schädel gegeben«, erklärte ich.

Hölderlin zog eine Augenbraue hoch. »So, so. Einer der Mönche hat Sie mit dem Hirtenstab geschlagen!«

»Es war wahrscheinlich ein Ast«, berichtigte ich, bemühte mich aber, in normaler Lautstärke zu reden. Ich war gewarnt.

»Mein Lieber«, dozierte Hölderlin. »So eine Schädelprellung kann in der Tat durch einen Schlag entstehen. Sie kann aber auch entstehen, wenn man hinfällt und mit dem Kopf irgendwo aufschlägt. Wir sprechen von einer Schädelprellung, wenn keine offene Wunde zu sehen ist. Viele Leute glauben, das wäre dann nicht so schlimm, wie wenn reichlich Blut fließt. Aber das Gegenteil ist der Fall. In der Regel werden durch einen Schlag oder das Aufschlagen Blutgefäße im Gehirn verletzt. Dadurch entsteht ein Bluterguss im Gehirn.«

»Wird er jetzt sterben?«, fragte die Gräfin entsetzt.

Dr. Hölderlin setzte eine ernste Miene auf. »Mit einer Schädelprellung ist nicht zu spaßen. Und Sie hier haben alles falsch gemacht, was man nur falsch machen kann!« Das klang sehr streng.

»Aber wir konnten ihn doch nicht im Wald liegen lassen!«, empörte sich Hermine.

»Das wäre das einzig Richtige gewesen«, erklärte Hölderlin. »Sie hätten sofort einen Notruf durchgeben müssen. Und anstatt ihn, wie Sie mir erzählt haben, zwei Kilometer weit durch die Pampa zu schleppen, hätten sie ihn auf jeden Fall am Aufstehen *hindern* müssen ...«

»Jetzt ist es eh zu spät«, fiel ich ihm ins Wort. »Wie Sie sehen, lebe ich noch.«

Er wandte sich mir zu, während die anderen betroffen schwiegen.

»Aber wie lange noch, ist die Frage«, erwiderte er boshaft. »Vor ein paar Wochen hatte ich einen Patienten unter dem Messer, der noch auf dem Operationstisch an einer Gehirnblutung gestorben ist. Bei ihm hatte die Prellung zu einem Gehirntrauma geführt. Er ist beim Heckeschneiden von der Leiter gefallen, der arme Kerl. Da das niemand bemerkt hatte, hat er einige Zeit ohnmächtig dagelegen und ist dann ins Koma gefallen ... Tja, daraus ist er dann nie wieder erwacht.«

Allmählich machte er mir Angst. »Vielleicht sollte ich mich

schleunigst in Ihr Krankenhaus begeben und mich röntgen lassen«, schlug ich vor.

»Das wäre jetzt eh zu spät. Ich erkenne an Ihren Pupillen, dass Sie keine schwerwiegenden Folgen davongetragen haben ...«

»Ich weiß nicht ...« Ich fühlte mich noch immer schwindlig

»Hören Sie auf, sich selbst zu bemitleiden! Seien Sie froh, dass Sie keinen Schädelbasisbruch haben.«

»Sind Sie da sicher?«

»Ich kann zumindest keine Blutungen aus Nase, Mund und Ohren feststellen.«

»Irgendwie dreht sich alles«, stöhnte ich.

»Weil Sie sich vollgedröhnt haben!«, sagte Hölderlin ungerührt. Allmählich wurde er mir unsympathisch.

»Vollgedröhnt? Höchstens heute Morgen mit Kaffee.«

»Unsinn! Sie weisen die typischen Symptome eines Rausches auf. Schwindel, Halluzinationen et cetera. Die Kopfverletzung ist in Ihrem Fall nur Nebensache. Ich tippe mal auf Pilze?«

»Pilze?«

»In dem Erbrochenen habe ich Pilze gefunden. Sieht nach Fliegenpilzen aus ...«

»Fliegenpilze?« Allmählich verstand ich gar nichts mehr. »Aber im Moment wachsen doch gar keine Pilze!«

»Eben!«

Mit seinen vagen Auskünften, die er nur bruchstückhaft und in kleinen Häppchen herausgab, machte er mich wahnsinnig. Trotzdem versuchte ich, das Gehörte zu begreifen und in eine vernünftige Reihenfolge zu bringen.

»Also waren es getrocknete Pilze!«

»Eben!«

»Hören Sie auf mit Ihrem ›Eben‹! Das macht mich rasend!«

»Ist der arme Kerl noch immer im Rausch?«, fragte die Gräfin ängstlich besorgt.

»Die Nachwirkungen eines Pilzrausches können sehr lange anhalten«, dozierte Hölderlin. »Sie äußern sich bei jedem Süchtigen anders ...«

»Ich bin nicht süchtig!«, widersprach ich. Plötzlich kam mir eine blitzartige Erinnerung. Ich musste daran denken, dass man mir etwas in den Mund gestopft hatte. Also waren es Pilze gewesen! Fliegenpilze! Die Burschen mussten noch einmal zurückgekommen sein. Aber warum hatten sie mich dann nicht gleich kaltgemacht? Wahrscheinlich waren sie doch nicht so abgebrüht. Aber sie hatten sich eine andere Methode ausgedacht, um mich für eine weitere Weile aus dem Verkehr zu ziehen. Und die war so perfide, dass mir jetzt niemand glaubte.

Ich erzählte, was mir eingefallen war, und blickte in skeptische Gesichter.

»Warum sollte jemand so etwas tun?«, fasste Hölderlin die gesammelten Fragezeichen zusammen, die in den Gesichtern standen.

Ich zuckte mit den Schultern. Mir fiel nur eine Antwort ein, aber die war ziemlich kläglich: »Um die Schweinehälfte wegzuschaffen und meine Erzählung als unglaubwürdig erscheinen zu lassen.«

»Aber was hatte es mit dieser Schweinehälfte auf sich?«, fragte Sare.

Plötzlich fiel mir noch etwas ein. »Ich habe eine Made in meine Streichholzschachtel gepackt. Als Beweis!«

»Und wo steckt die?«

»In meiner Hosentasche!«

»Moment, ich gucke nach«, sagte Hermine.

Die Hose lag zusammen mit den anderen Kleidungsstücken über dem Stuhl.

Hermine wühlte in den Taschen, dann zuckte sie die Schultern.

»Da ist nichts.«

Ich konnte es nicht glauben. Hatte ich mir das alles nur eingebildet?

9.

Am nächsten Morgen erwachte ich von dem fantastischen Geruch gebratenen Specks. Ich stand auf und wartete einen Augenblick. Aber die befürchtete erneute Karussellfahrt setzte nicht ein.

Ich machte mich frisch, zog mir einen Bademantel über und stapfte in die Küche. Sare und Hermine saßen am Tisch und löffelten Müsli. Luna lag auf dem Teppich und kaute an einem Knochen. Ollie hatte sich eine ziemlich alberne Schürze mit Rüschen umgebunden und bereitete seine geliebten *Ham and Eggs* zu. Dass er dazu meine Küche benutzte, lag wahrscheinlich an der Anwesenheit der beiden Frauen.

Was *Ham and Eggs* betraf, war er sehr eigen. Es musste natürlich englischer Schinken sein, es mussten Eier eines englischen Huhns sein und englische gesalzene Butter. Selbst der Toast stammte von einem Detmolder Bäcker, dessen Vater in der britischen Armee gedient hatte.

Normalerweise hätte ich ihn aufgezogen wegen seines Spleens, aber das Ergebnis sprach jedes Mal für Ollie. Ich setzte mich, gab auf Nachfrage kurz bekannt, dass ich mich fantastisch fühlte und Bäume ausreißen könnte – was Hermine mit der spöttischen Bemerkung quittierte: »Aber bitte nicht wieder im Wald!« –, und wartete ansonsten geduldig und mit knurrendem Magen, dass Ollie seine herrlichen Ham and Eggs servierte. Die Damen rümpften die Nase.

Sare hielt einen Vortrag über unreine Schweine, und Hermine versprach, mir am nächsten Morgen mal *Ham and Eggs* auf *ihre* Art zu servieren – die raffinierte Variante, nicht nach Holzfällerart.

Ansonsten besprachen wir, wie wir jeweils den Tag zu verbringen gedachten.

Ollie schaute aufgeregt auf seine Uhr und erklärte, dass Frau Doktor Rosenstolz ihn erneut eingeladen hatte. Auf meine Frage, wie das Gespräch am gestrigen Morgen verlaufen sei und was sie überhaupt von ihm habe wissen wollen, antwortete er recht einsilbig. Jedenfalls hatte er es plötzlich sehr eilig.

Sare wollte der Gräfin in der Küche helfen, und kurz nach dem Frühstück zogen beide von dannen.

Hermine und ich blieben allein zurück.

»Bist du in der Lage, Auto zu fahren?«, fragte sie.

Ich nickte. »Hast du etwa Lust auf einen Ausflug?«, fragte ich.

Sie dämpfte meinen Eifer, indem sie mich an den Termin mit Hölderlin erinnerte; der hatte mich eigentlich um acht im Krankenhaus sehen wollen.

Es war natürlich schon viel später geworden. Ich hatte ihn verschlafen.

»Zur Untersuchung musst du aber auf jeden Fall!«, beharrte Hermine. Sie bat mich, mein Telefon benutzen zu dürfen. Ich habe einiges zu regeln, wie du dir vorstellen kannst ...«

Ich nickte.

Wir saßen uns noch immer am Frühstückstisch gegenüber. Während sie trank, sah sie mich über den Tassenrand nachdenklich an.

»Ich werde nicht schlau aus dir«, sagte sie. »Ich will wissen, wer du wirklich bist.«

Irgendwie kam mir dieser Satz bekannt vor.

»Warum müsst ihr Frauen eigentlich allen Dingen immer auf den Grund gehen?«, sagte ich verärgert.

»Weil wir nicht nur nach Äußerlichkeiten gehen wie ihr Männer. Glaubst du, ich würde sonst mit dir an diesem Tisch sitzen. Schau mal in den Spiegel, wie du aussiehst!«

Zumindest milderte sie die Schärfe ihrer Worte mit einem schelmischen Lächeln.

Nach dem Frühstück fuhr ich ins Krankenhaus.

Hölderlin ließ mich zwei Stunden warten, bestritt aber, als ich endlich in seinem Sprechzimmer saß, dass er dies nur aus Revanche getan habe, weil ich nicht pünktlich war. Angeblich hatte er einen Notfall zu behandeln gehabt.

Ich wurde geröntgt und als gesund eingestuft. Gott sei Dank hatte sich herausgestellt, dass es keine Schädelprellung war, und bei dem abschließenden Gespräch schärfte Hölderlin mir ein, ich solle die Finger von psychoaktiven Drogen lassen. Als ich einwandte, dass Drogen nicht in der Lage sind, einem einen Knüppel über den Schädel zu hauen, verwies er darauf, dass auch ein Waldboden ganz schön hart sein kann.

Als ich das Krankenhaus ohne Kopfverband verließ, war ich zwar froh, dass ich keine ernsthafte Verletzung davongetragen hatte, andererseits aber auch verärgert, dass Hölderlin mich als drogensüchtigen Trottel betrachtete.

Ich schaute auf die Uhr. Ein besonders unangenehmer Gang stand mir noch bevor. Die Gräfin hatte mich gebeten, an Ollies Stelle mit ihr gemeinsam den Termin bei Krautkrüger wahrzunehmen. Also fuhr ich kurz nach Hause, zog meinen besten und einzigen Anzug an, wählte eine dezente Krawatte aus den Dutzenden von Krawatten, die ich besaß, wienerte meine schwarzen Lederschuhe blank und holte die Gräfin ab.

Sie schaute mich an, als hätte sie mich noch nie zuvor im Anzug gesehen.

»Also, Sie sehen aus wie der Schröder!«, sagte sie anerkennend.

Damit meinte sie den Ex-Bundeskanzler. In seiner Jugend, von der er einen Teil in Bexten verbracht hatte, hatte sie ihn persönlich kennengelernt und wusste so manche Anekdote zu erzählen.

»Wie Herr Schröder? Eher wie ein Azubi am Einstellungstag!«, spöttelte Duffy. Allerdings war ihm der Neid anzusehen. Normalerweise war er der Mann, der mit perfekter Garderobe glänzte.

Auch die Gräfin hatte sich in Schale geschmissen. Sie trug ein eng anliegendes Seidenkostüm. In knalligem Lila. Und natürlich hatte die Gräfin trotz ihres Alters eine tadellose Figur. Mehr noch: Sie war asketisch schlank, und einzig ihr wogender Busen stach aus dem Gesamtbild sprichwörtlich etwas heraus.

Sie nahm in meinem Volvo Platz, und wir schafften es, nur eine Viertelstunde nach dem vereinbarten Termin aufzuschlagen.

»Herr Krautkrüger wartet bereits auf Sie«, empfing uns die blonde Dame am Empfang mit belehrender Stimme.

»Dann ist es ja nur gut, dass wir nicht noch später gekommen sind«, entgegnete ich. Es entlockte ihr noch nicht einmal die Spur eines Lächelns.

»Erster Stock, Zimmer eins«, sagte sie mit kalter Stimme.

»Danke, ich kenne den Weg!« Ich schob mich am Empfang vorbei und zog die Gräfin mit mir.

»Ich werde Sie ankündigen«, rief uns der Empfangsdrache hinterher.

Ehe wir Krautkrüger persönlich gegenübersaßen, mussten wir noch seine Sekretärin überwinden. Da diese gerade damit beschäftigt war, sich die Fingernägel über dem ansonsten blitzblanken Schreibtisch zu feilen, konnten wir natürlich nicht verlangen, dass wir sofort von ihr beachtet und weitergeleitet wurden.

Endlich jedoch saßen wir in der Höhle des Löwen.

Krautkrüger war bestens gelaunt, denn er hatte sich soeben, wie er uns begeistert erzählte, einen funkelnagelneuen Kaffeeautomaten gegönnt. Er wirkte wie ein kleiner Junge, der sich über sein tolles Spielzeug freut.

Karl-Theodor Krautkrüger war einer jener Manager, die unter dem Siegel sportlich, jung, dynamisch in letzter Zeit die alte Garde bei der Sparkasse abgelöst hatten. Und dass er unorthodoxen Methoden nicht abgeneigt war, das hatte er im letzten Jahr bewiesen. Hätte er uns nicht spontan unter die Arme gegriffen, gäbe es das *Rübezahl* nicht.

»Espresso? Cappuccino? Latte?«, fragte er uns euphorisch.

Die Gräfin warf mir einen fragenden Blick zu.

»Ist sie nicht fantastisch!«, pries Krautkrüger sein neues Gerät an. »Ist gestern aus Italien gekommen. Eine Dalla Corte DC Pro! Vorführgerät, für achttausend bei ebay ersteigert. Das ist fast geschenkt!«

Während Krautkrüger weiter irgendetwas fabulierte über die einzigartige Multi-Boiler-Technologie und die stufenlos beheizbare Tassenablage, nahmen die Gräfin und ich schon einmal Platz.

»Bitte, könnte ich einen Kaffee bekommen?«, fragte die Gräfin unbeeindruckt.

»Einen Kaffee? Aber natürlich, meine Liebe! Bevorzugen Sie die deutlich koffeinreduzierte Arabicabohne oder die Robustabohne? Mit normaler Milch, fettreduzierter Milch,

Kondensmilch, geschäumter Milch? Zucker oder Süßstoff? Mein Tipp wäre übrigens die mexikanische Maragogype-Bohne. Ihr Koffeingehalt ist noch niedriger als bei der Arabica-Bohne ...«

»Bitte ...?« Die Gräfin sah mich Hilfe suchend an.

»Bitte nur einen normalen Kaffee«, übersetzte ich. »Schwarz, zweimal.«

»Meinetwegen«, sagte Krautkrüger eingeschnappt.

Krautkrüger hantierte an der riesigen Maschine. Er betätigte unzählige Hebel und Knöpfe, die Maschine ratterte und gluckerte. Ich machte mir ernsthaft Sorgen um Krautkrügers und unsere Sicherheit. Schließlich gab er es auf.

»Da muss noch mal der Hausmeister ran, der Bollhöfer. Feinjustierung!«

Er griff zum Telefon.

»Könnten Sie vielleicht erst unseren Fall abhandeln?«, bat ich.

Er sah mich an wie einen Fremden. »Sie sind nicht Herr Dickens«, stellte er fest und zog die Hand vom Telefon zurück.

»Richtig, junger Mann«, ergriff nun die Gräfin das Wort. »Und ich bin es auch nicht. Sie kennen uns doch! Herr Dickens ist beschäftigt und hat uns bevollmächtigt, für ihn die Kredite klarzumachen.«

Krautkrüger nahm Platz. »Aha, Kredite klarmachen nennt man das in Ihren Kreisen.«

Er griff zu einer schmalen Mappe und las darin. »Da ist kein Spielraum mehr«, sagte er. »Seien Sie froh, dass das Haus noch nicht unter den Hammer gekommen ist. Herr Dickens ist mit den letzten sechs Raten in Verzug. Wenn er nicht bald zahlt, sehe ich schwarz.«

»Es war ein harter Winter«, klagte die Gräfin. »Kein Mensch hat sich zu uns verirrt.«

»Das kann ich bestätigen«, sagte ich. »Zum Glück haben wir bis auf eine Küchenkraft kaum Personal. Wir beuten uns selbst aus.«

Selbst ich hatte manchen Nachmittag vor dem Herd in der Küche gestanden.

»Das sagt Ihnen jeder erfahrene Gastronom, dass Sie nur in den Sommermonaten verdienen. Jetzt also müssen Sie den Speck für die kargen Wintermonate einsacken!«

Der hatte gut reden. Am Anfang war unser Rübenkonzept voll aufgegangen. Mein Freund Rolf vom Lipper Hof war ein begnadeter Koch. Er hatte ein spezielles Rübenmenü für uns kreiert. Zusammen mit den eher bodenständigen Rübenrezepten der Gräfin und deren Landfrauenklub war das eine ganz gute Mischung – gewesen. Vor allem abends war das *Rübezahl* oft proppenvoll gewesen. Aber nach einigen Monaten hatten viele Gäste genug von Rüben. Tagesgäste hatten wir nur wenige. Das *Rübezahl* war zwar idyllisch gelegen, aber letztlich zu weit vom Schuss, als dass sich viele Touristen hierher verirren würden.

»Das Waguy-Fleisch neulich, das war phänomenal«, bemerkte Krautkrüger. »Warum bieten Sie das nicht öfter an?«

Ich erklärte es ihm, ohne allzu unhöflich zu werden: »Herr Krautkrüger, Sie sind der Einzige weit und breit, der sich Waguy gönnt. Der Lipper ist nun mal knauserig. Und selbst wenn er Geld hat, traut er dem teuren Braten nicht …«

»Aber Ihren billigen Rübeneintöpfen auch nicht mehr!«, brachte Krautkrüger es auf den Punkt.

Er strich sich über das gegelte Haar und seufzte. »Mensch, Herr Morgenstern, da war die Bitte, mit der Sie im letzten Jahr an mich herangetreten sind, ja noch vergleichsweise einfach zu erfüllen gewesen. Zwei Millionen kann ich jederzeit lockermachen, aber die Peanuts für Ihren *Krautkrug* …«

»*Rübezahl*«, verbesserte ich.

»... sind verdammt schwierig hier im Hause zu vermitteln.«

»Ich dachte, Sie sind hier der Chef!«, sagte die Gräfin enttäuscht.

»Bin ich auch, aber auch ich muss für das, was ich mache, geradestehen.«

»Dann stehen Sie gerade!«, verlangte die Gräfin. »Zeigen Sie Rückgrat, junger Mann! Haben Sie den Mut, Verantwortung zu tragen und uns zu vertrauen. Entscheiden Sie nicht nach den läppischen Zahlen da in Ihrem lächerlichen Ordner, sondern nach Ihrem Gefühl ...«

»Eben«, sagte Krautkrüger. »Und mein Gefühl sagt mir, dass jeder Cent, den ich Ihnen leihe, in ein Fass ohne Boden fällt.«

Die Gräfin erhob sich. »So nicht, Herr Krautkrüger. So geht man nicht mit ehrlichen Kunden um.«

Ich fasste die Hand der Gräfin und zog sie zurück auf den Stuhl.

»Was schlagen Sie also vor?«, fragte ich.

»Verkaufen Sie den Kasten. Das Land ist einiges wert. Wenn Sie nicht kurzfristig einen Käufer finden, droht Ihnen die Zwangsversteigerung. Dann verlieren Sie noch mehr ...«

»Sie aber auch«, gab ich zu bedenken.

Er wand sich auf seinem Stuhl. »Man muss wissen, wann man aufhört zu pokern. Auch wenn man mit Verlust rausgeht.«

»Das hier ist aber kein Pokerspiel«, sagte ich. »Ollies ganze Existenz hängt an dem ›Kasten‹, wie Sie das Anwesen zu nennen belieben. Er hat alles, was er geerbt hat, dafür verwendet, um die dringendsten Rechnungen zu bezahlen. Und Frau Maier ...«, ich wies auf die Gräfin, »... hat ihr halbes Leben dort verbracht. Sie können sie nicht einfach umpflanzen wie einen Baum. Und Duffy würde seine Stelle verlieren. Keiner kann sich mehr einen Butler leisten.«

Das stimmte nicht ganz. Keiner wird sich einen Butler *wie ihn* leisten. So ein Scheusal, wie er war.

»Und was haben Sie davon, wenn die Sparkasse weiteres Geld in dieses Fass ohne Boden steckt?«

»Ich habe im letzten Jahr zehntausend Euro investiert. Die will ich irgendwann wiedersehen. Mit Zins und Zinseszins!«

»Und was ist jetzt mit der Hypothek?«, schaltete ich mich ein.

Krautkrüger sah mich an wie einen Alien. »War denn noch was?«, fragte er verwirrt.

»Aufschub heißt das Stichwort«, half ich ihm auf die Sprünge.

»Also, meinetwegen. Wir haben da ein geheimes Depot, auf das wir in solchen Fällen zurückgreifen können. Aber ich brauche einen Businessplan von Ihnen. Bis morgen!«

»Bis morgen?«

»Na ja, eigentlich schon heute.« Er wirkte plötzlich sehr zerstreut. »Eigentlich wollte ich Sie heute über die Zwangsversteigerung in Kenntnis setzen. Das ist alles schon sehr weit – äh – gediehen. Gewisse Kräfte, Sie verstehen? Also besser, ich habe Ihren Businessplan gleich morgen früh vorliegen!«

10.

»Was ist ein Businessplan?«, fragte die Gräfin. Sie betonte dieses Wort, als handele es sich um ein besonders ekliges Insekt.

Wir saßen in ihrem Salon, wo wir es uns auf diversen Möbeln bequem gemacht hatten. Es war Afternoon Tea Time. Infolge der finanziellen Engpässe der letzten Tage hatte die Gräfin schweren Herzens den ersten Gang gestrichen. Auf Lachs-, Schinken- und Gurkensandwiches mussten wir also verzichten. Dafür hatte Duffy einen vorzüglichen Cream Tea aufgetischt, und wir labten uns an Scones, Clotted Cream und Erdbeer- und Orangenmarmelade.

Fast fühlte man sich in die Zeit zurückversetzt, als der Major noch gelebt hatte. Es war gerade erst ein Jahr her, dass er ermordet worden war. Auch zu Zeiten des Majors, der zwar ein unverbesserlicher Traditionalist war, jedoch eher ein Asket, beschränkte sich der Afternoon Tea zumeist auf den Cream Tea. Erst seit seinem Tod hatte die nachmittägliche Teezeremonie immer üppigere Formen angenommen.

Während Duffy mit stoischer Miene servierte und sich nur ab und zu einen Einwurf gestattete, brainstormten wir anderen nach Herzenslust. Ollie hatte vorgeschlagen, dass auch unsere beiden weiblichen Gäste daran teilnehmen sollten.

»Ein Businessplan ist eine Papier gewordene Luftnummer, auf der Sie darlegen sollen, womit Sie in drei Jahren ihr Geld verdienen werden«, erklärte ich.

»Aber woher soll ich das jetzt schon wissen?«, empörte sich die Gräfin.

»Eben.«

»Aber ist das nicht ziemlich unfair?«, fragte Ollie.

»Es ist die einzige Chance für euch, an weiteres Geld zu kommen«, gab ich zu bedenken. »Ihr müsst beweisen, dass ihr das Geld, das ihr euch von Krautkrüger leihen wollt, eigentlich gar nicht braucht.«

Ollie rieb sich das Kinn. »Das heißt, wir können irgendwelche Märchen erfinden? Und wie bei diesem Goldesel kommt dann hinten irgendwas raus?«

»So ähnlich«, sagte ich. »Das Märchen muss aber logisch sein. Sonst wird Krautkrüger unser Papier zerreißen. Und basta!«

»Basta heißt Zwangsversteigerung«, erklärte die Gräfin. Wahrscheinlich war sie froh, dass sie den anderen auch mal etwas erklären konnte. Sie schaute bedeutungsvoll in die Runde, die auch sofort eine Schweigeminute einlegte.

»Was ist denn aus dieser Fernsehgeschichte geworden?«, fragte ich schließlich.

»Sie haben noch nicht wieder geantwortet«, sagte die Gräfin. »Aber könnten wir nicht trotzdem Ihren Freund Rolf noch einmal bitten, uns kochtechnisch unter die Arme zu greifen?«

Ich trank einen Schluck Tee. Er war noch etwas zu heiß, ließ sein vorzügliches Aroma aber erahnen. Ich brauchte diese Sekunden, um nicht gleich antworten zu müssen.

Rolf zu fragen, war nicht das Problem. Aber seine Chefin war Maria, und Maria und ich, das war eine ganz andere Geschichte.

»Mal eine Frage: Wem gehört dieser Kasten überhaupt genau?«, meldete sich Hermine zu Wort.

»Mir«, sagte Ollie. »Mein Großonkel hat ihn mir vererbt. Ich war sein Lieblingsneffe …«

»Aber nur, weil er mich nicht kannte!«, warf Wilbur ein. Er hatte sich selbst eingeladen und zu unserer Runde gesellt. Soeben schob er sich einen Scone in das breite Froschmaul.

»Vielleicht hat Wilbur ja Geld!«, entfuhr es Sare. Aller Augen richteten sich auf unseren Besucher. Dem schien das Thema äußerst unangenehm zu sein. Denn anstatt zu antworten, trällerte er: »Ich – und du! Wir erben die Welt. Den goldnen Ring, den Reif gilt's zu erringen …«[3]

Schließlich zuckte er nur die Achseln und bekannte: »Sorry, Freunde, aber euer Wilbur ist arm wie eine Küchenmaus.«

»Das heißt Kirchenmaus«, verbesserte ihn Sare. Plötzlich strahlte ihr Gesicht. »Ich habe eine Idee!«

»Sprich!«, forderte Ollie mit hoffnungsvoller Stimme.

»Wenn ich hier nicht bleiben kann, weil alles den Bach runtergeht, verlange ich Kirchenasyl.«

»Sehr unfair, dass du nur an dich denkst!«, schalt Ollie sie.

Wir zermarterten uns weiter das Hirn, und die abstrusesten Vorschläge wurden geboren: Spendenaufruf im Rundfunk (kam nicht infrage, weil Ollie noch immer mit Steffi, der Moderatorin von Teuto Eins Streit hatte – und überhaupt: Wer sollte warum was spenden?). Verlagerung des Hermannswegs, um mehr Wandergäste anzulocken (Ollie schlug vor, eigenhändig falsche Kreidezeichen an den Bäumen anzubringen). Anzünden des alten Kastens, um ihn mit dem ergaunerten Geld von der Versicherung in neuer Pracht wiederaufzubauen (scheiterte allein schon daran, dass die Versicherungssumme seit längerer Zeit nicht mehr bezahlt worden war, wie Ollie

3 Götterdämmerung, 2. Aufzug

kleinlaut zugab. Außerdem, so wusste die Gräfin beizusteuern, war das Anwesen gänzlich unterversichert, da schon der alte Major in dieser Hinsicht geknausert und geschummelt hatte). Entlassung Duffys (wurde mit nur einer Gegenstimme – meiner – abgelehnt, zudem Duffy lautstark protestierte und darauf verwies, dass sich die Herrschaften dann ja wohl ihre Teemahlzeiten sonst wohin schmieren könnten, abgesehen von einigen anderen Dingen auch. Und außerdem habe er seit Beginn des Jahres nicht einen einzigen Cent Lohn gesehen.)

Bevor unsere Diskussion völlig unerquicklich und menschlich unangenehm zu werden drohte, hatte Hermine plötzlich eine Idee:

»Also ehrlich, Leute, ich finde euch alle sehr sympathisch. Außerdem glaube ich, dass man aus dem Kasten hier echt was Anständiges machen kann. Sobald ich über die Erbschaft meines Mannes verfügen kann, steige ich bei euch ein.«

Jubel und Applaus begrüßten ihren Vorschlag.

»Gut und schön«, dämpfte ich die Erwartungen. »Das ganze Prozedere mit der Erbschaft kann aber noch eine Weile dauern …«

»Oh ja«, stöhnte Hermine. »Herbert hat eine große und raffgierige Verwandtschaft …«

»Also kann dein Vorschlag bestenfalls als hoffnungsvolle Zukunftsaussicht im Businessplan stehen. Wir brauchen aber noch ein paar zündende Ideen für die Gegenwart.«

Duffy schenkte erneut Tee ein. Seine Hände zitterten leicht. Offensichtlich hatten wir den armen Kerl mit unserem Entlassungsvorschlag doch zu sehr erschreckt. Ich schwor, ihn etwas besser zu behandeln. Zumindest die nächste halbe Stunde.

Als hätte er meine Gedanken gelesen, schüttete er mir einen Schwall heißen Tee über die Hose. Ich schrie auf und sprang hoch. Als ich in sein Gesicht schaute, erkannte ich darin nur mühsam unterdrückte Häme.

»Vertragt euch«, sagte die Gräfin, der dies nicht entgangen war.

Der Schmerz verging, und ich nahm mit zusammengebissenen Zähnen wieder Platz.

»Warum verkaufst du nicht deine Karre?«, fragte Sare Ollie.

»Karre?«

»Kiste!«

»Kiste?«

»Deinen Morgan«, übersetzte ich.

Ollie zuckte zusammen, sodass ich fürchtete, er würde seinen Tee wieder ausspucken.

»Niemals!«, sagte er schließlich. »Wir gehören zusammen wie Michael Schumacher und … äh …«

»Genau! Auch Schumacher hat sich von Ferrari getrennt! Also wirst du dich auch von deinem Morgan trennen können. Wir finden schon einen soliden Gebrauchten für dich.« Ich unterstützte Sares Vorschlag voll und ganz.

»Mein lieber Junge«, sagte nun auch die Gräfin in strengem Ton. »Du solltest ernsthaft über den Vorschlag der jungen Dame nachdenken. Das Erbe deines Großonkels zu erhalten, ist weit mehr wert als ein Automobil!«

Ollie warf mir einen flehentlichen Blick zu, aber ich stand zu meiner Meinung. »Glaub mir, kein Liebeskummer währt ewig«, munterte ich ihn auf. »Ich leih dir auch mal meinen Volvo.«

»Ich habe noch eine Idee«, sagte Wilbur. »Ihr habt mich hier so herzlich und fürsorglich aufgenommen, und ich weiß auch, dass ihr kein Geld von mir wollt, aber ich kann nicht länger mitansehen, wie ihr euch sorgt …«

Wir alle atmeten einmal tief durch, als er eine bedeutungsvolle Kunstpause machte. Hieß das etwa, er würde weiterziehen?

»Ich werde hier eine Vorstellung für euch geben – Wagners Ring in einer einzigen Nacht! Und die Einnahmen werde ich spenden. Euch und mir. Was haltet ihr davon?«, fragte er Beifall heischend in die Runde, doch die Zustimmung hielt sich in Grenzen.

»Wo wollen Sie das denn aufführen?«, fragte die Gräfin skeptisch.

»Euer ganzes Haus wird meine Bühne!«, drohte er an. »Damit sparen wir die Kulissen …« Seine Augen leuchteten, während uns Schlimmes schwante.

Er erging sich in weiteren Vorschlägen, bis Hermine ihn endlich stoppte.

»Wilbur hat zwar eine etwas überschäumende Fantasie, aber die Idee ist doch nicht schlecht. *Events* heißt das Stichwort. Wir müssen hier was auf die Beine stellen, was die Leute in Scharen hierher treibt …«

»Wie wär's mit einem Mord?«, schlug die Gräfin vor. Wir anderen schauten sie entsetzt an. Sie machte ein betroffenes Gesicht. »Na ja, es muss ja kein echter sein«, verteidigte sie sich. »Man liest doch jetzt überall von diesen Krimispielen.«

»Oder Krimi-Dinnern!«, ergänzte ich. So nach und nach fiel uns ja doch noch was Brauchbares ein.

»Ich weiß noch was, Leute«, sagte Sare. »Ihr habt hier so viele Zimmer, warum nehmt ihr keine Gäste auf?«

»Aber wir haben doch Gäste«, sagte Ollie. »Dich, Hermine und Wilbur.«

»Ja, aber ich meine zahlende Gäste. Außerdem habt ihr noch viel mehr Zimmer frei …«

»Die Idee ist wirklich gut«, sagte ich. »Zumindest macht sie unseren Businessplan tragfähig. Und Duffy hat eh nicht viel zu tun. Also kann er auch noch das Zimmermädchen spielen …«

An manchen Tagen glaubt man, dass die ganze Welt über einem zusammenbricht. Andere Tage vergehen, ohne dass das Schicksal auch nur ein einziges Mal an die Tür klopft.

Es passierte rein gar nichts.

Ollie und die Gräfin erstellten den Businessplan für Krautkrüger. Es kränkte mich ein bisschen, dass sie mich nicht um Rat fragten, aber ich konnte es verkraften. Sare sah ich den ganzen Tag nicht. Sie hatte sich in einem der zahlreichen Zimmer im Haus verdrückt, um zu lesen.

Ab und zu hörte ich Wilbur eine Arie trällern. Ich konnte nicht beurteilen, ob es gut war oder nicht, was er da sang. Es hörte sich stellenweise ziemlich grausig an.

Hermine war schon am Morgen aufgebrochen, um sich um ein paar Dinge zu kümmern, die mit dem Tod ihres Mannes zusammenhingen. Meine Hilfe verlangte sie nicht, also drängte ich mich nicht auf. Irgendwann am Nachmittag rief sie mich an und erklärte, sie würde sich nun doch wieder in ihr Haus trauen. Außerdem habe Norbert ihr versprochen, er würde das Anwesen auch weiterhin rund um die Uhr bewachen lassen.

Ich spürte einen leisen Stich des Bedauerns. Genau genommen war ich jetzt raus aus dem Spiel. Es sei denn, ich ließ mich weiterhin von Abendroth verschaukeln.

Als ich am Abend aus purer Gewohnheit den PC anwarf, die Mails durchlas und anschließend mein Bankkonto überprüfte, stutzte ich. Irgendein guter Mensch hatte mir 20 000

Euro überwiesen. Einfach so und ohne Vorwarnung und ohne Verwendungszweck.

Immerhin konnte ich das Geld gut gebrauchen.

Am nächsten Morgen bat mich Ollie, mit ihm gemeinsam zur Sparkasse zu fahren. Die Gräfin sei »unpässlich«.

Er selbst wusste nicht, was das Wort bedeutete, und ich konnte es ihm auch nicht genau erklären. »Bei Männern heißt das ›Blues‹«, sagte ich schließlich und glaubte, es ganz gut getroffen zu haben.

Wir fuhren in Ollies Morgan. Der hatte insbesondere bei schlechter Witterung den Nachteil, dass einem das Wetter buchstäblich um die Ohren gehauen wurde. Doch an diesem Morgen hätte ich um nichts auf der Welt meinen Platz als Beifahrer in dem offenen Roadster tauschen wollen.

Ich atmete den frischen Morgen ein wie eine besonders intensive Prise Schnupftabak, während die wundervoll grüne Landschaft an uns vorbeiglitt. Die Äcker und die sanft geschwungenen Wiesen und dahinter die Hügel des Teutoburger Waldes. Das alles ergab ein Gemälde, das mir ein beinahe sinnliches Vergnügen bereitete.

«Du hast gerade geseufzt«, stellte Ollie fest.

»Geseufzt? Nie im Leben! Das war der Motor!«

»Nonsens! Ein Morgan-Motor kann schreien, kreischen, donnern, böllern, ja er kann sogar detonieren – aber er wird niemals seufzen. Außerdem hast du nicht nur geseufzt, sondern auch selig gelächelt ...«

»Es wäre gut, wenn du dich auf die Straße konzentrieren würdest!«

In der Sparkasse begrüßte uns dieselbe Empfangsdame wie gestern. Diesmal lächelte sie sogar. Allerdings galt ihr Lächeln allein Ollie. Mir schlug sie ein eiskaltes »Aha, heute sind Sie ja ausnahmsweise pünktlich – Sie kennen den Weg!« ins Gesicht.

Als wir Krautkrügers Büro betraten, begrüßte uns dieser mit einer Stinklaune.

»Was wollen Sie denn schon wieder?«

»Termin«, erinnerte ich ihn. »Wir sollten doch heute wiederkommen.«

Misstrauisch sah er uns an. »Ja, wegen der Zwangsversteigerung.«

»Wir haben einen Businessplan erstellt«, sagte Ollie lächelnd.

»Das geht nicht innerhalb von zwei Tagen.«

»Wir haben's aber geschafft.« Ich setzte mich und wies auf die Dalla Corte DC Pro. »Wie wär's mit zwei Kaffee an diesem wunderbar strahlenden Morgen?«

»Für mich bitte eine Tasse Earl Grey«, bat Ollie.

»Erinnern Sie mich nicht daran!«, polterte Krautkrüger plötzlich los. Sein ganzes aufgesetztes Gehabe war verschwunden. »Diese Mafioso-Italiener haben mich reingelegt. Nicht mal Bollhöfer hat das Mistding hingekriegt! Und jetzt kommen Sie und ...«

»Eine Dalla Corte DC Pro?«, fragte Ollie interessiert dazwischen. »Eine wunderbare Maschine, allerdings hat sie ihre Tücken ...«

»Was wissen Sie denn darüber?«, fragte Krautkrüger abweisend.

»Bei uns in der Bank stand auch so eine. Klasse Apparat, *marvellous*! Ich habe stundenlang daran herumgebastelt.«

»Sie sind Fachmann?« Krautkrügers Interesse war geweckt. Ollie stand an der Maschine und betätigte ein paar Knöpfe. Nichts tat sich.

»Ah, das gleiche Problem wie immer«, dozierte er. »Der Schlauch an Kanüle C scheint geknickt. Das kann man beheben, indem man den Einfuhrkanal der rechten Kaffeedüse etwas nach oben schraubt. Moment mal ...«

Er rückte die Maschine von der Wand weg und öffnete die Rückseite. Dann krempelte er die Hemdsärmel hoch. Anschließend fummelte er im Innern des Monstrums herum. Krautkrüger und ich beobachteten dies kommentarlos. Der eine skeptisch, der andere zunehmend euphorisch. Als Ollie, dessen Arm noch immer in der Maschine verschwunden war, rief: »Es kommt! Es kommt!«, sprang Krautkrüger begeistert auf.

Die nachfolgende Verhandlung war nur noch ein Kinderspiel. Krautkrüger versprach, den Businessplan wohlwollend und schnell zu prüfen. Bevor wir sein Büro verließen, fragte er noch: »Wie viel?«

»Wie viel?«, wiederholte Ollie begriffsstutzig.

»Wie viel brauchen sie sofort als Startkapital? Sozusagen als Vorschuss?«

Bevor Ollie den Matchpoint vergeigte, nannte ich an seiner Statt eine Summe. Sie erschien mir hoch genug, um zumindest die aufgelaufenen Rechnungen zu decken. Und außerdem wartete ja auch noch Duffy auf seinen ausstehenden Lohn.

»So bescheiden kenne ich Sie gar nicht, Herr Morgenstern«, witzelte Krautkrüger. »Ich schreibe mal lieber das Doppelte gut. Keine Angst, ich will Sie nicht übers Ohr hauen. Sie müssen nur Zinsen zahlen, falls Sie den Betrag wirklich abrufen. Glauben Sie mir, manchmal ist es ganz gut, was in der Hinterhand zu haben. Wie beim Pokern. Da ziehen Sie sich ja auch nicht ganz nackt aus.«

»Können wir wirklich gleich darüber verfügen?«, fragte Ollie.

»Geben Sie mir eine Minute, und das Geld steht bereit.«

»Ist es wirklich so schlimm?«, fragte ich Ollie auf dem Weg in die Empfangshalle.

Er nickte zerknirscht. »Ich fahre schon auf Reserve. Ich hätte dich um Benzingeld anpumpen müssen. Oder wir hätten zurücktrampen müssen ...«

»Wie viel verbraucht denn der Luxusschlitten eigentlich?«, erkundigte ich mich. »Fünfzehn? Zwanzig?«, sagte er unbestimmt.

»Du weißt noch nicht einmal, was dich dein benzinfressendes Monstrum kostet?«

Ollie schwieg eingeschnappt.

Für mich war die Sache klar. Nachdem Ollie ein paar Hunderter für die dringendsten Ausgaben abgehoben hatte, fuhr ich mit ihm in die Werkstatt meines Vertrauens. Ollie wehrte sich mit Händen und Füßen, aber danach stand sein Morgan bis auf Weiteres in der Garage. Dafür hatte mein Werkstattmeister Andritzke für ein paar Hundert Euro einen zwanzig Jahre alten Opel Astra anzubieten. Der Wagen war giftgrün und rostgesprenkelt, aber ansonsten picobello, wie Andritzke stolz verkündete. »Zwo Jahre TÜV!«, und das war schließlich ausschlaggebend.

Während wir zum Straßenverkehrsamt fuhren, um den Wagen anzumelden, verdüsterte sich Ollies Miene immer mehr. Selbst als ich ihm vorrechnete, was er allein an Versicherung und Steuern noch sparen würde ...

Erst als wir die Formalitäten erledigt hatten und er immer noch mit heruntergezogenen Mundwinkeln am Steuer saß, wurde mir klar, dass ihn noch etwas anderes bedrückte.

»Rück endlich mit der Sprache raus!«, forderte ich ihn auf, während wir auf der B239 dahinkrochen.

»Aber ich rede doch die ganze Zeit!«

»Aber nicht über das, was dich seit heute Morgen beschäftigt. Erst dachte ich, es wäre wegen Krautkrüger oder wegen dem Geld. Dann dachte ich, es ist, weil ich dich zu dem neuen Wagen überredet habe ...«

»Ach, das ist alles ganz lieb von dir, aber was zählt schon Geld? Oder ein Auto? Es ist allein das Herz, das zählt.«

»Liebeskummer?«, fragte ich.

Er schüttelte den Kopf. Während er mit der einen Hand weiterlenkte, nestelte er mit der anderen in seiner Jacke herum. Schließlich schien er fündig geworden zu sein. Er reichte mir sein Handy.

»Lies selbst!«

Auf dem Display waren die letzten SMS aufgerufen. In der ersten stand:

»Sare, komm zu uns zurück. Deine Brüder und Schwestern sind in großer Sorge. Du brauchst keine Angst haben. Alles wird gut. Mustafa.«

Ich las die zweite SMS: »Liebe Sare, mein Kind, dein Vater ist in großer Sorge über deine Dummheit. Du weißt, er hat ein schwaches Herz. Wenn du nicht willst, dass es zerbricht, komm wieder. Wir schließen dich in unsere Arme! Mutter.«

Und eine dritte: »Onkel Adalmar hat den Familienrat einberufen. Du weißt, was das bedeutet! Er will dich aus der Familie ausstoßen. Das wäre schlimm für uns alle. Willst du uns das wirklich antun? Es ist noch nicht zu spät! Bereue und heirate Kemal. xxx«

»Wer ist xxx?«, fragte ich Ollie.

Er zuckte die Schultern. »Wahrscheinlich einer ihrer Brüder. Oder noch ein Vetter oder Onkel.«

Ich musste eine Weile darüber nachdenken. Ich stellte mir Sare vor, die jede Viertelstunde von einer dieser Nachrichten bombardiert wurde. Die neueste Nachricht war erst vor zehn Minuten gekommen.

»Das ist doch der reinste Psychoterror!«, entfuhr es mir schließlich.

Ollie nickte heftig. »Das geht schon seit ihrer Flucht so. Sie geben nicht auf.«

»Wie kommst du überhaupt an diese Nachrichten?«, fragte ich misstrauisch.

»Sie hat sie mir gezeigt und gesagt, sie hält das nicht mehr aus. Ich dachte, es wäre besser, wenn sie mir das Handy gibt. Damit sie nicht in Versuchung kommt nachzugeben. Wer weiß, was sich ihre Familie noch so ausdenkt ...«

»Also ist das ihr Handy. Und sie hat es dir einfach so gegeben?«

»Klar, warum nicht?«

Ich schaute in den Seitenspiegel. Ein schwarzer BMW fuhr seit fünf Minuten hinter uns. Kurz nachdem wir am Lippischen Hof auf die L937 eingebogen waren, war er plötzlich aufgetaucht.

Ich machte Ollie auf den Wagen aufmerksam, während ich Sares Handy in die Jackentasche steckte.

»Oh, ein schöner Wagen. Hätte es nicht wenigstens auch ein BMW sein können?«, fragte er vorwurfsvoll.

»Dann wären wir jetzt schneller«, seufzte ich.

»Schneller? Willst du ein Wettrennen veranstalten?« Er schaute erneut in den Rückspiegel. »Der überholt uns eh gleich ...«

»Das befürchte ich auch.«

Ich hatte nichts gegen schwarze, tiefer gelegte BMW. Aber solche, die mich nicht sofort überholten oder zumindest zu überholen versuchten, indem sie den direkten Kontakt mit meiner hinteren Stoßstange suchten, waren mir sofort verdächtig.

»Fahr langsamer«, sagte ich. »Lass ihn ruhig rankommen.«

Ollie begriff. Er nahm den Fuß vom Gas, und der Astra schlich um zehn Kilometer langsamer dahin. Der Abstand zu dem BMW blieb dennoch gleich.

Ich drehte den Kopf und spähte durch die Heckscheibe. Leider war nicht zu erkennen, wer uns verfolgte. Die Scheiben des BMW waren getönt.

Ollie warf mir einen fragenden Blick zu.

»Fahr weiter geradeaus, Richtung Hermannsdenkmal.«

Ollie nickte.

Rechter Hand huschte der grüne Alleestreifen vorüber, links ließen wir den Palaisgarten und das Sommertheater hinter uns. Die Parkbuchten des Freilichtmuseums kamen in Sicht. Heute, an einem Werktag, standen hauptsächlich Ausflugsbusse dort.

Aus alter Gewohnheit tippte Ollie aufs Gaspedal, um zu beschleunigen, aber erstens brachte es nichts, und zweitens waren die anderen eh schneller. Die Paderborner Straße schlängelte sich dahin, ohne dass unser Verfolger Anstalten machte aufzuholen.

Kurz kam mir der Gedanke, dass ich mich vielleicht doch getäuscht hatte. In diesem Augenblick gab der Fahrer des BMW Gas, und der Wagen schoss heran. Eine halbe Minute später klebte er an unserer Stoßstange. Ollie fuhr weiterhin stur fünfzig Stundenkilometer.

Hinter der Windschutzscheibe des Verfolgerautos nahm ich zwei Schatten wahr. Ich konnte nur ihre Umrisse erkennen. Das hieß aber nicht, dass sich nicht noch weitere Personen im Wagen befanden.

»Gleich geht's rechts hoch.«

Linker Hand befand sich die Cherusker Grillstube. Was für ein protziger Name für einen Imbiss!

Folgte man der Straße, ging es zu den Externsteinen.

Ollie lenkte den Wagen nach rechts. Dort schlängelte sich die Denkmalstraße bis zum Hermannsdenkmal hinauf. Auf der anderen Seite kam man dann wieder hinunter nach Detmold. Aber das hatte ich gar nicht vor. Wir ließen das Berghotel Schweizer Hof und den Vogelpark Heiligenkirchen hinter uns. Auch dort auf dem Parkplatz standen nur ein paar Busse. Ein Fahrer saß draußen auf einer Bank und döste in der Sonne. Ein anderer saß daneben und las die BILD.

Auf der letzten Steigung zum Denkmal versagte der Astra fast völlig. Er schnaufte und rasselte, und zeitweise hatte ich das Gefühl, er würde stehen bleiben. Der BMW setzte zum Überholen an.

»Lass ihn nicht vorbei!«

Ollie reagierte sofort. Er riss das Steuer nach links. Der Fahrer hinter uns trat auf die Bremse. Schlingernd kam der BMW zum Stehen, fuhr aber sofort wieder an. Eine Minute später hatten wir ihn erneut am Hinterrad.

»Pass auf, oben auf der Kuppe geht es links steil hinunter. Das ist eigentlich keine Straße, sondern ein Weg. Der Hermannsweg …«

Wir hatten die Bergkuppe erreicht. Ollie lenkte den Wagen scharf nach links. Eine hölzerne Schranke war im Weg, aber darauf kam es jetzt auch nicht mehr an. Der Astra durchbrach die Barriere fast mühelos. Ein paar Beulen mehr oder weniger spielten jetzt keine Rolle mehr.

Es ging steil bergab. Der Weg war gerade einmal so breit, dass ein Wagen hindurchpasste.

»Überholen zwecklos«, stellte Ollie zufrieden fest.

»Ja, aber das hilft uns auch nicht viel, wenn der Wagen stecken bleibt.«

Ollie musste das Lenkrad mit aller Kraft festhalten. Auf

dem geröllartigen Untergrund schwammen die Räder wie in einem Wasserbett. Jetzt kam ihm seine Erfahrung zugute, die er mit seinem Morgan gesammelt hatte.

Der Morgan ist ein Wagen, in dem man das Gefühl hat, als säße man völlig ohne Abfederung direkt über dem Straßenbelag. Man spürte jede Unebenheit sofort – und schmerzhaft. Das Lenken war Schwerstarbeit.

Die Steine wurden aufgewirbelt und prasselten von unten gegen die Karosserie wie Maschinengewehrsalven.

Ich wagte einen erneuten Blick nach hinten. Auch der BMW hatte nun die Schranke erreicht. In der Sonne glänzte er wie ein riesiger schwarzer Käfer. Und genauso behäbig verfolgte er uns nun. Da der BMW tiefer gelegt war, kam er mit dem Boden noch intensiver in Kontakt als wir. Der Astra gewann an Vorsprung.

»Wo führt dieser Weg hin?«, fragte Ollie.

»Ich habe keine Ahnung«, sagte ich.

»Du hast keine Ahnung und lässt uns hier runterdüsen?«, fragte er entsetzt.

»Irgendwo werden wir schon landen«, beruhigte ich ihn.

Mit jedem Meter wurde unser Vorsprung größer.

»Festhalten!«, schrie Ollie. Im nächsten Augenblick schrammte etwas mit einem markerschütternden Kreischen, das an eine Kreissäge erinnerte, von unten gegen unseren Wagen. Ein ohrenbetäubendes Krachen und Scheppern folgte. Im Rückspiegel sah ich unseren Auspuff davonfliegen. Jetzt röhrte der Astra wie ein Hirsch. Oder wie ein Panzer.

Ich schaute nach hinten. Der Verfolger-BMW fuhr nur noch im Schneckentempo. Hinter einer Biegung war er für kurze Zeit sogar ganz unserem Blick entzogen.

»Wer zahlt eigentlich für die Kratzer?«, erkundigte sich Ollie so ganz nebenbei.

»Na, du natürlich. Sei froh, dass ich dir geraten habe, den Morgan abzumelden. Das wäre jetzt sehr teuer geworden.«

Ollie nickte grimmig. Er musste sich wieder auf den Weg konzentrieren. Der steinige Pfad verjüngte sich derart, dass zu beiden Seiten die Äste gegen die Fensterscheiben kratzten.

Schließlich ging nichts mehr. Ein umgestürzter Baumstamm machte jede Weiterfahrt unmöglich.

»Raus!«, schrie ich und stieß die Beifahrertür auf. Ollie stellte den Motor ab und zog den Zündschlüssel heraus. Dann sprang er ebenfalls aus dem Wagen.

Der BMW war rund zwanzig Meter entfernt. Der Beifahrer lehnte sich aus dem Seitenfenster. Endlich zeigte sich einer von ihnen. Er hatte ölig schwarze, zurückgekämmte Haare, südländischer Typ, und trug eine verspiegelte Sonnenbrille.

Wir robbten unter einem Baumstamm hindurch. Ollie ächzte. Der Schweiß rann ihm in Strömen über die Stirn.

»*No sports*!«, ächzte er, als er meinen Blick erriet. Und ergänzte: »Winston Churchill.«

»Das ändern wir demnächst, mein Freund«, sagte ich.

Als Antwort stieß Ollie einen lästerlichen Fluch aus, und das kam ziemlich selten vor bei ihm.

Hinter uns vernahm ich ein Geräusch, das mir bekannt vorkam. Es erinnerte an eine Kreissäge, dem ein ohrenbetäubendes Scheppern folgte. Offensichtlich hatten unsere Freunde an derselben Stelle, an der wir den Auspuff verloren hatten, ebenfalls den Boden geküsst.

Kurz darauf hörte ich das Schlagen von zwei Autotüren und mehrere männliche Stimmen, die durcheinanderriefen. Es war jedenfalls kein Deutsch, was an meine Ohren drang.

Ollie und ich sprangen auf und legten die nächsten Meter

im Trab zurück. Ollie keuchte, obwohl es bergab ging. Ich konnte nur beten, dass er durchhielt.

Plötzlich schrie er auf. Bevor ich ihn festhalten konnte, segelte er durch die Luft und kam unsanft auf den Steinen auf. Er war über eine Wurzel gestolpert.

Wimmernd blieb er am Boden liegen. Ich beugte mich zu ihm hinunter. Sein ganzer linker Arm war in Mitleidenschaft gezogen. Der Stoff seines Hemdes war zerrissen. Blutige Hautfetzen waren darunter zu erkennen.

»Weiter!«, schrie ich und half ihm hoch. Ollie nickte und biss die Zähne zusammen. Als er den ersten Schritt vorwärtsmachte, schrie er abermals auf.

»Mein Fuß«, klagte er. »Ich kann nicht mehr laufen, ich ...«

Ich packte ihn unter den Achseln und zog ihn mit.

»Lass mich«, sagte er. »Allein bist du schneller. Ich halte die beiden auf ...«

»Und womit? Mit deiner großen Klappe?«

Ich drehte mich erneut um. Von den beiden Verfolgern war im Moment zwar nichts zu sehen, aber sie waren uns immer noch dicht auf den Fersen. Das war unschwer zu hören. Sie mussten sich sehr sicher wähnen.

»Los! In die Büsche!«, zischte ich.

Ich zog Ollie mit. Das Unterholz war so dicht, dass wir uns ducken mussten. Unwillkürlich dachte ich an mein letztes Erlebnis im Wald. Ich spürte noch immer mein lädiertes Knie. Wenn es auf eine schweißtreibende Verfolgungsjagd hinauslief, würde ich nicht lange durchhalten.

Bloß keine Pilze essen!

Dann legten wir uns auf den Boden und drückten uns so flach wie möglich in das feuchte Moos. Ich hörte, wie mein Herz gegen meinen Brustkasten pochte, und stellte mir einen Augenblick vor, dass man es im ganzen Wald hören konnte.

Zumindest bis zu den Ohren unserer Verfolger. Als sie an uns vorbeiliefen, wagte ich nur leicht den Kopf zu heben. Ich sah nur ihre Schuhe. Der eine trug weiße Adidas-Turnschuhe, der andere Lackschnürschuhe, die im Wald denkbar ungeeignet waren.

Mit angehaltenem Atem ließen wir die zwei vorbeiziehen und warteten eine Minute ab.

»Wie geht es dir?«, flüsterte ich.

»Ein Dickens kriecht erst dann zu Kreuze, wenn er tot ist!«

»Das ist das Stichwort.«

»Tot?«

»Nein, aber kannst du kriechen?«

Er nickte.

Ollie konnte zwar kaum auftreten, aber er konnte sich auf allen vieren fortbewegen. Aufrecht stehen konnte man eh nicht, also bedeutete seine Verletzung zumindest im Moment kein Handicap.

Die Zeit dehnte sich wie Kaugummi. Es kam mir so vor, als bewegten wir uns kaum von der Stelle. Außerdem hatte ich das Gefühl, dass wir einen Heidenlärm machten.

Dennoch lichtete sich irgendwann vor uns das Gebüsch.

»Weißt du, wo wir hier rauskommen?« Ollie schnappte nach Luft. Lange würde er nicht mehr durchhalten.

»Ich hoffe es«, antwortete ich.

»Wenn ich es mir wünschen dürfte, dann an einer Oase mit einem kristallklaren See und leicht bekleideten Frauen, die mir mit Palmwedeln kühle Luft zufächeln. Und mir einen Martini servieren …«

»Ich hoffe, du halluzinierst noch nicht«, sagte ich besorgt.

»Nein, ich sehe es nur vor mir!«

»Also eine Fata Morgana.«

In diesem Moment kamen wir an dem Parkplatz vor dem Vogelpark heraus.

»Halleluja!«, seufzte Ollie erleichtert. »Einen Toast auf Roberto Goizueta!«

»Roberto Goizueta?«

»Vorstandvorsitzender von Coca Cola. Von ihm stammt das Credo: ›Es muss den Menschen weltweit unmöglich gemacht werden, Coca Cola zu entfliehen!‹«

Jetzt sah ich es auch. Vor dem Kiosk stand eine Cola-Werbung.

»Du musst dich noch etwas gedulden«, sagte ich bedauernd.

Seit wir zuletzt vorbeigefahren waren, hatte sich die Lage nicht verändert. Ich zählte drei Busse. In einem saß der Fahrer hinter dem Steuer und schien eingenickt. Die beiden anderen Busse waren leer. Der eine Fahrer döste immer noch in der Sonne, der andere studierte immer noch die BILD. Da sie uns den Rücken zuwandten, bemerkten sie uns nicht.

»Was hast du vor?«, fragte Ollie.

»Verlass dich einfach auf mich«, beruhigte ich ihn.

»Aber doch nichts Sportliches mehr, oder?«

»Keine Sorge, es hat nichts mit Sport zu tun. Es ist nur ein wenig unlauter.«

»Unlauter?«

»Gesetzwidrig«, erklärte ich.

»Ach so. Dann ist es in Ordnung.«

Ich fasste ihn erneut unter den Achseln. Diesmal kam er mir schwerer vor als zuvor. Ich schaute in sein schweißnasses Gesicht und machte mir ernsthaft Sorgen.

Dann hatten wir den nächststehenden Bus erreicht. Der Fahrer stand rund zehn Meter entfernt. Er hatte sich immer noch nicht umgedreht.

Die Tür gegenüber dem Fahrersitz stand offen. Ich half Ollie hinein und ließ ihn auf dem erstbesten Platz niedersinken. Er stöhnte auf vor Schmerzen.

Ich schaute durch die Fensterscheibe nach draußen. Der Fahrer rührte sich immer noch nicht. Dafür sah ich einen schwarzen BMW auf den Parkplatz fahren. Im ersten Moment glaubte ich an ein Déjà-vu-Erlebnis: Er war genauso glänzend schwarz wie derjenige, der uns verfolgt hatte. Er hatte getönte Scheiben und war so tief gelegt, dass ich jeden Augenblick befürchtete, er würde Funken schlagen.

Ich zögerte keine Sekunde. Mit einem Blick vergewisserte ich mich, dass der Zündschlüssel im Schloss steckte.

»Du willst doch nicht allen Ernstes …?«, begann Ollie mit ungläubigem Blick.

»Ich habe doch gesagt, es wird ein bisschen ungesetzlich. Du kannst aber gern aussteigen und dich den Herren da draußen vorstellen.«

Ich raffte meine rudimentären Kenntnisse zusammen, die zum Führen eines größeren Wagens als eines Pkw notwendig waren. In grauer Vorzeit hatte ich während meiner Grundwehrdienstzeit einen Lkw-Führerschein gemacht. Ein Bus war allerdings ein ganz anderes Thema.

Die vier Leute, die aus dem BMW stiegen, ließen mich meine Bedenken ob meiner Fahrkünste jedoch schnell vergessen.

Es waren drei Männer und eine Frau. Ich konnte nur vermuten, dass es sich um Sares Verwandtschaft handelte.

Zwei der Männer waren schon älter. Sie trugen einen schwarzen Anzug. Nach der geplatzten Hochzeit schienen sie ihre Kleidung nicht mehr gewechselt zu haben. Der dritte war um die zwanzig. Er war klein und stämmig und brachte bestimmt einhundertfünfzig Kilo auf die Waage. Der weiße

Trainingsanzug schien ihm ein paar Nummern zu klein zu sein. Die vierte Person war eine Frau. Sie war groß und schlank und hatte blond gefärbte, nackenlange Haare. Ihre Gesichtszüge wirkten selbst aus der Entfernung auf klassische Weise anziehend. Der Schönheitsfehler war die rote Narbe, die von der Stirn bis zum Kinn quer über das Gesicht verlief.

»Das ist Gülistan«, flüsterte Ollie. Eigentlich hätte er nicht flüstern müssen. Die Szenerie fand etwa zwanzig Meter entfernt statt. Wahrscheinlich hatte er Respekt vor ihr.

»Gülistan? Du kennst die Frau?«

»Wegen ihrer Narbe. Sare hat mich vor ihr gewarnt. Es ist ihre älteste Schwester. Auf sie hören alle in der Familie. Sie ist die Patriarchin …«

»Heißt das dann nicht Matriarchin?«

»Es ist mir egal, ob ein Mann oder eine Frau mir ein Messer zwischen die Rippen jagt.«

»Mir nicht. Ich kann auf Gewalt verzichten.«

Gülistans Blick huschte hin und her. Sie spähte zum Bus herüber. Zwei, drei Sekunden betrachtete sie ihn. Ich glaubte sogar auf die Entfernung das Eis in ihren Augen zu spüren.

»Woher stammt die Narbe?«, fragte ich.

»Sare hat mir erzählt, dass sie sich die selbst beigebracht hat …«

»Selbstverstümmelung? Aus welchem Grund?«

»Ihr Verlobter hat sie als Callgirl arbeiten lassen. Sie hat diese Demütigung nicht länger ertragen und sich mit einem Rasiermesser das Gesicht zerschnitten, sodass kein Mann sie mehr ansehen sollte …«

»Und ihr Verlobter?«

»Dem hat sie hinterher was anderes abgeschnitten. Er ist verblutet. Beweisen ließ sich die Tat nicht, weil Gülistans Brüder die Leiche verschwinden ließen.«

Die Männer waren unterdessen zu dem BILD lesenden Fahrer getreten und verwickelten ihn in ein Gespräch. Ich konnte nur vermuten, dass sie sich nach uns erkundigten.

Gülistan schaute unterdessen abermals zu uns herüber. Sie schien eine Art sechsten Sinn zu haben, denn plötzlich rief sie dem Fetten etwas zu, und der stampfte augenblicklich in unsere Richtung.

Ich ließ den Blick über das Armaturenbrett schweifen. Es gab eigentlich nicht viele Knöpfe, aber eindeutig *zu* viele für jemanden, der noch nie Bus gefahren ist. Zumindest nicht am Steuer.

Ich entschloss mich, auf Nummer sicher zu gehen und drückte sämtliche Knöpfe auf einmal.

Die Tür schloss sich mit einem satten Zischlaut.

Der Dicke begann zu laufen. Die anderen gestikulierten. Der Busfahrer schaute entsetzt drein.

Als ich die Zündung betätigte und den Motor startete, fiel ihm die BILD aus den Händen, und er begann ebenfalls zu gestikulieren.

Ich gab Gas, während ich mit aller Kraft das Lenkrad bediente, um den Bus zu wenden. Ich versuchte, nicht daran zu denken, was passieren würde, wenn ich es nicht schaffte. Ich hatte keine Ahnung, wie man den Rückwärtsgang einlegte.

Jemand hämmerte gegen die Tür. Es war der Dicke. Mit seinen mächtigen Fäusten bearbeitete er das Blech wie mit einem Dampfhammer.

»Das muss Kemal sein«, sagte Ollie. »Sare hat ihn als den dicksten und jähzornigsten von ihren Brüdern beschrieben.«

Das wutentbrannte Gesicht tauchte vor der Scheibe auf. Er schien sich von außen an den Bus geklammert zu haben.

Es fiel mir schwer, mich aufs Fahren zu konzentrieren. Ich wollte den Jungen nicht unbedingt in Gefahr bringen und lenkte den Bus vorsichtig über den Parkplatz und an den anderen Bussen vorbei.

Mit einer Hand krallte sich Kemal am Außenspiegel fest, in der anderen hielt er plötzlich einen Schlagstock. Trotz seiner Körperfülle schien er erstaunlich gelenkig zu sein. Er holte aus und schlug gegen die Scheibe. Sie bekam tausend Sprünge. Dann, mit zwei, drei weiteren gezielten Schlägen, hatte er das Glas zertrümmert. Ich traute ihm zu, dass er durch die Öffnung klettern könnte, wenngleich das eine sehr sportliche Leistung gewesen wäre.

Aber er verfolgte offenbar einen anderen Plan. Statt des Schlagstocks sah ich plötzlich eine Sprühdose in seiner Hand. Er streckte den Arm ins Innere des Busses und sprühte etwas herein, so was wie Tränengas. Ich selbst war machtlos. Ich saß am Steuer und war zu weit von ihm weg.

Aber Ollie reagierte blitzschnell. Mit einem Schrei stürzte er vor, warf sich trotz des Sprühnebels gegen den ausgestreckten Arm – und schlug Kemal die Zähne in die Hand.
Dieser schrie nun auch. Aber vor Schmerz. Er versuchte, den Arm zurückzuziehen, aber Ollie ließ nicht locker. Erst als die Dose den kraftlosen Fingern des Angreifers entglitt, ließ er los.

Ich hatte genug Rücksicht genommen. Während ich spürte, wie mir das Spray langsam in die Augen kroch, gab ich Gas. Von draußen ertönte ein Schrei. Kemal war offensichtlich abgerutscht. Ein rascher Blick in den Seitenspiegel zeigte mir, dass er auf dem Boden lag und sich dort mit schmerzverzerrtem Gesicht herumwälzte.

Auch Ollie wälzte sich herum. Er hatte am meisten von dem Reizgas abbekommen. Er schrie vor Schmerzen, hustete und röchelte.

Ich selbst sah alles nur noch schemenhaft. Trotzdem bog

ich, ohne zu bremsen, auf die Denkmalstraße ein. Diesmal fuhr ich den Berg hinunter, der uns wieder zur Cherusker Grillstube bringen würde.

Undeutlich nahm ich im Türfach eine Flasche wahr. Während ich mit der einen Hand lenkte, führte ich mit der anderen die Flasche zum Mund. Es war lauwarmes Mineralwasser, aber es linderte augenblicklich den Hustenreiz. Ich träufelte mir das Wasser in die Augen. Einen Moment lang sah ich gar nichts mehr. Obwohl ich langsam fuhr und den Bus auf der Fahrbahn hielt, konnte ich nur hoffen, dass uns niemand entgegenkam. Ich wiederholte die Augendusche noch ein paarmal, dann sah ich etwas klarer. Zum Glück hatte Kemal nur eine kleine Ladung versprühen können.

Ich warf die Flasche zu Ollie hin, in der Hoffnung, dass er das Richtige tat. Ich selbst hatte nun alle Hände voll zu tun, den Bus die abschüssige Strecke hinunter nach Detmold zu bugsieren. Die Bremsen quietschten jedes Mal bedrohlich, wenn ich sie betätigte. Ich konnte nur hoffen, dass der TÜV noch nicht allzu lange zurücklag.

In einer Kurve kam mir ein Opel-Fahrer entgegen. Er hupte erschrocken, als ich über den Mittelstreifen fuhr und seiner Karosserie bedrohlich nahe kam.

Als ich in den Rückspiegel schaute, um mich zu vergewissern, dass er nicht von der Straße abgekommen war, sah ich, dass wir erneut verfolgt wurden.

Jedenfalls ging ich schwer davon aus, denn so viele tiefer gelegte BMW gab es selbst im Teutoburger Wald nicht.

Der Wagen holte rasch auf.

Ich sah nur eine Möglichkeit. Als ich die Cherusker Grillstube erneut vor meiner Windschutzscheibe auftauchen sah, gab ich Gas, anstatt abzubremsen. Wie ein Wahnsinniger drückte ich dabei die Hupe. Ich konnte nur hoffen, dass diese laut genug tönte, um meine Mitmenschen zu warnen. Und dass mein Schutzengel diesmal ganz eng an meiner Seite stand.

Ich schaute weder nach rechts noch nach links, als ich bei Rot über die Kreuzung fuhr und damit die Vorfahrt gnadenlos missachtete. Das Quietschen von Reifen drang an meine Ohren, dann folgte ein wütendes Hupkonzert. Dann ein Scheppern – hoffentlich nur ein Blechschaden!

Ein erneuter Blick in den Rückspiegel zeigte mir, dass unsere Verfolger genauso skrupellos waren wie ich. Sie scherten sich nicht um die rote Ampel und bretterten mit voller Geschwindigkeit über die Kreuzung.

Ich raste über die Externsteinstraße Richtung Horn. Ollie hatte sich mittlerweile etwas erholt. Er schniefte nur noch. Dafür begann meine Haut am ganzen Körper zu jucken. Am liebsten hätte ich angehalten und mir die Kleider vom Leib gerissen.

Aber dazu war keine Zeit. Der BMW kam unerbittlich näher. Ich hatte keine Lust auf eine zweite Bekanntschaft mit dieser Sippe.

Daher atmete ich auf, als ich plötzlich ein Krächzen in der Funkanlage vernahm. Allerdings hatte ich keine Ahnung, wie man das Ding bediente. Im Nahbereich sah ich immer noch alles ganz verschwommen.

Plötzlich hörte ich eine Stimme, die mir sehr bekannt vorkam, Und ich hätte nie gedacht, dass ich noch einmal Freudensprünge vollführen würde, wenn ich sie hörte.

»Krause? Hören Sie mich?«, schrie ich.

»Hier Polizeikommissar Krause«, knarzte eine mechanisch klingende Stimme aus der Lautsprecherbox. Ich hatte tatsächlich das Glück, mein Wohlergehen dem stursten Beamten im Teutoburger Wald anvertrauen zu dürfen.

»Krause!«, schrie ich erneut.

»Ich höre Sie sehr gut. Hier spricht Polizeikommissar Krause«, wiederholte er.

»Krause, schicken Sie ein paar Einsatzwagen Richtung Horn. Ich befinde mich auf der Externsteinstraße und werde verfolgt.«

»Wer sind Sie? Hier spricht Polizeikommissar Krause. Was sind Ihre Forderungen?«

»Sie sollen einen oder mehrere gottverdammte Kollegen schicken, die mir aus der Patsche helfen!«

»Bitte lassen Sie eventuelle Geiseln frei, dann können wir über alles reden ...«

Ich hatte keine Ahnung, in welchem Seminar er diese Art der Gesprächsführung gelernt hatte, aber sie würde garantiert ihren Zweck erfüllen. Wäre ich ein Kidnapper, ich würde schon jetzt verzweifeln an der Dummheit der Polizei.

»Ich wiederhole: Lassen Sie die Geiseln frei!«

»Ich habe keine Geiseln an Bord!«, rief ich ins Mikro. »Machen Sie keinen Unsinn, Krause!«

Ein erneuter Blick in den Rückspiegel sagte mir, dass unsere Verfolger eigentlich schon Blechkontakt mit uns haben müssten. Sie waren hinter dem Heck verschwunden.

»Ich bin es: Morgenstern!«

»Is nicht wahr!«

»Doch wahr! Krause, begreifen Sie endlich: Ich werde verfolgt ...«

»Sie sitzen in diesem Bus?«

»Ja!«

»Als Geisel?«

»Nein, als Fahrer!«

Er schwieg einige Sekunden, sodass ich schon Angst hatte, er wäre aus der Leitung. Dann sagte er: »Das kostet Sie nicht nur den Führerschein, sondern ein paar Jährchen Gefängnis, ist Ihnen das klar: Bus entführt, Mordversuch, gefährlicher Eingriff in den Straßenverkehr, Geiselnahme ...«

»Krause, es ist keine Geisel an Bord!« Ich traute ihm alles zu. Auch dass er den Bus stürmen ließ und wild um sich schoss.

»Ich habe Informationen, dass Sie nicht allein in dem Fahrzeug sind.«

»Stimmt, mein Freund Ollie begleitet mich. Er kotzt sich übrigens gerade die Seele aus dem Leib.« Ein kurzer Seitenblick verriet mir, dass Ollie noch immer an den Folgen der Spray-Attacke zu leiden hatte.

»Was kann ich für Sie tun?«, fragte Krause plötzlich ganz sachlich.

»Sie sind ja doch ein ganz patenter Mensch. Wie gesagt, ich werde verfolgt und befinde mich auf der Externsteinstraße ...«

»Ich weiß. Ich kann Sie schon sehen.«

»Sie können mich sehen?«

»Ich stehe auf der Einmündung zum Parkplatz Externsteine.«

Das waren noch gut fünfhundert Meter.

In diesem Moment sah ich im Seitenspiegel einen schwarzen Schatten auftauchen. Der Motor des BMW röhrte auf, als der Wagen blitzschnell auf Höhe der Fahrerkabine heranfuhr. Ich befürchtete erneut einen Angriff und duckte mich instinktiv.

Aber offensichtlich waren die Insassen nicht bewaffnet. Zumindest wurde nicht geschossen. Dafür versuchten diese Wahnsinnigen, den Bus zu rammen.

Die Kollision erfolgte mit einem ohrenbetäubenden Knirschen. Der BMW schrammte an der Seite des Busses entlang.

Diese Idioten! Sie ahnten anscheinend nicht, dass ich sie mit einer einfachen Linksdrehung des Lenkrads mit Leichtigkeit von der Straße hätte katapultieren können!

Stattdessen bemühte ich mich, den Bus in der Spur zu halten.

Plötzlich sah ich vor mir einen grün-weißen Wagen auftauchen. Er stand quer auf der Fahrbahn. Ich schluckte und trat auf die Bremse. Mein linker Fuß drückte das Bremspedal bis zum Boden durch. Allein, es tat sich nicht viel. Anscheinend lag der TÜV doch schon etwas länger zurück oder war sogar schon abgelaufen.

Das Hindernis kam mit atemberaubender Geschwindigkeit näher.

Aber es ging nicht nur um den Wagen. Jetzt erkannte ich, dass eine menschliche Gestalt fast damit verschmolz.

Die Fahrertür war geöffnet, und Krause hockte lässig auf dem Sitz. Ein Bein ließ er heraushängen. In seiner Brille spiegelte sich die Sonne. Es sah aus, als leuchteten seine Augen wie zwei Scheinwerfer.

Verzweifelt drückte ich weiterhin auf die Bremse. Krause schien zu ahnen, dass er mit seiner coolen Pose, wenn er sie denn beibehielt, als dämlichster Polizist sein Leben aushauchen würde. Was hieß aushauchen? Er würde innerhalb von einem Sekundenbruchteil ins Jenseits katapultiert werden.

Der Bus war nur noch fünfzig Meter von ihm entfernt.

»Mensch, Krause, hauen Sie ab!«, schrie ich, in der Hoffnung, er möge mich noch über Funk hören.

Tatsächlich schien er allmählich zu begreifen. Er erhob sich mit fast sträflicher Langsamkeit, schob seine Sonnenbrille zurecht und begann wild zu gestikulieren.

Noch vierzig Meter ...

Ich schaute nach links. Dort klebte immer noch der BMW an meiner Seite.

Dann schaute ich nach rechts. Ich sah einen schmalen Grasstreifen und einen Fahrradweg. Ideal, um diesen als Ausrollpiste für den Bus zu missbrauchen. Wenn da nur nicht die seitlichen Begrenzungspfosten zum Randstreifen im Weg gewesen wären! Die sahen recht stabil aus.

»Festhalten!«, rief ich Ollie zu. Ich hatte keine Gelegenheit, zu überprüfen, ob er sich an meinen Rat hielt. Ich schaute abwechselnd geradeaus und nach rechts, um einen günstigen Abbiegewinkel abzupassen. Auch wenn ich gegen die Pfosten bretterte, war das noch besser, als einen Totalcrash mit dem Streifenwagen zu riskieren.

Mal ganz abgesehen von Krause.

Der erfasste jetzt endlich den Ernst der Lage und begann zu laufen.

»Idiot!«, brüllte ich. »Die andere Richtung!«

Er lief nach rechts. Genau dorthin, wohin ich den Bus lenken wollte.

Noch zwanzig Meter.

Ich zog den Zündschlüssel, schloss die Augen und duckte mich instinktiv in den Fahrersitz.

Und plötzlich griff die Bremse wieder!

Schlingernd kam der Bus zum Stehen. Einen Meter vor dem Hindernis.

Der Motor erstarb mit einem empörten Zischlaut.

Meine schweißnassen Hände lösten sich vom Lenkrad. Aus den Augenwinkeln sah ich den BMW hupend an mir vorbeirauschen und davonrasen.

»Alles in Ordnung?«, fragte ich Ollie.

Er nickte. »Du hast mir nie erzählt, dass du eine Kamikaze-Ausbildung hast.«

»Davon wusste ich auch nichts. Aber immerhin leben wir noch.«

III. Gut abgehangen

Wir gleichen den Lämmern, die auf der Wiese spielen,
während der Metzger schon eines und
das andere von ihnen mit den Augen auswählt.

(Arthur Schopenhauer)

Als ich wieder aufwachte, spürte ich, dass ich nicht allein war. Neben dem allgegenwärtigen Brummen und dem Schlagen meines eigenen Herzens glaubte ich plötzlich ein zweites Herz pochen zu hören.

Das war natürlich Einbildung.

Ein warmer Hauch schlug mir ins Gesicht. Und das war keine Einbildung. Ich hielt den Atem an, und jetzt hörte ich den Atem des anderen. Laut und deutlich.

Vorsichtig streckte ich eine Hand aus. Ich ertastete etwas Weiches, Nachgiebiges, das augenblicklich zurückzuckte, als ich es berührte. Wie eine Spinne in einem Netz.

Ein Stöhnen verriet Furcht und Angst. Mehr noch, es lag etwas Animalisches in dem Ton.

Ich schöpfte Hoffnung. Etwas, das Angst vor mir hatte, konnte nicht gefährlich sein.

Meine Hand tastete weiter. Und wieder stieß sie gegen etwas. Vorsichtig tastete ich die Konturen ab und war mir sicher, dass es ein Gesicht war. Das Wesen zuckte nicht mehr vor mir zurück. Es hielt still.

Meine Hand forschte weiter, strich über langes, volles Haar, einen pochenden Hals und breite Schultern. Ich fühlte den Ansatz der Brüste und hielt inne.

Vor mir kniete eine Frau.

Und sie war nackt.

Sofort dachte ich an die Kälte. Sie musste frieren. Viel mehr als ich. Ich zog meine Jacke aus, legte sie ihr um die Schultern. Sie griff danach wie eine Ertrinkende und zog sie eng um sich.

»Wer bist du?«, fragte ich.

Ich bekam keine Antwort. Nicht sofort.

Doch als sie mir endlich ihren Namen sagte, konnte ich nichts damit anfangen.

Ich versank wieder in Apathie.

Zwischenspiel:

Ich treffe den Alten in einem Detmolder Café. Sein Name ist Alfons Tewessieker. In seinem früheren Leben war er Lehrer für schwer erziehbare Kinder. Davor war er Nazi. Er will auch davon erzählen, aber ich wiegle ab. Ich will nicht wissen, was er damals verbrochen hat. Er erzählt es mir trotzdem.

Nein, das Seniorenzentrum sei kein KZ. So dürfe man sich das nicht vorstellen. Viele seiner Mitpatienten litten an Demenz oder seien geistig behindert. Bei Adolf, ist er überzeugt, wären die alle nicht so alt geworden. Aber so sei das ja heutzutage, und er wolle daran auch nichts ändern. Das Rad der Zeit lasse sich nun mal nicht zurückdrehen.

Seit viereinhalb Jahren ist er im Seniorenzentrum St. Agnes untergebracht. Er ist aus freien Stücken hier eingezogen, nachdem er einen Schlaganfall bekommen und drei Tage hilflos in seiner Wohnung gelegen hatte. Er ist einer der ältesten Bewohner und gehört zu denen, die am längsten hier sind. Und damit kommt er zu einem seiner Lieblingsthemen: der durchschnittlichen Verweildauer in St. Agnes.

»Statistik war schon immer meine Passion«, erzählt er, »und daher wusste ich, welche Lebenserwartung ich haben würde, wenn ich mich einer sogenannten pflegeorientierten Einrichtung ausliefere. Von Anfang an hatte ich das Ziel, denen ein Schnippchen zu schlagen.«

Er zeigt sein böses Grinsen. »Sie müssen wissen, dass statistisch jeder fünfte Neuankömmling innerhalb eines Jahres stirbt. In St. Agnes sind es sogar vierundzwanzig Prozent. Das ist viel, denn bei St. Agnes handelt es sich nicht um eine reine Pflegeverwahranstalt, sondern um eine sogenannte Mischeinrichtung. Hört sich schlimm an, oder? Wie Mischbatterie oder sonst etwas Technisches. Aber so nennen die es offiziell: Mischeinrichtung. Das heißt, es gibt neben den Pflegeplätzen auch Wohnplätze. In den pflegeorientierten Einrichtungen gibt man durchschnittlich nach drei Jahren den Löffel ab, in den Mischeinrichtungen nach sechs Jahren. In St. Agnes geht der Durchlauf schneller vonstatten. Wie gesagt: Ich gehöre hier zu denen, die am längsten Widerstand leisten.«

Ich frage ihn, woran das seiner Meinung nach liegt, und er schimpft über das schlechte Essen und über das schlechte Personal.

»Aber für uns interessiert sich doch niemand. Ich selbst habe keine Verwandten mehr, und auch die Angehörigen der meisten anderen Patienten und Bewohner kriegen doch kaum mehr den Arsch hierher.«

Lotte Unverzagt habe ihm imponiert, weil sie noch länger durchgehalten habe als er. Sie war fünf Monate vor ihm eingezogen. Sie hätten sich verbündet und sich geschworen, sie würden aufeinander aufpassen.

So habe er einmal einem jungen Pfleger nicht nur mit seinem Gehstock, sondern auch mit der Polizei drohen müssen, weil dieser Lotte einen Ring gestohlen habe. Und es war Lotte, die ihn vor einem Jahr, als er einen Schwächeanfall erlitten und eine Woche lang bettlägerig gewesen war, davor bewahrt hatte, dass man ihn ans Bett fesselte. Sie hatte durchgesetzt, dass sie während dieser Zeit in seinem Zimmer bleiben und auf ihn aufpassen durfte.

In der einen Woche war er wieder an der Front gewesen.

Als Hauptmann habe er seine Truppe gegen die Russen ins Feld geführt. Diesmal habe er gesiegt, aber als er sich umdrehte, waren seine eigenen Leute alle tot. Einer der Soldaten aber hätte sich aus dem Totenacker erhoben, wäre zu ihm gekommen und hätte ihm die Hand entgegengestreckt: »Gratuliere, Herr Hauptmann, endlich haben Sie es geschafft, uns alle umzubringen.«

Und als er die Hand des Toten ergriff, sei ihm, Tewessieker, ganz kalt ums Herz geworden, und er habe gewusst, dass auch er selbst gefallen war. In dem Moment habe er geschrien vor Grauen. Und als er die Augen aufschlug, saß Lotte an seinem Bett und hielt seine Hand

»Hätten wir uns sechzig Jahre früher kennengelernt, wäre mein Leben ganz anders verlaufen«, sagt Tewessieker bestimmt.

Sie gefiel ihm, weil sie immer optimistisch in die Zukunft schaute. Sie schenkte ihm, dem seelenlosen Statistiker, ihr Herz.

Außerdem konnte sie gut kochen.

Einmal im Monat habe sie Schweinebraten gemacht, genau so wie damals nach dem Krieg. Und dazu Kartoffeln und frisches Gemüse. Richtig frisches, knackiges Gemüse, nicht so einen zerkochten Brei wie in St. Agnes. Und geduftet habe das … Und er habe die Einkäufe erledigt. Er sei extra immer nach Detmold in die Fleischerei seines Vertrauens gefahren.

Und Lotte habe sich gut verstanden mit dem Koch in St. Agnes. Der habe ihr dann jedes Mal die Küche überlassen.

Das Allerbeste aber sei die frische Suppe gewesen, die sie jedes Mal vor dem Schweinebraten serviert hätte. Die hatte sie selbst angesetzt mit den Knochen und dem Suppenfleisch vom Metzger. Sie hatte es genauso zubereitet wie damals seine

Mutter. Das Geheimnis war, das Suppenfleisch nicht in das kalte, sondern in das kochende Wasser zu legen, dann bleibe es besonders saftig. So eine Suppe, die brauche kein Maggi oder sonstige Geschmacksverstärker. Allenfalls etwas Salz und Muskat am Schluss. Und vor dem Servieren etwas Schnittlauch, denn das Auge esse ja auch mit.

Die Lotte habe oft Besuch bekommen. Und dann habe sie sich eines Tages in den Kopf gesetzt, ihrer Freundin Lieschen Maier einen Besuch abzustatten. So eine richtige Freundin war das nicht, dazu war die ja mit ihren fünfundsechzig Jahren oder so viel zu jung. Aber die hatten eine Art Verhältnis wie eine Tante zu ihrer Nichte gehabt und sich schon das ganze Leben gekannt.

»Gab es einen Grund, warum Frau Unverzagt Frau Maier besuchen wollte?«

Alfons Tewessieker beugt sich über den Tisch ganz nah zu mir. Ich nehme seinen schlechten Atem wahr und das Mottenpulver, nach dem sein Jackett riecht.

Er flüstert nun. So leise, dass ich Mühe habe, ihn überhaupt zu verstehen:

»Wegen den Strahlen.«

»Den Strahlen?«

»Die behandeln uns mit Strahlen, damit sie unsere Gedanken lesen und uns noch besser manipulieren können.«

»Aha«, sage ich.

11.

Norbert ging in seinem Büro auf und ab. Er nervte mich damit. Allerdings war seine Erregung nicht gespielt. Sie war echt.

Norbert Decarli ist Polizeibeamter mit Leib und Seele. Kurz nach dem Abitur hatte es ihn nach Hamburg gezogen. Er hatte das Abenteuer gesucht und bei der Polizei zunächst nicht gefunden: Zweieinhalb Jahre Polizeischule und anschließend zwei Jahre Bereitschaftspolizei in einer Hundertschaft – das war nicht der Kick, den er gesucht hatte. Streife zu fahren, um entlaufene Hündchen zurückzubringen, Schlägereien unter Betrunkenen zu schlichten oder Falschparkern Knöllchen hinter den Scheibenwischer zu klemmen, das war nicht sein Ding gewesen. Er hatte die Zeit trotzdem irgendwie rumgekriegt.

Dafür wurde er belohnt. Die drei Jahre als Zivilfahnder hatten ihn geprägt: Er war immer da unterwegs gewesen, wo viele Straftaten stattfanden, er hatte Autobrände, Einbrüche, Drogendelikte aufgeklärt. Ein Jahr lang hatte er undercover bei den Hell's Angels als Supporter ermittelt.

Danach war es für ihn als Zivilfahnder zu gefährlich geworden. Man hatte ihn aus dem Verkehr gezogen und ihm geraten, in ein anderes Bundesland zu wechseln. Also hatte er wieder seine Heimat Ostwestfalen angesteuert, hatte sich auf ein auf zwei Jahre verkürztes Studium eingelassen und war danach Sachbearbeiter für Diebstahlsdelikte geworden. Seit drei Jahren war er bei der Mordkommission und wartete auf seine Beförderung zum Kriminaloberkommissar.

Ich hatte mit Norbert Decarli die Schulbank gedrückt. Von der ersten Klasse bis zum Abitur waren wir durch dick und dünn gegangen. Wir hatten sogar dasselbe Schuljahr wiederholt – in der Untertertia. Und wir hatten es aus demselben Grund vergeigt: Weil wir uns in dieselben Mädchen verliebt hatten. Aber das ist eine andere Geschichte.

»Was hast du dir dabei gedacht?«, fragte er nun.

Er hatte dieselbe Frage bereits vor zehn Minuten gestellt, in etwas anderen Worten. Aber anstatt meine Antwort abzuwarten, war er wild auf und ab gegangen und hatte eine Wutrede vom Stapel gelassen – von wegen, die gefährlichen Dinge im Leben doch den Leuten zu überlassen, die von Berufs wegen etwas davon verstehen.

Ich saß auf dem Besucherstuhl und versuchte ruhig zu bleiben, während er Dampf abließ.

»Bist du jetzt fertig?«, fragte ich.

»Nein, mein Kaffee ist kalt geworden«, sagte er barsch. »Ich muss mir erst einen neuen ziehen.«

Er stiefelte hinaus. Als er wiederkam, hatte er zwei Becher dabei, einen in jeder Hand. Er gab mir einen. Den anderen führte er zum Mund, pustete, weil der Kaffee noch viel zu heiß war, und fluchte. Dann nippte er vorsichtig.

»Die Plörre hier wird auch immer ungenießbarer«, stöhnte er, dann setzte er sich endlich. Wir saßen uns gegenüber. Er hob die linke Hand und zählte mir an den Fingern auf, was ich angeblich alles verbrochen haben sollte.

»Erstens: mehrmalige Überschreitung der Geschwindigkeitsbegrenzung …«

»Haben Sie dich degradiert oder warum befasst du dich mit solchen Lappalien?«

»Zweitens: ›zufällige‹ Begehung eines für die Öffentlichkeit gesperrten Tatorts. Du hast mir noch immer nicht verraten, wer dir den Tipp gegeben hat, dass du Heuwinkel dort auffinden würdest?«

Ich schwieg.

»Drittens: Entführung eines Busses ohne gültige Fahrerlaubnis ...«

»Was denn nun?«, wehrte ich mich. »Wirft man mir vor, dass ich keinen Bus-Führerschein habe? Abgesehen davon: Man kann einen Bus nicht entführen!«

»Deine Spitzfindigkeiten kannst du dir an die Backe schmieren. Oder deinem Anwalt überlassen.«

Diesmal schien er es tatsächlich ernst zu meinen. Also setzte ich notgedrungen zu einem Plädoyer an.

»Ollie und ich wurden verfolgt«, erklärte ich. »Plötzlich tauchte dieser BMW mit den Ausländern auf ...«

Ich erzählte ihm, was passiert war. Zumindest konnte er sich darauf verlassen, dass ich die Wahrheit sagte. Und ich konnte mich darauf verlassen, dass er mir glaubte.

Er unterbrach mich kein einziges Mal. Schließlich trank er mit einer gewissen Todesverachtung im Blick einen Schluck Kaffee und sagte:

»Das klingt alles ziemlich fantastisch. Und der Einzige, der dir diese Story abnimmt, bin ich. Krause hält dicht, mit dem habe ich ein Wörtchen geredet. Und mit dem Busunternehmer auch. Er erstattet keine Anzeige; umgekehrt schwärze ich ihn nicht an, dass sein Bus mit defekten Bremsen unterwegs war. Aber nur, falls er mir innerhalb einer Woche nachweist, dass er die Bremsen in Ordnung gebracht hat.«

»Du bist ein echter Freund.« Das meinte ich ernst.

Er macht eine abwehrende Handbewegung. »Also, jetzt

rück raus mit der Sprache: Was waren das für Typen? Und warum haben sie euch gejagt?«

Auch ich trank erst einmal einen Schluck aus dem Becher. Der Kaffee war so bitter, als wäre er vergiftet. Allerdings konnte ich mir das in einem Polizeipräsidium nicht vorstellen.

»Du hast recht«, sagte ich schließlich. »Der Kaffee ist wirklich widerlich.«

Ich seufzte, dann antwortete ich: »Es waren Kurden, mehr weiß ich auch nicht.«

»Kurden also? Und ganz zufällig bist du denen in die Quere gekommen?« Er wühlte auf seinem akten- und papierübersäten Schreibtisch herum und zog schließlich eine Tageszeitung hervor. Er hielt sie mir hin mit den Worten: »Lies mal! Komisch, was?«

Ich nahm das Blatt und las den Artikel, auf den er zeigte:

War es Liebe oder Hass?
Junge Kurdin seit einer Woche vermisst.
Eltern und Polizei in Sorge

Eigentlich sollte es der glücklichste Tag in ihrem bisher achtzehnjährigen Leben sein: In einer kurdischen Hochzeitszeremonie sollten die blutjunge Nazdar (18) und ihr Bräutigam vermählt werden. Die Eltern haben dieses Fest seit Monaten vorbereitet. Der Bräutigam hatte den üblichen Hochzeitsschmuck bereits hinterlegt, und viele Hundert geladene Verwandte und Gäste waren angereist. Doch kurz vor der Trauung verschwand Nazdar spurlos. War es eine Art Torschlusspanik? Oder steckt mehr dahinter? Eltern und Geschwister wollten sich nicht äußern, ein Freund der Familie jedoch ge-

stand uns: »Wir sind alle in großer Sorge, dass Nazdar etwas zugestoßen sein könnte. Sie ist kein leichtsinniges Mädchen. Sie wusste, was ihre Eltern und ihre Familie von ihr erwarten …«

Bisher tappt die Polizei im Dunkeln. Obwohl noch keine Vermisstenanzeige erstattet wurde, wird dennoch ermittelt …

Ich ließ die Zeitung sinken und versuchte mir meine Irritation nicht anmerken zu lassen. Seit einer Woche galt das Mädchen bereits als vermisst. Und wieso stand in der Zeitung ein ganz anderer Name? Sare würde mir einiges erklären müssen!

»Und was habe ich damit zu tun? Eins ist doch klar: Das Mädchen wollte nicht aus freien Stücken heiraten. Der Bräutigam ist dreißig Jahre älter! Was fängt ein junges Mädchen mit so einem – in ihren Augen – so alten Bock an?«

»Woher weißt du denn das mit den dreißig Jahren Altersunterschied. Davon steht hier nichts …«

»Habe ich irgendwo gehört«, sagte ich.

»So? Abgesehen davon: In zehn Jahren sind wir auch alte Böcke«, erinnerte mich Norbert. »Auch in unserem Kulturkreis heiraten junge Frauen viel ältere Männer …«

»Ja, weil sie entweder einen Vaterkomplex haben oder weil sie scharf sind auf die Kohle. Jetzt komm mir bloß nicht mit deiner *political correctness*!«

»Du beziehst dein Wissen doch nur aus der Zeitung!«

»Die du mir gibst!«, erinnerte ich ihn.

Er stand auf, goss den Rest des Kaffees in eine traurig wirkende Topfpflanze und schaute aus dem Fenster. Dann wandte er sich wieder zu mir. »Du hast doch keine Ahnung!«, entschied er.

»Dann kann ich jetzt ja hoffentlich gehen …« Ich erhob mich halb.

»Nichts da.« Und ich sackte wieder zurück auf meinen Stuhl. »Noch mal zurück zu deinem Engagement in Sachen Heuwinkel. Oder beschränkt sich das Engagement auf *Frau* Heuwinkel?«

»Hermine?« Jetzt musste ich herzhaft lachen.

»Ich hatte sie zum Verhör hier, und ich finde sie, zugegeben, ganz attraktiv. Ich lass mir trotzdem von ihr nichts vormachen – so wie du! Und von wegen Beziehungen: Du solltest dich mal fragen, was dein Freund Ollie mit der Staatsanwältin angestellt hat!«

»Ollie?«

»Ich habe sie noch nie so viel lachen sehen. Sie bestellt Ollie fast jeden Tag in ihr Büro. Gestern sind die beiden zu Mittag gemeinsam zum Picknick gefahren …«

»Picknick?«

»Du brauchst nicht alles zu wiederholen wie ein Papagei.«

Ich konnte es trotzdem kaum fassen. Ollie und die spröde Rosenstolz – ich konnte es mir nicht vorstellen.

»Ja, jetzt staunst du Bauklötze!« Offensichtlich freute er sich, dass er mir etwas erzählen konnte, was ich noch nicht wusste.

»Mich würde eher interessieren, was jetzt mit Heuwinkel ist«, wechselte ich das Thema. »Gibt es schon Obduktionsergebnisse?«

»Die gibt es, aber die binde ich dir nicht auf die Nase.«

»Offensichtlich habt ihr aber nichts gefunden, was Hermine belasten würde«, folgerte ich.

»Die Sache gestaltet sich sehr schwierig. Zumal wir aus dem politischen Lager einigen Druck kriegen, gelinde gesagt.

Heuwinkel war politisch kein Leichtgewicht. Außerdem war er einer der Hauptorganisatoren dieser Fleischerfachmesse. Die will man nicht aufs Spiel setzen. Was meinst du, was los ist, wenn die Presse vom Tod Heuwinkels erfährt? Vor allen Dingen von den Umständen, unter denen er krepiert ist? Die Messe als Werbeträger kannst du dann vergessen.«

»Lässt sich das denn geheim halten?«, fragte ich skeptisch.

Norbert zuckte mit den Schultern. Dann grinste er: »Ich bin dazu verdonnert worden. Aber du nicht ...«

12.

Als ich auf dem Hof stand, wurde mir bewusst, dass sich die Rückkehr nach Hause schwierig gestalten würde. Wir waren von Krause ins Präsidium gefahren worden. Für unsere Rückfahrt schien niemand zuständig zu sein.

Ollie wurde noch immer verhört. Frau Dr. Rosenstolz hatte ihn sich persönlich zur Brust genommen – wahrscheinlich im wahrsten Sinne des Wortes.

Ich schaute auf die Uhr. Es ging tatsächlich schon auf den Abend zu. Ich hatte Hunger. Seit dem Morgen hatte ich nichts gegessen. Ich griff zum Handy und wählte Hermine Heuwinkels Nummer.

Ich wollte schon wieder auflegen, als sie sich mit einem zaghaft fragenden »Hallo?« meldete.

»Ich bin's: Moritz.«

»Oh, hallo, was gibt's?«

»Hast du zu tun?«

Ich sah sie bildhaft vor mir, wie sie hoffnungslos durch die Weite ihres Wohnzimmers zeigte.

»Klar, ich drehe Däumchen, wandere auf und ab, zähle die Spinnweben an der Decke, habe das Radio angestellt und summe mit, damit ich die Stille besser ertrage, und ungefähr jede Stunde frage ich mich, ob ich nicht einfach davonlaufen sollte. Zum Glück bin ich nicht allein. Ich habe reizende Gesellschaft: Zwei Polizisten in Zivil parken vorm Haus, und wahrscheinlich weiß inzwischen die ganze Nachbarschaft

Bescheid. Vielleicht sollte ich die beiden Herren einfach hereinbitten, dann ist uns allen nicht so langweilig ...«

»Ich wollte dich eigentlich zum Essen einladen«, unterbrach ich sie.

Sie schwieg ein paar Sekunden, sodass ich schon befürchtete, sie würde mir einen Korb geben. Dann seufzte sie und sagte: »Von mir aus. Dann fällt mir wenigstens nicht mehr die Decke auf den Kopf. Holst du mich ab?«

»Ich bin im Moment etwas – äh ...«

»Also schön, wo bist du?«

Ich erklärte ihr, wo ich mich befand.

«Bei der Polizei?« Sie war erstaunt.

»Nur bei Norbert«, beruhigte ich sie. »Ein Gespräch unter Freunden.«

Eine halbe Stunde später fuhr sie mit ihrem Porsche Cabrio vor. Ich schaute hoch. In Norberts Büro brannte jetzt Licht. Wo sich das Büro der Staatsanwältin befand, wusste ich nicht.

Ich winkte Hermine zu, und sie hielt direkt neben mir an. Ich stieg ein.

Sie schaute mich stirnrunzelnd an. »Du hast dich aber schick gemacht.«

Erst jetzt wurde mir bewusst, wie ich aussah. Immerhin war ich durch den halben Teutoburger Wald gerobbt. Norbert hatte mir vor unserem Gespräch großzügig die Gemeinschaftsdusche angeboten, sodass ich mir wenigstens den Dreck von der Haut hatte abspülen können.

Ob Ollie auch geduscht hatte? Vielleicht hatte die Rosenstolz ja sogar eine eigene Dusche im Büro.

»Was denkst du gerade? Du hast so ein komisches Grinsen im Gesicht.«

Ich beichtete es ihr, und sie musste lauthals lachen. Der Bann, der seit ihrem Abschied irgendwie zwischen uns gelegen hatte, war gebrochen.

»Eine abstruse Vorstellung«, sagte sie schließlich. »Wie kommst du darauf?«

Ich gab wieder, was Norbert mir berichtet hatte. Auch, was er über ihren Mann erzählt hatte.

»Diese Metzgermesse geht mir am Arsch vorbei«, sagte sie. »Dabei scheint es das Allerwichtigste zu sein, was hier je stattgefunden hat. Herberts Freunde haben sich auch schon besorgt bei mir gemeldet.«

»Offiziell, sagte Norbert, liegt er im Krankenhaus.«

»Ja, mir hat er weismachen wollen, diese Aussage wäre besser, um den Mörder in Sicherheit zu wiegen. Da habe ich so meine Zweifel. Er will doch nur keinen Aufruhr provozieren vor dieser Messe!«

Ich mochte ihr nicht widersprechen.

»Und wohin lädst du mich ein?«, wechselte sie das Thema.

»Wie wär's mit dem *Steinernen Schweinchen*?«

Norbert hatte mir, bevor ich ging, den Tipp gegeben, dass ich dort sicherlich auf Ackergoldts Geschäftsfreunde stoßen würde. Das *Steinerne Schweinchen* war so etwas wie ihr gemeinsames Hauptquartier.

Sie sah mich an, als hätte sie einen sauren Drops verschluckt. »Warum ausgerechnet da? Das ist – war Herberts Stammlokal. Darauf habe ich null Bock!« Sie sah mich wütend an. »Was soll die ganze Nummer? Vielleicht sind da sogar noch seine Partner zugange. Hast du mich herzitiert, um mich vorzuführen?«

Ich hob beschwichtigend die Hände. »Wir könnten uns die Burschen dann ja einfach mal aus der Nähe betrachten«, sagte ich.

»Glaubst du etwa, dass einer von ihnen Herbert auf dem Gewissen hat? Das halte ich für ausgeschlossen.«

»Warum?«

»Ackergoldt und Schwekendiek gehen zwar über Leichen, aber zusammen mit Herbert waren sie ein eingeschworenes Trio.«

»Streit kommt in der besten Familien vor.«

»Die haben zusammengehalten wie Pech und Schwefel.« Sie überlegte ein paar Sekunden, dann seufzte sie und sagte: »Also schön, wenn's denn der Wahrheitsfindung dient. Auf zum *Steinernen Schweinchen*.«

Das Lokal lag abseits des Weges inmitten blühender gelber Rapsfelder. Nur ein unbefestigter Feldweg führte dorthin. Das hielt insbesondere die Schickeria nicht davon ab, mit ihren Jeeps und SUVs und sonstigen Protzlauben in Scharen in dieses idyllische Fleckchen einzufallen. Insbesondere am Wochenende war die Hölle los, und bei Regenwetter war der Weg manchmal auch unpassierbar. Dann verdienten sich die Bauern der umliegenden Höfe ein Heidengeld, indem sie mit ihren Treckern den Pendelverkehr zwischen befestigter Straße und dem *Steinernen Schweinchen* organisierten.

Zu seinem Namen war das Lokal schon zu Urzeiten gekommen, als es noch als Banditenunterschlupf diente. Wo Gauner sind, ist der Teufel nicht weit. Die Gauner wurden irgendwann verjagt, aber der Teufel blieb.

Ein rechtschaffenes Ehepaar zog in das Haus und versuchte es als Gaststätte zu führen. Doch immer wieder spielte der Teufel dem Paar üble Streiche. Er schüttete Salz ins Essen, Essig ins Bier und erschreckte nachts die Gäste. Aber eines Tages ging er zu weit: Er fachte das Feuer unter dem Kessel derart an, dass die lodernden Flammen bis zur Decke züngelten und fast das Haus in Brand gesetzt hätten.

Das Ehepaar suchte Rat bei einer weisen Hexe, und diese riet ihnen, einen Spiegel aufzustellen. In diesen Spiegel sollte der Teufel blicken und von seinem eigenen Spiegelbild zu Tode erschreckt werden.

Gesagt, getan. Der Teufel wurde wirklich angelockt. Neugierig schaute er in den Spiegel und sah darin eine grässliche Gestalt. Doch anstatt tot umzufallen oder wenigstens zu flüchten, wähnte er in dem Spiegelbild einen Rivalen, der ihm die Spukstätte streitig machen wollte. Also schlug er mit einem Feuerstrahl nach dem vermeintlich anderen Teufel.

Die Spiegelfläche reflektierte aber das Feuer. Es schoss zu seinem Urheber zurück und versengte dem das schwarze Fell. Schreiend flüchtete der Teufel aus dem Haus und ward nie mehr gesehen. Vorher aber verfluchte er sowohl das Ehepaar als auch alle sonstigen Lebewesen in dem Haus.

Die entsetzten Nachbarn fanden später den Mann und die Frau versteinert in ihren Betten liegen. Und im Stall waren ebenfalls alle Schweine in Stein verwandelt. Praktisch und sparsam, wie die Lipper nun mal sind, beratschlagten sie, nachdem sie sich von dem Schock erholt hatten, wie man mit den steinernen Figuren denn nun verfahren sollte. Da Steine immer gebraucht wurden, entschied man sich, diese zum Mauerbau zu verwenden. Nur ein einziges Schwein blieb erhalten. Als Andenken und als Mahnung, sich lieber mit dem Teufel zu arrangieren …

Bevor der jetzige Inhaber, Hannes Junkerfeuerborn, die Gaststätte übernahm, hatte sich das *Steinerne Schweinchen* über lange Jahre hinweg einen eher zwielichtigen Ruf als Rotlichtbar erworben. Gästezimmer gab es noch immer, und sie waren noch genauso eingerichtet wie damals.

Junkerfeuerborns Verdienst war es, dass er seine eher bodenständige, ruppige Art, die bei den einheimischen Gästen gut ankam, mit der raffinierten Kochkunst seines Maître verband. Dornfelder kochte seit drei Jahren im *Steinernen Schweinchen* und hatte in der kurzen Zeit bereits einen Michelin-Stern verliehen bekommen.

Jetzt arbeitete er noch verbissener, um sich den zweiten Stern zu erkochen. Nach allem, was ich wusste, war das jedoch eher unwahrscheinlich. Denn Dornfelders Ambitionen einer eindeutig gehobenen, wenn nicht gar überkandidelten Küche, bot Junkerfeuerborn mit seinen eher einfachen Kreationen Paroli: Mindestens einmal in der Woche stand ein Steckrübeneintopf auf dem Tisch, und auf der Karte behauptete sich Junkerfeuerborns ganz profane Currywurst mit Pommes neben Dornfelders Bretonischer Langoustine im Rauch mit dreierlei Blumenkohl und Algen.

Ich war zwei- oder dreimal im *Steinernen Schweinchen* gewesen. Das Essen hatte geschmeckt, aber das Publikum war nicht meins.

Hermine lenkte den Porsche auf den nur spärlich besetzten Parkplatz. Neben uns standen ein weiterer Porsche und ein protziger Hummer H1.

»Der Hummer gehört Ackergoldt«, sagte Hermine. »Ackergoldt schmückt sich mit dem Spitznamen ›General‹. Herbert hat mir erzählt, dass der Hummer von einem amerikanischen Militärbauer namens AM General gebaut wurde. Damit kokettiert Ackergoldt ganz gerne.«

»Wenigstens haben wir den Weg hierher nicht umsonst gemacht«, sagte ich.

Wir stiegen aus und näherten uns dem Eingang. Ein steinernes graues Schwein zierte den Eingang. Es war so winzig, dass es eher als Ferkel zu bezeichnen war. Wäre die Legende wahr gewesen, so hätte dies zum Geiz der Lipper gepasst: Warum ein großes Denkmal zurücklassen, wenn es ein ganz kleines auch tut?

Gut, wir hatten den Hermann. Aber Ernst von Bandel, der das Denkmal erbaut hatte, war kein Lipper gewesen, sondern stammte aus Mittelfranken.

Als wir eintraten, schallte uns das übliche, von Besteck- und Porzellangeklirr untermalte Stimmengewirr entgegen. Es roch nach Schweinebraten, Bier und altem Gebälk.

Ein Kellner huschte an uns vorbei, ohne uns zu beachten. Im *Steinernen Schweinchen* suchte man sich den Platz selbst aus.

Der vordere Raum wirkte wie ein ganz normales Wirtshaus. Hinter der langen Theke thronte Junkerfeuerborn. Er bewegte sich selten. Er saß auf seinem Hocker und dirigierte von dort aus das Personal. Er machte dies vorzüglich, nichts entging seinen wachsamen Augen. Und die Kellner waren auf ihn eingespielt. Manchmal genügte nur eine Geste von ihm, und sie wussten, was er meinte. Es hieß, in seiner Jugend sei Junkerfeuerborn Ringkämpfer gewesen. Sogar zu den Olympischen Spielen habe er es geschafft. Das muss sehr lange her sein, denn mittlerweile war er in die Breite gegangen. Er hätte gut als Wilburs älterer Bruder durchgehen können. Mit dem kahl geschorenen, speckigen Kopf und den großen Segelohren erinnerte er allerdings weniger an einen Tenor als an ein riesiges Borstenvieh und machte damit dem Namen seines Restaurants alle Ehre.

Auch Junkerfeuerborn würdigte uns keines Blickes. Er trocknete gerade ein paar Biergläser. Dabei war ich mir sicher, dass er uns bemerkt hatte.

Vier, fünf Tische waren besetzt. Drei Männer saßen an der Theke. Hermine wies unauffällig zu einem der Tische. »Da drüben sitzen sie.«

Ich folgte ihrem Blick. Bei den beiden Männern, die an einem runden Tisch in der hinteren Ecke Trübsal bliesen, musste es sich um Ackergoldt und Schwekendiek handeln. Einer von ihnen schaute in unsere Richtung, stupste den anderen an.

Hermine winkte ihnen unbekümmert zu, zog mich aber an einen anderen Tisch, der weit entfernt von den beiden Herren stand.

»Wolltest du mich ihnen nicht vorstellen?«, fragte ich.

»Die stellen sich schon selbst vor.«

Sie sollte recht behalten. Kaum hatten wir Platz genommen und die Getränke bestellt, als einer der beiden an unseren Tisch trat.

Ich schätzte den Mann auf etwa fünfzig. Er hatte ein sanftes Babyface, in dem zwei stahlblaue Augen kalt wie Diamanten blitzten. Die schwarzen Haare hatte er mit Gel zurückgekämmt. Sie fielen ihm bis in den Nacken. Er trug einen hellen Nadelstreifenanzug, und an seinem rechten Mittelfinger steckte ein protziger Siegelring. Der Duft von Rosmarin und Zitrone wehte zu mir herab. Ich hatte so ein Aftershave noch nie gerochen.

»Tag, Hermine, schön, dich auch mal wieder zu sehen«, begrüßte er meine Begleiterin. Mich würdigte er keines Blickes, aber allmählich gewöhnte ich mich in diesem Lokal daran.

»Tag, Sascha«, erwiderte Hermine. Sie wirkte unbefangen.

»Wie geht's Herbert? Man hört so einiges ... Warum bist du nicht ans Telefon gegangen?«

»Herbert geht's, na ja, den Umständen entsprechend, wie die Ärzte sagen. Habt ihr versucht, mich anzurufen? Ich war meistens unterwegs. Ich muss viel erledigen für Herbert.«

»Wir wundern uns nur, dass er uns nicht Bescheid sagt.«

»Das kann er nicht, er liegt auf der Intensivstation. Niemand darf zu ihm.«

Sie spielte ihre Rolle gut, wie ich fand.

»So? In welchem Krankenhaus liegt er denn? Wir haben noch eine Menge zu bereden. Du weißt ja, die Messe ...«

Jetzt wurde es brenzlig. Ich war gespannt, wie sie aus dieser Nummer herauskommen würde. Sie warf mir einen Hilfe suchenden Blick zu. Doch ich zuckte die Achseln. Das alles blieb dem Fragesteller sicherlich nicht verborgen. Zum Glück kam in diesem Moment der Kellner wieder und brachte uns die Speisekarten. Umständlich klappte Hermine ihre auf und sagte: »Eigentlich will ich nur eine Kleinigkeit essen ...«

»Ihr könnt euch gern zu uns setzen.«

»Ne, danke, lass mal, aber ich habe mit Herrn Morgenstern einiges zu bequatschen.«

»Wer ist Morgenstern?«

»Der Mann an meiner Seite. Sag mal, ist das ein Verhör oder so?«

Beschwichtigend hob er die Arme und streckte ihr die Handflächen entgegen. »Aber, Hermine, du kennst mich doch. Manchmal bin ich einfach ein bisschen neugierig. Nimm's mir nicht übel.«

»Entschuldige«, sagte Hermine sanfter, »aber ich bin einfach nur etwas genervt wegen der Sache mit Herbert. Jeder fragt und will wissen, was mit ihm los ist ...«

»Ja, und in welchem Krankenhaus er liegt. Keine Sorge, ich will ihn nicht besuchen, ich will nur einen Strauß Blumen mit einem Genesungskärtchen schicken. Sonst denkt er noch, seine alten Kumpels hätten ihn vergessen ...«

Er lächelte. Es erinnerte mich an das Lächeln eines Haifisches. Konnten die überhaupt lächeln? Nein, entschied ich.

Aber die Zähne blecken und zubeißen. So einer schien mir auch dieser Sascha zu sein.

»Ich würde kein Geheimnis daraus machen, wenn ich's dem Chefarzt nicht versprochen hätte«, druckste Hermine herum. »Die haben da so eine Quarantänestation. Blumen und überhaupt was von draußen sind tabu.«

Sascha nickte. »Na gut. Wenn du trotzdem irgendwie kannst, bestell Herbert schöne Grüße. Wir brauchen ihn! Und wenn du hier durch bist und du uns vielleicht doch noch verraten willst, wo er liegt, komm einfach rüber an unseren Tisch.«

Er nickte ihr freundlich zu. Mich beachtete er immer noch nicht. Dann marschierte er wieder ab. Zurück blieb der eigenartige Duft.

Ich atmete einmal tief durch. »Wer war das? Ackergoldt oder Schwekendiek?«

»Sascha Schwekendiek. Der harmlosere von beiden.«

»Dann möchte ich Ackergoldt lieber gar nicht erst kennenlernen.«

»Wirst du aber. Es würde mich wundern, wenn die beiden lockerlassen.«

»Parfümiert sich Schwekendiek immer so ein?«

»Das ist noch dezent. Da solltest du erst mal in die Nähe von Herbert kommen. Der duftet, als hätte er in dem Zeug geduscht.«

Ich hatte ein Detmolder Landbier bestellt. Es schmeckte wunderbar erfrischend. Ich spülte den ganzen Frust, den ich seit heute Morgen erlebt hatte, hinunter. Hermine schaute in die Speisekarte und entschied sich für einen Salat. Ich nahm den Westfälischen Backschinken.

Nachdem der Ober unsere Bestellung aufgenommen hatte, beschrieb mir Hermine, was für ein Mensch Ackergoldt war.

Sein Vorname war Abraham Maria, aber alle Welt nannte ihn nur den Abby.

Bei dem Namen verwunderte es nicht, dass seine Eltern strenggläubige Katholiken waren. Nach dem Krieg waren sie von Danzig nach Espelkamp gezogen. In Espelkamp befand sich bis zum Ende des Krieges eine Heeresmunitionsanstalt. Auf den Resten dieses Gebäudes errichtete man ein Lager für Kriegsflüchtlinge. Der kleine Abraham Maria wuchs sehr schnell heran. Bereits im Kindergarten überragte er seine Kameraden, und in der Grundschule war er schon größer als die meisten Lehrer. Er litt an Akromegalie. Riesenwuchs. Damals gab es noch keine Ärzte, die das erkannt hätten. Geschweige denn ein Medikament dagegen. Hermine schätzte seine heutige Größe auf zwei Meter zwanzig.

Ein Blick auf den entfernt sitzenden Ackergoldt zeigte mir, dass alles an ihm riesig war. Dabei wirkte er nicht dick oder massig. Alles an ihm war wohlproportioniert. Ich schätzte ihn auf Mitte sechzig, und er war immer noch ein attraktiver Mann. Und er wusste sich geschmackvoll zu kleiden. Sein Dreiteiler verriet selbst aus der Entfernung edelste italienische Stoffqualität. Gut – was die Wahl seines fahrbaren Untersatzes betraf, schien er nicht ganz so stilsicher. Der Hummer war einfach nur protzig. Aber jeder Mann hat seine Schwäche, und außerdem passte der Hummer wenigstens zu seiner Größe.

Seine Familie war arm. Das einzige Erbe war, dass schon seine Großeltern und seine Urgroßeltern und auch sein Vater als Schlachter ihr Geld verdient hatten.

Mit der Schule hatte Ackergoldt es nicht so toll. Mit zwölf Jahren brach er die Volksschule ab und verdiente sich sein Geld als Schlachter in einem Verler Schinkenbetrieb. Als er achtzehn war, starb seine Mutter. Übermittelt ist ihr Spruch auf dem Sterbebett, als sie den jungen Abby beschwor: »Was Gott dir gegeben hat, das kann dir niemand nehmen. Aber nur du kannst es an andere weitergeben.«

Zwei Jahre später, als die Schinkenfabrik vor der Pleite stand, übernahm Ackergoldt die Firma und brachte sie zurück in die schwarzen Zahlen. Das war seine erste Firma, und bis heute hatte er ein unüberschaubares Geflecht von Firmengruppen, einzelnen Firmen und Scheinfirmen geschaffen. Er hatte seine Finger in allem drin, was Geld brachte. Selbst Verbindungen zum Rotlichtmilieu sagte man ihm nach.

Vor fünf Jahren wurde es ruhiger um ihn, als er seine dritte Frau, eine Galeriebesitzerin, heiratete. Er führte ein für seine Verhältnisse ruhigeres Leben, interessierte sich plötzlich für Kunst und Theater. Dank seiner Frau schien sich ihm eine völlig neue Welt zu erschließen. Nach zwei Jahren Ehe starb sie an Lungenkrebs. Ackergoldt trauerte genau ein Jahr um sie. Er war von der Bildfläche verschwunden. Man munkelte, er mache eine Pilgerreise auf dem Camino de Santiago. So richtig vorstellen konnte sich das aber niemand. Ackergoldt, der Berserker unter den Unternehmern, als reumütiger Pilger in Sandalen, unterwegs auf staubigen Landstraßen?

Und plötzlich war er wieder da, von einem Tag auf den anderen, zog die Zügel seiner Firmen straff an und wütete und wilderte wie eh und je.

Sein aktueller Coup war, dass er die Fleischerfachmesse nach Bad Salzuflen gebracht hatte. Zusammen mit seinen alten Kumpeln Sascha Schwekendiek und Herbert Heuwinkel war er der Hauptorganisator. Die drei hatten viel Geld in das Projekt gesteckt, und sie erhofften sich einen entsprechenden Gewinn.

Ich hatte mittlerweile mein zweites Bier ausgetrunken. Der Kellner brachte ein Amuse-gueule, damit wir den ersten Hunger stillen konnten. Der Gruß aus der Küche bestand aus einer Scheibe Paprikasülze mit Schinken. Der Schinken war fantastisch; umso mehr freute ich mich auf die Hauptspeise.

»Du bist erstaunlich gut informiert, was Ackergoldt betrifft«, sagte ich schließlich.

Sie zog eine Braue hoch. »Was willst du damit sagen?«

»Entschuldigung. Alte Journalisten-Untugend, alles zu hinterfragen.«

»Ich habe nie viel zu tun gehabt mit Ackergoldt. Was ich über ihn weiß, hat mir Herbert erzählt. Er hat ihn bewundert. Ehrlich gesagt, ich verabscheue den Kerl. Und ich habe Angst vor ihm. Ich traue ihm alles zu ...«

»Auch, dass er deinen Mann umgebracht hat?«

»Das nicht«, sagte sie wie aus der Pistole geschossen. »Ein Mensch wie Ackergoldt hätte nie so viel Fantasie gehabt, ihn in einen Taucheranzug zu stecken und im Wald zu Tode zu foltern. Der hätte ihn wahrscheinlich einfach mit dem Jagdgewehr ›aus Versehen‹ erschossen und wäre ungeschoren davongekommen.«

»Ach, so einer ist das«, erwiderte ich und wagte einen Blick hinüber. Ich schaute direkt in Ackergoldts Augen. Sie waren noch kälter als die seines Partners Schwekendiek. Wenn die mich an Diamanten erinnerten, so kamen mir Ackergoldts Augen vor wie Gletschereis.

Ich senkte den Blick und wandte mich wieder Hermine zu. »Warum hatte dein Mann eigentlich einen Taucheranzug an?«

Sie zuckte mit den Schultern. »Wenn ich das wüsste, wäre ich schlauer. Ich glaube, auf die Frage habe ich gewartet. Dein Freund Norbert hat sie mir bestimmt zehnmal gestellt.«

»Hatte er vielleicht Streit mit seinen Amigos da drüben?«

»Nicht dass ich wüsste. Hey, läuft das jetzt auf ein Verhör hinaus? Ich dachte, du wolltest mit mir essen gehen?«

»Ich verbinde gern das Angenehme mit dem Nützlichen.«

Sie schwieg ein paar Sekunden. Dabei sah sie mir forschend in die Augen. Wahrscheinlich fragte sie sich, was ich wirklich glaubte. Dann sagte sie sehr ernst: »Egal, was ich gesagt habe, ich entbinde dich von jeglicher Pflicht, mir beizustehen oder dich einzumischen. Hast du mich verstanden?«

»Du sprichst, als hätte Norbert dir diese Worte eingeimpft.«

Sie beugte sich über den Tisch, nahm meine Hand. Ackergoldt schaute noch immer herüber.

»Ich möchte nicht, dass dir etwas passiert!«

»Seit wann bist du so besorgt um mich?«

»Seit eben. Ich glaube, die beiden planen etwas. Die lassen sich nicht in die Suppe spucken. Und sie werden nicht eher Ruhe geben, bis sie den erwischt haben, der Herbert umgebracht hat. Sie waren Freunde …«

»Dann kann ich ja ganz unbesorgt sein. *Ich* habe ihn nicht auf dem Gewissen.«

»Aber du könntest ihnen in die Quere kommen.«

Sie zog die Hand wieder weg. Mit ihren letzten Sätzen hatte sie mir weit mehr von Ackergoldt und Schwekendiek preisgegeben als in der gesamten Lebensgeschichte davor. Ihre Angst war nicht gespielt. Allerdings war ich mir nicht sicher, ob ihre Sorge wirklich mir galt. Oder nicht eher sich selbst.

Der Kellner kam und brachte die Hauptgerichte. Obwohl der Schinkenbraten vorzüglich war, war mir irgendwie der Appetit vergangen. Ich hatte das Gefühl, ich war zu weit vorgeprescht. Gegenüber den beiden Fleischfabrikanten kam ich mir vor wie ein Metzgerlehrling. Schon rein körperlich ging eine unterschwellige Bedrohung von ihnen aus. Aber es war hauptsächlich ihre Macht, die Gefühlskälte, die Skrupellosigkeit und die Gier, die mich zweifeln ließen, ob ich ihnen gewachsen sein würde. Ich dachte bei den beiden unwillkürlich an zwei Panzer, die auf eine Grasnarbe zufuhren, um sie unter ihren schweren Ketten zu zermalmen.

Und das war ihr Revier. Hier hatten sie Heimvorteil.

»Was ist los? Schmeckt's dir nicht?«, erkundigte sich Hermine.

»Doch … es ist nur …« Der Klumpen in meinem Bauch wurde größer.

»Was?«

»Ich frage mich, ob dein Mann auch so war.«

»Wie war?«

»So wie die beiden?«

»Nein«, antwortete Hermine und lächelte. »Er war schlimmer. Viel schlimmer.«

13.

Nachdem wir die Hauptspeise gegessen hatten, erkundigte sich der Kellner nach unseren weiteren Wünschen. Zu meinem Leidwesen bestellte Hermine noch einen Cappuccino. Mein Instinkt sagte mir, dass wir hier schleunigst verschwinden sollten.

Die Zeit dehnte sich wie Kaugummi, während wir auf den Cappuccino warteten. Ich schaute zu Ackergoldt. Er telefonierte mit seinem Handy. Schwekendiek begutachtete gelangweilt seine manikürten Fingernägel.

Ich fragte mich, ob die beiden höchstpersönlich handgreiflich wurden, wenn sich ihnen jemand in den Weg stellte. Oder ob sie dafür ihre Schlägertrupps hatten.

Der Cappuccino ließ noch immer auf sich warten. Das Bier drückte auf meine Blase. Ich entschuldigte mich und ging zur Toilette. Dabei kam ich sehr nah am Tisch der beiden vorbei. Ackergoldt nickte mir zu. Ich nickte zurück.

Eine steile Treppe führte hinunter zu den Toiletten. Hier erinnerte nichts mehr an Sterneküche. Wahrscheinlich hatte der Inhaber hier bewusst alles so authentisch gelassen, wie er die ehemalige Kneipe übernommen hatte. Die Wände waren braun gestrichen, der Toilettenraum selbst war weiß gefliest. Eine der Neonleuchten flackerte. Ich fragte mich, ob das nicht zu weit ging – von wegen Authentizität. Dann kam mir der Gedanke, dass sie wahrscheinlich wirklich defekt war.

Eine der Kabinen war besetzt. Irgendwie war ich froh, dass ich hier unten nicht allein war.

Nachdem ich mich erleichtert hatte, ging ich zu einem der Waschbecken und hielt die Hände unter das kalte Wasser, das nur als Rinnsal aus dem Hahn tröpfelte.

Als ich in den Spiegel schaute, war ich selbst erstaunt, dass ich noch halbwegs aussah wie ein Mensch.

Allmählich machte sich der morgendliche Waldlauf als Muskelkater bemerkbar. Vor allem in den Armen. Mein Knie pochte. Ich fühlte mich, als wäre ich kilometerweit durch den Teutoburger Wald gerobbt.

Als ich die Hände unter den weißen Heißlufttrockner an der Wand hielt und dieser nach zwei Sekunden knatternd den Geist aufgab, glaubte ich mich wirklich in die Vergangenheit versetzt.

Doch dann wurde ich von einem Moment zum anderen in die Wirklichkeit gerissen. Die Tür öffnete sich, und die massige Gestalt Ackergoldts schob sich herein. Einen Augenblick lang fürchtete ich, er würde im Türrahmen stehen bleiben und mir den Ausgang versperren.

Aber er ging an mir vorbei.

Der Duft, den er dabei hinterließ, warf mich fast um. Hermine hatte nicht übertrieben. Wieder roch ich die Zitronenaromen. Nach dem Rosmarinduft schnupperte ich vergeblich. Dafür glaubte ich Lavendel zu riechen. Dennoch hätte ich wetten können, dass sich Schwekendiek und Ackergoldt aus der gleichen Flasche bedienten – der eine weniger, der andere dafür umso mehr.

Ackergoldt stand vor einem der Urinale und knöpfte sich die Hose auf.

Ich sah nicht hin, hatte aber umgekehrt das Gefühl, dass er mich die ganze Zeit beobachtete.

»Sie kommen mir irgendwie bekannt vor«, sagte er. Seine Stimme klang genauso, wie ich sie mir vorgestellt hatte: tief und grollend. Wie die eines Riesen. Oder eines Wagner-Tenors. Ich konnte mir gut vorstellen, wie er sich allein dank dieser Stimme Respekt verschafft und sich nach oben gekämpft hatte. Ich versuchte dagegenzusteuern, indem ich erwiderte: »Sie mir nicht.«

»Doch, ich kenne Sie von irgendwoher«, beharrte er. »Wie heißen Sie?«

Die Frage war ein Befehl. Ich entschloss mich, diesem nur halb zu folgen. »Moritz«, antwortete ich. »Und du?«

»Abby.«

Damit war eigentlich alles gesagt. Im Stillen atmete ich einmal tief durch, dann wandte ich mich um und ging zur Tür.

»Woher kennst du Hermine?«, fragte er. Seine Frage hielt mich zurück. Ich konnte sie nicht unbeantwortet lassen. Ich drehte mich langsam um und sah, wie er sich die Hose wieder zuknöpfte. Ja, sein Schlitz war tatsächlich mit Knöpfen ausgestattet. Wahrscheinlich ein Maßanzug, was sonst. Für so einen Riesen gab es keinen Dreiteiler von der Stange.

»Zufall«, sagte ich, und das entsprach nun mal der Wahrheit.

Langsam kam er näher, und mit jedem Schritt hatte ich das Gefühl, dass der Boden unter meinen Füßen zitterte. Ich schaute zu der Kabine. Sie war immer noch besetzt.

Er sah meinen Blick und lächelte. »Die ist immer besetzt«, sagte er. »Schon seit Jahren. Da hat sich mal einer drin umgebracht. Hat sich einfach auf die Schüssel gesetzt und sich die Pulsadern aufgeschnitten. Kennst du Hannes?«

Ich nickte. »Der Wirt.«

»Hannes ist der abergläubischste Mensch, den ich kenne. Sein Vater war so ’n Spökenkieker, so einer, der Geister sieht.

Hat immer rumgesponnen und überall Tote gesehen. Das hat der Hannes irgendwie geerbt. Den hat seitdem keine Sau mehr hier runtergekriegt. Schickt immer nur seine Putzfrauen zum Saubermachen her oder die Azubis. Und seit damals ist diese Tür verschlossen.«

Ich hatte keine Ahnung, warum er mir diese Geschichte erzählte. Bald sollte ich erfahren, dass das eine seiner besonderen Eigenschaften war. Geschichten zu erzählen, wo ein ganz einfacher Satz genügt hätte. Zum Beispiel: »Mach dir keine Illusionen. Auf der Toilette ist niemand, der dir helfen könnte.«

»Einmal haben wir Hannes doch hier runterbekommen«, fuhr er fort. »Er hatte Geburtstag und war sternhagelvoll. Wir wollten ihm wirklich was Gutes tun, verstehst du? Wir haben extra eine Nutte bezahlt, damit die hier unten auf der Kabine auf ihn wartet. Wie nennt man das? Konfrontationstherapie.

Als er so voll war, dass er nicht mehr viel gemerkt hat, haben wir ihn hier runtergeschafft. Und dann haben wir diesen Raum von außen abgeschlossen. Kurz darauf haben wir ihn schreien hören. Glaub mir, Moritz, ich habe Hannes noch nie so schreien hören – und ich bin fast jeden zweiten Tag hier.

Wir haben gedacht, okay, lass ihn schreien. Wenn er erst mal die Nutte sieht, wird sich das in Wohlgefallen auflösen. Aber dem war nicht so. Er hat geschrien wie am Spieß, und irgendwann hat die Nutte auch geschrien. Das hat sich irgendwie nicht so angehört, als würde er sich über unser Geburtstagsgeschenk freuen.«

»Und dann?«, fragte ich, als er eine Kunstpause einlegte und sich das Jackett auszog. Er hatte gewaltige Oberarme. Sie waren dicker als meine Oberschenkel.

Er drehte den Wasserhahn auf und hatte mehr Glück. Ein ganzer Strahl plätscherte heraus. Er hielt die Hände darunter und fuhr mit seiner Erzählung fort: »Als wir schließlich die Tür geöffnet haben, lag er wimmernd vor einem der Urinale. Wir durften ihn nicht anfassen, er fing sofort wieder an zu schreien.

Die Nutte war ebenfalls fix und foxi. Sie hat geschworen, dass er sie angegriffen und gewürgt hat. Kurzum: Als er am nächsten Tag wieder bei Sinnen war, hat er geschworen, dass er auf der Toilette den Geist des Toten gesehen hätte. Mit bleichem Gesicht, glasigen Augen, heruntergelassener Hose und aufgeschnittenen Pulsadern. Alles wäre blutverschmiert gewesen. Und dann hätte sich der Tote plötzlich aufgesetzt, hätte ihn angeschaut und angelächelt. Und dann wäre er auf ihn zugekommen ...«

»Verstehe«, sagte ich.

»Was verstehst du? Du verstehst gar nichts ...«

Ich fragte mich, was er mit seiner Geschichte bezweckte. Wenn er mir Angst einjagen wollte, so war ihm dies nicht gelungen. Im Gegenteil: Das Erschrecken, die Ahnung, dass etwas passieren würde, legte sich allmählich. Vielleicht war er wie ein Hund.

Der will nur spielen.

Aber auch einem alten Hund macht es immer noch Spaß, durch sein Knurren die Leute in Angst zu versetzen. *Achtung, das ist mein Revier!*

»Doch«, widersprach ich. »Ich verstehe jetzt, warum die Toilette immer geschlossen ist.«

»Ja«, lachte Ackergoldt. »Spätestens seit dem Erlebnis damals hat er die Nase gestrichen voll gehabt, das kannst du mir glauben.«

Er stand jetzt direkt vor mir. Ich musste zu ihm hochschauen, um sein Gesicht zu sehen. Seine Schultern erinnerten mich an einen Amboss. Aus der Nähe erschien alles an ihm noch gewaltiger. Ich kam mir vor wie ein Fliegengewicht neben einem Schwergewichtsboxer.

Er hob den linken Arm und legte mir die riesige Pranke auf die Schulter. Ich stand still. Mehr konnte ich eh nicht tun.

»Ich will dich engagieren«, sagte er.

»Warum?«

»Weil mir plötzlich eingefallen ist, woher ich dich kenne. Über dich hat letztes Jahr was in der Zeitung gestanden. Hast da ein paar ziemlich schmutzige Dinge aufgedeckt.[4]«

»Das wurde nur so dargestellt. Maßgeblich haben Polizei und BKA die Arbeit gemacht. Ich habe ihnen nur zugespielt ...«

»Bescheidenheit ist eine Zier, aber sie passt nicht zu dir. Ich erkenne das sofort, wenn einer in meiner Liga spielt.«

»Glaub ich nicht«, widersprach ich.

»Was glaubst du nicht?« Er nahm die Hand von meiner Schulter.

»Dass wir in der gleichen Liga spielen. Ehrlich, ich bin kein Gegner für dich.«

Er sah mich an wie eine Bulldogge, die eine Katze zum Frühstück verspeisen will. Dann grinste er und sagte: »Weißt du eigentlich, dass du verdammtes Glück hast? Eigentlich wollte ich mit dir hier unten mal ein ernstes Wort reden, weil du mit Herberts Alter rumflirtest. Und jetzt buhle ich darum, dass du für mich arbeitest.«

»Ich bin kein Privatdetektiv.«

»Ich engagiere dich trotzdem.«

---

4 Siehe auch »Blut und Rüben«

»Ich bin nicht käuflich.«

Für ein paar Sekunden setzte er erneut das Bulldoggengesicht auf. Doch irgendwie konnte er mich damit nicht mehr beeindrucken. Ich hatte ihn durchschaut, diesen Abby Ackergoldt.

»Gib mir eine Chance«, sagte er. »Du ziehst die Nacht mit mir durch die Gegend, und wenn die Sonne über dem Teuto sich wieder zeigt, entscheidest du dich. Einverstanden?«

Ich schüttelte den Kopf. Diesmal erlaubte ich mir ein Lächeln. »Sorry, aber da habe ich bessere Angebote.«

»Hermine? Was dieses Fickmäuschen dir verspricht, kann ich dir auch bieten. Wetten?«

Ich lächelte immer noch. »Ich habe eher an eine ruhige Nacht in meinem eigenen Bett gedacht …«

»Ah, ein Heiliger bist du auch noch. Ich mag Heilige. Erkennst du ja an meinem Namen.«

Die Tür zur Toilette ging auf, und ein älterer Gast war im Begriff einzutreten. Ackergoldts Gesicht färbte sich rot, und er brüllte: »Raus!«

Der Besucher zuckte zusammen und beeilte sich, das Weite zu suchen.

»Nebenan ist auch noch frei!«, rief ihm Ackergoldt hinterher. Er meinte die Damentoilette.

»Angesichts dieser Toilettenregeln dürfte es für Junkerfeuerborn ziemlich schwer werden, einen zweiten Michelin-Stern zu bekommen«, wandte ich ein.

»Junkerfeuerborn? Du hast doch keine Ahnung. Rat mal, wem der Laden hier gehört?«

»Ach so …«

»Ja, ach so«, äffte er mich nach. »Glaubst du, so 'n Laden rentiert sich? Jwd mitten in der Pampa? Und die ganzen Yuppie-Wichser, die hier am Wochenende mit ihren Bräuten antanzen, wollen doch nur das Feinste und Beste. Aber kein Geld dafür auf die Theke legen! Mensch, wir sind hier in Lippe! Ich komme gern in der Woche her. Der Koch ist Weltklasse. Der macht dir einen Rehrücken, da leckst du dir alle Finger nach ...« Er sah auf seine Rolex. »Ich hab' Hunger. Komm, wir gehen hoch.«

Er schob sich an mir vorbei und ließ mich einfach stehen. Ich folgte ihm. Wenn ich Glück hatte, war das Gespräch damit beendet. Wenn ich Pech hatte, würde er es mit anderen Mitteln fortsetzen. Vielleicht mit dem Versuch, mich mittels Geld zu überzeugen. Oder mit dem Hinweis, dass mir etwas passieren könnte ... Ein Mann wie Ackergoldt bekam nicht gern einen Korb.

Eine Nacht ...

Was wollte er mir in einer Nacht zeigen oder erzählen?

Als ich nach oben kam, sah ich, dass Hermine aufgestanden war. Sie drehte mir den Rücken zu. Neben ihr stand Schwekendiek, auch er hatte mir den Rücken zugewandt. Er drückte dem Kellner einen Geldschein in die Hand, dann verließ er mit Hermine das Lokal. Ich nahm zur Kenntnis, dass er ihr den Arm um die Schultern legte.

Ackergoldt grinste breit: »Dein Fickvögelchen fliegt mit einem anderen davon. Ihn kennt sie halt schon länger als dich.«

Irgendwie glaubte ich das alles nicht. Ich kam mir vor wie in einem Film von Quentin Tarantino. In *From Dusk till Dawn* läuft in der ersten Hälfte alles realistisch ab, bevor es dann völlig ins Abstruse abdriftet. Wahrscheinlich würden sich Ackergoldt und die anderen Gäste gleich in Zombies verwandeln und sich auf mich stürzen. Und dann würde ich aufwachen und laut über den Schwachsinn lachen, den ich gerade geträumt hatte.

Ackergoldt legte mir erneut seine Pranke auf die Schulter. »Setz dich, Junge, wir trinken einen zusammen.« Er drückte mich auf einen Stuhl nieder.

Der Gast, den er unten auf der Toilette angeschnauzt hatte, schlich sich an uns vorbei.

Ackergoldt nahm ebenfalls Platz. Der Kellner kam und fragte mich, ob ich auch zahlen wollte oder ob er den Backschinken servieren dürfe.

»Er bleibt«, bestimmte Ackergoldt für mich. »Und für mich hau mal das Rumpsteak mit der Schneckensauce in die Pfanne. Aber schön blutig. Und dann bringst du uns noch zwei Landbier. Aber richtig langsam gezapft, kein Pfusch! Und vorher zwei Wippermann, die aber dalli dalli!«

Der Kellner verschwand. Ich dachte darüber nach, wie ich nach Hause kommen würde. Norbert war bestimmt längst bei seiner Familie und würde mich verfluchen, wenn ich ihn dort aufscheuchte. Sein Zuhause war seine Tabuzone. Und Ollie? Ob der noch von der schönen Staatsanwältin verhört wurde? Ein Taxi nach Haus würde mich jedenfalls ein Vermögen kosten. Ich fragte mich, was Schwekendiek Hermine erzählt hatte, sodass diese sofort mit ihm gegangen war …

»Denkst du noch immer an die Tussi?«, fragte Ackergoldt, als hätte er meine Gedanken erraten.

»Nein, ich frage mich, wie ich von hier nach Hause komme.«

Der Kellner brachte den Wippermann.

»Prost!«, sagte mein gegenüber. »Auf die Frauen! Auf die Gelegenheiten! Auf unser Geschäft!«

Ich stieß mit ihm an und trank. Ackergoldt bestellte noch zwei Wippermänner.

»Ich weiß von keinem Geschäft«, widersprach ich.

»Pass auf, das ist doch jetzt ganz einfach: Du willst doch nach Hause kommen, oder?«

Ich nickte.

»Na also: Ich fahr' dich. Und dabei machen wir einfach einen Umweg. Ich zeig' dir den Teutoburger Wald in seiner ganzen Schönheit. So was hast du noch nicht gesehen. Dir werden die Tränen kommen ...«

Mir kamen tatsächlich die Tränen, aber weniger die Freudentränen.

So ähnlich hatte ich das befürchtet. Der erste »Umweg« führte in ein Privatbordell in Lemgo. Die »Schönheiten« entpuppten sich als mehr oder weniger ansehnliche Frauen aus dem ehemaligen Ostblock. Nur die Empfangsdame sprach Deutsch. Es handelte sich um eine mollige Mittfünfzigerin mit pechschwarz gefärbten Haaren, grell geschminktem Gesicht und aus dem Dekolleté quellenden Brüsten. Sie stieß einen quiekenden Freudenschrei aus, als sie Abby sah, und fiel ihm in die ausgebreiteten Arme. Sie knutschten sich so heiß und innig ab, dass ich mir eine günstige Gelegenheit ausrechnete, unauffällig zu verschwinden. Genau in diesem Augenblick tönte Abby lautstark: »Und das ist mein Freund Moritz. Ein klasse Kerl! Und das, Moritz, ist Jacqueline.«

Der Name passte zu der Frau wie die Faust aufs Auge.

Sie gab mir förmlich die Hand und sagte, so als hätte sie meine Gedanken erraten: »Na ja, Jacqueline ist mein Künstlername. Für Abbys Freunde bin ich die Heidi.«

»Hallo, Heidi.«

»Ich dachte, ich führe Moritz hier mal ein bisschen herum, wir machen es uns oben gemütlich, und du schickst uns deine hübschesten Pferdchen hoch.«

»Ne, lass mal, Abby«, sagte ich. »Ich hab' zu viel getrunken.«

Und das stimmte. Ein Wippermann war dem anderen gefolgt, und bei dem einen Landbier war es auch nicht geblieben. Und der Backschinken lag mir im Magen wie ein ganzes Schwein. Wenigstens taten mir die Knochen nicht mehr weh. Dank des Alkohols existierten alle Schmerzen nur noch als vage Erinnerung.

Ich spürte Abbys Blick auf mir, aber das war mir egal. Meine Augen erspähten ein rotes Plüschsofa gegenüber der Rezeption. Dorthin verzog ich mich. Ich streifte die Schuhe ab, rollte mich auf dem Sofa zusammen und schloss die Augen.

»Komm, einen noch«, sagte Abby und hielt mir einen Flachmann hin.

Er hatte eine ganze Batterie dabei. Ich war zu lethargisch, um die Flasche selbst zu nehmen.

»Was hast du mir denn da für einen Helden mitgebracht?«, hörte ich Jacqueline/Heidi sagen.

Als ich einen Moment später die Augen aufschlug, saß ich merkwürdigerweise wieder neben Abby in seinem Hummer. Ich schaute auf die Uhr. Es war inzwischen kurz nach Mitternacht. Ich hatte einen Filmriss von zwei Stunden und wusste nicht, wie ich in den Wagen gekommen war.

Wir fuhren die Ostwestfalenstraße Richtung Bielefeld. Abby warf mir einen kurzen Seitenblick zu. »Na, hast du deinen Rausch ausgepennt?«

»Kaum«, sagte ich.

»Du hast echt was verpasst. Heidi hat da seit gestern zwei ukrainische Zwillingsschwestern, die sind der Hammer!«

Mir platzte der Kragen: »Ich habe keine Lust mehr, weiter

mit dir durch die Gegend zu fahren und in irgendwelchen Schuppen zu landen. Ich will endlich nach Hause!«

»Okay, okay. Ich versuche nur herauszubekommen, wie du tickst.«

»Und dann?«

»Dann wirst du für mich arbeiten. Echt Mann, was bist du bloß für ein komischer Heiliger: Geld willst du nicht, Nutten willst du nicht … Soll ich dir 'ne Kirche bauen?«

»Mein Bett reicht mir.«

»Kommt nicht infrage.«

Ich war zwar immer noch nicht nüchtern, aber allmählich konnte ich wieder klarer denken.

»In was für einer Beziehung steht Hermine Heuwinkel zu Sascha Schwekendiek?«, fragte ich Ackergoldt.

»Warum willst du das wissen?«

»Wenn ich für dich arbeiten soll, muss ich alles wissen.«

»Verstehe.« Er schwieg ein paar Sekunden, sodass ich schon glaubte, er würde weiterschweigen. Aber dann platzte es doch aus ihm heraus: »Hermines Mädchenname ist Schwekendiek.«

»Was?«, rief ich verblüfft. Jetzt hätte ich am liebsten noch einen Wacholder runtergekippt.

»Was ist daran so besonders? Sascha ist ihr älterer Bruder.«

»Sie hat mir erzählt, dass sie Heuwinkel auf einer Messe kennengelernt hätte.«

»Das kann sein. Auf 'ner Schweinemesse.«

Er lachte lauthals wie über einen besonders guten Witz. Dann aber fuhr er fort: »Ne, ne, kann schon hinhauen, dass die sich vorher nicht kannten. Wieso hätte Sascha ihr auch Herbert vorstellen sollen? Geschäftlich hatten die ja nichts miteinander zu tun, ich mein jetzt Hermine und Herbert.

Sascha hat ihr den Job bei der Messe besorgt; kann aber auch sein, dass er ein bisschen was gedeichselt hat, damit die beiden sich über den Weg laufen, keine Ahnung. Ich hab Herbert sowieso immer gewarnt. Das Weibsstück hat nicht zu ihm gepasst …«

»Und warum nicht?«

»Herbert war viel zu vertrauensselig und gutmütig. Das Luder hat ihn doch nach Strich und Faden ausgenommen.«

Mir kamen die Tränen. Ich hatte mittlerweile viel über Herbert Heuwinkel erfahren. Als vertrauensselig und gutmütig hatte ihn bisher keiner beschrieben.

»Hast du sonst noch Fragen?«

»Warum ist Hermine mit Sascha so schnell abgehauen? Sie wusste doch, dass ich ohne Wagen da war.«

Abby zuckte die Achseln. »Keine Ahnung, was in ihrem Spatzenhirn vorgeht.«

Ich spürte, dass er log, ließ es aber auf sich beruhen. Ich wechselte das Thema:

»Wer ist Herberts größter Feind?«

»Ich.«

Er verstand es immer wieder, mich zu verblüffen.

»Du?«

Er nickte. »Glaubst du, ich nehm' Hermine diesen Scheiß ab? Von wegen Herzkasper und so? Ich weiß, dass Herbert was zugestoßen ist. Die Spatzen pfeifen so was von den Dächern. Du weißt doch als Journalist selbst, dass sich das hier nicht lange geheim halten lässt. Ich hab' morgen einen Termin bei meinem Anwalt. Dem hat die Staatsanwaltschaft ein paar Fragen zu unseren Geschäftsbeziehungen zugestellt. Und das nicht nur, weil Herbert im Krankenhaus liegt …«

»Deshalb willst du mich engagieren.«

»Ich will wissen, wer Herbert umgebracht hat. Und auf welche Weise.«

»Das kann ich dir auch nicht sagen«, log ich.

»Du traust mir nicht. Du glaubst, ich will dich hereinlegen, stimmt's?«

Zumindest glaubte ich, dass die Ostwestfalenstraße um diese Zeit ziemlich einsam war. Das Misstrauen ihm gegenüber war plötzlich wieder da. Es packte mit kalten Krallen nach mir – genau wie vor ein paar Stunden auf der Herrentoilette, als er mich das erste Mal angesprochen hatte. Im Grunde wusste ich nichts über Abby Ackergoldt. Aber ich war mir sicher, dass er unberechenbar war. Eine tickende Zeitbombe, die zur Probe auch mal ganz gern explodierte. Ob er dabei so weit gegangen war, Heuwinkel zu töten, wusste ich nicht. Aber ich traute ihm zu, dass er hier anhielt und mich rauswarf. Vielleicht würde er mir vorher noch mittels seiner Fäuste einbläuen, dass man einem Abby Ackergoldt nichts abschlug. Und ihm schon gar nicht das Misstrauen aussprach.

»Nimm's nicht persönlich«, sagte ich. »Wenn ich für dich arbeiten soll, glaube ich nichts und niemandem.«

In diesem Moment zuckte ein Blitz seitlich von uns auf und erhellte für einen Augenblick das Wageninnere. Ackergoldt trat unwillkürlich auf die Bremse und fluchte lautstark. »Verdammte Scheiße, was …«

Zweihundert Meter weiter stoppte uns das rote Licht einer Polizeikelle. Ackergoldt fuhr rechts auf den Standstreifen und ließ den Hummer ausrollen. Ich fragte mich, wie viel Restalkohol er im Blut hatte. Er hatte genauso viel getrunken wie ich. Allerdings wirkte er weitaus nüchterner.

Zwei uniformierte Polizisten bewegten sich seitlich des Scheinwerferkegels auf die Fahrerseite zu. Einer klopfte gegen die Scheibe. Ackergoldt ließ sie mit einem sanften Surren heruntergleiten.

Der Strahl einer Taschenlampe blendete uns.

»Guten Abend, dürfte ich einmal Ihren Führerschein und die Fahrzeugpapiere sehen«, sagte der eine Polizist.

Ackergoldt schwieg. Er schnallte sich los und holte umständlich sein Portemonnaie aus der Hosentasche. Der zweite Polizist war ebenfalls an die Fahrertür getreten.

»Mensch, Abby«, sagte er. »So spät noch unterwegs? Hab' mir gleich gedacht, dass du das bist. Mit dem Hummer ...«

»Sag deinem Stift, dass er die Taschenlampe runternehmen soll«, knurrte Ackergoldt.

»Das ist Abby Ackergoldt«, erklärte der zweite Polizist seinem Kollegen. »Er hat für uns auf dem letzten Bullenball das Buffet spendiert.«

»Vergiss nicht den Hauptpreis für die Tombola. Die Reise nach Malle ...«, fügte Ackergoldt beflissen hinzu.

Der erste Polizist hatte die Taschenlampe sinken lassen. Er war noch blutjung und unverdorben. Er kannte das Geschäft noch nicht. Wahrscheinlich glaubte er noch an so etwas wie Gesetz und Ordnung. Das war auch gut so. Je länger er daran glaubte, desto länger war es um sein Seelenheil gut bestellt.

Sein älterer Kollege grinste. Um den war es nicht schade. Der war bereits infiziert von dem Keim, den Männer wie Ackergoldt säten. Um den Jungen tat es mir leid.

Der sagte: »Das riecht nach Alkohol.«

»Tja«, erklärte Abby. »Mein Beifahrer hat auch ganz schön einen gebechert. Mit dem Alkoholgehalt, den der ausatmet, kannst du ein Schwein flambieren.«

Der ältere Polizist lachte pflichtschuldig. Der Junge wollte noch nicht aufgeben. »Trotzdem«, sagte er unsicher. »Ich würde Sie gern bitten, auszusteigen und ...«

»Jetzt lass den Scheiß, Kalle«, sagte der Ältere.

»Aber er ist zu schnell gefahren. Und er riecht nach Alkohol.«

»Mach, was du willst, aber den Ärger hast du dir hinterher selbst zuzuschreiben, kapiert?«

Kalle verstand. Und wahrscheinlich war das der Zeitpunkt, an dem sein Weltbild etwas ins Wanken geriet. Ich hoffte für ihn, dass das Fundament noch einige Jahre stehen bleiben würde.

»Wo kommst du her?«, fragte Ackergoldt den Jungen.

»Aus Leer.«

»Alles klar, ein Fischkopf«, sagte Ackergoldt. »Merk dir das, mein Junge, hier in Lippe, da ticken die Uhren anders. Wenn du dir das merkst, wirst du hier noch ein ganz Großer!«

»Glaub ich nicht«, widersprach Kalle.

»Was? Dass du 'n Großer wirst?«

»Dass die Uhren hier anders ticken.«

»Ist das eine Drohung?«

»Lass ihn, Abby«, sagte der Ältere. »Kalle ist noch jung, aber er ist ein ganz patenter Kerl. Wir kommen dich demnächst mal besuchen.«

»Alles klar«, antwortete Ackergoldt gönnerhaft. »Aber ruft vorher mal durch. Hab' ne Menge zu tun, wegen der Messe.«

Er steckte sein Portemonnaie wieder weg, ohne den Ausweis gezeigt zu haben. Als er im Begriff war, die Scheibe wieder nach oben gleiten zu lassen, hielt er plötzlich inne. Beiläufig fragte er: »Was steht ihr euch überhaupt hier die Beine in den Bauch? Mitten in der Walachei? Um diese Zeit? Ist doch nichts zu verdienen hier ...«

»Wir suchen jemanden«, erklärte der ältere Polizist geheimnisvoll.

»So? Und was soll dann die Blitzerei?«

»Sicher ist sicher. Wenn er uns durch die Lappen geht, haben wir ihn wenigstens auf dem Foto.«

»Spiel hier nicht den Günther Jauch. Glaubst du, ich will die ganze Nacht hier mit dir quatschen?«

Der Polizist spähte an Abby vorbei. Er schien mich erst jetzt das erste Mal wahrzunehmen. »Wer ist denn der da?«

»Der da ist in Ordnung. Kannste Gift drauf nehmen. Oder dir 'ne Kugel in den Arsch schießen.«

Der Blick des Polizisten konzentrierte sich wieder auf Abby. »Das ist 'ne merkwürdige Sache. Is' ja alles geheim und so. Vor einer Stunde hat man in Lage einen Toten gefunden. Erhängt.«

»Soll öfter vorkommen«, sagte Ackergoldt lapidar.

»Ja, aber nicht so. Der Typ wurde mit 'ner Wurstschlinge erhängt.«

»Das ist ja mal originell«, amüsierte sich Ackergoldt. »Was war's denn? Salami oder Leberwurst?«

»Pass auf«, erklärte der Beamte und beugte sich wichtigtuerisch in das Wageninnere. »Der Typ war ausgeweidet wie so 'n Schwein im Schlachthaus.«

»Nee!«, staunte mein Fahrer.

»Doch! Sogar dem Pathologen ist schlecht geworden, heißt es, und der, der das ganze Zeug wegkratzen sollte, hat sich auch erst geweigert. Wir haben auch schon einen Namen für den Killer …«

Er beugte sich noch tiefer in das Innere des Hummer. »*Der Metzger.*«

»Klingt gut«, entschied Ackergoldt.

»Ja, und das Tollste ist, der soll auch schon ein paar Tiere auf dem Gewissen haben. Die hat er genauso zerlegt.«

»Und auch aufgehängt?«, fragte ich. Sofort schlich sich wieder das Misstrauen in das Antlitz des Polizisten.

»Wieso will der das wissen?«, fragte er Ackergoldt.

»Weil er für mich arbeitet.«

»Ach so. Ne, aufgehängt nicht. Aber ausgeweidet und dann wo hingelegt. So 'n paar Tiere sind ja was anderes als ein Mensch. Jedenfalls ist das erst vor 'ner Stunde oder so passiert. Plötzlich gab's Alarm, und wir mussten raus. Vielleicht fangen wir den Kerl noch. Ein Nachbar hat seinen Hund Gassi geführt. Und da ist ihm so ein Wagen aufgefallen. Mit 'ner alten Detmolder Nummer.«

»Hab' ich vielleicht 'ne Detmolder Nummer?«, sagte Ackergoldt ungehalten.

Die Bezeichnung DT zierte früher sämtliche Autokennzeichen im Regierungsbezirk Detmold. Irgendwann kam ein schlauer Politiker auf die Idee, daraus ein LIP zu machen. Die Detmolder sind seitdem stinksauer.

»Na, den Kerl werdet ihr ja wohl erwischen. Gibt ja nicht so viele Nummern mit DT mehr ...«

»War kein Kerl. War angeblich 'ne Frau.«

»Jetzt hör aber auf. Wie soll denn 'ne Frau jemanden aufhängen und ausweiden?«

»Keine Ahnung. Vielleicht hat sie ihn ja *vorher* ausgehöhlt. Dann war der bestimmt ziemlich leicht aufzuhängen.« Dann schien ihm etwas einzufallen. »Sag mal, den Toten müsstest du doch auch kennen: Sascha Schwekendiek. Warst du mit dem nicht mal dicke befreundet?«

14.

Der fast volle Mond tauchte die entfernt liegenden Höhenzüge des Teutoburger Waldes in ein fast unirdisches silbernes Licht. Wie eine Märchenkulisse schoben sich die bewaldeten Hügel an uns vorbei.

Oder wie eine Albtraumlandschaft. Wenn jetzt noch das Heulen eines Wolfs die Szenerie begleitet hätte, so hätte mich das nicht gewundert.

Es war eine Nacht, in der alles möglich schien. Vielleicht war ich auch einfach über den Punkt hinweg, an dem ich noch klar denken konnte. Ich sehnte mich danach, in meinem Bett zu liegen und die Augen zu schließen.

Stattdessen raste ich mit Ackergoldt durch die Nacht. Er heulte Rotz und Wasser, und ich fragte ihn mehrmals, ob es nicht besser wäre, anzuhalten und das alles in Ruhe zu bereden.

Aber nach seiner Ansicht gab es da nicht viel zu bereden.

»Erst Herby, dann Sascha; ist doch klar, auf wen die es als Nächstes abgesehen haben. Auf mich!«

Eins war auch klar: Er trauerte wirklich. Sascha Schwekendiek musste sein Busenfreund gewesen sein, mehr noch als Heuwinkel. Abwechselnd stieß er zornige Flüche aus und schwor bittere Rache, dann wieder erzählte er schniefend, was für ein toller Kerl dieser Sascha doch gewesen war.

Sascha sei der Einzige gewesen, dem er habe vertrauen können, als seine Frau gestorben war. Angeblich hatte Sascha ein halbes Vermögen für ein Kinderheim in Rumänien ausgegeben. Das war sein eigentlicher Antrieb. Wo er doch selbst so eine schlechte Kindheit gehabt hatte. Und keine Kinder zeugen konnte. Nach ein paar vergeblichen Versuchen hatte er es aufgegeben. Dabei war er so vernarrt in die Kleinen! Und so hatte er halt gespendet ... Mir kamen auch diesmal nicht die Tränen.

Als wir zu der Jugendstilvilla kamen, war dort alles abgesperrt. Flackerndes Blaulicht beleuchtete die Szenerie wie in einer Geisterbahn. Gegenüber ragte die gigantische Silhouette der Zuckerfabrik in den Himmel wie der Scherenschnitt eines urtümlichen Monsters.

Die Jugendstilvilla stand genau gegenüber: nicht direkt an der B239, sondern hinter einem weiteren Fabrikkomplex. Bis vor wenigen Jahren war hier noch Tierfutter hergestellt worden. Wie Abby mir erzählte, hatte die Fabrik Sascha gehört. Die Produktion hatte sich irgendwann nicht mehr rentiert, die Fabrik war geschlossen worden. Aber in der ehemaligen Fabrikantenvilla war Schwekendiek wohnen geblieben.

Als wir ausstiegen, stellten sich uns gleich zwei Polizeibeamte in den Weg. Es war jedes Mal das gleiche Spiel.

»Hier können Sie nicht durch«, kläffte uns der Erste an.

Ich schaute zu Abby und erkannte, dass dieser in seiner Trauer und in seiner Wut nicht lange diskutieren würde. Also sagte ich schnell: »Wir haben eine Aussage zu machen.«

»So, das ist ja interessant? Dann geben Sie mir jetzt mal Ihren Namen und Ihre Adresse und ...«

Abby schob ihn einfach zur Seite und ging weiter. Der Polizist war derart überrascht, dass er ein paar Sekunden lang gar nicht reagierte. Dann rief er: »Bleiben Sie stehen, sonst ...«

»Sie wollen doch nicht, dass noch etwas passiert, oder?«, fragte ich ihn.

Auch ich schob mich an ihm vorbei und ließ ihn stehen.

Ich weiß nicht, was die zwei mit uns gemacht hätten. Und ich weiß nicht, ob Abby Ackergoldt nicht doch noch ausgerastet wäre, wenn in diesem Moment nicht Frau Dr. Rosenstolz auf der Bildfläche erschienen wäre. Als Erstes fiel ihr Blick auf meinen Begleiter, dann auf mich. Erstaunt sah sie mich an. »Wir kennen uns doch …«

»Moritz Morgenstern.«

»Ich weiß. Sie sind der Mann, der immer dort auftaucht, wo gerade etwas passiert ist …«

Sie gab den beiden Polizisten einen Wink, dass sie sich zurückziehen sollten. Zähneknirschend gehorchten die beiden.

»Was ist denn passiert?«, fragte ich.

»Die Fragen stelle ich. Wer ist denn der da?« Sie meinte Abby.

»Ein Freund«, sagte ich.

»Ein Freund von Ihnen?«

»Nein, ein Freund des Toten.«

Sie legte die Stirn in Falten.

»Kann ich ihn sehen?«, fragte Abby.

»Nein«, entschied die Staatsanwältin. »Sind Sie verrückt? Wir ermitteln hier an einem Tatort.«

»Er war ein Freund«, sagte ich nochmals.

»Jetzt ist aber Schluss!«, sagte sie bestimmt. Dann sah sie mich an: »Haben Sie eigentlich ein Alibi für die letzten Stunden?«

Ich zuckte mit den Schultern und setzte ein unschuldiges Gesicht auf. »Ich war die ganze Zeit mit Abby zusammen. Und Sie?«

Sie wurde tatsächlich rot. »Sie können gehen, aber ich möchte Sie morgen Vormittag in meinem Büro sprechen, alle beide!« Und da Abby noch immer regungslos wie ein Eisklotz herumstand, setzte sie ein scharfes »Verstanden?« hinzu.

»Sehen Sie nicht, dass er daran zu knabbern hat? Ich garantiere, dass wir morgen vorbeikommen.«

»Dann ist es ja gut«, sagte sie. »Bitte verschwinden Sie jetzt, sonst muss ich wirklich dienstlich werden.«

Ich nickte und wandte mich zum Gehen. Abby zog ich einfach mit mir. Er ließ sich führen wie ein willenloses Riesenbaby.

Er war immer noch geschockt und sagte kein Wort. Abby war nicht mehr in der Lage zu fahren.

»Ich fahr' dich nach Hause«, sagte ich.

Er schüttelte störrisch den Kopf. »Nicht nach Hause! Fahr weiter! Geradeaus! Wir fahren nach Bielefeld.«

«Bielefeld?«

Er nickte trotzig.

Wir fuhren über die verlassene Ostwestfalenstraße bis zur Autobahnauffahrt Ostwestfalen-Lippe und auf die Autobahn. Bereits eine Ausfahrt später fuhr ich wieder ab.

Von dort zieht sich die Straße endlos bis in die City. Ich hatte keine Ahnung, wo Abby hinwollte. Auf meine Frage antwortete er nicht. In der Nähe der Altstadt wies er mich an, einen Parkplatz zu suchen. Er stieg aus und stiefelte davon. Ich hatte nur zwei Möglichkeiten: im Wagen sitzen zu bleiben oder ihm zu folgen.

Die erste Möglichkeit war verlockend, aber ich entschied mich dennoch für die zweite. In seinem labilen Zustand war Abby Ackergoldt unberechenbar.

Also öffnete ich die Beifahrertür, sprang hinaus und folgte ihm. Er sah sich nicht einmal nach mir um, als ich hinter ihm war.

»Willst du nicht wenigstens abschließen?«, fragte ich.

»Den klaut keiner«, sagte er ungerührt. »Traut sich keiner …«

»Was hast du jetzt vor?«

»Wirst du schon sehen.«

Ich atmete einmal kräftig aus. Es war momentan nicht einfach mit ihm. Vor einem grauen, unscheinbaren Haus blieben wir stehen. Eine schmale Treppe führte nach unten. Über dem Treppeneingang stand in grellroter Neonschrift *Red Cave*.

Ich selbst wäre nie und nimmer auf den Gedanken gekommen, dort hinunterzusteigen.

Ackergoldt ging voraus. Er musste sich tief ducken. Sein riesiger Körper verschwand vor mir in der Finsternis, als hätte die Hölle ihn verschluckt.

Ich ging ihm zögernd nach und hielt mich dabei am Treppengeländer fest.

Dann lief ich fast in ihn hinein. Erst ganz allmählich gewöhnten sich meine Augen an die Dunkelheit.

Ackergoldt klopfte. Einen Augenblick später öffnete sich die Tür. Kaleidoskopische Lichtfetzen drangen heraus und übergossen uns mit knallbunten Farben. Ackergoldt sah aus, als hätte jemand mehrere Eimer Farbe über ihn gekippt. Und diese Farben tanzten nun auf seinem Körper Rock 'n' Roll. Ich sah wahrscheinlich auch nicht besser aus.

Der gleißende Lichtschein blendete. Die Person, die uns geöffnet hatte und die nun im Türrahmen stand, nahm ich nur als Schatten wahr.

Abby schob den Schatten einfach zur Seite, aber als ich ihm folgen wollte, legte sich der Arm des Türstehers wie eine Schranke vor meine Brust.

»So können Sie hier nicht rein«, sagte er mit sanfter Stimme. Ich sah ihm in die Augen. Dazu musste ich hochblicken, genau wie bei Abby. Der Türsteher hatte nicht ganz Abbys Statur, aber dafür schien er nur aus Muskeln zu bestehen.

»Warum nicht?«, fragte Abby. Er war stehen geblieben und hatte sich umgedreht. Seine Stimme klang nun ebenso sanft wie die des Türstehers.

Vielleicht ist es jetzt so weit, dachte ich. Irgendwann musste ein Mann wie Abby Ackergoldt explodieren. Irgendwann konnte er das brodelnde Chaos, das in ihm tobte, nicht mehr zurückhalten.

»Seine Kleidung entspricht nicht unseren Vorstellungen«, erwiderte der Riese sanft.

Wenn es nach mir gegangen wäre, dann hätte ich ihm recht gegeben. Meine Schuhe waren lehmverschmiert, meine Jeans war zerrissen und ebenfalls schmutzig.

»Scheiß auf eure Vorstellungen«, sagte Abby.

Der Türsteher wandte sich zu Abby um. Ich fragte mich, ob ich wirklich mitansehen wollte, wie die zwei aneinandergerieten. Dann siegte die Neugier. Es war, das war mir bewusst, eine abartige Neugier, denn ich versuchte mir vorzustellen, wer als Sieger aus so einem Streit hervorgehen würde. Ackergoldt war ein alter Mann, und er war sicherlich nicht so schnell und so trainiert wie der Jüngere. Und dennoch strahlte er eine Macht und eine Gefährlichkeit aus, die jegliche körperliche Überlegenheit einfach eliminierte.

»Was gibt's?«, fragte eine Stimme, die eine Spur zu schrill war, um angenehm zu klingen. Einen Augenblick später schob sich eine zierliche Frau an Abby vorbei. Sie trug ein hellblaues T-Shirt, auf dem in Höhe ihrer Brüste »Eye Candy« zu lesen war. Den knappen Rock darunter hielt ich zunächst für einen Slip. Die weißblond gefärbten Haare waren zu zwei Zöpfen geflochten. Sie trug Totenkopf-Ohrringe und war an Armen und Schultern tätowiert.

Der Türsteher erklärte kurz die Lage, und die Frau entschied: »Lass die beiden durch, Freddy. Das ist Abby ...«

»Gut, gut«, sagte Abby. »Dann ist ja alles klar. Komm, Moritz.«

Er legte der zierlichen Frau den Arm um die Schultern und ging mit ihr voraus.

Der Gang war so schmal, dass sie kaum beide nebeneinander Platz hatten. An den Wänden spendeten künstliche Fackeln flackerndes Licht. Wummernde Beats schlugen uns entgegen und ließen den Boden erzittern.

Unvermittelt traten wir in gleißendes Scheinwerferlicht. Gefühlte einhundert Menschen bewegten sich auf der riesigen Tanzfläche. Eine Theke zog sich an der Längsseite durch den ganzen Raum. Davor saßen und standen noch einmal Dutzende von Männern und Frauen. Mir fiel auf, dass es in der Mehrzahl ältere Männer und jüngere Frauen waren.

Gegenüber der Bar befanden sich höhlenartige Kammern in der Wand, aus denen es rötlich schimmerte. Die meisten waren mit einem Vorhang verdeckt, sodass man nicht hineinschauen konnte. *Red Cave* – der Schuppen machte dem Namen alle Ehre.

Abby beachtete mich nicht mehr. Ich war abgemeldet. Er ließ die Frau stehen und begab sich wippend auf die Tanzfläche. Bereitwillig machte man dem riesigen Mann Platz.

Aus den Boxen erklang ein grooviger Sound, der irgendwie nach Sixties und trotzdem modern klang. Den Song erkannte ich. Er stammte von Elvis, aber in dieser Version war er eindeutig cooler. Zum zweiten Mal in dieser Nacht musste ich an Tarantinos *From Dusk till Dawn* denken. Der helle melodische Gitarrensound erinnerte mich an die Szene, in der Salma Hayek ihren atemberaubenden Schlangentanz zelebriert.

Auf der riesigen Leinwand flimmerte ein Schwarz-Weiß-

Video. Es zeigte einen Sänger, der eine Pilzkopffrisur hatte wie seinerzeit John Fogerty. Hinter ihm bewegten sich die Musiker wie schwarze Scherenschnitte. Dazwischen verrenkten sich ein paar attraktive Go-go-Girls im Sixties-Look. Eine eingeblendete Schrift verriet, dass es sich um *The Incredible Staggers* handelte, und der Song hieß *Little Sister.*

Ich schaute wieder zu Ackergoldt. Ein Kreis hatte sich um ihn gebildet. Die anderen Tänzer klatschten im Takt und feuerten ihn an. Es war, als sei dieser riesige Körper für die Tanzfläche geboren. Er bewegte sich wie ein majestätischer dunkler Albatros, die Arme weit ausgebreitet, die Augen geschlossen, während der Körper im Takt der Musik zuckte.

Der Song ging in einen anderen über. Diese Musik sagte mir nichts. Es waren kühle Gitarrenklänge und eine eher teilnahmslose Stimme, zu denen nun getanzt wurde. Auf der Videowand stand, dass es sich um *The Black Keys* handelte, und das Lied hieß *Sister.*

Ich wippte im Takt mit, aber auf die Tanzfläche zog es mich nicht. Plötzlich merkte ich, dass ich nicht mehr allein war. Die tätowierte Frau, die uns hereingelassen hatte, stand plötzlich neben mir.

»Heute ist Schwesternabend«, brüllte sie mir ins Ohr.

Ich verstand. Daher diese Sisters-Nummern.

Dabei war das nur der Auftakt, die Staffage, der äußere Rahmen.

Gestenreich bedeutete sie mir, ich möge mich doch zur Bar begeben. Ich hatte zwar in dieser Nacht schon mehr getrunken als in der ganzen letzten Woche, aber meine Kehle war schon wieder wie ausgedörrt.

An der Bar konnte man sich tatsächlich einigermaßen unterhalten. Ich bestellte einen Smirnoff on Ice. Die Frau orderte ein Glas Wasser.

»Ich bin Jenny. Und du heißt Moritz?«

Ich nickte. Ich musste an die Seeräuber-Jenny aus Brechts »Dreigroschenoper« denken. Sie trug sogar ein großes Anker-Tattoo mit einem roten Herz auf dem linken Oberarm.

»Woher kennst du Abby?«

»Wir haben uns erst heute kennengelernt.«

Sie nickte. »Auch gut. Warst du schon mal hier?«

Ich schüttelte den Kopf.

»Heute ist Schwesternabend«, wiederholte sie.

»Was heißt das?«

»Lass dich überraschen.« Sie lachte.

Der Ober stellte uns die Getränke hin.

»Geht aufs Haus«, sagte Jenny. »Wegen des Ärgers vorhin.«

»Ich bin Schlimmeres gewöhnt.«

Jenny trat einen Schritt zurück und betrachte mich genauer. »Was bist du überhaupt für einer?«

Ich nahm das Glas und trank. Komisch, das war schon die zweite Frau, die mich das innerhalb kurzer Zeit fragte. Ich wusste nicht, was ich sagen sollte.

Als ich weiterschwieg, sagte sie: »Aha, Typ einsamer Wolf. Keine Sorge, hier bleibst du nicht lang allein.«

»Und du?«, fragte ich und ging in die Offensive. »Wer bist du? Gehört dir der Laden?«

Sie sah mich an, als versuchte sie zu erforschen, wie viel ich wusste. Dann antwortete sie: »Nein, ich bin nur die Geschäftsführerin. Früher hat das *Red Cave* Abby gehört.

Deswegen hatte er mich hierher geführt.

»Und der Türsteher?«

»Der ist neu. Er wusste nicht, wen er vor sich hatte.«

»Kann vorkommen«, sagte ich, und sie nickte.

Ich sah mich um. Die Tanzfläche war noch immer rappelvoll. Irgendwo dazwischen ragte Abby Ackergoldt zwischen all den anderen Tänzern heraus. Mittlerweile lief *The Temple of Love* von den Sisters of Mercy.

Bis auf eine war nun bei allen Nischen der Vorhang zugezogen. Ich ließ den Blick unauffällig über die Bar schweifen. Einige der alten Männer hatten gleich mehrere junge Frauen im Schlepptau.

»Ist das hier eine Art Bordell?«, erkundigte ich mich.

»Bordell? Was hast du denn für spießige Vorstellungen? Hier muss niemand zahlen. Die Mädchen kommen freiwillig ...«

Ich trank mein Glas aus und bestellte einen Zombie hinterher. Irgendwie hatte ich das Gefühl, dass ich inzwischen einen Punkt erreicht hatte, wo der Alkohol keine Wirkung mehr zeigte. Jedenfalls nicht spürbar, so wie ich es gern gehabt hätte.

»Vor allem die Männer kommen sicher gern hierher«, sagte ich spöttisch.

Sie zuckte mit den Schultern. »Das System reguliert sich selbst.«

»Indem die Männer die Frauen aushalten, und die Frauen dafür mit ihrem Körper bezahlen?«

»Du brauchst es ja nicht machen. Alles hier ist freiwillig, verstehst du?«

Das sah ich nicht so. Ich deutete in die Runde: »Hier sind bestimmt eine Menge Studentinnen, die sich das Zimmer nicht leisten können ... Kommen die freiwillig?«

»Mir kommen die Tränen. Ja, und bevor du weiter den Moralapostel spielst, sag ich dir gleich, dass du hier bestimmt auch ein paar professionelle Nutten findest, obwohl wir darauf achten, wo die herkommen. Und aus welchen Gründen. Und ein paar Drogensüchtige sind auch hier. Die kommen her, um sich das Geld für den nächsten Schuss zu verdienen.«

»Freiwillig«, ergänzte ich, und mir kam fast das Kotzen. »Ihr stellt euch nicht der Wirklichkeit. Ihr guckt nicht hinter die Fassade. Hauptsache, ihr zieht hier genug Kohle raus. Wie, das ist egal. Und dafür soll man euch auch noch einen Verdienstorden anstecken.«

»Oh Gott! Wen hat Abby sich denn da angelacht?«

Sie ließ mich stehen, und das war gut so. Ich trank den Zombie mit wenigen Schlucken aus und wartete auf die Wirkung.

Auch diesmal kam sie nicht. Ab da trank ich nur noch Wasser. Irgendwann wechselte die Musik. *Stay* von *Shakespeare's Sister* erklang. Ein furchtbarer Schmachtfetzen! Trotzdem flüchtete niemand von der Tanzfläche. Im Gegenteil, die füllte sich weiter. Viele Pärchen tanzten nun eng umschlungen. Abby Ackergoldt bewegte sich allein ganz langsam im Kreis, die Arme um den mächtigen Körper geschlungen.

Ich schaute auf die Uhr. Es war zwei Uhr in der Nacht. Ich seufzte und bestellte noch ein Wasser. Nach einiger Zeit setzte ich mich in eine Ecke. Dort gab es ein paar bequeme Sessel. Irgendwann forderten mich zwei Frauen zum Tanzen auf und zogen beleidigt von dannen, nachdem ich ihnen einen Korb gegeben hatte. Eine sagte: »Heute ist Schwesternnacht, kapiert?«

»Ne, der kapiert gar nichts mehr«, ergänzte die andere. »Der ist hinüber.«

Die Augen fielen mir zu, und als ich sie wieder öffnete, stellte ich fest, dass ich kurz eingeschlafen war.

Ich hatte geträumt, mein Handy habe geklingelt. Ich schaute auf das Display und sah, dass ich zwei Anrufe verpasst hatte. Ich fluchte, als ich sah, dass einer von Abendroth gewesen war.

Ich stand von meinem Sessel auf und ging die Treppe hoch. Der Türsteher war von einem anderen abgelöst worden. Ich konnte nur hoffen, dass es nicht für immer war.

Die Nachtluft draußen tat gut. Obwohl nur ein lauer Wind ging, genoss ich ihn auf meiner schweißnassen Haut. Mehrere Grüppchen hatten sich ebenfalls nach draußen begeben. Viele von ihnen waren Raucher. Vier, fünf Taxis standen am Straßenrand. Soeben fuhr eines los. Ein alter Mann und zwei junge Frauen saßen im Fond.

Ich wählte Abendroths Nummer. Der Ruf ging durch, ohne dass jemand abhob.

»Na, hat deine Süße dich versetzt?«, sprach mich ein Mädchen an. Sie war angezogen wie ein Punk und höchstens sechzehn.

»Geh nach Hause«, riet ich ihr.

»Penner!«, zischte sie verächtlich. Sie zog ab und zeigte mir den gestreckten Mittelfinger. Dann sprach sie einen anderen Mann an, indem sie ihn um Feuer bat.

Ich konzentrierte mich wieder auf das Display. Die zweite Nummer kannte ich nicht, und ich hatte auch keine Lust, herauszufinden, wer noch versucht hatte, mich mitten in der Nacht anzurufen.

Ich begab mich wieder nach unten in die Katakomben. Diesmal hatte ich keine Probleme mit dem Türsteher. Er ließ mich höflich lächelnd vorbei.

Ich überlegte, ob ich weiter hier herumlungern oder ob ich Abby bitten sollte, mich endlich nach Hause zu fahren. Auf diese Schönheiten der Nacht konnte ich getrost verzichten.

Ich suchte die Tanzfläche ab, aber Abby war verschwunden. Überhaupt war es plötzlich sehr viel leerer geworden.

»Suchst du wen?«, fragte mich eine bekannte Stimme. Es war Jenny, die wieder neben mir stand.

»Abby«, sagte ich müde.

»Heute ist Schwesternabend«, sagte sie. Passend dazu erklang in diesem Moment ein Song, den ich kannte: *Meine Schwester heißt Polyester.*

»Ist das nicht aus einem Loriot-Film?«, fragte ich.

»*Ödipussi.*«

Endlich mal was Lustiges, dachte ich. Dann aber trieb mich die Sorge, dass Ackergoldt ohne mich gefahren sein könnte.

»Mach dir keinen Kopf«, beruhigte Jenny mich. »Der ist oben.«

»Oben?«

»Mensch, bist du wirklich so naiv, oder tust du so? Vorhin hast du mich noch bequatscht, von wegen den armen Mädchen. Was glaubst du denn, was hinter den Vorhängen stattfindet? Blinde-Kuh-Spiele?«

Allmählich begriff ich, was das *Red Cave* wirklich war. Alles Mögliche, nur keine Disco.

»Komm mal mit«, sagte Jenny. »Aber schwör mir, dass du nichts herumerzählst.«

Ich schwieg. Sie zog mich dennoch mit sich. Wir gingen durch ein schummriges Treppenhaus und kamen in ein winziges Büro.

Dort traf ich auf einen alten Bekannten. Auf Freddy, den Türsteher. Der sprang auf, als wir eintraten.

»Lass uns mal einen Moment allein«, sagte Jenny. Sie wartete nicht ab, bis Freddy das Büro verlassen hatte, sondern setzte sich gleich auf seinen Platz.

Aus versteckten Lautsprechern klang *Sister Morphine* von den Rolling Stones. Keith Richards und die anderen Musiker zauberten einen fast sphärischen Bluessound, der so ins Herz trifft, dass es wehtut. Den bitterbösen Text dazu konnte sicherlich jedes Band-Mitglied doppelt unterstreichen.

»Schwesternnacht bedeutet ›Die Nacht der *bösen* Schwestern‹.« Jennys schrille Stimme riss mich aus dem Bann der Musik. Sie hockte auf dem Stuhl und bediente ein paar Knöpfe an einem Schaltpult auf dem Tisch.

Über ihre Schulter hinweg sah ich, dass auf dem Bildschirm ein Raum gezeigt wurde. Die Wände waren rot gestrichen. Bis auf ein riesiges Wasserbett und einen Stuhl gab es keine Möbel. Über dem Bett hing eine Peitsche.

Sehr fantasievoll, dachte ich. Viel erwartete ich nicht angesichts der Trostlosigkeit, die sich mir darbot.

Seeräuber-Jenny schaltete weiter auf ein anderes Zimmer. Eine Frau in schwarzer Lederkorsage legte einem alten Herrn ohne Kleidung Handschellen an. Auch das fand ich nicht sehr prickelnd.

»Böse Schwestern, ich verstehe«, sagte ich. »Ich fürchte, ich bin hier falsch.«

Das nächste Zimmer zeigte zumindest eine interessante Variante. Eine Art überdimensionaler Sprudelbehälter zierte den Raum.

»Das gibt's in ganz Ostwestfalen nur hier bei uns«, sagte Jenny stolz. »Ist vergleichbar mit dem Waterboarding, das die Amerikaner als Folter in ihren Gefangenencamps praktizieren. Das Opfer wird so lange untergetaucht, bis es glaubt, es muss ertrinken …«

»Und das lässt jemand freiwillig über sich ergehen?«

Sie antwortete nicht. Auf dem Bildschirm öffnete sich die Zimmertür. Eine junge Asiatin mit hochhackigen Stiefeln und ein diesmal nicht ganz so alter Herr betraten den Raum. Er trug nur eine schwarze Badehose, die mindestens eine Nummer zu klein war. Unschlüssig blieb er vor dem Sprudelbehälter stehen. Die Frau dagegen schien genau zu wissen, was zu tun war. Sie entriegelte die Vorderwand des Aquariums. Jetzt erkannte ich, dass kein Wasser darin war. Die geperlten Scheiben hatten mich irritiert.

Der Mann stieg in den Behälter, und die Asiatin machte seine Füße und seine Hände mit dafür vorgesehenen Fesseln fest, die in der Glaskammer verankert waren. Danach schloss sie die Tür. Neben der Glaskammer befand sich eine Apparatur mit zwei Rädchen, die die Asiatin nun bediente.

»Kalt und heiß«, erklärte Jenny. Ihre Stimme klang nun noch etwas schriller, und sie rutschte aufgeregt auf dem Stuhl hin und her. Ihr kurzer Rock rutschte hoch, und ich sah, dass sie darunter nichts trug. »Manche Kunden wollen den totalen Kick. Denen kann das Wasser nicht eiskalt genug sein. Andere verbrühen sich lieber die Haut …«

»Kunden? Also zahlen die Männer?« Bisher hatte das alles nach einer tollen Gratisparty geklungen.

»Freiwillig. Das habe ich dir doch erzählt.«

»Und wer nicht zahlt?«

»Kommt nicht wieder rein. Was glaubst du, wie viele schon darum gebettelt haben, ihre Schulden bezahlen zu dürfen?«

Ich konzentrierte mich wieder auf den Bildschirm. Das Wasser in dem Behälter stieg stetig. Es ging dem Mann bereits bis zu den Knien.

»Warum zeigst du mir das?«

»Einen Moment noch. Schau dir das an, ist das nicht geil?«

Einmal mehr fragte ich mich, warum Ackergoldt mich hierher geschleppt hatte. Hatte er gedacht, ich würde auf Sadomaso-Sex stehen? Hatte ich irgendetwas an mir, das diese irrige Annahme rechtfertigte?

»Danke, mir reicht's!«, sagte ich und wandte mich ab.

»Moment noch!« Ihre schrille Stimme hielt mich zurück. Sie drückte wieder einen Knopf, und diesmal war ich wirklich geschockt.

»Unser Stall!«, erklärte Jenny stolz.

Der Boden des Zimmers war mit Stroh bedeckt. Die Wände waren weiß gefliest. Sonst gab es nichts darin. Außer neongrellen Lichtröhren, die der ganzen Szenerie etwas Klinisches verliehen.

Auf dem Stroh hockte ein Mann auf allen vieren. Er war so riesig, dass ich ihn sofort erkannte, obwohl er eine schwarze Maske trug, die eng um sein Gesicht lag. Ansonsten war er nackt. So tief war ein Abby Ackergoldt also gesunken.

Ich sah, dass seine Hände auf dem Rücken gefesselt waren.

Als ahnte er, dass wir ihn in diesem Moment beobachteten, robbte er näher an die Kamera heran. So nah, dass ich in seine Augen schauen konnte.

Ich sah keine Wut mehr darin, keine Eitelkeit, keinen Zorn, keine Gier.

Ich sah nur eine grenzenlose Trauer darin.

Die Trauer darüber, dass er seinen Freund verloren hatte.

Und der einzige Ort, an dem er diese Trauer für einige Augenblicke vergessen konnte, war das *Red Cave*.

IV. Eisbein

Ein belegtes Brot mit Schinken …

(Die Toten Hosen: *Bommerlunder*)

Das Licht traf mich wie ein Hammerschlag. Die Tür sprang auf. Ein schwarzer Schatten schob sich zwischen mich und die Freiheit. Mein Instinkt sagte mir, dass ich aufspringen und dem Licht entgegenrennen sollte. Vorbei an dem Schatten, hinaus in die Freiheit.

Aber ich konnte mich nicht bewegen. Ich saß wie festgefroren auf meinem Platz und kniff die Augen zusammen.

Nein, der Schatten war nicht Frau Schlüter. Es war ein Mann. Er sagte etwas, aber es klang nicht freundlich. Die Stimme kannte ich nicht. Ich verband weder eine besondere Erinnerung noch ein Gesicht damit.

Mein Gedächtnis reichte bis zu dem Moment, an dem ich hier das erste Mal aufgewacht war. Davor war Chaos.

Ich verstand nicht, was der Mann sagte. Seine Worte hallten in meinem Kopf wider wie Glockenschläge, sodass ich mich unwillkürlich duckte. Sie machten mir Angst.

Die Frau, mit der ich die Kammer teilte, schrie auf. Ich sah, wie er sie am Arm packte und hinauszog. Ich konnte ihr nicht helfen.

Als er die Tür schloss, waren ihre Schreie nicht mehr zu hören.

Ich war froh darum.

Ich kauerte mich zusammen und wartete wieder in der Finsternis.

Verwundert hob ich den Kopf, als sich die Tür abermals öffnete. Ich glaubte, dass nicht einmal eine Minute vergangen war. Aber unwillkürlich wusste ich, dass viel mehr Zeit verstrichen war.

Der Schatten warf die Frau in die Kammer. Er schien sehr wütend zu sein, denn er stieß wüste Drohungen aus, die ich nicht begriff.

Dann schlug er die Tür erneut zu.

Ich schleppte mich zu meiner Mitgefangenen. Sie schluchzte. Ich tastete über ihr Gesicht. Es war feucht. Aber es waren nicht nur Tränen. Ich nahm den metallischen Geruch von Blut wahr.

Meine Hände tasteten sich weiter abwärts. Man hatte ihr die Jacke abgenommen. Sie war wieder nackt. Und ihr ganzer Körper war offenbar blutverschmiert.

Ich wollte sie in meine Arme nehmen und trösten, aber sie schrie und schlug nach mir.

Irgendwann gab ich es auf.

Irgendwann kroch sie zu mir.

Sie presste sich zitternd an mich, und wir teilten die wenige Wärme, die uns noch geblieben war.

Zwischenspiel:

So mag es abgelaufen sein:

Gleich nach dem Frühstück geht Lotte Unverzagt mit ihrem Rollator an der Rezeption vorbei. Die ist gerade unbesetzt, wie immer um diese Zeit. Nach dem Frühstück wird jede helfende Hand in St. Agnes gebraucht, um die Patienten, die nicht mehr so gut auf den Beinen sind, wieder in ihre Zimmer zu bringen.

Lotte kennt den Weg. Sie ist ihn viele Dutzend Mal gegangen: Sie tritt durch das Portal und atmet die frische Frühlingsluft ein. Wie gut das tut! Als wäre sie aus einem verschlossenen Sarg geflüchtet.

Das liegt an den Strahlen. In den ersten Jahren hat sie davon nichts mitbekommen. Erst Adolf hat ihr die Augen geöffnet. Der hat viel vom Krieg erzählt und weiß viel über Strahlen. Einmal hat er davon gesprochen, dass er während seiner Militärzeit beim Mitteldeutschen Werk in Arnstadt an einem Geheimprojekt gearbeitet habe. Hitler selbst habe ihnen den Auftrag erteilt, eine Strahlenwaffe zu entwickeln. Eine Waffe, mit der man die Gegner atomisieren könne.

Das Thema Strahlen hat den Adolf, also ihren Zimmernachbarn, nie mehr losgelassen. Er hat herausgefunden, dass die Geheimdienste uns bis heute mit Strahlen bombardieren.

Erst hat sie das alles nicht geglaubt. Auch nicht, dass es in St. Agnes überall diese Strahlen gibt. Aber dann hat ihre Nachbarin, Hertha Speckbrock, behauptet, dass einer der Pfleger ihr an den Kopf geworfen habe, sie sei ja total verstrahlt. Dabei hat sie ihm nur von dem schwarzen Mann erzählt, der Nacht für Nacht vor ihrem Bett stand.

Am nächsten Tag haben sie sie abgeholt. Auf einer Bahre. In einem schwarzen Wagen.

Natürlich kennt Lotte den Ausdruck »verstrahlt«. Sie ist ja nicht von gestern. In der Sprache der Jungen heißt das so viel wie »plempem«. Der junge Pfleger hat Hertha Speckbrock damit sagen wollen, dass sie nicht mehr ganz dicht sei.

Aber es kann kein Zufall sein, dass Hertha einen Tag später, nachdem sie sich Lotte anvertraut hat, plötzlich gestorben ist.

Und überhaupt: Auch Lotte hat den Schwarzen Mann schon mehrmals gesehen.

Seit Herthas Tod jedenfalls ist sie misstrauisch geworden und hat »die Zeichen«, von denen Adolf immer spricht, gedeutet: die tote Katze, die ist nicht überfahren worden, sondern verstrahlt!

In letzter Zeit hat sie keinen Besuch mehr bekommen. Und dann ist ihr Lieschen eingefallen. Mit der wird sie sich mal über diese Strahlen unterhalten. Mal hören, was die meint. Und vielleicht hat sie ja eine Idee, was man dagegen tun kann.

Lieschen war schon als Kind die Pfiffigste von allen.

An der Hauptstraße guckt Lotte nach links und nach rechts, immer wieder, bis kein Auto mehr zu sehen ist. Selbst wenn die Wagen noch weit entfernt zu sein scheinen, rasen die doch immer so. Nein, da wartet sie lieber mal fünf Minuten länger, bevor sie überfahren wird. Obwohl es hier auch eine Fußgängerampel und einen Zebrastreifen gibt. Aber denen traut sie nicht.

Auf der gegenüberliegenden Seite ist die Bushaltestelle. Jede Stunde fährt ein Bus Richtung Detmold.

Sie muss nicht lange warten, bis der Bus kommt: Fünf Minuten später hilft ihr ein freundlicher Fahrer die Stufen hinauf, führt sie zu einem Behindertenplatz und kümmert sich um ihren Rollator.

Nachdem er sie in Detmold abgesetzt hat, verblasst sie bereits in seinem Gedächtnis. Er freut sich auf das Mittagessen, das ihn zu Hause erwartet, wenn er seinen Dienst beendet hat.

Später, als die Polizei nach Lotte Unverzagt fahndet, wird er sich nicht melden.

Weil er sich nicht mehr an sie erinnert.

15.

Ich erwachte, weil sich eine feuchte, behaarte Schnauze auf meine Wange legte. Als ich die Augen öffnete, erkannte ich Luna.

»Guten Morgen, mein Mädchen«, begrüßte ich sie mit schlaftrunkener Stimme. Dafür leckte sie mir über das Gesicht.

Es roch nach Rindfleisch und Karotten.

»Vernachlässigst du deine Frauen immer so?«, fragte Hermine. Sie stand plötzlich in der Schlafzimmertür und schaute kopfschüttelnd zu mir. »Luna war total ausgehungert, als ich gestern Abend gekommen bin. Sie hat ganz aufgeregt an der Tür gejault und musste Gassi gehen.«

Das klang tatsächlich wie ein Vorwurf. Und den Schuh zog ich mir an.

»Normalerweise nicht«, erwiderte ich lahm. »Die Nacht war länger als gedacht.«

»Eine Nacht ist für alle gleich lang. Versuche nicht, dich rauszureden, Moritz.«

»Hast du ihr was zu fressen gegeben?«, fragte ich ausweichend.

»Zum Frühstück, ja. Und für dich kann ich auch was machen. Dein Kühlschrank ist zwar so gut wie leer, aber für einen Strammen Max reicht es. Oder magst du heute Morgen lieber nur schwarzen Kaffee?«

»Beides«, sagte ich.

»Aber erst gehst du ins Bad. Du siehst aus, als wärst du tagelang durch den Dschungel gekrochen.«

»Das kommt der Wahrheit ziemlich nah.«

Sie verschwand in die Küche. Erst jetzt fiel mir auf, dass sie nur ein Nachthemd anhatte, das ihr bis weit über die Knie fiel. Ihre Füße steckten in rosafarbenen Plüschpantoffeln, die garantiert nicht aus meinem Arsenal stammten.

Ich stand auf und verschwand ins Bad. Ein Blick in den Spiegel verriet mir, dass Hermine recht hatte mit dem Dschungel. Allerdings erinnerte ich weniger an Tarzan als vielmehr an die traurigen Gestalten, die im TV-Dschungelcamp turnusmäßig dahinvegetieren.

Ich stellte mich unter die Dusche, und als ich den heißen Wasserstrahl auf der Haut spürte, kamen mir automatisch die Ereignisse der letzten Nacht in den Sinn.

Ich hatte noch eine ganze Minute lang in Abbys Augen geschaut. Dann war er zusammengezuckt, weil plötzlich eine Gestalt hinter ihm aufgetaucht war. Sie war in schwarzes Leder gekleidet wie eine typische Domina, und in der Hand hatte sie etwas gehalten, das mich an einen Ochsenziemer erinnerte.

Ich hatte genug gesehen und den Ausgang allein gefunden. Ich hatte nicht länger auf Abby Ackergoldt warten wollen. Und ich wusste, dass auch er das nicht gewollt hätte. Ab jetzt gingen wir getrennte Wege.

Ich hatte mich in eines der Taxis gesetzt, die vor dem *Red Cave* warteten, hatte einen Festpreis ausgehandelt, der dennoch unverschämt hoch gewesen war, und mich nach Hause bringen lassen.

Auf die Uhr hatte ich nicht geschaut, als ich endlich den Schlüssel zu meiner Wohnung umdrehte. Aber die Ruhe hatte mich irritiert. Normalerweise schlug Luna an oder rannte mir schwanzwedelnd entgegen, wenn ich nach Hause kam.

Irgendetwas war faul gewesen.

Vorsichtig war ich nach oben geschlichen. Ich hatte mit allem gerechnet, aber nicht damit, dass Hermine auf dem Sofa liegen würde. Sie schlief tief und fest und schnarchte leise. Sie hatte sich in eine Decke gekuschelt, und neben ihr lag Luna. Die hatte die rehbraunen Augen geöffnet und mich freundlich angeschaut, so als wollte sie sagen: »Schau her, du Verräter. Aber ich verzeihe dir, dass du mich so lang allein gelassen hast.«

Ich löschte das Licht und schlich leise, um Hermine nicht zu wecken, ins Schlafzimmer.

Dort fiel ich augenblicklich in einen tiefen Schlaf.

Als ich mich an den Frühstückstisch setzte, trug Hermine einen hellblauen Bademantel. Die blonden Haare fielen ihr ins Gesicht, und sie versuchte, sie dadurch zu bändigen, dass sie sie hinter die Ohren strich.

Sie schenkte mir eine Tasse Kaffee ein, dann marschierte sie wieder zum Herd. Ich musste schmunzeln über ihre strammen Waden, die gar nicht zu ihren ansonsten so schlanken Beinen passten. Aber sie passten zu Hermine. Genau wie die etwas zu breiten Schultern und die starken Oberarme.

Mein Magen knurrte. Ich sah ihr zu, wie sie am Herd hantierte. Sie blickte kurz über die Schulter, bemerkte stirnrunzelnd, dass ich sie beobachtete, und machte weiter.

In der Pfanne schäumte bereits Butter.

»Und? Hunger?«, fragte sie.

»Wie ein Bär.«

»Die Frage, wie du den Strammen Max am liebsten magst, erübrigt sich dank der beschränkten Auswahl, die dein Kühlschrank hergibt …«

»Wieso? Ich kenne nur die eine Variante mit Brot, Schinken und Spiegelei.«

»Immerhin habe ich zwei Scheiben Brot gefunden. Die sind aber so staubtrocken, dass ich sie in der Butter röste. Ich hätte die frische Variante bevorzugt, ohne Anrösten, und dann etwas Butter daraufgestrichen. Dann kommt der Schinken. Es muss roher Schinken sein, sonst ist es kein Strammer Max.«

»Sondern?«

»Eine Stramme Luise. Und mit Salami darauf ist es ein Strammer Moritz.«

»Ich hatte keine Ahnung, dass die Zubereitung eines so einfachen Gerichts so kompliziert ist.«

»Ist es ja auch nicht. Genau wie das Sandwich: Toast, Remoulade und ein bisschen Senf, Roastbeef und darauf vielleicht noch eine Gurke oder ein Salatblatt. Die einfachsten Dinge sind am köstlichsten …«

Sie briet das Brot in der Pfanne. In einer zweiten, kleineren Pfanne erhitzte sie etwas Öl und schlug zwei Eier hinein. »Wichtig ist, dass das Eigelb schön cremig-flüssig bleibt«, dozierte sie.

»Warst du mal Köchin?«

»Hauswirtschaftslehre und Erfahrung. Und ich hab oft in der Lieblingskneipe meines Vaters gejobbt. Da gab es nur drei Gerichte: Soleier, Frikadellen oder Würstchen mit Kartoffelsalat und eben den Strammen Max. Kartoffelsalat beherrsche ich übrigens auch perfekt. Der schmeckt traumhaft …«

»Nächstes Mal.« Der Geruch von Butter, Brot und Spiegeleiern vermischte sich zu einem unwiderstehlichen Duft. Wäre ich ein Hund und hieße Luna, ich hätte sabbernd vor Hermine gehockt.

Endlich war es so weit: Sie verteilte das Brot auf zwei Teller, legte rohen Schinken darauf und wartete noch eine Minute, bis die Spiegeleier fertig waren.

»Voilà«, sagte sie stolz, als sie mir den Teller hinstellte. »Möge der Herr wieder zu Kräften kommen.«

In den nächsten Minuten widmete ich mich nur dem Essen. Der Kaffee dazu tat gut. Die einfachsten Dinge konnten am köstlichsten sein. Umgekehrt war es so einfach, glücklich zu sein.

Und dennoch lag da ein Schatten über unserer Frühstücksidylle.

»Wir sitzen hier wie ein altes Ehepaar«, bemerkte Hermine.

»Dann würde ich dir jetzt ein paar Fragen stellen.«

»Und was für welche? Nur zu!«

Ich spülte die letzten Speisereste mit einem Schluck Kaffee hinunter.

»Zum Beispiel diese: Wo warst du zwischen zehn und zwölf gestern Nacht?«

»Das klingt wie ein Verhör.«

»Also?«

»Aber das weißt du doch: Ich bin mit Sascha weggefahren.«

»Du hast mir nicht erzählt, dass ihr Geschwister seid.«

»Nicht? Muss ich vergessen haben.« Im Gegensatz zu mir hatte sie ihren Strammen Max erst halb aufgegessen. Sie säbelte einen Bissen ab und führte ihn mit der Gabel zum Mund.

»Vergiss die Frage nicht.«

Sie legte die Stirn in Falten. »Sascha war ziemlich aufgeregt. Er wollte mit mir reden. Er hat behauptet, er wüsste, wer Herbert umgebracht hat.«

»Und warum konnte er dir das nicht im Lokal erzählen?«

Sie nahm einen weiteren Bissen. Es kam mir so vor, als wollte sie einfach nur Zeit gewinnen. Ich gab ihr diese Zeit, damit sie ihre Worte mit Bedacht wählen konnte. Endlich fuhr sie fort: »Er hat sehr geheimnisvoll getan ...«

»Das passt nicht zusammen«, widersprach ich. »Aufgeregt und geheimnisvoll? Was denn nun?«

»Er hatte Angst. So habe ich ihn noch nie erlebt. Sein Gemützustand hat die ganze Zeit gewechselt. Es wäre sehr wichtig, dass ich sein Geheimnis mit ihm teilte, hat er gesagt. Er hatte Angst, dass es ihn als Nächsten treffen könnte. Nach Herbert. Er hat gedacht, wenn er mich einweiht, wäre er weniger gefährdet, denn der Mörder müsste ja befürchten, dass ich sofort zur Polizei gehen würde, wenn meinem Bruder was passiert ...«

»Moment!«, unterbrach ich sie. »Das war doch ziemlich leichtsinnig von ihm, dich da mit reinzuziehen. Immerhin stehst du damit auch auf der Abschussliste – wenn ich mal die Ängste deines Bruders ernst nehme.«

»Stimmt!«, sagte Hermine überrascht. »Daran habe ich noch gar nicht gedacht.« Wieder zog sie die Stirn kraus. Dann aber entspannten sich ihre Gesichtszüge. »Ich habe nicht das Geringste zu befürchten. Er hat mir nämlich gar nichts erzählt.«

Wie? Er hat dir nichts erzählt?«

»Nein, kein Wort, ehrlich.«

Allmählich hatte ich das Gefühl, dass sie mich auf den Arm nahm. »Du willst mir echt erzählen, er hat den ganzen Wirbel veranstaltet, ohne dass etwas dabei herausgekommen wäre? Er hat seinen Kumpel Ackergoldt einfach so stehen lassen. Und du mich! Hast du auch nur eine Sekunde darüber nachgedacht, wie ich da wieder wegkommen sollte?«

»Ja, habe ich«, sagte sie trotzig. »Sascha meinte, er hätte mit

Abby gesprochen. Der würde sich um dich kümmern …«

»Das hat er. Allerdings!«

Sie sah mir in die Augen, erforschte meinen Blick und fragte besorgt: »Er hat sich doch benommen, oder? Und außerdem«, setzte sie hinzu, »hättest du ja auch ein Taxi nehmen können. Verstehst du nicht, dass ich einfach Angst um meinen Bruder hatte?«

»So große Angst, dass du nicht mal eine Minute warten konntest, bis ich von der Toilette zurück war? Oder eine halbe Minute, um dem Kellner zu sagen, dass er mir ausrichten soll, wo du steckst.«

»Jetzt benimmst du dich wirklich wie ein eifersüchtiger Ehemann.«

»Ich bin nicht eifersüchtig. Schon gar nicht auf einen Toten.«

Sie schaute mich ungläubig an. »Sag das noch mal!«

»Sascha Schwekendiek ist tot. Dein Bruder ist heute Nacht ermordet worden.«

Fünf, sechs Sekunden lang schwieg sie, als hätte sie mich nicht verstanden. Dann stand sie auf, nahm die Teller weg und ging zur Spüle. Sie stellte das Geschirr hinein, räumte die restlichen Sachen weg und setzte sich wieder an den Tisch.
Dann sagte sie: »Ich habe dich angelogen.«

»Inwiefern?

»Sascha hat mir doch sein Geheimnis anvertraut.«

»Ich bin mir nicht mehr sicher, ob ich es überhaupt wissen will«, sagte ich. Diesmal stand ich auf. Ich ging zur Kaffeemaschine und schenkte mir noch eine Tasse ein. Dabei fragte ich mich, ob sie genauso gut log, wie sie kochte. Als ich mich wieder zu ihr an den Küchentisch setzte, hatte ich einen Entschluss gefasst: »Nein, ich will es nicht wissen«, sagte ich.

»Hast du Angst? Angst davor, dass man dich auch umbringt?«

Ich schüttelte den Kopf. »Nein, aber ich finde, Geheimnisse sind bei der Polizei viel besser aufgehoben. Ich rufe gleich Norbert an …«

»Ich will aber nicht mit deinem Freund Norbert reden!«, fauchte sie. »Du solltest dich mal hören! Du redest wie ein Politiker! Oder wie ein Herbergsvater! Ich sag dir, was Sascha auf dem Herzen hatte, und es ist mir scheißegal, ob du es hören willst oder nicht. Halt dir meinetwegen die Ohren zu, oder stopf dir was rein, ich werde es trotzdem sagen: Sascha hat Herbert getötet!«

»Das glaube ich nicht.«

»Es ist mir ebenfalls scheißegal, ob du das glaubst. Er hat es mir gebeichtet. Jawohl, es war wie eine Beichte. Er war richtiggehend erleichtert, nachdem er es mir erzählt hatte …«

»Wann hat er es dir gebeichtet?«

»Wann? Spielt das eine Rolle? Glaubst du, ich habe da auf die Uhr geschaut? Es war auf der Rückfahrt …«

»Also noch im Auto …«

Sie nickte. »Als wir bei ihm zu Hause ankamen, hat er mich noch gebeten, mit hinaufzukommen, aber ich konnte nicht mehr. Ich bin auch nur ein Mensch. Das war mir alles zu viel auf einmal. Er hat das auch verstanden und gemeint, das würde nichts machen, es ginge ihm jetzt schon viel besser.«

»Und dann? Was ist dann passiert?«, drängte ich. »Du weißt wahrscheinlich immer noch nicht, wie spät es war?«

»Nein. Aber dann hat sich bei mir die gleiche Frage gestellt wie bei dir. Wie soll ich nach Hause kommen? Sascha hat vorgeschlagen, ich könnte ja bei ihm übernachten, aber dazu hatte ich keine Lust. Also hat er mir angeboten, dass er mich nach Hause fährt, aber das wollte ich auch nicht. Er war völlig durch den Wind. Seine Hände haben gezittert. Ich habe das ganz falsch eingeschätzt. Ich dachte, er wäre so fix und fertig, weil er sich mir gegenüber ausgekotzt hat ...«

»Und jetzt? Was denkst du jetzt?«

»Er hatte Angst. Deshalb wollte er auch, dass ich bei ihm bleibe. Jedenfalls ist mir eingefallen, dass ich ja noch meinen Wagen in seiner Garage stehen hatte. Seit dem letzten Winter. Na ja, und das war eine gute Gelegenheit, ihn mal wieder zu fahren ...«

»Klar«, sagte ich. »Und er ist auch gleich angesprungen und war fahrtüchtig?«

»Warum denn nicht? Außerdem steht er vor der Tür. Wie sollte ich denn damit hierhergekommen sein, wenn er nicht angesprungen wäre?«

»Sag mal, er hat nicht zufällig ein Kennzeichen mit DT?«

»Doch, woher weißt du das?«

Ich seufzte. »Weil dieser Wagen in ganz Ostwestfalen-Lippe polizeilich gesucht wird. Man glaubt, dass der Mörder deines Bruders dringesessen hat.«

»Aber das wäre ja dann ich!«

»Genau!«

Als ich eine Viertelstunde später vor die Tür trat, um mit Luna spazieren zu gehen, stutzte ich. Direkt unter dem Türrahmen hing ein Wurstring. Dass er da hing, brachte mich allerdings weniger aus der Fassung, als die Tatsache, dass die Wurst eine Art Schlinge bildete, die an einem Seil befestigt war. Alles in allem erinnerte mich die merkwürdige Installation an einen Galgenstrick. Zumindest beherrschte der Künstler, der dies vollbracht hatte, den fünffachen Knoten.

Luna bellte. Sie hatte den Duft der Würste in der Nase.

Ich spähte über den Hof, konnte aber nichts Verdächtiges ausmachen. Ich vermisste Ollies Morgan, bis mir einfiel, dass wir den ja umgetauscht hatten. Dafür stand ein ziemlich ramponierter Opel Astra auf dem gewohnten Parkplatz.

Und ein froschgrüner alter VW-Käfer mit Faltdach. Er hatte ein altes Nummernschild mit einem DT-Kennzeichen.

Nachdenklich riss ich den Strick mit den Würsten ab. Er war nur mit einem starken Klebeband über der Tür befestigt. Luna ließ sich kaum abwimmeln; kläffend tänzelte sie um mich herum. Schließlich wurde es mir zu bunt, und ich scheuchte sie allein hinaus. Ich schloss die Tür hinter mir, damit sie nicht wieder hereinkonnte. Dann stieg ich die Stufen hinauf in meine Wohnung. Hermine war im Bad verschwunden, aber als sie mich hörte, steckte sie den Kopf neugierig aus der Tür und sagte: »Das ging aber schnell.«

Dann sah sie, was ich in der Hand hielt, und kam fassungslos heraus. Sie hatte geduscht. Ihre Haare waren noch feucht, und sie hatte sich ein Badetuch um den Körper gewickelt. Es stand ihr gut.

»Irgendjemand hat uns was zum Frühstück an die Haustür gehängt«, sagte ich. »Riecht verdächtig nach Salami.«

Ich sah, dass sie regelrecht geschockt war. Dann sagte sie: »Herbert hat genauso ein widerwärtiges Ding bekommen! Mehrere Male! Erst dachten wir, das wäre ein Scherz von seinen Freunden ...«

»Schöner Scherz!«

»... und dann haben wir dahinter diese Anonymen Vegetarier vermutet. Und dann war Herbert tot!«

»Hast du das Norbert erzählt?«

»Natürlich.«

Ich sah sie streng an. »Gibst es noch etwas, was Norbert weiß, aber ich nicht?«

»Nein. Aber hast du nicht selbst gesagt, ich soll ihm alles erzählen?«

»Dazu wirst du gleich die Gelegenheit haben«, sagte ich und griff zum Telefon.

Ich wählte Norberts Privatnummer. Einer seiner Söhne meldete sich. Ich fragte, ob sein Vater zu Hause sei, und er sagte, nein, sein Vater habe ihm aufgetragen, allen zu sagen, dass er nicht da sei. Dann legte er auf.

Seufzend wählte ich ein zweites Mal. Wieder war der Junge dran.

»Hier ist Moritz«, sagte ich. »Du kennst mich doch gut. Ich war öfter bei euch. Gib mir mal deine Mutter!«

»Die ist zum Markt gefahren.«

»Dann gib mir deinen Vater!«

Ich hörte eine Stimme im Hintergrund fragen, wer da, verflucht noch mal, sei. Der Junge deckte offenbar die Sprechmuschel mit der Hand ab, sodass ich den weiteren Verlauf der Diskussion nicht mitverfolgen konnte.

Schließlich meldete sich Norbert. »Ich bin nicht zu Hause«, brummte er unfreundlich.

»Hermine Heuwinkel steht neben mir. Sie hat gestern Abend ihren Bruder, Sascha Schwekendiek, bis vor die Haustür begleitet ...«

»Ich verstehe nur Bahnhof. Gib mir bitte keine Rätsel auf. Ich bin erst vor zwei Stunden ins Bett gekommen ...«

Ich erzählte ihm noch einmal ganz langsam, was ich von ihm wollte. Danach schwieg er einige Sekunden. Vorsorglich hielt ich den Hörer ein paar Zentimeter vom Ohr weg. Ich hatte richtig vermutet. Sein Wutausbruch ließ nicht lange auf sich warten.

»So was nennt man Erpressung, mein Freund!«, wetterte er. »Du bietest mir eine der Hauptverdächtigen als Zeugin, aber nur dann, wenn ich sie quasi privat verhöre und sie mit Samthandschuhen anfasse und dann wieder laufen lasse. Das Mädchen ist ja ach so bemitleidenswert, wo sie doch erst vor ein paar Tagen ihren Mann verloren hat und jetzt noch ihren Bruder. Das arme Schwesterchen ...«

Hermine hatte mitgehört. Plötzlich brach es auch aus ihr heraus. Sie schluchzte auf und rannte weinend zurück ins Badezimmer. Ich hörte, wie sie abschloss.

»Wenn sie sich was antut, hast du sie auf dem Gewissen«, warnte ich Norbert und erklärte ihm, dass sie sich eingeschlossen hätte. »Übrigens, da fällt mir ein: Wir haben heute Morgen einen Termin mit Frau Doktor Rosenstolz, den würde ich gerne abblasen. Ich möchte die Sache lieber mit dir besprechen.«

»Okay, ich rede mit ihr. Du hast Glück: Wir halten euch nicht für die Täter.«

»Da bin ich aber beruhigt. Und warum nicht?«

»Schwekendiek hat sich in seinem Haus verbarrikadiert. Trotzdem hat er seinen Mörder reingelassen. Die Haustür war unversehrt. Offensichtlich hat Schwekendiek seinem Besucher nicht getraut, denn er hat sich eingeschlossen. Die Tür zu dem Zimmer ist völlig zersplittert und aus den Angeln gehoben. Das muss ein Berserker gewesen sein ...«

»Ackergoldt«, entfuhr es mir. »Ihm traue ich zu, dass er eine Tür aus den Angeln hebt.«

»Ackergoldt hat ein Alibi, habe ich gehört. Du bist in der Nacht mit ihm herumgezogen. Außerdem haben wir die Chefin von diesem Schuppen befragt, in dem ihr euch vergnügt habt ...«

»Was ihr alles wisst!«

»Viel zu wenig. Und daher muss ich die Schwester noch einmal verhören. Wann passt es euch?«, fragte er sarkastisch.

»Du hast wirklich schlecht geschlafen.«

»Spar dir dein Mitleid. Wann kommt ihr vorbei?«

»Keine Ahnung. Ich muss erst wieder aufbauen, was du angerichtet hast.«

»Mir kommen die Tränen.«

»Immerhin ist Hermine meine Klientin.«

»Klientin?« Er lachte höhnisch. »Seit wann nennt man eine Informantin *Klientin?*«

»Ob du's glaubst oder nicht: Im Moment kann ich mich vor Aufträgen kaum retten. Wenn das so weitergeht, esse ich die Currywurst nur noch mit Blattgold.«

»Schieb sie dir in den Arsch!«, wünschte er freundlich und legte grußlos auf.

Fünf Minuten später kam Hermine aus dem Bad. Sie trug ein quietschgrünes Shirt, das mich an die Farbe ihres VW erinnerte, eine schwarze ¾-Leggings, die ihre strammen Waden freiließ, wild gemusterte Söckchen und Turnschuhe. Sie hatte sich nicht geschminkt, und dunkle Schatten hatten sich unter ihren Augen eingenistet. Ich fragte mich, ob sie nicht übertrieb. Trug sie wirklich Trauer, sodass ihr alles egal war, oder wollte sie mit ihrem nachlässigen Outfit herausstellen, dass sie litt?

»Kommst du mit?«, fragte sie. »Ich habe einiges zu erledigen.«

Ich schüttelte den Kopf. »Du sollst dich bei Norbert melden. Er hat ein paar Fragen.«

Ich gab ihr Norberts Privatadresse und begleitete sie nach unten. »Was ist mit diesem Wurstknoten?«, fragte sie. »Soll ich ihm davon erzählen?«

Ich schüttelte den Kopf. »Das nehme ich persönlich. Ich schätze mal, die Warnung galt mir, nicht dir. Erzähl ihm meinetwegen, dass dein Mann diese Warnungen erhalten hat.«

Sie umarmte mich kurz und drückte sich an mich. »Pass gut auf dich auf«, sagte sie. »Ich möchte nicht noch jemanden verlieren.«

Luna bellte, und ich lächelte beruhigend. »Ich habe eine gute Leibwächterin.«

Hermine setzte sich in den Wagen und ließ den Motor an.

»Sehen wir uns heute noch mal?«, fragte ich.

»Wenn du willst.«

»Wie wär's mit heute Abend?«, schlug ich vor. »Und ich sorge dafür, dass uns diesmal keiner dazwischenfunkt.«

Sie nickte, lächelte tapfer und fuhr davon.

Ich hatte plötzlich ein ungutes Gefühl.

So, als ob ich sie nie mehr wiedersehen würde.

16.

Als ich zum Haupttrakt hinüberging, um Ollie zu besuchen, schallte mir fröhlicher, vielstimmiger Gesang entgegen. Die Melodie kam mir bekannt vor. Allerdings klang sie sehr schräg, weswegen ich nicht sicher war.

Da auf mein Klingeln niemand reagierte – noch nicht einmal Duffy! – ging ich um das Gebäude herum und benutzte die Gartentür, die meistens unverschlossen war.

Ich hatte Glück, schlüpfte hinein, ging durch die große Küche und gelangte in den Flur. Von dort malträtierte der vielstimmige Chor in voller Lautstärke meine Ohren.

Der Lärm kam eindeutig aus dem Salon. Mittlerweile verstand ich einige Textfetzen:

Ein belegtes Brot mit Schinken,
aus Westfalen muss er sein,
dazu Käse, Senf und Schnaps,
schmeckt besser als der edelste Wein …

Es war einfach grauslich. Ich folgte dem Lärm. Vor der geöffneten Tür zum Salon blieb ich wie angewurzelt stehen.

Das Erste, was ich sah, war Wilburs gewaltiger Rücken. Er trug eine Weste aus Schaffell über seinem ansonsten nackten Oberkörper. Seine behaarten Oberarme zuckten hin und her. Ebenso wie sein ganzer Körper ekstatisch vibrierte. Im ersten Schreckensmoment glaubte ich an einen epileptischen Anfall. Oder etwas war in ihn gefahren. Der Teufel vielleicht. Vielleicht hatte ihn auch nur jemand an eine Steckdose angeschlossen …

Nichts von alledem traf zu, wie ich auf den zweiten Blick feststellte. Wilbur dirigierte. Statt eines Taktstocks hielt er ein Küchenmesser in der linken Hand und fuchtelte damit herum wie ein Derwisch. Es sah sehr gefährlich aus.

Ich spähte an ihm vorbei und gewahrte die Gräfin, Duffy, Ollie und Sare. Die standen wie die Orgelpfeifen aufgereiht und sangen voller Inbrunst.

Unser Gasthaus liegt am Wege
Eines jeden Wandersmanns,
unser Schinken ist famos,
und samstags ist hier Tanz!

Ich ging an Wilbur vorbei, in der Hoffnung, das ohrenbetäubende Spektakel würde damit enden. Aber ich hatte mich getäuscht. Sie muteten mir noch eine weitere Strophe zu:

Und darum komm auch du vorbei,
wir bewirten dich nach Strich und Faden,
ob Landbier oder eine leckere Sinalco,
hier kannst du dich so richtig laben …

Der Chor erstarb. Duffy sagte: »Ich möchte einwenden, dass sich laben nicht auf Faden reimt. Zumindest nur mit Gewalt!«

»Gesang ist Gewalt!«, widersprach Wilbur bestimmt. »Außerdem ist der Text von dir!«

»Eben. Daher erlaube ich mir, ihn zu kritisieren. Ich werde noch einmal über die endgültige Fassung nachdenken.«

»Was ist denn hier passiert?«, fragte ich fassungslos. Sie schienen mich erst jetzt zu bemerken.

»Ah! Moritz!«, stieß Wilbur hervor. »Wo hast du dich versteckt? Wir brauchen dich!«

»Das kann ich mir nicht vorstellen.«

»Doch. Wir brauchen noch einen hohen Bass.«

»Ich singe den tiefen Bass«, sagte Duffy mit gewissem Stolz in der Stimme.

»Und ich den hohen Sopran«, erklärte die Gräfin. Offensichtlich hatte Wilbur sie gut gebrieft. »Ollie hat sich bereit erklärt, zunächst den tiefen Sopran zu übernehmen, bis eins der Küchenmädchen kommt.«

Ollie wurde tatsächlich rot.

»Warum übernimmt Sare nicht den tiefen Sopran?«, fragte ich.

»Weil meine Stimme nun mal da ist für den hohen Sopran, Mann!«, erklärte Sare. »Außerdem darf ich mich draußen nicht blicken lassen. Ich übe nur für die internen Aufführungen.«

»Bist du dir sicher? Ich meine, von wegen hoher Sopran?«

»Ja, Wilbur hat das festgestellt. Er ist ein Genie! Ich habe vorher noch nie gesungen. Ich habe überhaupt nicht gewusst, dass Singen so schön sein kann ...«

Alle riefen durcheinander und wiederholten so ziemlich das Gleiche.

Endlich rief Wilbur: »Silentium, Ladies and Gentlemen«, und alle beruhigten sich wieder. Zu mir sagte er: »Stell dich schon mal zu den anderen, wir wollen mal sehen, wie du dich machst.«

»Ich mache mich überhaupt nicht!«

»Jetzt seien Sie kein Spielverderber«, mischte sich die Gräfin ein. »Wilbur hat die neue Betriebshymne extra für uns komponiert!«

»Betriebshymne?« Hatte ich richtig gehört?

»Eine Betriebshymne ist heutzutage obligatorisch für den nachhaltigen Erfolg«, erklärte Ollie. »Sie motiviert die Mitarbeiter und trägt die Firmenphilosophie nach außen, zu unseren Kunden.«

»Oh, das wusste ich nicht«, sagte ich treuherzig. »Ich dachte, es reichen gutes Essen, guter Service und ein gutes Betriebsklima.«

»Aber das sind doch Selbstverständlichkeiten!«, sagte die Gräfin.

»Was wir brauchen, sind Lautsprecher, die unsere Philosophie unter die Leute bringen. Diese Lautsprecher sind wir selbst!«, dozierte Wilbur. »Eine Firmenhymne hält Mitarbeiter bei Laune. Noch besser wäre ein ganzes Showprogramm, aber wir fangen klein an.«

Mir graute. Ich hatte plötzlich die penetrante Werbung einer Elektromarktkette vor Augen und im Ohr, die sich an Queens *We Will Rock You* verging. Da war kein Platz mehr für gute Laune, nur fürs Fremdschämen,.

»Hast du unseren Businessplan nicht gelesen?«, fragte Ollie. »Da stand unter dem Punkt ›Dringende Maßnahmen, die unverzüglich umgesetzt werden‹ auch die Initiierung einer Betriebshymne.«

»Den Punkt muss ich überlesen haben«, gab ich zu.

»Kein Wunder, Wilbur hat ihn erst in letzter Sekunde handschriftlich nachgetragen«, erklärte Ollie.

»Oh. Schön, das zu erfahren. Gibt es vielleicht noch mehr handschriftliche Ergänzungen, von denen ich nichts weiß?«

»Jetzt sei nicht eingeschnappt«, sagte Ollie. »Stell dich schon zu uns.«

Wilbur sah demonstrativ auf die Uhr. »Wir werden in einer halben Stunde erwartet.«

»Von wem? Von der Polizei wegen Ruhestörung? Vom Lärmvernichtungskommando?«

»Pressetermin auf dem Detmolder Marktplatz«, erklärte Wilbur wichtig. »Wir werden dort der Öffentlichkeit zum ersten Mal meine Hymne präsentieren.«

»Es ist auch meine Hymne«, sagte Duffy.

»Es ist unser aller Hymne«, beschwichtigte Ollie.

Wilbur machte dem ein Ende. »Jetzt aber fix, Kinder, wir müssen noch einmal proben. Wenn Moritz nicht mitmachen will, muss ich selbst den hohen Bass mitsingen.«

Er war sichtlich beleidigt. Ich legte ihm den Arm um die Schultern und sagte: »Sei mir nicht böse, aber einer muss sich auch noch um die wichtigen Sachen kümmern ...«

»Wichtig? Kunst ist wichtig!«, begehrte er auf. Die Haare standen ihm wild zu Berge. Ich machte mir Sorgen um ihn.

Jetzt fiel mir wieder ein, warum ich überhaupt gekommen war. Ich wollte Ollie sprechen. Mit einem Wink gab ich ihm zu verstehen, dass ich draußen wartete. Ollie nickte mir zu.

Dann begann der nervtötende Chor erneut zu proben. Ich suchte das Weite und wartete auf dem Hof. Hier war der Lärm zum Glück nur entfernt zu vernehmen. Plötzlich wusste ich auch, woher ich die Melodie kannte. Von den Toten Hosen. Und automatisch summte ich mit:

Ein belegtes Brot mit Schinken ...

Und dazu gab es, wenn ich mich recht erinnerte, noch ein belegtes Brot mit Ei und einen Bommerlunder. Vielleicht sollte ich Wilbur bei Gelegenheit darauf hinweisen, dass sein Plagiat absolut nicht straffrei war. Allerdings konnte ich mir keine Gefängnisklamotten vorstellen, in die Wilbur gepasst hätte.

Luna gesellte sich zu mir. Sie war auf dem Hof herumgestreunt und hatte alles genauestens inspiziert. In letzter Zeit gefiel sie sich in der Rolle des Wachhundes. Allerdings übertrieb sie. Seitdem sie den Briefträger auf der Liste potenzieller Einbrecher hatte, weigerte dieser sich, die Post zuzustellen.

Nach fünf Minuten kam Ollie angelaufen. Er atmete heftig.

»Wilbur hält uns ziemlich auf Trab. Wir sollen in zehn Minuten hier unten fix und fertig parat stehen …«

Ich setzte mich auf eine Bruchsteinmauer und sah ihn zweifelnd an. »Sag mal, dein Vetter Wilbur ist nicht zufällig irgendwo entlaufen?«

»Entlaufen? Du meinst gelaufen?«

Ich gab es auf, mit ihm über Wilbur zu sprechen. Dafür interessierte mich, was Frau Dr. Rosenstolz am vergangenen Tag von ihm gewollt hatte. Er wurde tatsächlich rot.

»Sie hat mich gefragt, was passiert ist.«

»Und du hast es ihr erzählt?«

Er nickte.

»Und sonst?«

Und sonst?

»Na ja, viel gab es ja wohl nicht auszuplaudern. Als ich Norberts Büro verlassen habe, warst du immer noch in ihrem Büro.«

»Ah ja.«

»Ah ja?«

»Sie interessiert sich sehr für die englische Kultur.«

»Nur für die Kultur? Oder auch für diejenigen, die die Kultur hervorgebracht haben?«

»Wir wollen am Wochenende zu einem englischen Gartenfest«, erzählte Ollie stolz.

Ich umarmte ihn und beglückwünschte ihn zu seiner Wahl.

»Zu welcher Wahl?«, fragte er verwirrt.

»Eine Wahl ist, wenn man mindestens zwei Entscheidungsmöglichkeiten hat.«

»Du meinst Ja oder Nein?«

»Ich meine Frau Rosenstolz oder Sare.«

»Oh, Sare, stimmt, die ist ja auch noch da …«

»Was immer zwischen euch war, erklär ihr, dass es vorbei ist«, riet ich ihm. »Denk an ihre Brüder.«

»Aber es ist nichts gewesen zwischen uns«, versicherte er. Und setzte kleinlaut hinzu: »Sie wollte nicht. Sie hat mir einen Korb gegeben.«

Luna sprang an mir hoch. Ich bückte mich, hob einen Stein und warf ihn über den Hof. Luna lief los und suchte ihn.

»Und wie hast du den Wagen wieder hierher geschafft?«

»Amelie ... ich meine, Frau Rosenstolz, hat gesagt, ich brauche mir keine Sorgen machen. Sie nannte es Amtshilfe. Keine Ahnung, was das bedeutet ...«

»Ich kann's mir denken«, sagte ich. Ollies Deutsch war fast perfekt, nur einige wenige Wörter kannte er partout nicht. Er ließ es sich jedoch in der Regel nicht anmerken.

»Eigentlich wollte ich dich fragen, ob du auf Luna aufpassen kannst ...«

»Unmöglich – du hast Wilbur gehört!«

»Wie wär's, wenn du stattdessen auf mich hörst? Meine Pläne sind heute Morgen auch über den Haufen geworfen worden. Ich erzählte ihm, was alles vorgefallen war. Als ich ihm von dem Galgenkranz berichtete, fasste er sich unwillkürlich an den Hals.

»*By Jove*! Solltest du damit nicht zur Polizei gehen?«

»Die werden kaum jemanden dafür abstellen. Ich wollte eigentlich mal Frau Schlüter fragen, was sie davon hält. Und da kann ich Luna nicht gebrauchen.«

Frau Schlüter war an diesem Vormittag nicht im Laden, dafür aber ihr Mitarbeiter Thomas Backus, der das Fleischerhandwerk ebenfalls von der Pike auf gelernt hatte. Alle Welt nannte ihn nur Gus, in Erinnerung an den Schlagerstar der Sechziger.

Außerdem war Gus ein großer Elvis-Fan, und der hatte seine Hochzeit ja auch in den Sechzigerjahren gehabt.

Wenn Gus nicht hinter der Theke stand, trug er eine Tolle. Jetzt versteckte er sie unter einer weißen Stoffmütze.

Ich nutzte die Gelegenheit, als er seinen Kunden verabschiedet hatte, um ihm die beiden zu einer Schlinge gebundenen Würste an dem Strick zu zeigen.

»Die hingen vor Ihrer Tür? Da versteht einer sein Handwerk«, stellte er fachmännisch fest. »Ein echter Westernknoten.«

»Mich interessiert eher die Wurst«, sagte ich.

Er nahm sie in die riesigen Hände, schob sie hin und her, begutachtete sie, roch daran und schüttelte schließlich den Kopf. »Nicht unsere Wurst. Ausgeschlossen ...«

Eine der Kundinnen, die von einer anderen Mitarbeiterin bedient wurde, schaute misstrauisch herüber.

»Davon bin ich auch ausgegangen«, sagte ich und bemühte mich, einen weniger verschwörerischen Tonfall zu wählen.

»Hätt' ja sein können«, sagte er. »Wenn es sich um eine Wurst von uns gehandelt hätte, hätte ich Ihnen die Kunden aufzählen können, die infrage gekommen wären ... Wirklich ein komischer Scherz. Zumindest würde ich mal tippen, dass kein Lipper dahintersteckt.«

»Und warum nicht?«

»Der ist nicht so bekloppt und verschenkt zwei Würste! Moment, da fällt mir was ein!«

Er schnappte sich ein Fleischermesser und schnitt eine der Würste in zwei Hälften. Dann schüttelte er den Kopf: »Aussehen und Konsistenz sind einwandfrei«, stellte er fachmännisch fest. Als Nächstes hielt er sie sich unter die Nase und machte den Geruchstest. Er gab dabei Geräusche von sich wie ein Weinkenner.

»Nein«, entschied er schließlich. »Die ist nicht vergammelt. Im Gegenteil, die riecht sogar ziemlich frisch. Wie gesagt, kein Lipper verschenkt frische Würste. Die hängt er sich irgendwohin und lässt sie reifen ...«

»Was heißt das?«

»Ich sag' ja: Sie riecht *zu* frisch. Das ist eine sogenannte Rohwurst. Die kriegt ihre Reife entweder durch Lufttrocknung oder durch Räuchern ...«

»Einen Moment, Herr Backus«, unterbrach ich ihn. »Sie wollen damit sagen ...«

»Dass diese Wurst eindeutig nicht in den Verkauf gehört! Wer immer das verbrochen hat, dem gehört der Kopf gewaschen! Solche miesen Praktiken sind es, die die ganze Branche immer wieder in Verruf bringen. Diese Wurst hätte noch mindestens eine Woche trocknen müssen. Ist genauso wie bei den Steaks: Die müssen lagern, bis das Fleisch fast schon am Gammeln ist. Da muss die ganze Feuchtigkeit raus. Manche Fleischer, vor allem aber die Supermärkte und großen Handelsketten, können's einfach nicht abwarten. Die verkaufen Ihnen schlachtfrische Steaks. Das Ergebnis in der Pfanne ist dann entsprechend.«

»Hm, also stammt die Wurst hier eher aus einem Supermarkt?«

»Tendenziell ja.« Er wog sie in der Hand, drückte sie ein paar Mal und schnitt schließlich eine Scheibe ab.« Das mache ich jetzt nicht gerne, man weiß ja nie, was da alles drin ist, wenn's nicht von uns stammt.«

»Schneiden Sie mir auch eine Scheibe ab. Ich leide mit Ihnen.«

Er säbelte ein weiteres Stück ab und gab es mir.

Die Scheibe fühlte sich eher weich an.

»Schwabbelig«, präzisierte Backus. Dann schob er sich die

Wurst mit Todesverachtung in den Mund. Er schloss die Augen und kaute. Anschließend öffnete er den Mund, sog einige Male den Atem ein und schmatzte.

Eine Kundin schaute sehr pikiert herüber.

»Stimmt etwas nicht mit Herrn Backus?«, hörte ich sie besorgt fragen.

»Doch, bevor Herr Morgenstern kam, war er eigentlich ganz normal …«

Ich konzentrierte mich wieder auf die Wurst und steckte mir die Scheibe, die Backus mir gegeben hatte, in den Mund. Ich konnte nichts Besonderes daran feststellen.

»Und?«, fragte Backus.

»Eine ganz normale Salami.«

»So?« Er zog eine Augenbraue hoch. »Was schmecken Sie?«

»Salami«, antwortete ich ehrlich.

»Ich schmecke Koriander und Thymian und ganz schwach eine Spur von Piment. Ich schmecke Pfefferkörner und Knoblauch. Eine Spur zu viel Knoblauch sogar, wahrscheinlich, um das eher minderwertige Schweinefleisch, aus dem die Wurst hauptsächlich besteht, geschmacklich zu übertünchen …«

Jetzt, wo er es sagte, schmeckte ich es auch. Zumindest den Knoblauch. Und auch den Thymian schmeckte ich heraus. Den etwas seifigen Geschmack musste der Koriander bewirken.

»Sie haben recht«, sagte ich. »Die Wurst schmeckt sehr nach den Gewürzen.«

»Wie gesagt, meistens ein Zeichen dafür, dass das verwendete Fleisch nicht ganz astrein ist. Normalerweise machen die Gewürze je ein Prozent der Wurst aus. Hier ist eindeutig zu viel des Guten drin. Fällt Ihnen sonst noch etwas auf?«

Ein Kopf beugte sich zwischen uns. Es war der der Kundin,

die sich zuvor nach dem Befinden von Thomas Backus erkundigt hatte. »Dürfte ich auch mal probieren?«, fragte sie neugierig.

Ich sah Backus Hilfe suchend an. »Gibt es hier eigentlich keinen Platz, wo man sich ungestört unterhalten kann?«

»Nein«, grinste Backus. »Wir haben hier keine Geheimnisse vor unseren Kunden. Nicht wahr, Frau Albrecht?«

Die alte Dame warf mir einen bösen Blick zu, so als wollte sie sagen: »Siehst du! So behandelt man seine Kunden.«

Backus schnitt auch ihr eine Scheibe ab.

»Das schmeckt ja grausig!«, sagte sie entsetzt.

»Ist auch nicht von uns, Frau Albrecht. Probieren Sie mal unsere Salami. Frau Saladin bedient Sie gerne weiter.« Er kniff mir ein Auge zu, und Frau Albrecht begab sich dankbar wieder zurück zu der Verkäuferin.

»Ich würde auch mal gern den Unterschied schmecken«, sagte ich.

»Können Sie gleich. Fällt Ihnen noch etwas auf?«

Ich hatte die Wurstscheibe mittlerweile heruntergewürgt. Allein der salzige Geschmack verblieb noch im Mund. Ich teilte Backus meine Empfindung mit.

»Ihr Geschmackssinn trügt Sie nicht. Die Wurst ist eindeutig übersalzen. Hier wurde nicht gespart mit Pökelsalz.«

»Verstehe, der Salzgeschmack übertüncht ebenfalls schlechtes Fleisch.«

»In diesem Fall dürfte der Grund ein anderer sein. Normalerweise verwendet man drei Prozent Pökelsalz. Hier drin sind mehr. Und zwar eindeutig, damit der Räucherprozess beschleunigt wird. Und jetzt probieren Sie mal unsere Rohwurst!«

Der Salzgeschmack in meinem Mund war derart penetrant, dass ich vorher um einen Schluck Wasser bat. Backus verschwand in der Küche und kredenzte mir ein Glas Sprudel. Dann schnitt er mir wie versprochen von der hauseigenen Wurst eine dünne Scheibe ab. »Je dünner, desto intensiver öffnen sich Ihre Geschmacksknospen.«

Ich ließ die Wurstscheibe einen Moment lang auf der Zunge. In der Tat schmeckte ich nun die Gewürze besser heraus. Sie waren aber viel subtiler. Hauptsächlich schmeckte die Wurst – nach Wurst. Und sie war kaum salzig, sondern einfach nur würzig.

Herr Backus sah meiner Miene an, dass ich verstanden hatte.

»Noch eine Scheibe?«

»Nein, die ganze Wurst«, verlangte ich. »Haben Sie eine Ahnung, woher die erste stammen könnte?«

Er schüttelte den Kopf. »Da müssen Sie die ganzen Supermärkte und Discounter abklappern. Aber es bleibt schwierig. Von außen sehen die fast alle gleich aus. Da müssen Sie schon den Geschmackstest machen. Außerdem bezweifle ich, dass Ihnen der was nützt. Die Discounter kennen ihre Kunden nicht mit Namen, im Gegensatz zu mir.«

Ich nickte. »Es ist trotzdem meine einzige Chance. Ich kaufe die Würste ein. Helfen Sie mir beim Geschmackstest?«

Er gab mir die Hand, und ich schlug ein. »Abgemacht«, sagte er. »Aber nur, wenn Sie für reichlich Getränke sorgen.«

»Versprochen!«, sagte ich. »Heute Abend um acht bei mir?«

Mein erster Weg führte mich in den Marktkauf. Zuerst kaufte ich die Getränke ein. Ich wusste nicht, ob ich noch genügend Bier zu Hause hatte. Ein Bier war das Mindeste, was man einem Mann wie Backus bieten musste. Ich entschied mich für meine Hausmarke, ein gutes Detmolder. Es hatte den eindeutigen Vorteil, dass man, um an den Inhalt zu kommen, nicht nach dem Flaschenöffner suchen musste. Der lag sowieso meistens da, wo ich ihn überhaupt nicht vermutete. Die Flaschen hatten einen Bügelverschluss. Nicht alles Neue war auch besser. Auf den Kronkorken traf das eindeutig zu.

Ich ging an den Regalreihen mit Spirituosen vorbei und überlegte, welcher hochprozentige Fusel am besten zu billiger Salami passte. Wahrscheinlich neunzigprozentiger polnischer Wodka. Eine Verkäuferin füllte soeben die Regale auf. Sie kam mir bekannt vor.

Als sie sich umdrehte, erblickte ich eine junge Frau. Blonde lockige Haare, die ihr bis zu den Schultern reichten. Sie trug Jeans und ein enges rosafarbenes Rüschenshirt.

»Das Mädchen mit dem Bauchladen!«, begrüßte ich sie. Wir hatten uns vor einem Jahr vor Detmolds berühmtester Bratwurstbude kennengelernt.[5]

»Der Astronaut!«, sagte sie und lächelte breit. Offensichtlich war sie ebenso erfreut wie ich, dass wir uns wiederbegegneten.

»Nicht mehr«, sagte ich. »Ich bin auf dem Boden angekommen.«

»Und was sind Sie jetzt?«

»Zuhörer«, erwiderte ich. »Ich höre den Leuten zu.«

»Und kann man damit Geld verdienen?«

Ich deutete auf den Bierkasten. »Dafür reicht's. Und eine Flasche Schnaps brauche ich auch noch. Für die Verdauung.«

»Nehmen Sie den Schinkenhäger. Den hat mein Opa schon immer getrunken, wenn er Bauchzwacken hatte. Und auch,

5 Siehe auch »Blut und Rüben«

wenn er kein Bauchzwacken hatte. ›Alle Tage Schinkenhäger, macht dich froher, macht dich reger.‹ Das hat er immer gesagt. Weiß ich noch wie heute ...«

Ich folgte ihrer Empfehlung und nahm einen der steinernen braunen Krüge aus dem Regal.

»Und wie geht es Ihnen?«, fragte ich. Sie machte einen gesünderen Eindruck als damals. »Wie ich sehe, müssen Sie nicht mehr mit dem Bauchladen durch die Gegend spazieren ...«

»Das hat aber eindeutig mehr Spaß gemacht. Immerhin habe ich da interessante Leute getroffen – so wie Sie. Aber hier verdien' ich mehr. Mutbrecht versteht da null Spaß, wenn die Einnahmen nicht stimmen ...«

»Mutbrecht?« Irgendwo hatte ich den Namen schon einmal gehört.

»Unser Oberhaupt.«

»Oberhaupt? Sind Sie in einer Art Roma-Sippe gelandet?«

»Mutbrecht ist der Gründer und das Oberhaupt unserer Kommune. Die Heilige Thusnelda ist unsere Matrone. Sagen Sie nicht, Sie haben noch nie von uns gehört.«

»Doch«, sagte ich. Jetzt fiel es mir wieder ein. »Der Major hat von Ihnen erzählt, damals, als er noch gelebt hat. Er hatte ja auch ein Faible für – die Natur. Der Thusnelda-Hof ...«

Ich erinnerte mich, dass der Major uns oft von der naturnahen Lebensweise der Bewohner vorgeschwärmt hatte. Vor einigen Monaten hatte sogar ein Bericht über die Bewohner in der Zeitung gestanden. Auf dem Foto, das die Kommunarden zeigte, war mir vor allem eines aufgefallen: die dürftige Kleidung.

»Sagen Sie ruhig: für abgedrehte, freakige Ideen, wie wir sie vertreten«, lachte sie. Dann wurde sie wieder ernst und beugte sich zu mir. »Ehrlich gesagt, ich kann verstehen, wenn man uns für gaga hält. Mir geht die ganze Schweinerei auch auf den Keks …«

»Schweinerei?«

»Wir setzen uns für völligen Fleischverzicht ein. Das ist ja an sich nicht schlecht. Aber seitdem Mutbrecht angefangen hat, Schweine zu halten und die sich vermehren wie die Karnickel, ist für mich die Grenze erreicht …«

»Moment mal!«, sagte ich. »Ihr esst keine Schweine, aber ihr haltet welche?«

»Ja, und sie vermehren sich von selbst. Und weil keiner von uns sie schlachtet, werden es immer mehr! Schauen Sie sich unseren Hof doch mal an …«

17.

Nachmittags klingelte ich bei Ollie an und fragte harmlos, ob er nicht Lust hätte, eine Spazierfahrt zu unternehmen.

Misstrauisch sah er mich an: »Eine Spazierfahrt, aha. Was stellst du dir darunter vor? So eine Art Abenteuerausflug wie gestern?«

»Ollie, du kennst mich«, wiegelte ich ab. »Wenn ich gewusst hätte, dass diese Rambo-Familie uns verfolgen würde, dann hätte ich die Tour in *meinem* Wagen gemacht.«

»Und warum fährst du heute nicht allein?«

»Er springt nicht an«, erklärte ich. Und das entsprach der Wahrheit. Der Volvo machte keinen Mucks mehr.

»Ich kann dich abschleppen«, schlug Ollie vor.

»Ich hab' schon in der Werkstatt angerufen. Andritzke kommt sowieso vorbei, weil er nebenan sein Feierabendschnitzel vertilgen wird. Dann guckt er sich den Wagen mal an.«

Ich hörte, wie Gesang aus dem Haus schallte.

»Wie ist es heute Nachmittag eigentlich gelaufen?«

»Wilbur war der Ansicht, wir müssten noch üben.«

»Wieso? Klingt doch gut.«

»Eine Passantin hat uns beschuldigt, wir wären für den Regen verantwortlich – wegen unserem schrägen Gesang.«

»Unsinn, das ist Mairegen«, tröstete ich ihn. »Der lässt alles wachsen – auch die Stimme!«

»Na ja, wollen wir's hoffen. Schön, dass wir darüber geplaudert haben. Nimmst du Luna wieder mit? Wilbur war nicht sehr *amused*, als sie in unseren Gesang mit einstimmte.«

»Jetzt komm schon. Oder willst du nicht wissen, mit welchen Menschen dein Großonkel bekannt war?«

»Doch, schon ...«

Ich hatte ihn an der Angel.

Ich erzählte ihm von dem Mädchen, das ich im Supermarkt getroffen hatte.

»*By Jove*! Ich kann mich vage erinnern, dass ich von diesen Leuten gehört schon mal habe ...«

»Der Major war dort öfter zu Gast. Es gibt aber noch einen Grund, warum ich denen einen Besuch abstatten will.«

»Und der wäre ...?«

»Die Leute dort halten Schweine, essen sie aber nicht.«

»Sehr löblich.«

»Schon. Aber mir sind Sekten aller Art suspekt.«

Plötzlich dämmerte es Ollie. »Ich verstehe! Du glaubst, du findest dort den Metzger?«

»Nein, das wäre zu viel Glück. Aber vielleicht kommt von da ja der anonyme Beilschwinger, der vielleicht auch Hermines Dackel auf dem Gewissen hat!«

»Also los, schnappen wir uns den Burschen!«

»Das ist ein Wort! Auf zum Thusnelda-Hof!«

»Thusnelda?«

»Ich will dir keinen langen Vortrag halten, daher in aller Kürze: Thusnelda war angeblich die Gattin von Arminius, dem Cheruskerfürsten, der den Römern im Teutoburger Wald Paroli geboten hat. Es gibt aber noch eine andere Thusnelda – ihre Anhänger behaupten, sie sei eine germanische Göttin des Waldes gewesen ...«

»Eine Nymphe!«

»Sozusagen.«

»Also hat mein Großonkel auch an diese – Thusnelda geglaubt?«

Ich nickte. »Ich hatte den Eindruck. Ein paar von den Leuten waren immer wieder bei ihm zu Gast. Seltsame Typen, wenn du mich fragst. Aber ich will dein Urteil nicht vorwegnehmen …«

Ich lenkte den Astra Richtung Detmold und nahm die B239 nach Lage. Linker Hand, auf den Höhen des Teutoburger Waldes, stand das allgegenwärtige Hermannsdenkmal. Der Nachmittag war überraschend klar. Nur einige wenige Wolkenschiffe segelten über den Himmel.

Schon von Weitem waren die Schlote der Zuckerfabrik zu erkennen. Noch lag sie im Tiefschlaf, doch wenn Anfang Oktober die Rübenernte begann, verwandelte sie sich wieder in ein rund um die Uhr Qualm ausstoßendes Monster.

Zwei Kilometer vor der Zuckerfabrik zweigte ein Weg ab, der zu den Johannissteinen führte. Kurz davor teilte er sich erneut.

Ich parkte den Wagen, und wir gingen zu Fuß einen schmalen Pfad entlang, der weiter in den kleinen Wald hineinführte. Er endete an einer Lichtung, auf der einige Anwesen standen. Wäre nicht aus einem Schornstein Qualm gestiegen, hätte man vermuten können, dass hier niemand lebte.

Ollie brachte es auf den Punkt: »Glaubst du wirklich, dass wir in diesen Bruchbuden auf Menschen treffen?«

»Keine Sorge, sie werden dir schon nichts tun.«

Eine Haustür öffnete sich quietschend, und eine Art lebende Leiche wankte heraus. Mit steifen Schritten ging sie an uns vorbei, ohne uns zu beachten. Es handelte sich um eine Frau, vielleicht Ende dreißig, die zu Lebzeiten vielleicht einmal sehr hübsch gewesen war. Das lange, verfilzte Haar hing ihr in wirren Strähnen ins Gesicht. Bekleidet war sie mit einer Art sackfarbenem Überwurf, der ihr bis zu den Knien reichte. Die nackten, schmutzigen Füße versanken im Matsch. Es gab jedes Mal ein schmatzendes Geräusch, wenn sie den Fuß wieder herauszog. Das Wesen verschwand hinter einem Baum.

Ollie sah mich irritiert an. »Was war das? Ein Geist?«

»Weder ein Geist noch eine Waldfee, sondern eine von den Kommunardinnen.«

»Aber was treibt sie dort hinten?«

»Wahrscheinlich muss sie zur Toilette.«

Ollie schüttelte den Kopf. »Mein Freund, wir leben im einundzwanzigsten Jahrhundert. Willst du mir weismachen, dass in einem der reichsten Länder der Welt noch steinzeitähnliche Siedlungen existieren. Ohne Toilette?«

»Jetzt übertreib mal nicht – von wegen Steinzeit und so. Dieser Kotten ist höchstens einhundert Jahre alt.«

»Oder ist es dieser lippische Geiz, von dem du immer redest?«

»Sparsamkeit«, verbesserte ich ihn. »Nenn einen Lipper geizig, und er wird dir nie wieder die Hand geben. Nenn ihn sparsam, und er macht dich zu seinem Schwiegersohn ...«

»Aber es muss doch wenigstens ein – ein – wie sagt man ... *latrine* geben?« Diesmal fehlte ihm tatsächlich die passende Vokabel.

»Meinst du ein *Plumpsklo?*«, half ich ihm auf die Sprünge.

»Irgend so was. Irgendein Zeichen von Zivilisation!«

»Nein, gibt es nicht. Diese Gemeinschaft von Leuten ist der festen Überzeugung, dass sie alles, was sie der Erde rauben, der Erde auch wieder zurückgeben müssen. Auf direktem Wege, wenn du verstehst, was ich meine.« Jedenfalls hatte es so in der Zeitung gestanden.

»Aber es wird doch hoffentlich eine Badewanne geben?«

»Weder warmes noch fließendes Wasser. Das Wasser, das sie brauchen, holen sie direkt vom Brunnen. Noch Strom«, fügte ich sadistisch hinzu, um Ollies Vorstellungskraft aufs Äußerste zu quälen. »Die Männer und Frauen der Thusnelda leben im Einklang mit der Natur, so ähnlich wie unsere Vorfahren vor zweihundert Jahren.«

Eine weitere Haustür öffnete sich. Das männliche Pendant zu der Frau schlurfte an uns vorbei. Allerdings verzog es sich hinter einen anderen Baum. Irgendwo krähte ein Hahn.

»Sogar die Hühner scheinen hier erst am Nachmittag aufzuwachen«, wunderte sich Ollie.

Ich klopfte an die Tür, aus der der zweite Ureinwohner entwichen war. Niemand antwortete. Aber sie war auch nicht verschlossen. Ich stieß sie vorsichtig auf.

In dem Raum dahinter herrschte trübes Halbdunkel.

»Seid gegrüßt, Pilger«, begrüßte uns eine sonore Stimme. Ich brauchte ein paar Sekunden, bis meine Augen sich an das Licht, besser gesagt, das Nicht-Licht, gewöhnt hatten.

Ein hageres Männchen saß mit gekreuzten Beinen auf dem nackten Boden. Es musste sich um Mutbrecht handeln, den selbst ernannten Erleuchteten dieser Sekte. Der Major hatte uns seinerzeit bildhaft geschildert, wie der Volksschullehrer Anton Backus vor zehn Jahren auf seinem Spaziergang durch die lippischen Wälder auf diese verfallene Siedlung gestoßen war. Da war ihm – nach eigenen Worten – die Thusnelda erschienen und habe ihm befohlen, an dieser Stelle ihr zu Ehren eine heilige Gemeinschaft zu gründen. Bevor sie wieder verschwand, taufte sie ihn noch auf den Namen Mutbrecht.

Als Mutbrecht seine Vision einem Reporter der Landeszeitung kundtat, erntete er zwar viel Hohn, aber auch die ersten

Anhänger. Vor allem junge Frauen fühlten sich von seinem Mutter-Erde-Kult angezogen.

»Setzt euch«, lud Mutbrecht uns ein.

Er war kahlköpfig und wirkte durch und durch asketisch. Ich wusste, dass er mindestens Ende sechzig war, er wirkte allerdings viel agiler. Bekleidet war er ebenfalls mit einem sackähnlichen Gewand; darunter blitzte ein Stück Unterwäsche aus weißem Feinripp hervor.

»Eine Mandelmilch?«, fragte er.

Ollie sah mich an; ich nickte unauffällig. Es konnte sicherlich nicht schaden, sich auf seine Einladung einzulassen.

Mutbrecht schnippte mit den Fingern, und ein junges Mädchen brachte uns das Getränk in zwei Holzbechern. Das Mädchen war jung und hübsch.

Ich zwinkerte ihr zu. Es war Almuth. »Schön, dass Sie gekommen sind. Wir lieben Gäste ...«

»Schön, dass ihr euch kennt«, sagte Mutbrecht. Begeistert schien er nicht gerade zu sein. »Äh, ja, wir lieben Gäste«, fuhr er dann fort, »allerdings erwarten wir auch einen Obolus zum Abschied. Damit der Gast beim nächsten Mal umso willkommener ist.«

Aha, darauf lief die Gastfreundschaft also hinaus. Ich stellte Ollie und mich vor, danach nannte der Alte noch fünf oder sechs andere Namen von Leuten, die sich allesamt in der großen Diele aufhielten und die mir erst jetzt auffielen. Auf dem Boden, meditierend oder schlafend, genau konnte ich das nicht feststellen.

»Und warum seid ihr hier?«, fragte der Alte misstrauisch.

»Wir haben gehört, Sie verkaufen hier Schinken.«

»Nein, leider nicht. Würden wir unsere Schweine schlachten, wären wir reich. Aber wir verzichten darauf. Sie sind

Kinder der Herrscherin genau wie wir. Da muss ich euch leider enttäuschen. Ich hoffte aber auf einen neuen Adepten. Frisches, junges Blut ist immer gut für Mutter Erde.« Insbesondere musterte er Ollie. »Der Jüngling sieht recht sportlich aus.«

»Spricht er etwa von Blutopfern?«, flüsterte Ollie mir zu.

Mutbrecht hatte es mitbekommen. »Wir sind keine Barbaren. Ich spreche von der Arbeits- und Manneskraft, die ihr für Mutter Erde einsetzen könntet.« Er beugte sich zu uns und sprach in vertraulichem Ton weiter: »Ich bin nicht mehr der Allerjüngste. Früher konnte ich fünf oder sechs Frauen an einem Tag befriedigen, aber auf die Dauer wird es mir zu viel. Wir haben hier Frauenüberschuss, und die paar Männer, die hier herumlaufen, sind Luschen. Habt ihr Waldfried gesehen?«

»Den Zombie?«, fragte Ollie.

»Zombie? Ja, der ist so gut wie scheintot, da gebe ich dir recht.«

»Na ja, die Frau, die vor ihm rausgekommen ist, hat auch nicht viel gesünder ausgesehen«, wagte ich einzuwenden.

»Weil sie nicht befriedigt ist. Ihr Ego verdurstet. Daher brauche ich starke, männliche Adepten, um hier wieder ein bisschen Schwung reinzubringen, versteht ihr?«

»Ich bin bereits liiert«, sagte Ollie steif.

Ich sah ihn überrascht an. Mit Steffi lief schon länger nichts mehr. Also konnte er nur die Staatsanwältin meinen. Oder es war eine Notlüge.

»Aber das macht doch nichts«, mischte sich Almuth ein. Sie setzte sich neben ihn und schmiegte sich ganz selbstverständlich an ihn. »Wir nehmen das hier nicht so genau. Spießer gibt es bei uns nicht. Mutter Erde hat so unendlich viel zu geben, drum ist für alle genug da. Erst recht Liebe.«

Ollie wurde rot. Er versuchte, ein Stück von ihr abzurücken, aber neben ihm saß ich. Er nippte an seiner Mandelmilch. Als er den Becher absetzte, hatte er einen Milchbart über der Oberlippe.

»Oh, wie süß«, sagte Almuth. »Wie wär's, wenn ich dich ein bisschen entführe und dir den Hof zeige?«

Ollie sah mich Hilfe suchend an. Ich zuckte die Schultern.

Almuth zog ihn hoch und schleppte ihn mit.

Bevor sie die Tür hinter sich zuzog, wälzte sich etwas Dickes, Rosafarbenes herein. Es war eine trächtige Sau. Sie schnüffelte in den Ecken herum, ohne dass jemand Anstoß daran nahm. Schließlich ließ sie sich mit einem wohligen Seufzer auf einer Felldecke nieder. Einer der Jünger rückte bereitwillig zur Seite.

In dem Moment blitzten seine Schuhe unter der Hose hervor, die er zu dem sackartigen Gewand trug.

Sie sahen genauso aus wie die, die derjenige getragen hatte, der das Beil in den Metzgerladen geworfen hatte:

Puma-Sneakers aus schwarzem Leder mit grauem Emblem und roter Zunge.

Mutbrecht seufzte. »Ach, wie ich die Jugend beneide ...« Dann wurde er ernst. »Was hat der Junge eigentlich vor?«

»Wer?« Ich musste mich mit Gewalt von dem Anblick der Schuhe losreißen.

»Ihr Begleiter.«

»Ollie verwaltet seit einem Jahr das Erbe seines Großonkels. Soweit ich das einschätzen kann, wird er sich von dem Besitz nicht trennen.«

»Das wäre auch unmöglich.«

»Aha, und wieso?«

»Weil dort, wo heute das *Rübezahl* steht, das Heiligtum unserer Schutzpatronin vergraben liegt.«

»Und warum haben Sie Ihren Hof dann hier errichtet?«

»Hier ist mir unsere Schutzpatronin einst erschienen, ja, aber ihr Heiligtum steht seit eh und je an einer anderen Stelle. Auf dem Grund und Boden von Siegwin.«

»Siegwin?«

»Dem Oberst. Er war kurz vor seinem unglücklichen Ende bereit, sich uns anzuschließen, und hatte bereits seinen weltlichen Namen abgelegt. Leider kam es nicht mehr dazu, das Testament zugunsten unseres Ordens zu ändern.«

Was für ein Glück, dachte ich.

»Er war so voller Leben ...«

Mutbrecht schwafelte über die Vergangenheit. Ich ließ ihn reden, während ich einen weiteren Blick zu dem Verdächtigen warf. Er saß im Schneidersitz da. Daher waren die Turnschuhe wieder im Schatten seines sackartigen Oberteils verschwunden. Dennoch war ich mir sicher!

Ich schaute mir den Knaben genauer an. Ich schätzte ihn auf Mitte zwanzig. Sein schmaler Schädel war fast kahl rasiert. Er hatte große abstehende Ohren und einen Dreitagebart.

Plötzlich hob er den Kopf und sah mir direkt in die Augen. Er hatte einen stechenden, unangenehmen Blick. Ich machte nicht den Fehler wegzuschauen, sondern lächelte ihn freundlich an.

Der Mann lächelte nicht zurück. Seinem Blick entnahm ich, dass er am liebsten noch ein Beil nach mir geworfen hätte. Und zwar jetzt gleich!

»Das ist Blankard«, klärte Mutbrecht mich auf. Offensichtlich war dem alten Fuchs mein Interesse nicht entgangen. Er sprach mit leiser, fast flüsternder Stimme. »Blankard ist eines unserer Sorgenkinder. Er nimmt unsere Mission sehr ernst. Manchmal zu ernst ...« Und laut sagte er: »Meinen Sie, dass der junge Dickens in seine Fußstapfen treten könnte?«

Ich schüttelte den Kopf. »Ich fürchte, dazu ist er noch zu sehr im Weltlichen verhaftet.« Mir kam eine Idee. »Wo genau befindet sich denn das Heiligtum? Ich könnte mich dafür einsetzen, dass Ollie Ihnen das entsprechende Stück Land verkauft.«

»Ein heikles Thema. Im Zuge der Finanzkrise habe ich leider ab und zu auf das falsche Pferd gesetzt. Bitte nehmen Sie das nicht wörtlich. Jedenfalls ist unser Orden im Moment etwas klamm. Aber ich kann mit Naturalien dienen.«

»Naturalien?«

»Almuth hat noch ein paar nette Schwestern«, sagte der Alte listig. Ich musste an den Pakt denken, den mein Vetter Armin und sein Freund Ludwig seinerzeit mit dem alten Bietenstüvel abgeschlossen hatten.[6]

»Ich glaube nicht, dass er daran Interesse hätte. Wie gesagt, er ist in festen Händen … Wo, sagten Sie, befindet sich das Heiligtum?«

Mutbrecht grinste. »Den genauen Ort kenne nur ich. Den Lageplan verwahre ich in meinem Herzen.«

»Möge er dort wohlgehütet sein«, sagte ich. »Fremdenverkehr ist eine gute Sache, aber nicht, wenn er vor der eigenen Haustür stattfindet.« Mit Grauen stellte ich mir die Reisebusgesellschaften vor, die bei uns einfallen würden.

»Ich sehe, wir sind in diesem Falle Brüder im Geiste. Aber nicht nur von schändlichen Touristenschwärmen droht Ungemach; die wahre Gefahr lauert woanders. Vor ein paar Wochen kam jemand aus der Stadt, der uns das Land nehmen wollte. Ausgerechnet dort, wo sich das Heiligtum von Thusnelda befindet, sollte eine Schweinemastfabrik entstehen.«

»Nein?«, sagte ich in geheucheltem Entsetzen.

---

6 Siehe auch »Blut und Rüben«

»Doch! Und der Fremde hat viel Geld geboten und meine nicht so standhaften Brüder und Schwestern in Versuchung geführt ...«

»Und? Hat er noch einmal versucht, Sie zu überreden?«

»Mehrmals, aber dann haben die Waldtrommeln heute Morgen berichtet, dass dieser Mann tot ist.«

»So, so, die Waldtrommeln also.«

»Der Buschfunk«, lächelte Mutbrecht. »Sie dürfen nicht glauben, nur weil wir weitab vom Schuss leben, wüssten wir nicht, was in der Welt passiert. Jedenfalls ist dieser Mann tot, und ich fürchte, dass die Polizei irgendwann hier auftauchen wird ...«

»Vermutlich wird sie das«, pflichtete ich ihm bei.

»Zufällig habe ich letztes Jahr von Ihren Großtaten gelesen.«

»Sie haben es nicht im Buschfunk gehört?«

»Die Zeitung war schon älter. Wir sammeln Altpapier und benutzen es für, äh, gewisse Reinigungsrituale beim Toilettengang. Jedenfalls habe ich dort Ihr Bild gesehen ...«

Der Gedanke, dass ein Abbild von mir, und wenn es auch nur ein schnödes Foto war, mit seinem Hinterteil – und noch mehr – in Berührung gekommen war, verursachte mir Brechreiz.

»Natürlich habe ich seinerzeit auch den dazugehörigen Artikel gelesen«, fuhr er fort. »Und ich habe ein sehr gutes Gedächtnis. Sie sind nicht hier, weil Sie einfach mal vorbeischauen wollen!«

Den letzten Satz hatte er mit einiger Schärfe herausgeschleudert. Ich hatte das Gefühl, dass sich der Turnschuhträger mittlerweile noch weiter in den Schatten zurückgezogen hatte.

»Lassen Sie mich raten«, sagte Mutbrecht mit nun wieder froher Stimme. »Sie sind hier, weil Sie um unseren Kummer wissen. Sie wollen uns Ihre Hilfe anbieten! Wir könnten einen guten PR-Menschen gebrauchen …«

»Kommt drauf an«, sagte ich. Irgendwie hatte ich das Gefühl, dass es nun an der Zeit war, den Rückzug anzutreten. Den Turnschuh-Jüngling würde ich mir ein anderes Mal vorknöpfen.

»Noch eine Mandelmilch?«

Ein zweites Schwein schaute gelangweilt zu uns herein. Es grunzte ein paarmal. Dann zog es wieder von dannen.

»Wussten Sie, dass Thusnelda auch die Schutzpatronin der Schweine ist?«

Ich musste passen, aber man lernt ja immer gern dazu.

»Also, noch eine Milch?«

Ich winkte ab.

»Aber Sie bleiben doch wenigstens zum Abendessen? Es gibt Gemüsesuppe …«

Wieder schaute jemand herein. Diesmal war es kein Schwein. Es waren Ollie und Almuth. Ollie schien mittlerweile Gefallen an ihr gefunden zu haben. Jedenfalls rückte er nicht mehr automatisch von ihr ab, wenn sie sich an ihn drängte.

»Könnt ihr mich mit in die Stadt nehmen?«, fragte sie uns, als wir aufbrachen.

»Von mir aus, es ist kein Umweg«, sagte ich.

Wir nutzten die Gelegenheit, uns zu verabschieden und brachen auf.

Almuth nahm auf dem Rücksitz Platz. Sie war sehr redselig. »Der ganze Heiligenscheiß kotzt mich nur noch an. Ich will endlich wieder mal eine Badewanne sehen. Es ist nicht nur der Schmutz. Dieses ganze Drecksloch sollte man zum Mond schießen. Oder es Mutter Erde überlassen.« Sie kicherte.

»Und die Heilige Thusnelda?«

»Der Alte hat doch ein Rad ab. Vielleicht ist er damals vom Blitz getroffen worden oder so. Oder er hat den ganzen Spuk nur aufgezogen, um herumzuvögeln. Der alte Lustmolch ...«

»Aber er ist in die Jahre gekommen«, wandte ich ein.

»Ich will da weg«, sagte sie. »Aber vorher brauche ich noch ein bisschen Kohle.«

»Die verdienst du dir im Supermarkt?«

Sie kicherte wieder. »Eigentlich müsste ich ja alles abgeben, aber ich zweige regelmäßig etwas ab. Bis jetzt hat's der Alte nicht gerafft.«

Die gute Almuth wurde mir immer sympathischer.

Ich fragte sie nach Blankard.

»Der tickt nicht ganz richtig«, sagte sie. »Der ist erst vor einem Jahr zu uns gestoßen. Irgendwo entlaufen. Wenn ihr mich fragt: direkt aus der Sicherungsverwahrung. Der guckt mich manchmal an, da krieg' ich 'ne Gänsehaut.«

»Mutbrecht hat angedeutet, dass Blankard die Sache manchmal etwas zu ernst nimmt?«

»Er ist radikaler Veganer. Die Tiere gehen ihm über alles. Und an die Schweine lässt er keinen ran! Dabei war er früher Metzger! Wahrscheinlich ist da irgendwas in seinem Kopf passiert. Als wir darüber diskutiert haben, ob wir ein Stück Land an diesen Schweinemäster verkaufen sollen, hat Blankard tatsächlich gedroht, ihn umzubringen ...«

»Das ist sehr wichtig, dass du dich erinnerst«, sagte ich eindringlich. »Was genau hat er gesagt?«

Sie zog die Stirn in Falten und versuchte angestrengt, sich zu konzentrieren. Dann antwortete sie: »Er hat gesagt: ›Wenn dieser Tiermörder noch einmal unseren geweihten Boden betritt, bringe ich ihn um.‹«

»Das hat er gesagt?«

»Ja, und dabei hat er so wild mit dem Messer herumgefuchtelt, dass mir angst und bange geworden ist!«

»Haben das alle gehört?«

»Nein, natürlich nicht. So deutlich hat er es nur mir gegenüber zu verstehen gegeben. Wie gesagt, mich verfolgt er regelrecht. Wahrscheinlich hat er gedacht, er könnte mir damit imponieren, wenn er einen auf ausgeflippt macht.«

Ich überlegte nur kurz. Dann hatte ich eine Entscheidung getroffen.

»Wie heißt du eigentlich wirklich?«, fragte ich.

»Angelika. Und eigentlich wohne ich in Gelsenkirchen.«

»Kannst du kochen?«

»Perfekt. Vor allem Gerichte mit Schweinefleisch. Seit ich in diesem Saustall lebe, habe ich mir jeden Tag ausgemalt, wie ich die Viecher zubereite.«

»Und abwaschen? Sauber machen?«

»Du wirst es nicht glauben, aber bevor ich diesem Möchtegernguru auf den Leim gegangen bin, nannte man mich Miss Proper.«

Ich gab ihr die Adresse vom *Rübezahl*. »Du kannst morgen früh anfangen. Vergiss Mutbrecht und die anderen.«

»Und auch den Supermarkt?«

»Na ja, den solltest du dir noch warmhalten, bis wir finanziell aus dem Gröbsten raus sind ...«

Wir setzten sie schließlich in Detmold ab.

Ollie hatte die ganze Zeit geschwiegen. Dann sagte er: »*By Jove*, was für eine Frau. Schade, dass du sie dir geangelt hast.«

»Quatsch«, sagte ich. »Sie ist in Gefahr. Diesem Blankard traue ich alles zu.«

Als Nächstes griff ich zum Handy. Dabei fiel mir auf, dass

ich immer noch das von Sare in der Jackentasche hatte. Wahrscheinlich war es sowieso besser, wenn sie gar nicht erst las, was ihre Familie ihr schrieb.

Mit meinem eigenen Handy wählte ich Norberts Nummer. Diesmal hatte ich ihn sofort am Apparat.

»Mein Gott, hast du aber heute Sehnsucht nach mir«, begrüßte er mich.

»War Hermine schon bei dir?«

»Ach, ich verstehe, du hast Sehnsucht nach *ihr.* Ja, war sie.«

»Und?«

»Was *und?*«

»Seid ihr jetzt schlauer als vorher?«

»Sie wird wohl kaum die Tür eingetreten haben. Deinen Freund Abby haben wir ebenfalls noch einmal in die Mangel genommen. Der tut tief betroffen ...«

»Ist er auch.«

Dann erzählte ich ihm, was ich in der Kommune erlebt hatte.

»Da fällt mir nur ein Spruch zu ein: Ein blindes Huhn findet auch mal ein Korn. Gut, das ist nicht mein Ressort, aber ich gebe es an die Kollegen weiter. Sie sollen sich diesen Blankard mal ansehen.«

»Er muss noch mindestens einen Verbündeten haben«, sagte ich. »Im Wald waren sie zu zweit.«

»Wie lautet deine Theorie?«

»Blankard scheint ein radikaler Veganer zu sein. Er und mindestens ein weiterer Artgenosse terrorisieren seit Wochen die örtlichen Metzgereien, um auf ihr Anliegen aufmerksam zu machen und gegen diese Fleischermesse zu protestieren. Außerdem sind sie verantwortlich für die Tierkadaver, die zur gleichen Zeit überall aufgehängt gefunden wurden. Sie schlachten die Tiere im Wald und lassen sie erst mal dort hängen. Dabei bin ich ihnen in die Quere gekommen.«

»Klingt alles ziemlich wirr. Deiner Logik nach hätten sie auch Hermine Heuwinkels Hündchen auf dem Gewissen.«

»Da bin ich mir noch nicht so sicher.«

18.

Am Nachmittag rief die Gräfin mich auf dem Handy an.

»Moritz, Sie haben den Cream Tea versäumt«, sagte sie vorwurfsvoll.

»Entschuldigen Sie, Gnädigste, dass ich mich nicht abgemeldet habe. Ich war mit Luna im Wald. Auch die geduldigste Hündin wird renitent, wenn sie tagelang nicht auf ihre Kosten kommt ...«

»Aber ich wollte doch den Fall mit Ihnen besprechen.«

»Welchen Fall?«

»Meine Freundin Lotte. Haben Sie das schon wieder vergessen?«

»Wie könnte ich das vergessen?«

»Sie ist doch seit drei Tagen aus dem Pflegeheim verschwunden. Allmählich mache ich mir ernsthafte Sorgen, dass ihr etwas zugestoßen sein könnte.«

»Haben Sie heute Morgen die Zeitung gelesen?«

»Ja natürlich! Glauben Sie, ich gehe aus dem Haus, ohne mich darüber zu informieren, was sich in der Welt an Schrecklichem zusammenbraut?«

»Dann haben Sie doch sicher auch den Lokalteil gelesen und wissen, dass Ihre Freundin Lotte von drei Dutzend Polizeibeamten gesucht wird. Sie haben alle umliegenden Wälder nach ihr durchforstet. Seit gestern wird die Suche von einem Polizeihubschrauber unterstützt. Sämtliche Krankenhäuser, Bus- und Taxiunternehmen sind alarmiert. Mehrere Suchhunde sind abwechselnd im Einsatz. Alle Bewohner in den umliegenden Ortschaften sind befragt worden, ob sie Ihre Freundin Lotte gesehen haben. Sämtliche Einwohner von Ostwestfalen-Lippe und dem Teutoburger Wald sind durch Presse und Lokalnachrichten informiert. Was bitte, meine Liebe, kann da ich noch tun?«

»Sie können helfen«, antwortete sie mit brüchiger Stimme. Dann fing sie an zu schluchzen.

»Da auch der Rollator der alten Dame nicht in ihrem Zimmer gefunden wurde, nimmt man an, dass sie damit unterwegs ist. Sie kann damit nicht weit gekommen sein. Wahrscheinlich ist sie bei einer Freundin oder bei einem Liebhaber aus vergangenen Zeiten untergetaucht.«

»Das sähe Lotte ähnlich«, schluchzte die Gräfin, aber dann hörte es sich an, als würde sie lachen. »Dann kriegt sie von mir aber was zu hören! Uns so einen Schrecken einzujagen!«

Noch einmal bat sie mich, zu helfen, und ich versprach, mir das Pflegeheim demnächst einmal anzuschauen.

Das Versprechen gab ich nur halbherzig.

Als ich die Verbindung endlich unterbrach, hatte ich es schon wieder vergessen.

Als Backus schellte, hatte ich schon alles vorbereitet. Das Bier lagerte im Kühlschrank, ebenso wie der Schinkenhäger. Die Gläser standen auf dem Wohnzimmertisch bereit.

Backus kam in Jeans und kariertem Hemd. Ein ganz neuer Anblick. Bisher hatte ich ihn nur im blau-weiß karierten Fleischerkittel kennengelernt. Seine blonden Haare waren nach hinten gekämmt. Sie waren noch feucht. Er roch nach Duschgel.

Als Begrüßungsgeschenk brachte er eine riesige Mortadella mit.

»Leider kein Eigenprodukt«, sagte er bedauernd. »Aber allerbeste Qualität von dem italienischen Verwurster meines Vertrauens. Das Schwein wurde nicht für minderwertige Salami geschaffen, sondern dafür!« Er wies auf den gigantischen Wurstkoloss.

»Jetzt geht's dafür erst einmal in die Niederungen«, sagte ich seufzend und bat ihn, Platz zu nehmen.

Dann holte ich die eingekaufte Salami aus der Küche. Ich hatte immerhin vierzehn Stück in verschiedenen Supermärkten gekauft, die alle genauso aussahen wie die, die man mir vor die Tür gehängt hatte.

Backus betaste sie der Reihe nach; daraufhin schieden gleich fünf schon im ersten Durchgang als zu weich oder zu hart aus. Blieben noch neun.

»Salami besteht hier in Deutschland entweder aus Schweinefleisch oder aus Rindfleisch. Als Laie willst du gar nicht wissen, was das für Teile sind, die da verarbeitet werden. Offiziell heißt es, Fleisch und Schwarte darf da drin sein. Das ist ein sehr schwammiger Begriff, und deswegen findest du in der Salami auch den größten Müll. Dazu kommt, dass sich nicht jeder Hersteller auch an die Vorgaben hält, und auch Innereien mitverarbeitet.«

»Prost«, sagte ich, und wir stießen an. Backus wischte sich den Schaum vom Mund. Dann fuhr er fort. »Wie gesagt, in Deutschland dürfen nur Schwein oder Rind drin sein. Schwein lobt natürlich kein Mensch aus, Rind schon – also wenn es eine reine Rindersalami ist. Sobald in der Wurst auch noch anderes Fleisch drin ist, muss das deklariert werden.«

Er nahm eine der Würste in die Hand. »Das hier ist eine Geflügelsalami. Deswegen fällt sie für uns schon mal weg. Du hättest nur das Etikett lesen müssen.« Er grinste, und wir stießen abermals an. Diesmal mit dem Schinkenhäger.

Neun kleine Salami, die gaben nicht fein acht,
eine fing der Metzger sich, da waren's nur noch acht ..., dachte ich.

»Ich hoffe, ich klinge nicht zu oberlehrerhaft?«

»Bis jetzt höre ich aufmerksam zu«, antwortete ich.

Er roch an allen acht verbliebenen Würsten. Dann legte er wieder eine beiseite. »Die hier riecht anders. Besser. Ich tippe auf eine luftgetrocknete italienische Salami ... Ich habe dir zwar gesagt, dass es sich bei deiner Salami um eine geräucherte und keine luftgetrocknete handelt, aber nicht, dass es sich höchstwahrscheinlich um eine *deutsche* Wurst handelt.«

»Und woran merke ich das?«

»Du gar nicht. Entschuldige, aber das ist der Punkt. Der normale Verbraucher wird hier ständig übers Ohr gehauen. Da wird ihm mit einer luftgetrockneten Spezialität aus Italien der Mund wässrig gemacht, und dann dreht man ihm eine überwürzte, dahingeschluderte 08/15-Wurst aus *good old germany* an.«

Er zuckte mit den breiten Schultern. »Ich rieche so etwas einfach. Das ist die Erfahrung. Die südländischen Salamisorten sind meistens an der Luft getrocknet. Die reifen langsam, meistens über Wochen. Die deutsche Salami wird normalerweise im Schnellverfahren geräuchert. Die riecht auch anders. Irgendwie säuerlich. Und natürlich rauchig. Wegen dem Räuchern. Aber das ist eine andere Geschichte ...«

Während ich noch ein Bier holte, ließ ich ihn erzählen. Und er hatte viel zu erzählen. Er dozierte den ganzen Abend lang über seine geliebte Wurst im Allgemeinen und über die Salami im Besonderen.

Je länger der Vortrag und die Verkostung dauerten, desto mehr sträubte sich in mir alles, die Produkte aus dem Supermarkt zu probieren. Ich sehnte mich nach den kulinarischen

Genüssen, von denen Backus schwärmte. Zu gerne hätte ich eine Mailänder probiert, deren feinkörnige Fleischmasse aus je einem Drittel Schweinefleisch, Rindfleisch und Speck besteht. Die dank einer ausgewogenen Mischung aus Salz, Pfeffer, Knoblauch und Wein ihren unvergleichlich milden, süßlichen Geschmack erst nach einer Reifezeit von mindestens sechs Monaten entfaltet.

Oder die Greußener Salami aus Thüringen, die Backus in den höchsten Tönen lobte. Von allen deutschen Salamis ist nur die Greußener Salami EU-weit markenrechtlich geschützt. Seit über hundertvierzig Jahren wird sie auf die gleiche Weise hergestellt: über würzigen Buchenholzspänen geräuchert, um danach noch acht Wochen zu reifen ...

Am Ende lagen noch zwei Würste vor uns auf dem Tisch. Die Steinhäger-Flasche war halb geleert. Das konnte man nicht sehen, aber schätzen. Jedenfalls war sie ziemlich leicht geworden.

Zwei Würste von vierzehn, das war bereits eine ziemliche Auslese.

»Eine von den beiden ist es«, sagte Thomas Backus bestimmt. Zur Sicherheit hatte ich noch einmal die zwei Galgen-Würstchen hervorgeholt, obwohl der Fleischer behauptete, dass er die nicht brauche. »Ich habe ein fotografisches Gedächtnis, was Geruch und Geschmack angeht.«

Er schnitt zwei weitere Scheiben ab. Meine schmeckte leicht salzig und nach Knoblauch, aber die war es nicht. Mittlerweile hatte auch ich mir schon echtes Expertenwissen angeeignet. Dank des Alkohols ließen sich die meisten Proben auch besser ertragen und herunterschlucken.

»Die isses!«, sagte Backus schließlich und wies mit dem Zeigefinger auf die verbliebene Salami. »Da kannst du einen Storch darauf wetten!« Mittlerweile waren wir beim Du. Ich sollte ihn »Gus« nennen.

Und es machte auch nichts, dass er die Redewendungen irgendwie durcheinanderwarf. Wie war das noch mit dem Storch?

»Brat mir einer 'nen Storch!«, rief ich begeistert. Ich war mir nicht sicher, ob meine Stimme noch wirklich textsicher klang.

Thomas schnitt die Wurst auf. Schon von außen hatte sie ausgesehen wie die, die wir suchten – klar, wie die anderen vierzehn auch irgendwie. Aber diese glich der Gesuchten wie ein Ei dem anderen. Und auch die Körnigkeit war genau wie bei der ersten. Jetzt kam es nur noch auf den Geschmackstest an.

Wir schoben uns beide gleichzeitig eine Scheibe in den Mund. Thomas schlürfte und schmatzte in gewohnter Manier, um die einzelnen Geschmacksnuancen herauszuschmecken. Ich schmatzte mit. Und eigentlich schmeckte ich nicht wirklich etwas. Doch dann hatte ich von einem Moment auf den anderen das Gefühl, ich hätte in eine Knoblauchknolle gebissen.

»Die hilft gegen Vampire«, stellte ich fest.

»Das ist sie!«, nickte Thomas befriedigt. »Jetzt müssen wir nur noch feststellen, woher sie stammt.

»Aus dem BEST-Markt.«

»Ja, aber wir müssen den Hersteller ausfindig machen. Oder siehst du irgendwo an der Wurst ein Schild oder einen Aufdruck?«

Ich schüttelte den Kopf.

»Das übernehme ich. Ich kenne den Filialleiter ganz gut …« Er schaute auf die Uhr. »Heute wird das nichts mehr. Zu spät.« Er lallte bereits. Es klang wie: Schu schbät!

»Wir haben drüben Gästezimmer«, lallte ich zurück.

Als ich am nächsten Morgen ziemlich spät aufwachte und mit Luna über den Hof ging, stand Thomas Backus' Wagen immer noch da, wo er ihn am Abend zuvor abgestellt hatte.

Ich klingelte bei Ollie, und da dort keiner reagierte, ging ich durch die Gaststätte ins Haus und traf sie alle in der Küche an. Backus war nicht zu sehen.

»Setzen Sie sich zu uns«, begrüßte mich die Gräfin.

»Hat jemand einen großen, kräftigen Metzger gesehen?«

»Hatte er eine Fleischerjacke an?«, fragte Ollie.

»Nein, er kam in Zivil.«

»Dann könnte er es gewesen sein«, seufzte Sare.

»Er hat seine gerechte Strafe bekommen«, ergänzte Duffy mit stoischer Miene.

»Also Moritz, ich muss jetzt wirklich einmal in Ruhe mit Ihnen über meine Freundin Lotte sprechen. Ich habe vorhin bei der Polizei angerufen ...«

»Was habt ihr mit Backus gemacht?«, fragte ich fassungslos.

»Sie kennen diesen Verbrecher?«, fragte Duffy spitz.

»Sonst würde ich ja wohl kaum nach ihm suchen. Zweitens ist er kein Verbrecher! Also, raus mit der Sprache.«

»Frag Sare«, sagte Ollie.

Sare schaute trotzig drein. »Ich habe nicht gewusst, dass er dein Freund ist«, sagte sie. »So oder so war es ziemlich kacke von ihm, in mein Zimmer zu kommen und sich zu mir ins Bett zu legen. Außerdem hat er nach Alkohol gerochen. Als ich ihn aus dem Bett werfen wollte, hat er mich Olga genannt und versucht, mich zu umarmen ...«

»Er hat dich für seine Frau gehalten«, erklärte ich.

»Ich bin aus dem Bett gesprungen und habe um Hilfe gerufen.«

»Jedenfalls habe ich den Unhold danach sofort in den

Schwitzkasten genommen«, erklärte Duffy stolz. Er hat sich gewehrt wie verrückt ...«

»Mit vereinten Kräften haben wir ihn in die Abstellkammer gesperrt. Dort hat er bis vorhin getobt.«

»Ich habe die ganze Nacht kein Auge mehr zugetan«, ergänzte die Gräfin anklagend. »Bitte sagen Sie Ihren Freunden demnächst, sie möchten etwas leiser sein.«

Ich seufzte. »Ich gebe zu, es ist meine Schuld. Ich habe ihn hierher geschickt, weil er zu voll war, um mit seinem Wagen nach Hause zu fahren ...«

Ollie und Duffy führten mich zur Abstellkammer. Nachdem Duffy aufgeschlossen hatte, erwartete ich, dass ein tobender Thomas Backus mir entgegenstürzen würde.

Doch dem war nicht so.

Er saß auf dem Boden wie ein Häuflein Elend.

Als das Licht auf ihn fiel, schaute er mich aus stumpfen Augen an, so als wollte er sagen: *Das ist also der Dank!*

19.

Ich hatte noch etwas zu erledigen an diesem Morgen. Ich tat es nicht gern, weil es schmerzte. Aber es musste sein. Bei Blumen Böger kaufte ich einen Strauß Rosen. Keine roten; das wäre mir zu plump vorgekommen. Schon immer. Ich wählte rosafarbene Rosen. Fünfundzwanzig Stück, wie jedes Jahr.

Frau Böger sah mich mit ihren stets traurigen Augen vorwurfsvoll an. »Ist es schon wieder so weit.«

Ich nickte. »Ein Jahr ist um ...«

»Und seit wie vielen Jahren geht das jetzt schon so?«

»Seit viel zu vielen.«

»Sie sollten endlich zu Ihren Gefühlen stehen.«

»Das tue ich, indem ich ihr jedes Jahr zum Geburtstag einen Strauß Rosen schicke.«

»Ja, aber anonym. Ich finde, Sie sollten ihr den Strauß endlich mal selbst übergeben, nach all den Jahren ...«

»Sie haben ja recht«, sagte ich. »Ich bin zu feige.«

»Überwinden Sie Ihre Feigheit. Glauben Sie, mein Mann und ich wären seit fünfzig Jahren verheiratet, wenn er zu feige gewesen ware, mich damals auf der Stoppelkirmes in Pottenhausen zu einer Fahrt mit dem Autoscooter einzuladen? Allerdings hatte er da schon ein paar Bierchen gebechert. Wie er mir später gebeichtet hat. Sonst hätte er nie den Mut aufgebracht, mich anzusprechen.«

Ich sah sie zum ersten Mal genauer an. Sie war mir bisher als Frau nie aufgefallen. Sie war alterslos. Schon immer habe ich bei ihr Blumen gekauft. Zu Beerdigungen. Zu Hochzeiten. Zu Geburtstagen ...

Jetzt sah sie mir fest in die Augen und sagte bestimmt: »Wenn Sie nicht den gleichen Mut aufbringen wie damals mein Mann, können Sie Ihre Blumen ab sofort woanders kaufen.«

Ich seufzte. »Aber nur, wenn ich Sie demnächst auch mal zu einer Fahrt mit dem Autoscooter einladen darf.«

»Mich? Das sagen Sie doch jetzt nur so ...« Sie strahlte mich an.

»Nein, ich meine es ernst!«

Als ich den Blumenladen verließ, hatte ich das Gefühl, eine gute Tat vollbracht zu haben. Schon die zweite an diesem Tag, wenn ich die Befreiung von Backus dazuzählte. Die dritte stand mir nun noch bevor.

Ich war froh, dass der BEST-Markt, in dem ich die Salami gekauft hatte, auf dem Weg lag. So konnte ich den Gang nach Canossa noch etwas hinauszögern.

In der Wurstabteilung fragte ich die Verkäuferin hinter der Theke, ob sie mir weiterhelfen könne. Vielleicht konnte ich auch ohne Thomas Backus herausfinden, wer der Hersteller der Salami war.

Sie konnte nicht. Für zugekaufte Dauerwürste war sie als Wurstfachverkäuferin nicht zuständig. Sie bot hinter ihrer Theke nur frische Ware an.

Ich schaute mich um und entdeckte einen wichtig aussehenden Mann in Schlips und Kittel. Der Kittel spannte über dem Bauch. Majestätisch schritt er soeben ein Regal mit Broten ab. Dabei setzte er eine derart ernste Miene auf, als gälte es, eine Parade abzunehmen.

Als ich ihn ansprach, guckte er mich an, als hätte ich mich der Majestätsbeleidigung schuldig gemacht.

»Verzeihen Sie, aber ich … ich wüsste gern, von wem diese Salami stammt.«

Er schaute mich an, als wäre ich verrückt geworden. »Na, von uns ja wohl«, sagte er.

»Ich habe sie gestern hier gekauft«, bestätigte ich. »Ich wüsste gern den Namen des Herstellers.«

Nun hatte ich endlich sein Interesse geweckt. »Ist das ein Quiz?«, fragte er. »Natürlich weiß ich, welche Salami von welchem Hersteller stammt – auch wenn kein Schild dranhängt.«

»Hängt denn normalerweise ein Schild dran?«

Er wand sich, als wäre ihm plötzlich unbehaglich zumute.

»Sind Sie vom Ordnungsamt?«

»Nein, ich bin Journalist.«

»Verstehe. Ich sage nichts mehr. Ihr Schreiberlinge dreht einem ja sowieso das Wort im Munde um.«

»Ich will Ihre Wurst nicht schlechtmachen, Herr …« Ich warf einen Blick auf das Schild an seinem Kittel, auf dem »Heinz Sauer« stand. »… Sauer.«

Vertraulich beugte er sich zu mir herüber. Er roch nach Pfefferminz und schlechtem Atem. »Im Vertrauen: Diese Salami können Sie gar nicht schlechtmachen. Die ist schon schlecht!«

»Inwiefern?«

»Ich war von Anfang an dagegen, diese Wurst ins Sortiment aufzunehmen. Leider konnte ich mich nicht durchsetzen.«

»Ich verstehe«, sagte ich. »Und was ist jetzt mit der Wurst?«

»Zugegeben: Sie ist unser Renner, weil wir sie so billig verkaufen können. Einsneunundneunzig der ganze Ring!«

»Wahnsinnsbillig!«

»Ja, nicht wahr? Die Leute kaufen das Zeug wie verrückt.

Aber hier im Laden begreifen sie nicht, dass mit jeder verkauften Salami unser Ruf weiter geschädigt wird. Letzte Woche gab es schon fünf Reklamationen, weil den Leuten schlecht geworden ist, nachdem sie die Salami gegessen haben ...«

»Und wieso ist kein Herstellerhinweis auf der Salami?«

»Na, das können Sie sich doch denken, oder? Wer will für den billigen Mist denn seinen guten Namen hergeben? Außerdem produziert der Hersteller auch andere Wurstwaren, die viel qualitätvoller sind. Die sind dann nur teurer. Viel teurer.«

»Und wie heißt der Hersteller?«

«Teuto Wurst.«

Irgendwie war ich enttäuscht. Teuto Wurst sagte mir nichts. Aber was hatte ich erwartet?«

»Und wer steckt dahinter?«, fragte ich.

In diesem Moment tauchte offenbar ein Kollege auf, ebenfalls im Kittel. »Kommst du mal, Heinz?«, fragte er. Es klang wie ein Befehl.

Die beiden verschwanden hinter einem der Regale. Dort hörte ich sie lautstark streiten.

Der Lipper Hof war eines der renommiertesten Gasthäuser im Teutoburger Wald. Das lag daran, dass es mit Rolf Zackerl einen der innovativsten Köche Deutschlands aufzuweisen hatte. Zudem hatte er vor ein paar Wochen im Fernsehen vor einem Millionenpublikum gekocht. Seitdem war der Lipper Hof eine noch begehrtere Adresse.

Als ich auf den Parkplatz fuhr, war ich das einzige Auto. Das Restaurant hatte noch geschlossen. Rolf saß auf der Mauer zum Eingang und wirkte wie ein Müßiggänger. Allerdings trug er seine lange Kochschürze, sodass der erste Eindruck sofort zerstreut wurde. Wahrscheinlich gönnte er sich gerade mal zwei Minuten Pause, bevor er wieder zu seinen Töpfen raste.

Als er den Blumenstrauß erblickte, begrüßte er mich mit den Worten: »Wochenlang lässt du dich hier nicht blicken, und dann schenkst du mir Blumen. Das wäre doch nicht nötig gewesen.«

»Die sind nicht für dich, du Blödmann. Die sind für Maria.«

Maria Schwarzer hatte den Lipper Hof seit einem Jahr. Ursprünglich hatte sie ihn von ihren Eltern vererbt bekommen. Das war zwanzig Jahre her. Das Restaurant war heruntergekommen und verschuldet gewesen. Jeder war damals davon ausgegangen, dass das Gebäude unter den Hammer kommen würde.

Maria hatte gerade das Abitur gemacht, als ihre Eltern bei einem Autounfall am Gardasee ums Leben kamen.

Sie hatte zwar von klein auf im Hotel mitgeholfen, aber sie hatte nicht die geringste Ahnung, wie man ein Hotel führte. Also verpachtete sie den Lipper Hof, mit dem es in den folgenden Jahren unter verschiedenen Pächtern immer weiter bergab ging. Zum Schluss betrieb ein Türke das Restaurant, und der veranstaltete in den Räumen regelmäßig Bauchtanzabende für seine Landsleute. Die Zimmer wurden zumeist an Monteure und Bautrupps aus dem Ausland vermietet.

Maria nutzte die Zeit. Sie machte eine Ausbildung als Hotelfachfrau und danach zur Hotelbetriebswirtin. Anschließend ging sie nach England, um in einer Londoner Hotelkette ihre Kenntnisse zu vertiefen. Ihre deutsche Gründlichkeit beeindruckte ihre Vorgesetzten von der Insel derart, dass sie ihr nach drei Jahren anboten, ein eigenes Hotel zu führen. Sie hatte inzwischen gelernt, was ergebnisorientierte Geschäftsführung, Budgetverantwortung und -erstellung, Forecasts, Marketing und Sales, Personalführung und betriebsinternes Controlling alles bedeuteten.

Zwei Jahre lang saugte sie alles ein, was sie an Erfahrungen sammeln konnte. Statt zehn bis zwölf Stunden, wie bis dahin, arbeitete sie nun sechzehn bis zwanzig Stunden am Tag.

Mit siebenundzwanzig kam sie zurück in den Teutoburger Wald, um ihr Erbe endlich anzutreten. Ihr eigenes Erspartes hätte vielleicht gerade mal für den Außenanstrich des Lipper Hofes gereicht, aber sie hatte mehr zu bieten: Mit ihrer Erfahrung, einigen Geldgebern im Rücken und mit einem fundierten Konzept überzeugte sie die örtliche Sparkasse, ihr zu vertrauen.

Bis vor einem Jahr war sie offiziell nur Geschäftsführerin gewesen. Dann hatte sie ihre Geldgeber bis auf den letzten Heller ausgezahlt.

Der Lipper Hof gehörte nun ihr.

Wir hatten uns vor fünf Jahren kennengelernt, waren für kurze Zeit ein Paar gewesen, bis wir gemerkt hatten, dass wir zwar zusammenpassten, nicht aber die Ziele, die jeder von uns hatte.

Sie hatte mir den Laufpass gegeben, und ich hatte es akzeptiert.

»Maria ist gerade erst aufgestanden. Ich glaube, sie ist in der Küche«, sagte Rolf.

»Sie ist was? Seid ihr heute alle ein bisschen neben der Spur?«

Ich schaute auf die Uhr. Es ging auf elf zu, Maria war Frühaufsteherin. Das war auch so ein Punkt gewesen, der uns eher trennte, als dass er uns verband. Als Journalist war ich es gewohnt, spät ins Bett zu gehen. Maria war immer mit den Hühnern aufgestanden.

Sie saß im Gastraum allein an einem Tisch und hielt eine große Kaffeetasse mit beiden Händen, so als wollte sie sich daran wärmen.

Die dunklen Haare bändigte sie wie immer mit einem Stirnband. Die Schatten unter den großen rehbraunen Augen verrieten mir, dass sie immer noch zu viel arbeitete.

Als ich sie darauf ansprach, lachte sie nur: »Mehr denn je. Glaubst du, der Erfolg bleibt von allein? Dafür, dass er bleibt, muss man noch mehr tun als dafür, ihn zu erringen.«

Jetzt erinnerte ich mich wieder: Sprüche wie diese waren es, die mich damals zur Weißglut gebracht hatten. Natürlich, sie lebte ihre Motti, aber sie konnte nicht erwarten, dass alle anderen genauso dachten. Und danach lebten.

»Ich liege auch nicht gerade den ganzen Tag in der Hängematte«, sagte ich.

»Setz dich. Willst du einen Kaffee?«

Ich nickte. Irgendwie war der Zeitpunkt, ihr die Blumen zu überreichen, nicht passend. Aber was sollte ich machen?

Ich gab ihr den Blumenstrauß und sagte: »Herzlichen Glückwunsch, Maria.«

Sie nahm ihn eher teilnahmslos entgegen. Ich befürchtete schon, dass sie ihn einfach auf den Tisch fallen ließ.

»Danke«, sagte sie kühl.

»Schöne Rosen«, sagte ich. »Kann man ja wenigstens mal sagen.«

»Also gut: schöne Rosen. Was ist jetzt mit dem Kaffee?«

»Wo ich schon mal hier bin ...«

Sie stand auf und verschwand in der Küche. Ich bedauerte, dass ich überhaupt gekommen war.

Sie kam mit dem Kaffee und fragte misstrauisch: »Was führt dich überhaupt her? Du kommst doch nur, wenn du irgendwas im Schilde führst.«

Ich hob beschwichtigend die Hände. »Nichts! Ehrenwort! Ich wollte dir nur zum Geburtstag gratulieren.«

Sie zupfte den Strauß auseinander, dann sagte sie: »Der Strauß ist wirklich schön. Ich hole eine Blumenvase, warte!«

Sie hatte tatsächlich Tränen in den Augen.

»Ich Idiot«, sagte sie, stand auf und verschwand wieder in der Küche.

Diesmal dauerte es etwas länger, bis sie wiederkam. Sie brachte eine mit Wasser gefüllte Glasvase mit und stellte die Rosen hinein.

Dann fragte sie: »Bleibst du zum Essen? Rolf hat ein neues Rezept für unsere Speisekarte kreiert. Deine Meinung würde mich interessieren.«

»Wie heißt es?«, fragte ich.

Bei Gerichten, die Rolf kreierte, lautete die Frage nicht: Was gibt es? Rolf versah seine kulinarischen Kunstwerke, deren Raffinesse oft in der Einfachheit lag, mit fantasievollen Namen. Zum Beispiel: *Indischer Maharadscha vermählt sich mit der Prinzessin auf der Erbse* für einen fernöstlich inspirierten Erbsenrisotto.

Diesmal hatte er anscheinend keine Lust dazu gehabt. Oder Maria war zu schlecht gelaunt, als dass sie es mir verraten wollte. Sie sprach von Cordon bleu vom Lamm mit Stilton.

»Und was gibt's bei dir Neues?«, fragte sie.

Ich erzählte ihr von unseren neuen Besuchern auf dem Anwesen und was sich in den letzten Tagen ereignet hatte. Ich versuchte, es weniger dramatisch zu schildern, als es tatsächlich gewesen war; trotzdem schüttelte Maria mehrmals den Kopf.

Schließlich sagte sie: »Du brauchst jemanden, der auf dich aufpasst. So wie sich das anhört, sitzt du zwischen allen Stühlen. Lass die Polizei die Sache mit diesem Heuwinkel und diesem Schwekendiek regeln. Es sei denn, du versuchst wegen dieser Hermine den starken Mann zu spielen?«

»Abendroth hat mir das eingebrockt«, sagte ich abwehrend.

»Und diese Kurdin?«

»Auch Abendroth.«

Ich seufzte und kam nicht darum herum, ihr die ganze Story zu erzählen. Mit allen Einzelheiten.

»Du brauchst diese Sare ja nicht gleich wieder zu ihrer Familie zurückzuschicken. Auch dafür gibt es zuständige Stellen. Frauenhäuser zum Beispiel.«

Ich schüttelte den Kopf. »Ich hab' ein paar von ihren Familienmitgliedern kennengelernt. Ich glaube nicht, dass die Respekt haben vor Frauenhäusern ...«

»Du solltest dir deine Freunde genauer aussuchen.«

»Abendroth ist kein Freund.«

»Eben.«

Bevor unser Gespräch weiter auf diese sarkastische Ebene abdriften konnte, kam Rolf herein. Er hatte zu Ende geraucht und machte ein glückliches Gesicht.

»Ist das der Vorher-nachher-Effekt bei einem Nikotinabhängigen?«, fragte ich ihn.

»Nein, das ist der Holla-ich-hab-ihn-Effekt bei einem Koch, dem gerade der Name für sein neuestes Werk eingefallen ist.« Er wandte sich an Maria. »Wie klingt das: *Wenn ein Teutoburger Wiesenlamm eine Reise nach England macht ...«*

»Nicht sehr aussagekräftig«, wandte ich ein. »Was will es denn dort?«

»Spielverderber«, schimpfte Rolf. Dann sagte er: »Was es dort will? Na, es will Stilton kennenlernen. Und dann reist es weiter. Es lässt sich zum Beispiel einwickeln. Von leckerem Coppa-Schinken.«

»Was ist Coppa-Schinken?«

»Du Banause! Coppa ist ein italienischer Rohschinken, für den Feinschmecker tief in die Tasche greifen. Das ist Schweinenacken und Schweinefilet, die in Därme gefüllt und mit Netzen umwickelt und gepökelt und dann ein halbes Jahr luftgetrocknet werden. Da leckst du dir die Finger danach, nur wenn du ihn riechst.« Er geriet geradezu in Schwärmen.

»Siehst du«, sagte ich. »diese Begeisterung musst du auch in der Bezeichnung deines Gerichts rüberbringen. Zum Beispiel: *Teutoburger Wiesenlamm lässt sich von Coppa verzaubern.*«

»Und der Stilton? Der spielt auch eine Rolle!«

»*Teutoburger Wiesenlamm schnuppert am Stilton und lässt sich von Coppa einwickeln.*«

»Das ist zu lang!«, entschied Maria. »Denk dran. Wir schreiben eine Speisekarte, keine Kolumne.«

»Apropos *einwickeln*: Könnt ihr euch vorstellen, warum sich jemand mit Schinken einwickelt?«

»Du meinst den Toten?«, fragte Maria. Wir klärten Rolf in knappen Worten darüber auf, was passiert war.

Beide dachten angestrengt nach. Dann sagte Maria: »Schinken ist in der Regel gepökelt, also sehr salzhaltig.«

»Ja und?«

»Kennst du das Sprichwort, Salz in die Wunde streuen?«

Ich dachte noch darüber nach, als ich schon längst wieder auf der Rückfahrt war. War das die Erklärung für den Schinken, den Heuwinkel in einer Schicht aus dünnen Scheiben unter dem Taucheranzug getragen hatte?

Auf der Fahrt zurück nach Hause versuchte ich zunächst Abendroth und dann Norbert zu erreichen. Bei Letzterem hatte ich endlich Glück. Er war ebenfalls im Auto unterwegs.

»Du störst«, sagte er.

»Wobei? Du fährst, also schläfst du nicht.«

»Ich denke. Beim Autofahren kann ich am besten deduzieren …«

»Wie Sherlock Holmes also …«

»Allerdings brauche ich dafür weder Pfeife noch Koks.«

»Ich weiß, du bist ständig auf Speed. Ich rufe an, weil ich jetzt weiß, wo die Wurst her ist.«

»Was für eine Wurst?«

»Die Wurst, die bei mir vor der Tür hing«, sagte ich mit gefährlich leiser Stimme: »Das ist ja wunderbar, dass du wenigstens diese Sache aufgeklärt hast. Der gesamte Polizeiapparat kann somit stillgelegt werden.«

Da ich wusste, was jetzt kommen würde, war ich nicht allzu beeindruckt, als er mit lautem Organ lostönte: »Seit Anfang des Jahres müssen wir fast jede Woche eine neue Mordkommission bilden. Man könnte annehmen, im Teutoburger Wald ist der Teufel los. Ich fahre den ganzen Tag von einem Ort zum anderen, bin morgens in Spenge, mittags in Halle und abends in Detmold. Wann, glaubst du, bin ich mal zu Hause? Es gibt so viele Irre, dass ich kotzen könnte!«

»Kotz dich ruhig aus«, sagte ich. »Das tut dir gut.«

Nach einer Weile fuhr er mit ruhigerer Stimme fort. »Weißt du, wohin ich gerade unterwegs bin: In Bielefeld hat ein Verrückter seine zweiundneunzigjährige Uroma erstochen. Er hat sich dafür extra eine Scream-Maske gekauft. Der Mann ist Altenpfleger und ist nicht vorbestraft. Ich habe Fotos von dem Opfer gesehen, und da habe ich mir gewünscht, wir hätten noch die Todesstrafe. Was geht in so einem Menschen vor, frage ich dich?«

»Wir sind keine Henker«, sagte ich.

»Trotzdem, es ist so verdammt, verdammt frustrierend.« Ich sah es regelrecht vor mir, wie er die Fäuste ballte. Wieder folgte eine längere Funkstille. Dann sagte er: »Entschuldigung wegen gerade eben.«

»Ist schon okay.«

»Vielleicht ist das ja wichtig«, fuhr er fort. »Soweit ich weiß, haben Heuwinkel und sein toter Partner auch so eine Galgenwurst bekommen.«

»Ich weiß zumindest, aus welchem Supermarkt sie stammt.« Ich erzählte es ihm.

»Ich werde mir den Filialleiter mal vorknöpfen«, versprach er. »Mir wird er schon was sagen müssen.«

»Da wäre noch etwas«, sagte ich. Da er nicht antwortete, sprach ich einfach weiter: »Ich wüsste gern, was die Autopsie von Herbert Heuwinkels Leiche ergeben hat.«

»Na, das ist doch mal was! Nichts leichter als das! Ich verrate dir einfach mal ein paar Betriebsgeheimnisse. Dir! Einem Journalisten!«

»Übertreib mal nicht. Außerdem kennst du mich. Ich behalte das für mich. Zumindest so lange, bis du mir grünes Licht gibst.« Ich erzählte ihm von Marias Verdacht.

»Und jetzt glaubst du, du kämst auch nur einen Millimeter weiter, wenn du herausbekommst, dass Heuwinkel vor seinem Tod gefoltert wurde. Ja, glaubst du denn, der ist von allein auf den Baum geklettert? Natürlich wurde er misshandelt und gefoltert.«

»Und der Schinken? Hatte er darunter irgendwelche Wunden?«

»Du stellst vielleicht Fragen! Nein! Zumindest keine Wunden, die nicht vom Schinken herrühren würden. Das war nämlich gar kein Schinken im eigentlichen Sinne.«

»Was dann?«

»Denk mal nach. Es ist heiß und knusprig.«

»Speck?«

»Schinkenspeck, genauer gesagt: gepökelter Bacon vom Schweinebauch. Der wurde gebraten und so heiß, wie er war, auf Heuwinkels Haut gepresst. Der Speck ist regelrecht mit seiner Haut verschweißt. Heuwinkel muss ein tagelanges Martyrium durchgemacht haben. Dann haben die Täter ihn in den Wald geschleppt und aufgespießt. So etwas tut nur jemand, der ihn wirklich abgrundtief gehasst hat.«

»Oder um andere abzuschrecken«, mutmaßte ich. »Und was hat es mit dem Taucheranzug auf sich?«

»Heuwinkel hat nie getaucht. Der Anzug kann nicht von ihm sein. Er ist zwei Nummern zu klein …«

»Und was hat das wieder zu bedeuten?«

»Das kriegen wir auch noch raus«, versprach Norbert. »Wetten?«

Kaum hatte ich die Verbindung unterbrochen, da rief Rolf mich an.

»Ich wollte dir noch sagen, dass du ein Riesenidiot bist«, begrüßte er mich.

»Sehr freundlich, danke schön.«

»Weißt du, dass Maria gestern auf dich gewartet hat?«

»Nicht, dass ich wüsste.«

»Sie hat mir erzählt, dass sie dich vor einem Monat eingeladen hat. Für gestern.«

Ich erinnerte mich. Maria hatte mich vor vier Wochen angerufen und gefragt, ob ich Zeit hätte. Ich hatte zugesagt. Und es vergessen. »Immerhin habe ich an ihren Geburtstag gedacht«, verteidigte ich mich.

»Sie hatte gestern Geburtstag, nicht heute«, sagte Rolf.

Den Rest des Tages musste ich mich hauptsächlich Wilburs Bemühungen entziehen, ihm bei der textlichen Ausgestaltung der Firmenhymne zu helfen. Das niederschmetternde Ergebnis in der Detmolder Fußgängerzone hätte ihm gezeigt, dass noch Optimierungsbedarf bestand. »Es muss emotionaler klingen, verstehst du? Feeling!«

Ich gab ihm recht und flüchtete in die Küche. Dort stieß ich nicht nur auf die Gräfin und Sare, die damit beschäftigt waren, alles auf Vordermann zu bringen, sondern auch auf Almuth. Die trug eine zerschlissene Jeans und eine alte karierte Bluse. Ich hatte nicht damit gerechnet, sie so schnell wiederzusehen. Schon gar nicht hier, bei der Arbeit.

»Angelika ist eine wundervolle Hilfe«, sagte die Gräfin. »Herrlich, dass Sie uns das Mädchen empfohlen haben.«

»Na ja, eigentlich habe ich Angelika nur den Tipp gegeben, sich hier mal zu melden.«

»Das war so lieb von dir!« Angelika gab mir spontan einen Kuss auf die Stirn. »Gut, dass ich gleich mein Arbeitszeug dabeihatte ...«

»Ja, wo wir doch heute unsere Neueröffnung haben«, sagte die Gräfin.

Hatte ich diese Neuigkeit etwa verschwitzt? Nein, keiner hatte es mir gesagt!

»Wo wir doch jetzt genügend Geld haben«, plauderte die Gräfin.

»Hm.« Ich wollte sie in ihrer Euphorie nicht daran erinnern, dass das Geld nur geliehen war.

Jetzt entdeckte ich auch Duffy. Er war damit beschäftigt, riesige Schnitzel zu panieren.

»Bestes Fleisch vom Schwäbisch-Hällischen Hausschwein«, erklärte die Gräfin stolz. »Die haben wir bei deinem Freund Ferdy gekauft. »Ab sofort gibt's im *Rübezahl* einmal in der

Woche Schnitzel. Eine Anzeige haben wir heute auch geschaltet. Und zahlreiche Tischreservierungen haben wir auch schon.«

In diesem Moment klingelte ihr Handy. »Ah, wahrscheinlich wieder eine Anfrage!«

Ich wandte mich zu Angelika. »Ich hoffe, dass du länger bleibst. Wir können dich hier gut gebrauchen.«

»Die Gräfin hat mich schon gefragt, was ich davon halte, in der Küche auszuhelfen und notfalls auch zu servieren. Ihr seid hier schon ein verrückter Haufen.«

»Nicht so verrückt wie der Haufen, wo du herkommst.« Ich grinste.

»Wieder eine Reservierung!«, triumphierte die Gräfin. »Meine alte Feindin Emilia Lobsam-Scheu. Ihr Gatte hätte gehört, dass es hier Schnitzel vom Schwäbisch-Hällischen gibt. Sie glaubt zwar nicht, dass unsere Schnitzel ihre toppen können, aber sie hätte heute sowieso keine Lust zu kochen ...« Sie rieb sich die Hände. Ich werde alles daransetzen, ihr den alten Knaben auszuspannen. Zumindest in kulinarischer Hinsicht.«

»Sie kennen ihn?«

»Ziemlich gut sogar. In der vierten Klasse habe ich ihm erlaubt, mich auf die rechte Wange zu küssen. Ein Mal. Emilia hat mir nie verziehen, dass sie immer nur zweite Wahl war.«

Sie war regelrecht aufgeblüht. Plötzlich wurde sie wieder ernst. »Wo Sie gerade hier sind, Moritz, da ist noch immer diese Sache mit meiner Freundin Lotte. Ich fürchte, ihr ist etwas zugestoßen. Etwas Ernstes!«

In diesem Moment schrie Duffy auf. Ich eilte zu ihm.

»Ich verblute!«, rief er. Tatsächlich wies sein rechter Zeigefinger einen klaffenden Schnitt auf.

»Zeigen Sie her!«, sagte ich. Ich wickelte das nächstbeste

Geschirrtuch um den Finger, um die Blutung zu stoppen, aber Duffy schlug wild um sich. »Wollen Sie mich vergiften! Was glauben Sie, wie viele Bakterien da dranhängen?«

»Sie müssen sich schon entscheiden«, knurrte ich. »Vergiftet zu werden oder zu verbluten?«

»Weder noch«, sagte Angelika. Sie war in der Zwischenzeit zum Erste-Hilfe-Kasten gelaufen und hatte Verbandszeug und Pflaster geholt.

Während Duffy sich gehorsam verarzten ließ, sah ich an mir hinunter. Überall klebte Duffys Blut an mir. Da gab es nur noch eine Lösung.

20.

Ich überlegte, wann ich das letzte Mal tagsüber in der Wanne gelegen hatte. Das war lange her. Was für ein Luxus, dachte ich.

Ich hatte mich für »Erholung im Grünen«, entschieden, ein Wellnessbad voll frischem Wiesenduft mit natürlichen ätherischen Ölen, wie die Beschreibung verhieß. Es stammte aus dem Nachlass meines Vetters Armin. Der war zwar nicht tot, aber für viele Jahre aus dem Verkehr gezogen.[7]

In der Wanne stellte ich fest, dass das Wiesenbad eindeutig zu wenig schäumte. Wenn ich schon mal badete, anstatt zu duschen, dann wollte ich es auch richtig *old fashioned*. Mit viel Schaum. Der einzige Badezusatz in Reichweite war ein Fichtennadelschaumbad. Er roch so penetrant, dass mir sofort ein Gedicht von Heinrich Seidel in den Sinn kam: *Durch schwülen Wald in Sommertagen/Wo der Pirol aus Wipfeln rief/Sonst alles ruhte, alles schlief ...*

Aber immerhin schäumte es. Bald schaute nur noch mein Kopf aus der Wanne. Ich ließ mich, die Kopfstütze im Nacken, seufzend treiben. Fast wäre auch ich eingeschlafen, als plötzlich die Tür aufgestoßen wurde.

Ich schrak auf. Es war Duffy. Er trug einen übertrieben dicken Verband um den Finger.

»Haben Sie einen Dachschaden?«, fuhr ich ihn an. »Ohne anzuklopfen hier reinzustürmen.«

---

7 Siehe auch »Blut und Rüben«

»Entschuldigung, aber ich konnte ja wohl kaum anklopfen!« Er hielt mir den bandagierten Zeigefinger entgegen.

»Und was ist mit der Linken?«

»Das bringt Unglück«, sagte er.

»Was haben Sie hier überhaupt zu suchen?« Ich konnte mich nicht erinnern, dass der Butler jemals unaufgefordert meine Wohnung betreten hätte. Zum Glück gab es auch für Duffy Grenzen. Bis heute.

»Die Gräfin hat mich beauftragt, Ihre Wäsche zu holen. Blutflecken müssen sofort behandelt werden. Mit Salzwasser«, sagte er hochnäsig.

»Na, bedienen Sie sich.« Ich wies auf die am Boden verteilten Kleidungsstücke. Er bückte sich und steckte naserümpfend alles in einen Wäschesack.

»Und wo Sie schon mal hier sind, Duffy, geben Sie mir doch bitte die Enten.«

»Die Enten, Sir?« Es geschah nicht oft, dass Duffy mich mit Sir anredete. Höchstens in Momenten größter Irritation.

»Die Badeenten«, präzisierte ich. »Auf dem Spiegelschrank.«

Er hob den Blick, und in seinen Augen las ich so etwas wie langsames Begreifen. Naserümpfend nahm er eine der Enten und betrachtete sie. »Die Ente ist staubig.«

Er reichte mir die Ente mit zwei Fingern herüber.

»Die anderen bitte auch«, verlangte ich.

Da er nur über eine intakte Hand verfügte, dauerte es recht lange, bis alle neun Enten im Schaum schwammen. »Sie können jetzt gehen, Duffy.«

»Sind Sie sicher, dass ich Sie allein lassen kann?«

»Hauen Sie schon ab! Und machen Sie die Tür ja hinter sich zu!«

Es hatte irgendwann einmal damit angefangen, dass mir eine Freundin Loriots Badeente geschenkt hatte. Eine andere Freundin hatte das so lustig gefunden, dass sie mir ebenfalls eine Ente geschenkt hatte. Darauf stand einer dieser lustigen Sprüche: *Gut im Bad*. Im Laufe der Zeit waren daraus neun Enten geworden. Nicht alle stammten von Frauen. Eine hatte Norbert mir zum Geburtstag geschenkt. Es handelte sich um eine Ente in Polizeiuniform mit Mütze und Schlagstock.

Duffy hatte recht: Es waren üble Staubfänger. Dennoch hatte ich mich irgendwie nicht von ihnen trennen können.

Es war schwer genug gewesen, meine Kiste mit Playmobilfiguren fortzuwerfen. Früher hatte ich mich bei meinen Fällen von den Figuren inspirieren lassen. Mit Hilfe der Playmobil-Männchen war ich mein eigener Psychologe geworden. Und ich hatte ihnen manche Lösung zu verdanken. So wie Sherlock Holmes seine berühmte Pfeife dazu brauchte, um klarer denken zu können, brauchte ich meine Playmobilfiguren. Erst ein paar Jahre später sah ich im Fernsehen, dass die Kollegen Psychotherapeuten sich der Spielfiguren im Rahmen der Familienaufstellung bedienten. Vor einem Jahr hatte ich die Sammlung wieder hervorgekramt. Danach hatte ich mir geschworen, sie nie wieder anzufassen, und hatte sie entsorgt.

Jetzt hatte ich die Enten.

Mit den Enten verband mich nichts. Zumindest keine schmerzhafte Vergangenheit. Keine Erinnerungen an Zeiten, über die längst Gras gewachsen war.

Sie waren so unschuldig wie geschlüpfte Entenküken.

Die Loriot-Ente, entschied ich, stand für meine Person. Wer war gut im Bad? Ich stellte mir die Frage, wen ich am liebsten mit mir in der Badewanne sitzen hätte? Ohne lange nachzudenken, fiel mir Hermine ein. Ich lächelte unwillkürlich, als ich sie neben meine Loriot-Ente platzierte.

Die Polizei-Ente stellte Norbert dar. Ihn und die gesamte Polizei. Ich überlegte, ob ich für die strenge Staatsanwältin ebenfalls eine eigene Ente aussuchen sollte. Zunächst nicht, entschied ich. Ich hatte schließlich nur neun Enten zur Verfügung und musste mit ihnen haushalten.

Die nächste Ente trug eine Kochmütze. Das war die Gräfin. Schließlich hatte sie auch in der Küche das Sagen. Ich korrigierte mich und gab der Ente gleich drei Persönlichkeiten: Sie stellte neben der Gräfin auch Ollie und Duffy dar. Sie hatten nichts mit den Fällen zu tun, aber ich hatte oft festgestellt, dass in dieser Art Familienaufstellung auch scheinbar nebensächliche Personen zur Lösung beitragen konnten. Vielleicht wussten sie ja etwas, was mir bisher entgangen war.

Die fünfte Ente war als Krankenschwester verkleidet. Dr. Hölderlin hatte sie mir irgendwann mal zugesteckt und mir dabei »Gute Besserung« gewünscht. Die Ente trug das Logo einer bekannten Leverkusener Arzneifabrik. So richtig konnte ich sie keiner Person zuordnen. Da mir nichts Besseres einfiel, stand sie für Sare, obwohl die Kurdin irgendwie die Letzte war, die ich mir als Krankenschwester gewünscht hätte. Es sei denn, ich hätte masochistische Neigungen. Dann fiel mir ein, dass sie immerhin behauptet hatte, sie sei als Pflegerin tätig gewesen. Und bei dem Thema Masochismus musste ich sofort an Heuwinkel und Ackergoldt denken.

Für Heuwinkel wählte ich eine Superhelden-Ente. Sie trug einen engen schwarzen Superheldenanzug, der an einen Latexanzug erinnerte. Nein, eher an einen Taucheranzug.

Verblüfft hielt ich inne. Unwillkürlich hatte ich die Lösung gefunden, warum Heuwinkel, als man ihn im Wald auffand, einen Taucheranzug getragen hatte. Hermine hatte behauptet, dass er sie oft geschlagen hatte. Vielleicht hatte er aber auch andere Gelüste gehabt. Vielleicht hatte es ihm einen Extrakick verschafft, sich in einen so engen Taucheranzug zu pressen, dass er kaum mehr Luft bekam …

Nein, das ergab keinen Sinn. Eher ergab es einen Sinn, dass jemand ihn gezwungen hatte, den Anzug anzuziehen. Mehr noch, die Folter mit dem knusprig heißen Schinkenspeck legte die Vermutung nahe, dass man ihn in den Anzug gezwängt hatte. Wahrscheinlich war er da schon ohnmächtig gewesen vor Schmerzen.

Aber wer machte so etwas? Jemand, der ihn abgrundtief hasste, natürlich. Und jemand, den er ebenso gequält hatte.

Der Schaum war inzwischen etwas zusammengefallen. Die Entenschar tanzte munter auf dem Wasser. Für Ackergoldt hatte ich eine Ente mit toupiertem rotem Haar genommen. Sie sah irgendwie tuntig und pervers aus. Das passte.

Für den toten Sascha Schwekendiek wählte ich eine schwarze Teufelsente.

Eine einzige Ente war noch übrig. Sie stellte einen Hawaiianer mit Blumenkette dar. Klar, dieses beilschwingende Kommunardenbürschchen namens Blankard stand ja auch noch auf meiner Liste. Er hatte zwar ebenso wie Sare nicht direkt etwas mit dem Fall zu tun, aber er stand für ein zu lösendes Problem.

Vielleicht war es ja auch schon gelöst.

Ich lehnte mich wieder zurück und überlegte, ob ich noch jemanden vergessen hatte. Frau Schlüter fiel mir ein, aber die war nur Opfer. Für ihren Fall stand Blankard. Dass er nicht allein gehandelt hatte, war mir spätestens klar, seit ich im Wald niedergeschlagen worden war.

Noch einer fiel mir ein: Was war mit dem Mönch? Ein komischer, unheimlicher Bursche. Stand er irgendwie in Zusammenhang mit einem der Fälle? Da ich keine Ente mehr zur Verfügung hatte, nahm ich einen Luffa-Schwamm.

Jetzt war ich zufrieden. Ich schaute auf die lustige Entenschar und vertiefte mich in den Anblick. Jetzt fehlte nur noch Duffy, der mir einen Drink kredenzte.

In diesem Augenblick wurde die Tür ein weiteres Mal aufgestoßen.

Ich fuhr auf. Die Enten kreiselten wild durcheinander.

Es war die Gräfin. Sie schien nicht im Mindesten pikiert, mich in der Badewanne zu sehen. Ich tauchte tief unter, sodass wieder nur mein Kopf aus dem Wasser herausguckte.

Die Gräfin lächelte milde. »Jetzt stellen Sie sich nicht so an, Moritz. Glauben Sie, ich habe noch nie einen nackten Mann gesehen?«

»Doch, aber ich überlege gerade, ob ich draußen ein Schild anbringen soll: Öffentliche Badeanstalt. Wenigstens käme dann ein bisschen Geld in die Kasse.«

»Jetzt seien Sie nicht so empfindlich. Der Major hat jeden Morgen sein Bad im Teich genommen. Nackt!«

»Aber er tat es nicht vor aller Augen.«

»Das glauben Sie! An besonderen Tagen hat er mich mitgenommen. Ich musste ihm dann mit Birkenzweigen den Rücken quästen ...«

»Quästen?«

»Peitschen. Ein Brauch aus Finnland. Es lockert die Rückenmuskulatur und regt den Schweißfluss an. Übrigens auch nach einem eiskalten Bad.«

Ihr Lächeln vertiefte sich, und ein eigenartiger Glanz trat in ihre Augen angesichts der Erinnerung an alte Zeiten.

»Ich kann Ihnen leider keinen Birkenzweig bieten«, sagte ich.

»Keine Angst, ich vergreife mich nicht an Ihnen. Ich bin

gekommen, um Ihnen das hier zu zeigen! Vorhin waren Sie ja plötzlich verschwunden.«

Erst jetzt sah ich, dass sie die Tageszeitung in der Hand hielt.

»Haben Sie das gelesen?«, fragte sie empört.

»Meine Zeitung lag heute nicht im Briefkasten. Der Bote muss mich vergessen haben.«

Daher hatte ich auch nichts von der Eröffnungsanzeige gewusst.

»Hier! Lesen Sie!«, verlangte die Gräfin. Sie hielt mir die aufgeschlagene Zeitung hin.

»Bitte geben Sie mir ein Handtuch«, bat ich.

Sie tat es, sodass ich mir erst einmal die Hände abtrocknen konnte. Dann nahm ich die Zeitung entgegen. Die Gräfin wies auf eine kleine Anzeige. Es war die Eröffnungsanzeige.

»Drei Schreibfehler!«, zeterte sie. »Und die Uhrzeit stimmt auch nicht. Wir wollten eine halbe Stunde vorher eröffnen!«

Insgeheim fragte ich mich, ob diese Lappalie nicht Zeit gehabt hätte, bis ich mit meinem Bad fertig war. Aber darauf nahm sie keine Rücksicht.

»Sie sind doch bei der Zeitung. Meinen Sie, das kann man reklamieren.«

»Ich bin nicht bei *der* Zeitung. Ich bin Journalist und schreibe für überregionale Blätter. Und mit der Anzeigenredaktion habe ich nun gar nichts am Hut.«

»Aber wenn Sie mit denen reden ...«

Ich seufzte und sagte: »Ich sehe gute Chancen, dass wir eine Gratisanzeige bekommen.«

Ich hoffte, dass sie jetzt verschwand. Aber sie dachte nicht daran. Sie schob sich einen Hocker heran, und ich ahnte schon, was jetzt kommen würde. Diesmal konnte ich nicht flüchten.

»Ich wollte doch noch mit Ihnen über Lotte reden. Sie war nämlich hier.«

»Sie war hier? Also ist sie gar nicht verschwunden?«

Die Gräfin atmete einmal tief ein. »Sie ist verschwunden, nachdem sie hier war. Das macht die Sache für mich ja so merkwürdig.«

Und dann erzählte sie mir die ganze Geschichte. Sie dauerte ungefähr eine Viertelstunde, und danach war das Wasser kalt. Ich wurde sie nur los, indem ich ihr versprach, mich des Falles endlich anzunehmen und herauszufinden, was mit Lotte Unverzagt passiert war.

Nachdem sie die Tür leise hinter sich geschlossen hatte, ließ ich heißes Wasser in die Wanne nachlaufen.

Die Enten waren mir ausgegangen. In der Not hatte ich schon zu dem Luffaschwamm greifen müssen. Ich suchte nach einem weiteren Utensil, und mein Blick fiel auf den Deckel des Badezusatzes. Der stand für Lotte Unverzagt. Was mir die Gräfin erzählt hatte, klang schier unglaublich.

Ich drehte den Deckel um, sodass er auf dem Wasser schwamm.

Ein paar Sekunden lang behauptete er sich, dann kippte er um. Wasser lief hinein.

Schließlich ging er unter und versank.

Ob das ein gutes Zeichen war?

Das heiß einströmende Wasser hatte die Enten durcheinandergewirbelt. Die Loriot-Ente (ich) schwamm nun einträchtig neben der Krankenschwester (Sare). Ich sann darüber nach, ob das irgendwelche Assoziationen oder Gedanken bei mir auslöste.

Ich dachte wieder an Abendroth. Ihn hatte ich in meinem

Ententeich völlig vergessen. Mit dem Zeigefinger nahm ich etwas Schaum auf und malte damit ein Gesicht auf die Fliesen. Das war Abendroth. Er thronte irgendwie über dem ganzen Szenario, was logisch war, denn er wusste eindeutig mehr als ich.

Ich hatte immer noch keine Lösung dafür, warum er mir gleichzeitig zwei Fälle aufs Auge gedrückt hatte. Sare und Heuwinkel. Beide hatten in meinen Augen nach wie vor nicht das Geringste miteinander zu tun.

Vielleicht war das ja sogar die Lösung: Sie standen in keinem Zusammenhang.

Genauso wenig, wie dieser Blankard etwas mit den Toten zu tun hatte.

Der Polizist (Norbert) kam meiner Loriot-Ente verdächtig nah. Das gefiel mir nicht, und ich platzierte ihn ein wenig abseits. Jetzt schwamm er neben dem Superhelden (Heuwinkel). Da war er gut aufgehoben.

Die rothaarige Ente (Ackergoldt) machte sich an die Köchin (die Gräfin) ran. Das konnte ich nicht dulden. Ich hob die Ackergoldt-Ente aus dem Wasser und stellte sie neben die Teufelsente (Schwekendiek). Die beiden gaben ein gutes Paar ab.

Hatte Ackergoldt seinen Partner Schwekendiek ermordet? Mir fiel auf, dass ich zwar über Ackergoldt und Heuwinkel eine Menge wusste, aber kaum etwas über Schwekendiek. Außer, dass er Hermines Bruder war.

Hermine. Die Gut-im-Bad-Ente dümpelte ein wenig abseits, links von meinem kleinen Zeh, unbemerkt dahin. Nun, dass Hermine sich unsichtbar machte, konnte man nicht gerade behaupten. Sie war eine unglaublich präsente Persönlichkeit. Ich nahm sie in die Hand und betrachtete sie nachdenklich. *Gut im Bad …*

Heuwinkel hatte nicht viel über sie erzählt, aber das Wenige, was er von sich gegeben hatte, hatte nicht sehr respektvoll geklungen.

Und noch etwas wurde mir bewusst: Das meiste, was ich über die drei Schweinefabrikanten wusste, hatte mir Hermine erzählt. Aber war das wirklich alles wahr? Sie musste ja noch nicht einmal gelogen haben. In meiner Journalistenlaufbahn war ich immer wieder darauf gestoßen, dass Menschen in erster Linie subjektiv erzählten. Sie gaben das weiter, was sie für wahr hielten. Und das unterschied sich oft erheblich von der Wirklichkeit …

Ich hatte sie jetzt alle so arrangiert, wie es mir in den Sinn gekommen war. Und trotzdem war ich kein Stück weitergekommen. Vielleicht konzentrierte ich mich zu sehr auf die Enten. Ich musste meinen Assoziationen freien Lauf lassen.

Mein Blick fiel auf die Zeitung, die die Gräfin mir gezeigt hatte. Sie lag am Boden und war bereits feucht geworden.

Ich angelte mit der Hand danach und sah mir erneut die Anzeige an. Die Fehler erkannte ich beim ersten Überfliegen. Sie waren ärgerlich. Statt »Das Leckerste vom Schwein« stand dort »Das Leckerste vom Schein«.

Da war entweder ein Azubi mit beauftragt worden oder ein Scherzbold. Zum Glück schien es ja den Vorbestellungen keinen Abbruch getan zu haben. Vielleicht hatten die meisten die Anzeige auch gar nicht gelesen. Im Teutoburger Wald sprachen sich Neuigkeiten in Windeseile herum.

Ich wollte die Zeitung schon wieder weglegen, da fiel mir beim Zusammenfalten eine Überschrift auf:

Noch immer keine Spur von vermisster Kurdin

Erstmals haben sich die Eltern der vermissten Braut auf Anraten der Polizei dazu entschlossen, ein Bild ihrer Tochter freizugeben. Wer hat die junge Nazdar gesehen?

Das Foto zeigte eindeutig Sare. Das Mädchen schaute griesgrämig und aggressiv. Und wieder dieser andere Name: Nazdar. Ich hatte Sare vor ein paar Tagen zur Rede gestellt. Sie hatte behauptet, Nazdar sei ihr erster Vorname. Sie selbst habe aber schon immer ihren zweiten Vornamen, Sare, bevorzugt. Und jetzt könne sie sowieso entscheiden, was sie wolle …

Mein Blick fiel erneut auf die Enten. Sare schmiegte sich nun eng an mich.

Ich wurde nicht recht schlau aus ihr.

Während ich meinen Gedanken freien Lauf ließ, ließ ich noch etwas heißes Wasser in die Wanne.

Plötzlich spürte ich einen kalten Luftzug. Ich drehte mich um und erstarrte.

Ein Mönch hatte das Badezimmer betreten. Es war weder der Mönch, den ich vor der Metzgerei getroffen hatte, noch der aus dem Wald. Diesmal war es ein Buddhist. Er war kahlköpfig, trug eine rote Toga, und seine nackten Füße steckten in einfachen Sandalen. Obwohl ich überrascht war, spürte ich keine Angst.

»Wie sind Sie so plötzlich hier hereingekommen?«, fragte ich verwirrt.

Er lächelte. »Ich habe geklingelt. Es hat niemand aufgemacht, aber die Tür stand auf. Hier oben habe ich geklopft, aber du hast nicht geantwortet. Ich habe mir Sorgen gemacht …«

Ich hatte nichts gehört. Weder die Türklingel noch ein Klopfen. War ich so versunken in meine eigenen Gedanken gewesen?

»Was wollen Sie?«, fragte ich.

Mit einem belustigten Lächeln betrachtete er die Entenparade. »Jeder Mensch entscheidet selbst, welche spirituelle Übung ihm guttut …«

»Es ist keine spirituelle Übung. Ich versuche, in dieses Tohuwabohu so etwas wie eine logische Verbindung zu bringen.«

Interessiert beugte er sich vor. »Wofür stehen die Enten?«

»Für Menschen, die ich kenne oder kennengelernt habe. Zwei von ihnen sind tot. Sagen Sie, suchen Sie eine Herberge oder so? Im Trakt nebenan können Sie ein Zimmer mieten.«

»Oh, vielen Dank für den Tipp. Dann bin ich hier falsch?«

»Sozusagen.«

»Zwei von den Enten sind tot?«

»Die Menschen, die sie symbolisieren, ja.«

»Das Wichtigste ist, dass wir im Tod die Welt entspannt verlassen. Ist es bei diesen Menschen so gewesen?«

»Ich fürchte nicht. Sie sind ermordet worden.«

»Ist der Mörder eine von den anderen Enten?«

»Vielleicht …«

Er beugte sich noch weiter vor. So weit, dass ich den Geruch von Räucherstäbchen wahrnahm. »Das Prinzip der wechselseitigen Abhängigkeit lehrt uns, dass jeder Mensch mit allen anderen Menschen gleichermaßen verbunden ist.«

Bevor ich ihn daran hindern konnte, hatte er die Gut-im-Bad-Ente ergriffen und betrachtete sie.

»Wer ist diese Ente?«

»Eine Frau. Sie heißt Hermine.«

»Du magst sie?«

»Ja.«

Er ließ sie zurück ins Wasser fallen wie eine heiße Kartoffel. »Der Zorn gewinnt an Stärke, wenn man ihn ungestört wuchern lässt«, sagte er geheimnisvoll.

»Sie hat ihren Mann gehasst. Geliebt und gehasst. Ich glaube nicht, dass sie ihn auch umgebracht hat.«

»Du *willst* es nicht glauben.«

Wieder betrachtete ich die Ente, die Hermine darstellte. Sie schaukelte jetzt einträchtig neben Ackergoldt. War sie wirklich die Mörderin? Und wenn ja, warum sollte sie auch ihren Bruder getötet haben? Und wie hatte sie es geschafft, alle an der Nase herumzuführen?

Ich sann darüber nach.

Als ich mich umschaute, war der Mönch verschwunden.

Es wurde Zeit, mein Bad zu beenden. Für meinen Geschmack hatte mein Badezimmer eindeutig zu wenig Privatsphäre. Ich stand auf und rutschte aus. Vergeblich versuchte ich, mich am Wannenrand festzuhalten.

Dann wurde es schwarz um mich.

21.

Als ich die Augen öffnete, lag ich in meinem Bett, und über mir thronte ein bekanntes Gesicht. Es gehörte Dr. Hölderlin.

»Guten Abend. Das wird allmählich zur Gewohnheit, fürchte ich ...«

»Bitte keine Vorträge«, bat ich. »Was ist passiert?«

»Das frage ich *Sie*.«

Ich erzählte ihm von meinem Bad, das ich wegen der Blutflecken genommen hatte.

»Waren die Blutflecke nicht an der Kleidung?«

»Schon. Aber meine Hände und Arme hatten auch etwas abbekommen.«

»Hätte es da nicht gereicht, wenn Sie sich einfach die Hände gewaschen hätten?«

»Worauf wollen Sie hinaus?«, fragte ich misstrauisch, aber Hölderlin gab erneut nur ein nachdenkliches »Hm« von sich.

»Fahren Sie fort!«, sagte er dann. Ich erzählte ihm von den Besuchern.

»Dieser Butler und Frau Maier ...«, er weigerte sich als Einziger strikt, sie *Gräfin* zu nennen, »... haben Ihre Angaben bestätigt. Ich will mich nicht in Ihre Privatangelegenheiten einmischen, aber wieso schließen Sie nicht hinter sich ab?«

Ich seufzte. »Ich hab' schon in der Wanne gesessen, als Duffy reinplatzte. Demnächst werde ich Ihren Rat beherzigen.«

»Und Ihre Wohnungstür?«

»Lässt sich durch eine einfache Drehung des Knaufes öffnen. Duffy und die Gräfin wissen Bescheid.«

»Und die Haustür?«

»Ebenfalls.«

»Das ist Ihr Glück, denn sonst wären Sie nach Ihrem Ohnmachtsanfall womöglich noch ertrunken.«

»Wer hat mich eigentlich gefunden? Dieser Mönch?«

Hölderlin sah mich merkwürdig an. »Sie haben wieder den Mönch gesehen?«

»Er stand plötzlich hinter mir. Aber es war nicht *der* Mönch. Es war *ein* Mönch. Ein buddhistischer Mönch.«

»Oh, es war nicht etwa der Dalai Lama persönlich?«

»Sie halten mich für verrückt?«

»Nein, nein, ich halte Sie für einen Visionär. Erzählen Sie mir doch mal genau, was dieser Mönch mit Ihnen angestellt hat.«

»Er hat gar nichts angestellt.« Ich erzählte ihm in allen Einzelheiten, was passiert war. Zu meiner Überraschung unterbrach er mich nicht ein einziges Mal. Und auch als ich geendet hatte, kam nicht eine einzige spöttische Bemerkung über seine Lippen.

»Haben Sie etwas dagegen, wenn ich mich setze?«, fragte er und zog sich, ohne meine Antwort abzuwarten, einen Stuhl ans Bett.

»Was kommt jetzt, Herr Doktor? Erfahre ich jetzt, dass ich nur noch drei Tage zu leben habe?«

»Hören Sie auf, sich darüber lustig zu machen!«, fuhr er mich an. »Ich habe genug Patienten gehabt, die weniger als drei Tage zu leben hatten. Darüber macht man keine Witze!«

Ich nickte und schwieg.

»Ich habe mir schon nach dem letzten Mal, als sie mir von

diesem Mönch im Wald erzählt haben, meine Gedanken gemacht und Kollegen befragt. Kollegen vom Fach.«

»Sind Sie nicht vom Fach?«

Er ging auf meine Spitze nicht ein. »Sie haben Halluzinationen. Das könnte ein Zeichen für Schizophrenie sein, muss es aber nicht.«

»Da bin ich aber beruhigt.«

»Gab es in Ihrer Familie schon einmal derartige Fälle?«

Ich schüttelte den Kopf. »Soweit ich weiß, waren alle normal.«

Ich verschwieg, dass mein Großonkel Wolfgang bis ins hohe Alter Ferngläser gesammelt hatte. Seine Sammlung hatte er immer mit den allerneuesten Modellen, die auf den Markt kamen, ergänzt. Noch im Altersheim hatte er sich zu jedem Geburtstag und zu jedem Weihnachtsfest eines schenken lassen. Auf dem Sterbebett hatte er gestanden, dass er zeitlebens ein Spanner war. Vor allem Krankenschwestern hatte er im Visier gehabt.

Und da war natürlich mein Vetter Armin, aber dessen »Fall« war wohl eher krimineller Natur. Was Armin betraf, so hatte Hölderlin ihn selbst kennengelernt. Von Großonkel Wolfgang erzählte ich ihm lieber nichts.

»In Ihrem Fall vermute ich Nachwirkungen der Kopfverletzung, die Sie vor einem Jahr erlitten haben. Ich habe mir die alten Röntgenaufnahmen noch einmal angeschaut. Da ist ein winziger Riss in der Schädeldecke, nichts wirklich Beunruhigendes. Ich habe das einem Kollegen gezeigt, und der war ebenfalls der Ansicht, dass dieser Riss, sollte er tiefer reichen, Halluzinationen auslösen könnte. Vor allem in Stresssituationen.«

»Eine stresslosere Tätigkeit, als zu baden, kann ich mir eigentlich nicht vorstellen.«

»Was bedeuten eigentlich die Enten, die in der Wanne waren?«, fragte er unvermittelt. »Eine Art Fetisch?«

»Nein, eine Art ganz normaler mentaler Beschäftigung.«

Ich erzählte ihm von meiner spontanen Idee, den Enten Personen zuzuordnen.

»Und das nennen Sie normal? Und entspannend?« Er schien erschüttert zu sein.

»Eben wollte ich noch sagen, dass kein Grund zur Besorgnis besteht und dass auch psychisch gesunde Menschen Halluzinationen haben können. Jetzt bin ich mir da nicht mehr so sicher.«

»Und was raten Sie mir?«

»Nichts.«

»Nichts?«

»Na gut, wenn Sie unbedingt einen Ratschlag wollen: Kaufen Sie sich eine rutschfeste Badematte. Die kann ich Ihnen leider nicht verschreiben.«

Als ich am frühen Abend online mein Konto überprüfte, sah ich, dass eine weitere fünfstellige Überweisung eingegangen war. Sie stammte von Abraham Ackergoldt. An den hatte ich gar nicht mehr gedacht. Oder vielmehr an seine Bitte, auf ihn aufzupassen.

Das Telefon meldete sich. Das Display zeigte Abendroths Nummer an. Nach dem dritten Klingeln hob ich ab.

»Nun?«, fragte er ohne eine Begrüßung.

»Was nun?«

»Was hast du bis jetzt herausgefunden?«

»Sare ist vor ihrer Familie weggelaufen. Man ist ihr auf den Fersen. Irgendwann werden ihre Brüder hier auftauchen und …«

»Verarschst du mich jetzt?«

»Wieso?«

»Den Artikel über dieses Mädchen und über dieses ganze Hochzeitsgedöns schreibst du mit links. Das interessiert unsere Leser, aber mich nicht. Was mich interessiert, ist die andere Sache.«

»Was für eine Sache? Wir sprechen von Mord.«

»EU-Betrug im großen Stil. Gammelfleisch. Die Bundeswehr als Großabnehmer ist auch noch drin verstrickt. Keine Sorge, das haben wir alles schon recherchiert. Und dann der Streit unter drei Männern, die allesamt in ihrer Branche als ganz dicke Fische gelten …«

»Streit? Glaubst du das wirklich? Mir wurden sie immer nur als beste Freunde verkauft.«

»Zwei sind jetzt tot. Sag mir nicht, dass du daraus nicht eine Reportage zaubern kannst, die uns in die Nachrichten bringt und die uns mindestens zehntausend neue Leser an Land zieht. Wir haben quasi den Knopf, auf den wir nur noch im richtigen Moment drücken müssen. Und wir haben das Dynamit. Uns fehlt aber noch die Zündschnur. Die Verbindung, verstehst du?«

»Ich verstehe. Ich soll für euch die Bombe nicht entschärfen, sondern legen. Ich frage mich, was gefährlicher ist.«

»So dramatisch würde ich es nicht ausdrücken. Sieh es einfach mal so: Ich kenne nur einen, der sich dem Sperrfeuer stellen kann. Du hast nun mal die meiste Fronterfahrung.«

Und damit unterbrach er grußlos die Verbindung. Das war seine Art. Sie war nicht neu. Aber diesmal hätte ich am liebsten den Hörer an die Wand geknallt und den Auftrag lächelnd zurückgegeben an den Absender.

Leider war ich nicht so heldenhaft. Nur ein sehr asketisch

lebender Mensch, dem fünfstellige Summen auf seinem Konto egal waren, hätte in diesem Fall Stolz bewiesen.

Kaum hatte ich aufgelegt, da klingelte es schon wieder.

»Moritz, wo bleiben Sie? Wir brauchen hier jede helfende Hand«, jammerte die Gräfin.

Ich schaute auf die Uhr. Es war schon halb sieben. Ich konnte mich nicht entsinnen, meine Hilfe angeboten zu haben. Wahrscheinlich war es für die anderen selbstverständlich, dass ich helfen würde.

»Wie geht es Ihnen überhaupt?«, fragte sie, ohne eine Antwort zu erwarten. »Ach egal, ein paar Aspirin, und Sie werden den Abend überstehen. Und bringen Sie bitte noch ein paar Biergläser mit rüber ...«

Bevor ich etwas erwidern konnte, hatte sie, ebenfalls grußlos, aufgelegt.

Ich schaute nach draußen, der ganze Hof war bereits zugeparkt. Das neue Konzept mit den Schnitzeln schien aufzugehen.

Ich suchte ein paar Biergläser zusammen. Ich kam immerhin auf zehn. Sie sahen alle nicht mehr nagelneu aus. Vor allem die Gläser mit Goldrand hatten mit der Zeit ihren Glanz abgeben müssen. Wie im Leben, dachte ich: Wer hoch stapelt, kann tief fallen.

Als Nächstes schaute ich in meinen Kleiderschrank. Ich besaß drei Cordsakkos. Cordsakkos haben den Vorteil, dass sie nie aus der Mode kommen, weil sie nie wirklich in Mode waren. Sie werden seit ewigen Zeiten von Landjunkern und Lehrern gleichermaßen gern getragen. Und sie sind so robust, dass sie nie verschleißen. Das braune Cordsakko, das Günter Grass bei jedem Fernsehauftritt trägt, hat bestimmt schon zehn Jahre auf dem Buckel. Und drittens muss man sie nicht bügeln. Im Gegenteil, von so einem Sakko wird eine gewisse

Lässigkeit erwartet. Mit einem Satz: Ein Cordsakko kleidet den Mann in jeder Situation.

Ich überlegte, ob ich das schwarze, das beigefarbene oder das rote anziehen sollte.

Das rote hatte ich seinerzeit in einer Laune einwöchiger Verliebtheit gekauft. Die Frau, deretwegen ich es mir zugelegt hatte, fand mich »zu grau«. Nach einer Woche hatte sie mir den Laufpass gegeben. Das Sakko hing noch immer im Schrank.

Ich hatte es seit Jahren nicht mehr getragen. Heute schien mir der Anlass gerade richtig. Es gab etwas zu feiern, die Stube war voll. Und nachher würde ich mich hemmungslos betrinken. Ich hatte keine Lust mehr auf Räuber und Gendarm.

Und ich wollte auch nicht mehr darüber nachdenken, wer Heuwinkel und Ackergoldt auf dem Gewissen hatte.

Zumindest nicht heute Abend.

In dem beigefarbenen Sakko entdeckte ich Sares Handy. Ich steckte es ein, um es ihr endlich zurückzugeben. Vielleicht hatte ihre Verwandtschaft ja inzwischen eingelenkt. Auf jeden Fall revidierte ich meine Meinung: Es war keine gute Idee von Ollie gewesen, ihr das Handy wegzunehmen. Sie musste selbst mit den Nachrichten ihrer Familie umgehen. Es half nichts, den Kopf in den Sand zu stecken.

Da klingelte erneut das Telefon. Es war meins.

Diesmal war es Ackergoldt. Er gab sich kein bisschen kleinlaut. »Warum hast du dich das letzte Mal so schnell verdrückt? Ich wollte dir doch noch ein paar richtig schöne Sachen zeigen.«

»Was du mir gezeigt hast, hat mir gereicht.«

»Außerdem solltest du für mich rausfinden, wer meine Freunde auf dem Gewissen hat.«

»Ich hab' dir doch gesagt, dass ich da der falsche Ansprechpartner bin.«

»Ich weiß auch, warum: Du hast Schiss.«

»Warum sollte ich Schiss haben?«

»Denk mal nach.«

Ich dachte nach. Und ich kam zu dem Schluss, dass er recht hatte. Ich wusste nur nicht, ob wir über den gleichen Grund diskutierten.

»Wohin soll's diesmal gehen?«, fragte ich.

»Lass dich überraschen. Ich bin auf dem Weg zu dir. In zehn Minuten bin ich da.«

Ich hatte nach seinem protzigen Hummer Ausschau gehalten, aber er fuhr in einem schwarzen Fiat 500 vor. Der winzige Wagen wirkte mit ihm hinter dem Steuer wie ein Autoscooter. Ich quetschte mich auf den Nebensitz, und wir fuhren los.

»Eine tolle Karre«, schwärmte Ackergoldt. »Erinnert mich an früher, als wir Jungs mit unseren Seifenkisten oben vom Hermann bis runter nach Heidenoldendorf gerollt sind.«

Er klappte das Verdeck zurück. Es war ein herrlich milder Abend. Der Geruch des nahen Waldes vermischte sich mit dem Duft der blühenden Holunderbüsche im Hof.

Ackergoldt gab Gas, und bald fanden wir uns auf der B 237 wieder.

»Wohin geht's diesmal?«, fragte ich. »Bitte erspar mir heute deine diversen Gespielinnen.«

»Ich dachte mir, wenn du für mich arbeiten willst, musst du auch etwas über Schweinezucht wissen. Für dich kommt das Schnitzel doch direkt vom Metzger, oder?«

»Klar, wie der Strom aus der Steckdose.«

»Siehst du, und das ist eben der Irrtum.«

Unter dem Fahren griff er in sein Jackett, holte ein schmales silbernes Etui aus der Innentasche und zog eine Zigarre heraus. Umständlich zündete er sie sich an. »Auch eine? Was ganz Feines: eine handgerollte Cohiba.«

Da sagte ich nicht Nein, obwohl die Bezeichnung *handgerollt* in diesem Fall ein weißer Schimmel war.

Der Fahrtwind blies mir die ersten Streichhölzer aus. Ackergoldt reichte mir seine Zigarre, damit ich meine Cohiba daran anzünden konnte.

Die nächste Viertelstunde bestand aus reinem Genuss, während die Landschaft und einzelne Häuser an uns vorbeiglitten. Wir fuhren durch Hillentrup und Schwelentrup.

Allmählich wurde es kühler, aber es wäre eine Schande gewesen, das Verdeck zu schließen.

»Hast du schon mal ein Tier erlegt?«, fragte Ackergoldt unvermittelt.

»Nein, warum sollte ich?«

»Zum Beispiel, weil du es essen willst.«

»Ich kaufe mein Fleisch beim Metzger.«

Er lachte und zeigte mit der Zigarre in meine Richtung. »Genau die Antwort habe ich erwartet. Aber es gibt nun mal Menschen, die die Drecksarbeit machen müssen; einer von denen bin ich ...«

»Mir kommen die Tränen. – Manchmal frage ich mich echt, warum ich überhaupt noch Fleisch esse.«

»Weil es natürlich ist. Wir sind doch keine Körnerfresser.«

»Nein, aber auch keine Aasfresser, wenn ich an Gammelfleisch denke und so ...«

Ackergoldt saugte an seiner Cohiba. »Das ist doch alles Unsinn. Glaubst du, früher, ich sag' mal, vor dreißig, vierzig Jahren, ging's den Schweinen besser? Bloß weil das heute alles rationalisierter und industrieller abläuft, ist das noch lange kein Abfall, was bei uns in der Pfanne landet.«

»Neunzehnhundertsiebzig lag der Schweinefleischverbrauch pro Kopf in Deutschland bei neunundzwanzig Kilo. Heute ist er fast doppelt so hoch …« Ich hatte meine Hausaufgaben gemacht.

Er warf mir einen misstrauischen Seitenblick zu. »Hey, woher weißt du das?«

Ich hatte mir Informationen besorgt. Informationen, die nicht in jeder Zeitung standen, aber das wollte ich ihm nicht auf die Nase binden. Ohne seine Frage zu beantworten, sagte ich:

»Das Problem der armen Schweine ist, dass im Gegensatz zu früher vor allem die edlen Teile gefragt sind: Schinken, Lachs und Bauch. Der Rest ist meistens Abfall, landet im Hundefutter oder in unserer Leberwurst. Inzwischen gibt es viele Bauern, die sortieren ihre Schweine mit der Schinkenschablone. Die Schablone wird über das Hinterteil des Schweins gezogen, und dann wird ausgerechnet, wie viel Luft noch zwischen Schwein und Schinken ist. Das optimale Schinkengewicht von sechzehn bis neunzehn Kilo ist bei einem Schlachtschwein erreicht, wenn es sechsundneunzig Kilo wiegt. Jedes zusätzliche Kilo bedeutet einen Verlust für den Mäster wegen der höheren Futterkosten.«

»Was hast du dagegen einzuwenden? Die Erbsenzähler haben inzwischen überall das Sagen.«

»Die sechzig Millionen Schweine, die jedes Jahr geschlachtet werden, müssen ja irgendwo gemästet werden. Die EU-Richtlinie gesteht einem fünfzig Kilo schweren Schwein noch nicht einmal einen halben Quadratmeter zu. Wenn es ausgewachsen ist, hat es gerade mal null Komma fünfzehn Quadratmeter mehr Platz.«

»Hör mir auf mit der EU«, schimpfte Abby. »Mensch, was soll der Scheiß? Glaubst du, ich weiß das alles nicht?

»Zwei von drei Schweinen sind vollgestopft mit Antibiotika, damit sie die Mast aushalten und überleben. Bis zu fünfzehn verschiedene Wirkstoffe werden da eingesetzt. Je weniger Platz das Schwein hat, umso mehr muss man es mit Antibiotika vollpumpen. Wenn man bedenkt, dass so ein armes Schwein gerade mal sieben Monate lebt und während der Mast pro Tag eineinhalb Kilo zunehmen muss, dann kann man sich an fünf Fingern abzählen, dass das nicht mit rechten Dingen zugehen kann.«

»Und warum isst du dann also noch Fleisch, wenn du alles so genau weißt, du Klugscheißer?«

»Das Schwein vom Metzger meines Vertrauens ist nicht mit Antibiotika behandelt.«

»Behauptet er!«

»Hat er als Zertifikat an der Wand hängen. Sogar den Namen des Bauern.«

»Kein Metzger kann es sich heute leisten, alles selbst herzustellen. Auch dein Metzger kauft zu. Vielleicht sogar aus unseren Fabriken. Fleisch und Wurst werden heute produziert wie Autos oder Kühlschränke.«

Wir erreichten das winzige Bega. Die Kirche liegt direkt an der Hauptstraße.

»Bega ist eine der ältesten Stammpfarreien in Lippe«, dozierte Ackergoldt. »Schutzpatron ist der heilige Petrus ...«

Er wusste sehr viel über das kleine Örtchen zu erzählen. Als er links in eine kleine Straße bog und nach einem weiteren Kilometer vor einem schmiedeeisernen Tor anhielt, ahnte ich, warum.

»Ich zeige dir, wo ich wohne«, sagte er. Er betätigte eine Fernbedienung, und das Tor schwang auf. Wir fuhren hindurch, und als ich mich unauffällig umwandte, sah ich, wie es bereits wieder zuglitt. Mit einem leisen Klacken schloss es sich.

Einen Moment lang hatte ich den unangenehmen Vergleich mit einem Gefängnistor, das hinter mir zuging.

»Das ist einer der ältesten Höfe in der ganzen Umgebung. Hier hängt mein Herz dran. Hierher lade ich nur meine besten Freunde ein.« Er knuffte mich vertraulich in die Seite.

Er parkte den Wagen direkt neben einem der vier Häuser, die im Karree um den großen Innenhof angeordnet waren. Es waren alte, solide Fachwerkhäuser.

Ackergoldt bemerkte meinen Blick. »Früher stand hier nur ein Haupthaus. Ich habe die verfallenen Ställe abreißen lassen und die anderen Häuser hier wieder aufgebaut. Die wären sonst vermodert. Ich habe sie instandgesetzt. Mit meinen eigenen Händen«, setzte er stolz hinzu.

Ich verstand. Hier, am Ende der Welt, hatte er sich ein Refugium geschaffen. Es war die andere Seite des Abby Ackergoldt. Und es war ihm verdammt wichtig, dass ich diese Seite kennenlernte.

»Ich habe überlegt, ob ich dir nicht eine meiner Fleischfabriken zeige«, bestätigte er meine Vermutung. »Aber wahrscheinlich hättest du doch nur gekotzt. Komm mit, ich zeig dir was Schöneres!«

Bevor ich die Tür öffnen konnte, wurde sie bereits aufgerissen. Ein Leibwächter hatte sie von außen geöffnet. Er trug schwarze Turnschuhe, eine schwarze Jeans, einen schwarzen Pullover und eine schwarze, verspiegelte Sonnenbrille. Er verzog keine Miene.

»Das ist Sergio«, sagte Ackergoldt. »Ich hoffe, es macht dir nichts aus, wenn er dich kurz durchsucht?«

Ich hatte eh keine Wahl. Also stellte ich mich breitbeinig

hin, während Sergio mich rasch und professionell nach Waffen abtastete.

»Traust du deinen Freunden nicht?«, fragte ich.

»Einmal habe ich einem zu sehr vertraut …«

»Heuwinkel? Oder Schwekendiek?«

Er runzelte die Stirn. »Was willst du damit sagen? Ich meine einen anderen ehemaligen Freund. Willst du die Narbe sehen?«

»Nein danke«, winkte ich ab.

Ich schaute mich um. Auf dem Gelände entdeckte ich noch drei weitere Sergios. Sie trugen alle Schwarz. Das Tor, durch das wir gekommen waren, öffnete sich erneut. Ein unauffälliger weißer Opel fuhr auf den Hof. Das einzig Auffällige an der Familienkutsche waren die getönten Scheiben.

»Deine Leibwächter?«, fragte ich.

»Notgedrungen. Du weißt ja, was mit Herbert und Sascha passiert ist.«

Während wir auf das Haupthaus zugingen, fragte ich: »Bist du dir sicher, dass du meine Hilfe brauchst?«

Er blieb stehen und zeigte auf seine Leute. »Die können mir nicht wirklich helfen. Vielleicht können Sie den Anschlag, den der Metzger vorhat, verhindern. Aber so, wie er bisher vorgegangen ist, scheint er entschlossen zu sein, sein Ziel zu erreichen.«

»Der Metzger?«

»So nennen ihn doch jetzt alle.«

»Und du hast noch immer keinen Schimmer, wer dich ausradieren will?«

»Jemand, der Schweinemäster hasst wie die Pest, da bin ich mir sicher!«

Er führte mich durch den Torbogen ins Haupthaus. Auf dem Bogen stand: »Wer den Schinken nicht teilt, den Gottes Segen nicht ereilt.«

Ackergoldt folgte meinem Blick. »Auf diesem Hof wurden schon immer Schweine gezüchtet und ein vorzüglicher Schinken geräuchert. Im siebzehnten Jahrhundert gab es hier das jährliche Schinkenfest. Die Eheleute, die diesen Hof bewirtschaftet haben, haben zu Weihnachten die armen Familien aus der Umgebung eingeladen und Brot und Schinken verteilt.«

»Eine schöne Geste. Gibt's das Fest immer noch?«

»Heute gibt es keine wirklich Armen mehr«, behauptete Ackergoldt. »Die beziehen alle Hartz IV.«

Im Hausflur roch es angenehm nach alten Balken und nach würzigem Rauch.

»Hier räuchere ich den Schinken noch selbst. Echten Westfälischen Schinken, da leckst du dir die Finger nach.«

Wir gingen eine Treppe hinauf und kamen in einen weiteren Korridor. Ritterrüstungen und Gemälde mit ernst blickenden Herren und Damen zeugten von langer Tradition. Ackergoldt hatte seine eigene klägliche Herkunft weggewischt. Er kleisterte sie zu, indem er sich mit Historienmüll umgab.

Stolz erklärte er mir, wer auf den Bildern zu sehen war. Es handelte sich um die früheren Besitzer des Hofes. Die hatten ihr Geld noch mit ihrer Hände Arbeit verdient. Doch ich verkniff mir jeden Kommentar.

Ackergoldt führte mich in »die gute Stube«, wie er es nannte. Ich kam mir vor wie in einem Museum. Allerdings stand auch ein moderner Billardtisch darin.

Und das riesige Panoramafenster, das die ganze Breite des Raumes einnahm, wäre von keinem Denkmalamt in Deutschland genehmigt worden.

Dafür bot sich einer der schönsten Ausblicke auf die Landschaft, den ich kannte. Kilometerweit blickte man auf sanft gewellte Wiesen, Äcker und Felder. Dazwischen weideten Dutzende oder Hunderte von Schweinen. Ein fast überirdisch schöner Sonnenuntergang tauchte die ganze Szenerie in ein magisches rötliches Licht.

Ich beschirmte mit der Hand die Augen gegen das Sonnenlicht und gab mich ganz dem Zauber hin, der sich mir offenbarte. Die Schweine kamen mir vor wie kleine dralle Trolle, die träge ihr Tagwerk verrichteten. Es war ein friedlicher, erhebender Anblick, der einem das Herz wärmte, und plötzlich begriff ich, warum Ackergoldt mich hierher gebracht hatte, in sein ureigenstes Refugium.

Er wollte, dass ich das sah.

Er wollte mich beeindrucken.

Und er hatte es geschafft.

»Das ist mein persönliches Paradies«, sagte er. Er flüsterte fast. »Wenn Gott den Teutoburger Wald erschaffen hat, dann von dieser Stelle aus.«

»Da gebe ich dir recht«, sagte ich. »Das übertrifft sogar die Cohiba.«

»Dieser Vergleich ist Blasphemie, und das weißt du.«

»Was sind das für Schweine?«, fragte ich.

»Das sind Bunte Bentheimer. Die waren Ende der Neunzigerjahre fast ausgestorben. Genau aus dem Grund, den du genannt hast: Sie waren zu fett. Eisbein und Schweinebauch waren vielleicht in den Sechzigerjahren noch angesagt, aber danach nicht mehr. Zuletzt gab es in Deutschland nur noch ein paar Dutzend Zuchttiere. Du hast doch vorhin mit deinem Wissen geprotzt. Jetzt will ich dir mal ein paar Takte erzählen: Die Bunten Bentheimer kannst du nicht in der Fabrik züchten. Die brauchen ihren Auslauf, damit sie so fett werden, wie sie sind. Die Eber bringen schon mal fünf Zentner auf die Waage, und die Sauen werden hundertachtzig Kilo schwer.«

»Und dann werden sie erst geschlachtet?«

»Nein, dann sind sie zu fett. Das willst du gar nicht essen. Ein paar davon siehst du zwar da rumlaufen, aber die werden nicht geschlachtet. Das sind Zuchtschweine. Das Mastgewicht der Schlachttiere liegt so bei hundert Kilo, aber im Gegensatz zu den üblichen Mastschweinen erreichen sie das Gewicht erst nach sechs Monaten. Die kriegen noch richtig gutes Futter: Getreide, Kartoffeln, Rüben ... Erzähl du mir was von Antibiotika. Glaubst du, irgendeines von diesen Schweinen braucht so ein Zeug?«

Ich schwieg. Ich wollte ihm seine Illusionen nicht rauben. Er hatte sich hier eine heile Welt aufgebaut, damit er die andere, dunkle Seite, die er erschaffen hatte, ertragen konnte. Die der Massenfabriken, der Tötungsfabriken, der Tierquälerei und der permanenten Verachtung jeglichen Lebens.

»Ich glaube nicht mehr an die Zukunft«, sagte er. »Irgendwann in den nächsten Jahren geht der ganze Scheiß den Bach runter. Entweder, weil die Finanzhaie uns und sich selbst zerfleischt haben oder weil keiner mehr das Zeug fressen will, das aus unseren Fabriken kommt. Du hast schon recht: Irgendwann sind die Schweine, die wir züchten, wandelnde Giftfässer. Schon jetzt wird da an Skandalen mehr unter den Teppich gekehrt, als an die Öffentlichkeit gelangt. Wir stehen kurz davor, Kunstfleisch herzustellen. Weißt du, was das heißt? Wir brauchen keine Schweine mehr und den ganzen Abfall. Wir züchten nur noch, was wir brauchen: Grillwürstchen, Schinken, Schnitzel ...«

»Da vergeht mir der Appetit.«

»Mir auch. Und trotzdem habe ich einen Teil von meinem Geld in so ein Forschungsinstitut gesteckt. In Holland ... Hierzulande ist ja alles verpönt, was auch nur entfernt mit Gentechnik zusammenhängt. Ehrlich gesagt, ich glaube nicht, dass ich diesen Umschwung noch erlebe. Eher glaube ich, dass unser marodes Wirtschaftssystem zusammenbricht.«

Das musste ausgerechnet er sagen. Einer der Profiteure dieses Systems, das er gleichzeitig unterwanderte.

»Daher die Schweine?«

»Wenn alles zusammenbricht, ist das Natürliche wieder gefragt. Aber in erster Linie züchte ich die Bentheimer für mich. Mir gehört alles Land ringsum. Weißt du, wie viele Schweine hier Platz haben?«

»Keine Ahnung.«

»Ich auch nicht. Ich hab's nie ausgerechnet. Aber wahrscheinlich mehr, als ich bis zum Ende meines Lebens je essen kann. Ich bin gut versorgt.«

»Komisch«, sagte ich. »Früher haben sich die Leute Atombunker gebaut, weil sie hofften, sie könnten im Falle eines Nuklearkrieges darin überleben. Heute züchten sie Schweine.«

»Bingo. Und nicht nur Schweine. Kartoffeln, Gemüse, Getreide. Mach dich mal schlau. Das ist mittlerweile eine ganze Bewegung. Ja, es geht hauptsächlich um das Überleben nach dem großen Crash. Aber auch darum, hier und heute autark zu wirtschaften.«

Das alles hörte sich merkwürdig an aus seinem Mund.

Eine Weile standen wir schweigend da und nahmen den Anblick der untergehenden Sonne in uns auf. Ackergoldt gönnte mir diese Zeit. Ich hätte ihm nicht zugetraut, dass er so lange schweigen könnte. Schließlich fragte er: »Was willst du trinken? Whisky? Gin?«

»Ein Bier.«

»Detmolder?«

Ich nickte. Er ging zu einem riesigen schwarzen Bauernschrank und öffnete ihn. Das Möbelstück erwies sich als riesige Bar mit integriertem Kühlschrank und Eisfach.

»Habe ich selbst gebaut«, sagte er und wies auf seine riesigen Hände. »Manchmal weiß ich nicht, wohin damit. Dann muss ich was machen. Früher, als ich noch selbst geschlachtet habe, war ich glücklich. Da hatten die Hände eine Aufgabe, weißt du. Je höher ich gestiegen bin und je mehr Kohle ich gemacht habe, desto weniger hatten diese Hände zu tun. Wie Schlittenhunde, die plötzlich in einen Käfig gesperrt werden. Manchmal kribbeln meine Hände den ganzen Tag, wenn ich im Büro sitze oder in einem Meeting. Dann komme ich hierher und muss irgendetwas tun.«

Ich fragte mich, ob er mit diesen Händen auch Heuwinkel und Schwekendiek umgebracht hatte. Vielleicht hatte er sie ja auch zuvor hierher gelockt, ihnen das Panoramafenster gezeigt und sie trunken gemacht mit dem Anblick und dem anschließenden Alkohol.

Ich sah ihm genau auf die Finger. Sich selbst schenkte er einen Whisky ein. Mit viel Eis. Mir gab er eine Flasche Bier. Sie war eiskalt, mit Wasserperlen auf dem Glas wie auf einem Werbeplakat.

Ich öffnete den Verschluss, der mit einem ploppenden Zischen aufsprang, und wir stießen an.

»Auf gute Zusammenarbeit«, sagte Ackergoldt.

»Ich habe noch nicht zugesagt«, erinnerte ich ihn. »Das Geld auf meinem Konto ...«

»... ist nur eine Anzahlung. Ich habe genug davon. Aber ich habe nur dieses eine kleine Leben.«

Er machte sich tatsächlich kleiner, als er war.

Die Tür ging auf, und er zuckte zusammen. Eine Frau stand dort. Sie hatte eine Schürze an. »Ich hab' euch schon tausendmal gesagt, ihr sollt anklopfen!«, herrschte Ackergoldt sie an. Die Frau duckte sich, dann fragte sie, ob sie das Essen noch länger warm halten sollte.

»Hast du Hunger?«, fragte Ackergoldt.

Ich schüttelte den Kopf.

»Du kannst verschwinden«, befahl er der Frau. Dann wandte er sich wieder zu mir. »Gutes Personal ist heutzutage schwer zu finden.«

Ich sah ihn an. Auf seiner Stirn perlten winzige Schweißtropfen. »Du hast wirklich Schiss«, stellte ich fest. »Du glaubst, dass es heute Nacht passiert.«

»Habe ich das gesagt?«

»Warum hast du mich sonst hierher geschleppt? Um mir all das hier zu zeigen?«

Er trank hastig das Glas leer und schenkte sich noch einmal ein. Diesmal zitterten seine riesigen Hände leicht. Er trank das zweite Glas halb aus, dann öffnete er eine Schublade in dem riesigen Schrank. Er zog etwas heraus, was mir seltsam bekannt vorkam. Es war ein Galgenstrick, bei dem die Schlaufe aus zwei Würsten bestand.

»Das hing heute Morgen vor meiner Tür.«

Ich verriet ihm nicht, dass ich die gleiche Aufmerksamkeit erhalten hatte wie er.

»Ja und?«

Ungeduldig ging er im Zimmer auf und ab.

»Das hing nicht vor irgendeiner Tür, sondern vor meiner Schlafzimmertür.«

»Und was hat das deiner Meinung nach zu bedeuten?«

»Dass mir jemand an die Gurgel will. Herbert und Sascha haben genau die gleiche Warnung bekommen, bevor man sie gekillt hat.«

»Woher willst du das wissen?«

»Weil sie es mir erzählt haben, Mann! Herbert hat es noch als Witz aufgefasst, aber Sascha war halb tot vor Angst. Und dann hat's ihn doch erwischt ...«

Ich dachte an den Abend im *Steinernen Schweinchen*. Ich hatte nichts davon gemerkt, dass Sascha Schwekendiek Todesangst ausgestanden hatte. Im Gegenteil, er hatte recht gelassen gewirkt. Vielleicht hatte er sich auch nur gut verstellt.

»Du kennst dich doch aus. Hast du eine Ahnung, woher die Wurst stammt?«

Er sah mich entgeistert an: »Das ist tatsächlich die einzige Frage, die dir dazu einfällt? Die Wurst stammt aus unserem Werk!«

Jetzt war ich tatsächlich baff. »Was heißt das?«

»Aus einer der Wurstfabriken, die Herbert, Sascha und mir gehören. Die Teuto-Wurst ist unser Renner. Wir verkaufen sie in der Regel an Discounter und Supermärkte.«

Ich musste die Neuigkeit erst verdauen. Dann fragte ich: »Wenn du die Wurst schon erkennst, dann kennst du bestimmt auch denjenigen, der euch damit erschrecken will.«

Es war nur ein Versuchsballon, doch diesmal traf ich ins Schwarze. Ackergoldt sackte auf einem Stuhl zusammen. Das Holz ächzte unter seinem Gewicht. Bevor er antwortete, schenkte er sich noch einen Whisky ein. Dann sagte er: »Ich kenne die Person. Aber ich verrate dir den Namen nicht. Weil du mir doch nicht glauben würdest.«

»Wetten, dass …?«

»Der makabre Gruß stammt von Hermine.«

Ich nickte. »Ob du's glaubst oder nicht. Irgendwie habe ich mir schon so was gedacht.«

Wir prosteten uns erneut zu. Mein Bier war leer. Ackergoldt holte mir eine neue Flasche. Dann setzte er sich wieder. Ich wartete darauf, dass er weiterredete, aber er schwieg. Immer noch standen Schweißperlen auf seiner Stirn.

»Und was bezweckt sie damit?«, fragte ich schließlich.

»Sie will mich umbringen«, flüsterte Ackergoldt. »Erst Herbert. Dann Sascha. Und jetzt bin ich an der Reihe.« Sein Gesicht war leichenblass, während er sich den nächsten Whisky eingoss. »Heute Nacht …«

22.

Ich lag auf dem breiten Doppelbett und fragte mich ernsthaft, warum ich mir das antat. Ackergoldt lag neben mir und schnarchte, dass sich die Balken bogen. Ich hatte ihm geraten, sich an die Polizei zu wenden und Schutzhaft zu beantragen.

Er hatte es abgelehnt mit der Begründung, dass es Hermine auch bei ihren anderen Opfern gelungen war, sie zu töten. Bei Herbert war es sicherlich noch am einfachsten gewesen. Aber wie hatte sie Sascha in einem verschlossenen Raum ermorden können? Und wie hatte sie seine Leibwächter überlisten und in sein Haus eindringen können?

Dafür hatte ich nur eine Erklärung: Sie musste Helfershelfer haben. Ich tippte auf einen der Leibwächter, aber für die legte Ackergoldt die Hand ins Feuer.

Aber er hatte die Antwort. »Hast du dir Hermine mal genau angesehen?«, hatte er gefragt.

»Wie meinst du das?«

»Ich meine nackt. Oder im Badeanzug.«

»Worauf willst du hinaus?

»Sie ist ganz schön kräftig gebaut. Ihre Schultern sind breiter als bei den meisten Frauen. Ihr Händedruck ist ganz schön kräftig. Ihre Waden sind ziemlich muskulös. Das alles hätte dir auffallen müssen, auch wenn sie nicht nackt vor dir steht. Sie ist begeisterte Freeclimberin.«

»Sie klettert?«

»Ich habe mit eigenen Augen gesehen, wie sie ohne Seil und doppelten Boden die Externsteine hochgeklettert ist.«

Langsam verstand ich, worauf er hinauswollte.

»Ich habe erfahren, wie Herbert krepiert ist. Das war sie. Sie hat ihn auf diesen Baum gehievt und gepfählt. Und sie hat ihren Bruder Sascha umgebracht. Das Zimmer, in dem er sich verschanzt hatte, lag im ersten Stock.«

»Der Mörder hat die Tür eingetreten«, erinnerte ich ihn.

Er schüttelte den Kopf. »Die Mörderin kam durchs Fenster. Das stand offen. Hermine ist hochgeklettert und hat ihn eiskalt hingerichtet.«

Ich schüttelte den Kopf. Das alles klang zu fantastisch, als dass ich es glauben konnte. Außerdem wunderte ich mich, woher er das alles wusste.

Ich fragte ihn danach.

»Beziehungen«, wich er aus.

»Warum glaubst du, dass ausgerechnet ich dir helfen kann?«, bohrte ich nach.

»Hermine ist nach Herberts Tod bei dir untergekrochen. Sie hat einen Narren an dir gefressen.«

»Du übertreibst.«

»Nein, ich kenne sie besser als du. Ich habe die Hoffnung, dass sie auf dich hört, falls es ihr gelingt, heute Nacht hier einzudringen. Es wird nicht mehr so leicht für sie sein wie letzte Nacht. Meine Männer wissen Bescheid. Du bist bei mir. Und ich habe noch meine gute alte Doppelbüchse ...« Er ging zu seinem Waffenschrank und holte sie heraus.

»Die kannst du stecken lassen«, sagte ich. »Meinen Job erledige ich ohne Waffen.«

»Das ist nicht dein Ernst!«

Erst als ich ihm klarmachte, wie ernst es mir war, gab er sich schließlich geschlagen. Aus irgendeinem Grunde traute er mir mehr zu als seiner geliebten Doppelbüchse. Ich ließ ihn nicht aus den Augen, als er sie zurück in den Waffenschrank stellte und einschloss.

Bis Mitternacht hatten wir Billard gespielt. Jede halbe Stunde klopfte es an der Tür, und einer seiner Leibwächter kam herein, um zu melden, dass es keine besonderen Vorkommnisse gab.

Doch je später es wurde, desto nervöser wurde Ackergoldt. Im Gegensatz zu mir hielt er sich mit dem Alkohol nicht zurück. Bei jedem Geräusch zuckte er zusammen, seine Stöße wurden zunehmend unpräziser.

Als die alte Standuhr Mitternacht schlug, warf er wütend den Schläger Richtung Zifferblatt. Das Glas zersprang mit lautem Klirren. Zwei Sekunden später wurde die Tür aufgerissen, und einer der Schwarzgekleideten stand im Zimmer. Dass er eine entsicherte Walther PP in der Hand hielt, gefiel mir überhaupt nicht.

Sein Gesichtsausdruck wurde noch eine Spur verwirrter, als Ackergoldt ihn anschrie, er solle wieder auf seinen Platz gehen.

Ich schlug Ackergoldt vor, er sollte zu Bett gehen. Er hatte genug getrunken.

»Nur mit dir zusammen«, lallte er. Er umarmte mich und sagte: »Pass auf mich auf, hörst du? Versprich es mir!«

Ich nickte. Wenn das eine Show war, dann machte er seine Sache sehr gut.

Er ging voraus und führte mich ins Schlafzimmer. Das Bad war gleich nebenan. Er ließ mir den Vortritt, aber ich winkte ab.

Auch er zog sich keinen Schlafanzug an. Er streifte sich nur die Schuhe ab, rollte sich zusammen wie ein Embryo und war nach wenigen Sekunden eingeschlafen.

Ich ging zur Tür, schloss ab und steckte den Schlüssel ein. Dann überprüfte ich die beiden Fenster. Sie waren vergittert. Trotzdem schloss ich auch sie und zog die langen, schweren Vorhänge zu.

Ich war mir sicher, dass heute Nacht niemand unseren Schlaf stören würde.

Gegen vier Uhr wachte ich auf und konnte nicht mehr schlafen. Ackergoldts Schnarchen machte es unmöglich, irgendwelche anderen Geräusche wahrzunehmen.

Plötzlich wachte auch er auf. Er schrie und schlug um sich. Ich hatte meine liebe Mühe, nicht von seinen riesigen Pranken getroffen zu werden. Ich machte Licht, und schließlich gelang es mir, ihn an den Schultern zu packen und ihn wieder auf das Bett zu drücken.

Allmählich kam er zu sich. Als er mich erkannte, lächelte er. »Ein Glück, dass ich dich habe«, sagte er.

»Komm mir ja nicht zu nahe«, warnte ich ihn.

»Keine Sorge, ich bin zwar Masochist, aber nicht schwul. Trotzdem würde ich jetzt ganz gern aus deinem Munde hören, dass du nicht nur wegen des Geldes neben mir liegst.«

»Ich liege hier, weil ich nicht zulasse, dass man mich bedroht«, sagte ich ehrlich. »Ich habe die gleiche Warnung bekommen wie du.«

»Da steckt Hermine dahinter«, sagte er bestimmt. »Ich hatte einen Albtraum. Sie stand plötzlich im Zimmer. Mit einem Fleischerbeil in den Händen. Dich hatte sie gefesselt. Und dann kam sie langsam auf mich zu. Ich konnte mich nicht mehr rühren. Und als ich sie fragte, warum sie mich töten will, sagte sie, dass sie gerne Fleisch isst. Menschenfleisch ...«

»Das ist dein schlechtes Gewissen«, sagte ich. »Du solltest in Zukunft wirklich nur noch die Bunten Bentheimer züchten.«

»Auch die werden gegessen. Nur nicht so schnell ...« Er sah auf die Uhr. »Noch eine Stunde bis Tagesanbruch, dann haben wir's geschafft, oder?«

Ich zuckte mit den Schultern. »Ich glaube nicht, dass Mörder sich am Tageslicht stören.«

Er war nun hellwach. Nervös nahm er seine Gewohnheit wieder auf und ging in Socken im Zimmer auf und ab. Schließlich sagte er: »Weißt du, was ich glaube? Dass das hier eine verdammte Falle sein könnte! Wenn sie gestern hier reingekommen ist, dann schafft sie das heute auch.«

»So schnell änderst du deine Meinung?«

»Instinkt. Auf den habe ich mich immer verlassen. Und jetzt sagt mir mein Bauchgefühl, dass es verdammt unklug wäre, noch länger hier den verängstigten Mäuserich zu spielen.«

Seine plötzliche Meinungsänderung verwunderte mich. Dennoch sagte ich: »Du bist der Boss.«

»Ich habe eine Idee«, grinste er. »Da kommt keiner drauf!«

Der Hochsitz befand sich auf dem Bärenstein in der Nähe der Externsteine. Wir waren eine gute Dreiviertelstunde durch die Nacht gefahren. Zwei Mal hatte uns ein Wagen überholt. Zwei Mal hatte ich den Atem angehalten. In einem stets gleichbleibenden Abstand von zweihundert Metern folgten uns seine Leibwächter.

Irgendwo in der Pampa hatte Ackergoldt den Wagen abgestellt, und wir waren zehn Minuten zu Fuß gegangen.

Diesmal war ich es, der bei jedem Geräusch zusammenzuckte, während Ackergoldt hier draußen in der Natur aufzublühen schien. Er war wie ein wildes Tier, das sich eingesperrt gefühlt hatte. Nun war er frei. In seinem Revier kannte er jeden Grashalm, wie er sagte.

Nachdem wir auf den Hochsitz gestiegen waren, zog Ackergoldt die Leiter hoch. »Hier erwischt uns keiner. Im Gegenteil.« Er grinste und lud seine Doppelbüchse. Diesmal hatte ich sie ihm nicht ausreden können.

Als Nächstes zog er aus seiner Jagdtasche eine Flasche Wacholder und zwei silberne Schnapsbecher. Er schenkte sie voll und gab mir einen.

»Prost. Ich glaube, es war eine gute Idee, dass wir uns zusammengetan haben!«

Ich stieß mit ihm an.

Vom Hochsitz aus hatten wir einen herrlichen Blick hinunter über die Buchen- und Nadelwälder. Im Osten, da, wo sich bereits ein schmaler Silberstreif am Himmel zeigte, sahen sie aus wie schwarze Schattenschnitte.

»Ich bin oft hier. Wann immer ich Zeit habe. Hast du schon mal gejagt?«

»Nein.«

Er gab ein Schnauben von sich. Ich weiß nicht, ob es mir galt. »Dann ist dir was entgangen, mein Junge.« Er wies auf eine kleine Lichtung in dreißig Metern Entfernung. »Bei Sonnenaufgang kommen sie hierher zum Äsen: Hirsche, Rehe, Wildschweine. Alles, was du dir vor die Flinte wünschst.«

»Drückst du oft ab?«

Er lachte. »Jetzt komm mir bloß nicht mit den ollen Ressentiments gegen Jäger. Und ich erzähl dir dafür auch keine Märchen von wegen Hüter des Waldes und wir machen das ja hauptsächlich, damit es keine Überpopulation gibt, und diesen ganzen Quatsch. Jeder Jäger lebt für den Moment, wo er den Abzug drückt. Das ist ein Gefühl, das gibt dir sonst keiner. Glaub mir, es würden viel mehr Mörder und Psychopathen herumlaufen, wenn es die Jägerei nicht gäbe.«

Der Wacholder wärmte mir den Magen. Ackergoldt goss

uns noch einen Becher ein. Nachdenklich fragte ich: »Wen würdest du töten, wenn du nicht auf Wild schießen dürftest?«

Er lachte. »Da hab' ich dir ja jetzt einen Floh ins Ohr gesetzt, was? Na ja ...« Er überlegte, dann richtete er die Doppelflinte auf mich: »Vielleicht würde ich ja dich abknallen. Niemand weiß, wo du steckst ... Und wenn hier Schüsse fallen, wundert sich niemand.«

»Und deine Leibwächter?«

»Die schweigen natürlich.«

Er ließ die Waffe wieder sinken und richtete sie auf den Boden. »He, du lachst ja gar nicht. Das war nur ein Scherz, mein Freund. Ein Sche-herz! Du guckst so verdammt bescheuert ...«

Hinter ihm hatte ich eine Bewegung in den Büschen wahrgenommen. Vielleicht war es auch nur ein Tier. Ich konnte mich täuschen, aber ...

Ackergoldt fuhr herum. Er riss die Doppelflinte hoch. Plötzlich sah ich Hermine aus dem Dickicht treten. Auch sie hatte ein Gewehr dabei. Sie zielte auf uns und schrie: »Macht keinen Fehler und kommt langsam runter!«

Ackergoldt drückte den Abzug. Ich versetzte ihm einen Stoß. In dem Moment krachte nicht nur Ackergoldts Büchse. Auch Hermine schoss.

Ich spürte, wie etwas Heißes meine rechte Schläfe streifte, und schrie auf. Ackergoldt schoss ein zweites Mal. Er lachte rau, dann lud er erneut. Kurz sah er sich nach mir um. »Tut mir leid, Junge!«, sagte er. Dann sah ich, wie der Kolben seiner Büchse auf meinen Kopf zuschoss.

23.

»Das erste Mal hat er es mit Drohungen versucht, dann mit einem Elektroschocker. Vorher hat er mir die Augen mit Klebeband verbunden, damit ich nicht sehe, wo er mich hinschleppt. Es war wärmer als hier drin. Überall ist es wärmer als hier drin. Aber ich habe trotzdem gefroren. Ich war nackt, und ich konnte mir vorstellen, wie er mich mit seinen gierigen Augen anglotzt. Ich habe ihn angeschrien und ihn gereizt, weil ich wusste, dass er mit mir nichts anfangen konnte. Das hat ihn wütend gemacht, und er hat mich zusammengeschlagen. Als ich wieder aufgewacht bin, hat er es mit einer anderen Methode versucht. Er hat davon geredet, wie schön es doch an der Sonne wäre, so warm … Und wir könnten uns doch alles teilen. Ich hab ihm ins Gesicht gespuckt.«

Meine Mitgefangene sprach mit klarer Stimme. Sie stockte nicht ein einziges Mal, so als hätte sie sich alles vorher aufgeschrieben. Sie hatte mich nicht gefragt, ob ich es hören wollte. Sie hatte einfach zu reden angefangen.

Und ich stellte keine Fragen.

»Das zweite Mal haben sie mich gefesselt. Ja, es waren mehrere. Mindestens noch zwei Männer. Ich weiß nicht, ob er das allein hinbekommen hätte. Nein, er war gar nicht mehr dabei. Die weitere Drecksarbeit hat er seinen Männern überlassen. Die haben mich kopfüber an der Decke aufgehängt, und einer hat gefragt, wo denn das Geld ist, das ich haben muss. Er hat sich eine Zigarre angesteckt und gedroht, mir da-

mit die Augen auszubrennen. Er hat mir das richtig ausgemalt, und er hatte Spaß daran, mir zu erzählen, dass er bei Tieren schon mal ausprobiert hat, wie es funktioniert. Die Augäpfel platzen regelrecht. Die laufen aus wie ein Spiegelei. Als ich ihn angeschrien habe, er soll sich seine Zigarre sonst wohin stecken, hat er sie auf meinem Körper ausgedrückt. So lange, bis sie ausgegangen ist. Dann wurde ich ohnmächtig.«

Ich stellte immer noch keine Fragen. Meine Gedanken wanderten. Wann hatte ich das letzte Mal eine Zigarre geraucht? Das war noch nicht lange her. Ich konnte den Rauch förmlich riechen. Und mit dem Rauch kam die Erinnerung …

»Ich weiß nicht, wie oft sie mich gefoltert haben. Ich habe kein Zeitgefühl mehr. Wenn ich das nächste Mal nicht rede, haben sie mir was besonders Übles angedroht. Es hängt mit dir zusammen …«

Zum ersten Mal horchte ich auf.

»Einer hat mich gefragt, ob ich weiß, wie man Ferkel kastriert. Natürlich weiß ich das, habe ich gesagt. Man schneidet ihnen einfach die Eier ab. Ja, aber ohne Betäubung, hat er gesagt, und er hat gelacht, und dabei hat er mit einem Skalpell herumgefuchtelt. Dann hat er gesagt, wenn er mich so anschaut, kämen ihm auch so ein paar Ideen, aber es wäre doch schade um meinen Körper und so. Er hat wieder gefragt, wo das Geld ist, und als ich nicht geantwortet habe, hat er das Skalpell angesetzt …«

24.

Mein Kopf war seltsam klar. Wenn da nicht diese allumfassende Dunkelheit gewesen wäre, dann hätte ich gedacht, ich wäre draußen im Freien. Der klare Kopf ließ mich selbst die Finsternis anders empfinden. Sie vibrierte und strahlte, und freundlich lächelnde Wesen tanzten darin.

Ich fragte mich, ob das der Moment vor dem Tod war. Oder der Moment vor dem Wahnsinn. Das Merkwürdigste war, dass ich mich plötzlich wieder erinnerte.

An alles!

»Bist du wach?«, fragte Hermine.

Ich nickte, bis mir einfiel, dass sie mich nicht sehen konnte. »Ja«, sagte ich. »Und ich weiß wieder, was passiert ist. Du hast auf mich geschossen …«

»Ich wollte ihn *treffen. Ich habe schlecht gezielt. Dann haben seine Leute mich überwältigt, und ich bin hier gelandet. Sieht nicht gut aus für uns.«*

»Wie lange sind wir schon hier?«

»Keine Ahnung. Ein paar Tage, schätze ich.« Sie sprach leise, fast flüsternd, so als hätte sie Angst, man könnte uns belauschen. »Er ist ein Teufel«, fuhr sie fort. »Er wird uns hier nicht lebend rauslassen. Und wenn ich ihm sage, wo das Geld ist, erst recht nicht.«

»Ich habe Hunger«, sagte ich. »Du auch?«

»Nein.«

Ich griff nach oben und pflückte eine Wurst von der Decke.

Ich achtete darauf, dass ich keinen Schinken erwischte. Der war zu salzig. Am besten war die Leberwurst. Und die Sülze.

»Das Geld?«, fragte ich schließlich. »Du redest immer von Geld …«

»Die drei, Herbert, Sascha und dieser Dreckskerl Abby, wollten ganz groß absahnen. Es hat ihnen nicht gereicht, dass sie schon Millionen gescheffelt hatten, vor allem Abby. Sie hatten ja schon alles durch, um aus ihrem Geschäft mit dem Fleisch das Letzte rauszuholen. So richtig gut ist es in den letzten Jahren auch nicht mehr gelaufen. Sie hatten sich zu viele Skandale geleistet: umetikettiertes Fleisch, illegale Arbeiter, die wie Sklaven gehalten wurden, Steuerbetrug. Vor allem das Finanzamt hat ihnen in den letzten Jahren zu schaffen gemacht. Da standen gewaltige Nachforderungen im Raum. Sascha war der Erste, der ernsthaft daran dachte, die Schulden zu begleichen, einen Strich zu ziehen und ganz neu anzufangen. Aber davon wollte Abby nichts wissen. Und dann kam er vor zwei Jahren mit einer neuen Geschäftsidee daher …«

Sie machte eine Pause. Erst jetzt merkte ich, wie sehr das Sprechen sie erschöpfte. Ich bekam Durst und schleckte das Eis von der Wand. Es schmolz, kaum dass ich mit der Zunge darüberfuhr. Und plötzlich wusste ich, was hier los war.

»Das Eis schmilzt! Es wird wärmer«, sagte ich. Es war, als hätte die höhere Temperatur auch die Sperre in meinem Kopf zum Schmelzen gebracht.

»Freu dich nicht zu früh«, sagte Hermine. »Wer weiß, was sich die Schweine jetzt wieder ausgedacht haben.«

»Erzähl weiter!«, bat ich. »Was war das für eine Geschäftsidee?«

»Abby hatte gelesen, dass die Chinesen ganze Städte fälschen. Sie nennen sie zum Beispiel Parma und stellen dort

Schinken her. Danach bieten sie ihn auf dem Weltmarkt ganz offiziell und legal als Original Parma-Schinken an.«

»Das klingt wie aus einer Komödie.«

»Ist es aber nicht. Bei anderen hochpreisigen Produkten machen sie es genauso: Im chinesischen Cremona werden Original Cremona-Geigen hergestellt.«

»Und irgendwann dann mal Panzer aus Deutschland …«

»Sonst hast du keine Probleme? Abby hat den beiden anderen das Projekt schmackhaft gemacht. Was die Chinesen können, könnten sie doch auch. Außerdem hatten sie sowieso Überkapazitäten, und zwei, drei Fabriken im Osten liefen mehr schlecht als recht. Dorthin wurde die sogenannte Parma-Produktion verlagert. Es gab auch Serrano-Schinken und Original Mailänder Salami. Alles, was der Markt verlangt.

Herbert war offiziell der Geschäftsführer. Das Geschäft lief bestens. Damit es nicht auffällt, wurde alles schön am Finanzamt vorbei auf Liechtensteiner Konten transferiert. Dort sollte es vorerst auch bleiben, damit ihnen keiner auf die Schliche kommt. Dann hat sich Abby an der Börse verzockt. Er hat Millionen verloren und brauchte Geld. Herbert hat sich geweigert. Da hat Abby dann zu anderen Mitteln gegriffen …«

»Er hat deinen Mann gefoltert.«

»Es sah aus wie die Tat eines Wahnsinnigen, aber ich habe gleich gedacht, dass Abby dahintersteckt. Ich hatte Angst …«

»Das habe ich gemerkt. Warum hat er ihn eigentlich in den Wald geschafft?«

»Mir hat er gesagt, er hat uns damit abschrecken wollen. Sozusagen als warnendes Beispiel. Außerdem hat er damit falsche Spuren legen wollen.«

»Aber er musste doch damit rechnen, dass Herbert reden würde.«

»Das wäre ihm fast zum Verhängnis geworden. Er hat gedacht, Herbert wäre schon tot, als er ihn gepfählt hat. So weit ging sein Hass nicht, dass er ihm diese Prozedur bei lebendigem Leibe antun wollte.«

»Er hat behauptet, du wärst die Einzige, die es bewerkstelligt haben könnte, Herbert oben auf den Baum zu befördern. Er wusste, dass Klettern dein Hobby ist.«

»Meine Passion«, sagte sie. »Aber du musst nicht groß klettern können, um das zu bewerkstelligen. Abby hat seine Leute für diese Drecksarbeit. Und er wird einen Flaschenzug benutzt haben, mit denen man Schweine oder Rinder hochhievt. Damit kennt er sich ja aus.«

»Aber wann hat er deinen Bruder umgebracht? Ich war die ganze Zeit mit ihm zusammen ...«

»Bist du sicher?«

»Ja. Das heißt, nein. Ich habe zwischendurch geschlafen.« Ich erzählte ihr, was passiert war, nachdem sie weggefahren war. »Ich war mir so sicher, dass Abby Ackergoldt kein Mörder ist ...«

»Er kann sich verstellen. Er ist der perfekte Verwandlungskünstler, was seine Mimik betrifft. Was du gesehen hast, waren Krokodilstränen. Oder er war traurig, dass Sascha das Geld nicht hatte.«

»Wer hat es dann?«

»Ich. Und ich habe es gut versteckt. Bist du jetzt zufrieden, weil du es weißt?«

»Ja. Und wenn du mir verrätst, wo es ist, werde ich es Abby verraten.«

»Du bist verrückt. Glaubst du, er wird uns dann laufen lassen?«

Es war eine Frage, über die ich die nächste Stunde nachdachte.

Währenddessen stieg die Temperatur weiter an.

Zunächst war es eine angenehme Wärme, doch dann fing ich allmählich an zu schwitzen.

»Warum wolltest du Abby umbringen?«, fragte ich irgendwann.

»Weil er sonst mich umgebracht hätte. Leider habe ich nicht getroffen. Ich hätte ihn am Abend vorher umbringen sollen, aber ich wollte es auskosten. Ich wollte, dass er genauso viel Angst aussteht, wie auch Herbert ausgestanden haben muss.«

»Du warst wirklich in seinem Bauernhaus?«

»Ich bin durch ein Fenster geklettert. Und dann habe ich ihm den Wurstkranz vor die Schlafzimmertür gehängt. Ich hätte ihn lieber abknallen sollen, dann säßen wir jetzt nicht hier.«

»Kennst du dich mit Kühlhäusern aus?«, fragte ich Hermine.

»Eigentlich nicht. Aber jetzt weiß ich, dass man sie auch beheizen kann.«

Es wurde so heiß, dass ich mir die Kleider vom Leibe riss. Ich kam mir vor wie in einer Sauna.

Nur dass die Luft noch schlechter war. Ich bekam Atemnot. Hermine hustete.

Die Zunge klebte mir am Gaumen wie eine ausgedörrte Pflaume. Sie schien nicht zu mir zu gehören. Ich wollte sie ausspucken und würgte.

Irgendwann lag ich flach auf dem Boden.

Die Tür wurde aufgerissen. Licht drang herein.

Jetzt war ich an der Reihe.

25.

Als ich hochblickte, sah ich in Sares besorgtes Gesicht. Wahrscheinlich hatte ich eine Vision. Wie bei diesen Mönchen.

»Was bist du für einer?«, fragte ich.

»Häh?«

»Benediktiner? Buddhist? Oder der Teufel?«

»Ich bin's nur, Sare. Sorry, Chef.« Sie bückte sich zu mir herunter und schleifte mich aus der Kammer. Ich atmete die Luft ein wie ein Ertrinkender.

»Ganz schön dicke Luft da drin«, sagte Sare. Dann kümmerte sie sich um Hermine. »Ein Scheißversteck habt ihr euch da ausgesucht«, schimpfte sie. »Wir haben euch drei Tage lang gesucht.«

»Drei Tage. Mir kommt's vor wie eine Ewigkeit …« Ich schaute an ihr vorbei und sah zwei schwarz gekleidete Gestalten gefesselt am Boden liegen. Abbys Schergen. »Warst du das ganz allein?«, fragte ich.

»Spinnst du? Aber wozu habe ich meine Familie? Aber wenn ich euch so anschaue, habt ihr jetzt einen Arzt nötig. Vor allem sie.« Sie wies auf Hermine.

Hermines Körper war blutverkrustet. Die Wunden würden sicherlich bald heilen. Ob ihre Seele Narben davontrug, würde die Zeit zeigen.

»Wie habt ihr uns überhaupt gefunden?«, fragte ich schwach.

»Du hattest noch mein Handy, weißt du nicht mehr?«

Ich nickte. »Dieses verwanzte Ding!«

»Dieses verwanzte Ding hat dir den Arsch gerettet. Meine Familie hat dich geortet. Dann haben sie begriffen, dass ich ganz woanders war. Na ja, und zwischendurch hat sich mein Bräutigam als ziemliches Arschloch herausgestellt. Der hatte nämlich schon ein paar Frauen. Willst du alles gar nicht wissen, oder?«

»Ich will alles wissen!«, protestierte ich schwach.

»Ich also mit meiner Familie zu Ackergoldts Haus, weil das Handy bei ihm war. Er hat's dir abgenommen. Erst dachte ich, dass er dich gefangen hält, also haben wir ihn zwei Tage lang rund um die Uhr beobachtet. Dann wurde mir klar, dass du nicht mehr auf seinem Grundstück bist. Er selbst hat leider nicht den Fehler gemacht, sich persönlich um euch zu kümmern. Dafür hatte er ja diese beiden Macker. Schließlich haben wir sein Haus gestürmt und ihn verhört.«

»Wir?«

»Meine Geschwister und ich. Meine Brüder haben echt fiese Verhörmethoden drauf. Ich kann mir so was nicht angucken, weißt du. Abby Ackergoldt ist gar nicht so ein harter Kerl, wie er tut. Es hat vierundzwanzig Stunden gedauert, bis er verraten hat, wo ihr steckt.«

»Wo sind wir hier überhaupt?«

»In Verl. Das Haus gehört Ackergoldt. Früher war das hier mal eine Metzgerei, jetzt ist es eine Ruine ...«

Von draußen drang Sirenengeheul herein.

Ich tastete nach Hermines Hand und drückte sie.

»Alles wird gut«, flüsterte ich. »Alles ...«

26.

Wir hatten es uns am Bärenstein auf einer Wiese bequem gemacht und lehnten mit dem Rücken an einem Baumstamm. Die Sonne schien und wärmte uns. Hermine hatte alles dabei für ein Picknick. Sie schenkte uns Kaffee ein und gab mir ein Schinkenbrot.

»Eigentlich habe ich mir geschworen, nie wieder Schinken zu essen«, sagte ich. »Aber es schmeckt einfach zu gut.«

»Und ich habe mir geschworen, nie wieder mit einem Mann auszugehen. Aber …«

»Aber?«

Sie gab mir einen Kuss. »Es schmeckt einfach zu gut.«

Das Handy summte. Ich zog es aus der Tasche und drückte den Anrufer weg.

»Wer war es diesmal? Dein Freund Ollie? Norbert? Die Gräfin …?«

»Abendroth«, sagte ich grinsend. »Er hat mir immer noch nicht verziehen, dass ich die Reportage für ihn nicht schreibe. Er hat mir sogar angedroht, mir Sare auf den Hals zu hetzen!«

Sare war wieder in den Schoß der Familie aufgenommen worden. Ihr und ihren Geschwistern verdankten wir unser Leben. Ich war es ihnen schuldig, dass ich nichts über sie schrieb. Wenigstens das!

Und Ackergoldt? Er hatte gestanden, seine Partner umgebracht zu haben. Er hatte Herbert Heuwinkel gefoltert. Und als der schwieg, hatte er ihn zur Abschreckung gepfählt. Denn unter der Folter hatte Heuwinkel Sascha Schwekendiek ins Spiel gebracht.

Schwekendiek hatte geahnt, dass er der Nächste sein würde. Alles war so abgelaufen, wie Hermine es mir erzählt hatte. Mit ein paar kleinen Änderungen:

In den zwei Stunden, die mir fehlten, nachdem ich auf der nächtlichen Tour mit Ackergoldt im Puff gelandet war, hatte er Tatsachen geschaffen.

Er hatte mir ein Mittel verabreicht, dass mich in Tiefschlaf versetzte.

Ein ähnliches Mittel hatte er Sascha Heuwinkel im *Steinernen Schweinchen* untergemischt. Es wirkte erst sehr viel später, als Heuwinkel schon wieder zu Hause war.

Nachdem Hermine gefahren war, hatte sich Schwekendiek in seinem Schlafzimmer eingeschlossen. Jemand hatte geklingelt. Ackergoldt. Der wollte mit ihm reden.

In seiner Panik rief Schwekendiek Hermine an. Sie kam sofort zurück, um ihrem Bruder beizustehen.

Als sie klingelte, machte niemand auf. Sie hatte einen Haustürschlüssel.

Schließlich stand sie vor der von innen verschlossenen Schlafzimmertür.

Ihr Bruder antwortete nicht, als sie ihn anflehte, die Tür zu öffnen.

Plötzlich stand Ackergoldt hinter ihr.

Er gab vor, er sei genau wie sie in Sorge um seinen Freund. Kurzerhand hob er die Tür aus den Angeln.

Als sie in das Zimmer kamen, lag Sascha Schwekendiek scheinbar tot neben seinem Bett.

Hermine geriet in Panik, und Ackergoldt beschwor sie, das Weite zu suchen. Er würde sich um den Toten kümmern …

Hermine flüchtete.

Doch Sascha Schwekendiek war nicht tot.

Das war er erst, als Abby Ackergoldt mit ihm fertig war und wusste, dass dieser nichts mit dem beiseitegeschafften Geld zu tun hatte.

Dafür war Hermine sich darüber im Klaren, als sie las, dass ihr Bruder bestialisch hingerichtet worden war, dass sie als Nächste auf der Liste stand. Allerdings war sie sich am Anfang nicht ganz sicher, ob wirklich Abby der Mörder war. Er hatte auch ihr etwas vorgespielt …

Meine Gedanken kehrten wieder in die Gegenwart zurück.

Ich hatte einfach keine Lust gehabt, mich wieder in die Abgründe dieser Mordserie zu begeben. Das hatte ich auch Abendroth gesagt.

»Ich habe ihm angeboten, dass er von mir einen anderen Artikel bekommt. Einen über die Missstände in deutschen Pflegeheimen.«

»Du nimmst den Tod der alten Dame persönlich, oder?«

Ich nickte. »Ich hatte keine Lust, mich darum zu kümmern. Ich habe die Sorgen der Gräfin für ihr übliches Gejammer gehalten. Lotte Unverzagt hat noch drei Tage lang gelebt, bevor sie qualvoll gestorben ist.«

»Schau!«, sagte Hermine plötzlich. Sie wies in den wolkenlosen Himmel.

Zwei Rotmilane drehten dort ihre beeindruckenden Pirouetten. Immer wieder stiegen sie mit atemberaubender Geschwindigkeit in die Höhe, um sich im nächsten Moment trudelnd wieder hinunterzustürzen. Einer der Vögel, das Männchen, hatte einen Zweig im Schnabel – als Geschenk für die Braut.

»Das sieht nach einem Hochzeitsritual aus«, sagte ich und biss in das Schinkenbrot.

»Ihr Männer habt keinen Sinn für Romantik«, tadelte Hermine. »Wie kannst du in so einem Moment ans Essen denken?«

Sie schrie auf. Einer der Greifvögel hatte seine Hinterlassenschaft auf ihrem Kleid hinterlassen. Ihrem Gesichtsausdruck nach hätte sie dem Vogel am liebsten den Hals umgedreht. Als sie sah, dass ich sie grinsend anschaute, musste sie lachen.

»Das bringt Glück!«, sagte sie.

»Dann ist ja alles gut«, sagte ich.

Denn Glück, so heißt es, ist die Gesundheit der Seele.

So gesehen, konnten wir nicht genug davon bekommen.

Epilog

Die weitere abenteuerliche Reise der Lotte Unverzagt und wie sie letztlich ihre Freundin Lieschen erreichte, soll hier nicht mehr erzählt werden. Sie ist insofern nicht von Belang, als die Gräfin sich anhörte, was Lotte zu erzählen hatte, sich dann jedoch, nach telefonischer Beratung mit ihren Damen vom Landfrauenklub, unverzüglich mit dem Seniorenzentrum St. Agnes in Verbindung setzte.

Während sie die erschöpfte Seniorin mit Kaffee und Kuchen stärkte, wartete sie auf die Pfleger. Es handelte sich um zwei robuste Osteuropäer, die nur gebrochen Deutsch sprachen.

Lieschen Maier hatte Bedenken und ein schlechtes Gewissen. Vor allem, als sie merkte, dass Lotte offensichtlich Angst hatte und sich mit Händen und Füßen wehrte, als die beiden Männer sie in den Wagen bugsierten. Sie glaubte zu sehen, wie sie Lotte im Wageninnern mit Gewalt die Arme auf dem Rücken fesselten, aber sie war sich nicht sicher.

Sie nahm sich fest vor, ihrer alten Freundin in den nächsten Tagen einen Besuch abzustatten und nach deren Wohlergehen zu sehen. Aber dann kam doch alles anders. Sie hatte genug zu tun mit ihren eigenen Angelegenheiten.

Stutzig wurde sie erst, als abermals eine kleine Meldung in der Zeitung erschien, dass man Lotte Unverzagt noch immer nicht gefunden habe.

Da rief sie wieder im Seniorenzentrum St. Agnes an, und eine freundliche Dame an der Rezeption verband sie mit einer noch freundlicheren Dame, die sich ihr Anliegen sehr lange anhörte, um dann zu versichern, dass alles in Ordnung sei. Nein, verbinden könne sie sie jetzt nicht, Frau Unverzagt schlafe gerade.

Da der Anruf um siebzehn Uhr nachmittags erfolgte, schien dies der Anruferin eine recht ungewöhnliche Zeit zu sein für ein Mittagsschläfchen. Sie rief bei der Polizei an und erfuhr, dass Lotte Unverzagt mitnichten wiederaufgetaucht war.

Als die Gräfin der Polizei daraufhin mitteilte, dass Lotte bei ihr gewesen war, dass sie dann aber wieder abgeholt worden sei, hörte man ihr geduldig zu. Man fragte schließlich, ob sie denn einen Zeugen für ihre Aussagen benennen könne.

Nein, das konnte sie nicht.

Der Polizist, der ihre Aussage aufnahm, versprach, sich darum zu kümmern. Doch schon als sie auflegte, hatte die Gräfin das Gefühl, dass man sie nicht ernst nahm.

Zwei Tage später stand folgende kleine Notiz zum Fall Lotte Unverzagt in der Zeitung:

Die 91-jährige Rentnerin, die vor zwei Wochen aus einem Pflegeheim nahe Horn weggelaufen war, wurde gestern tot aufgefunden. Allem Anschein nach überquerte die alte Frau die B239 und schob sich mithilfe ihres Rollators einen schmalen Feldweg hoch. Dabei stürzte sie offensichtlich in einen Graben, brach sich dabei beide Arme und konnte sich ohne fremde Hilfe nicht mehr befreien. Nach Angaben der Polizei ist Lotte U. verdurstet.

Die Unfallstelle befindet sich nur dreihundert Meter Luftlinie von dem Seniorenzentrum entfernt.

Ein Fremdverschulden, so die Polizei, wird ausgeschlossen.

Personenregister:

Moritz Morgenstern: Journalist und Menschenzuhörer

Hermine Heuwinkel: Schauspielerin und Fabrikantengattin

Dieter Grabowski, genannt Duffy: Butler und Ekel

Lisa Maier, genannt »Die Gräfin«: Queen-Verehrerin und Umweltaktivistin

Oliver Dylan Dickens, genannt Ollie: Ein Engländer im Teutoburger Wald, Berufsoptimist und Jungspund

Phillip Abendroth: Strippenzieher und Chefredakteur

Norbert Decarli: Polizist und Schwerenöter

Ingo Krause: Schnauzbartträger und scharfer Hund

Dr. Amelie Rosenstolz: Oberstaatsanwältin und Engländernärrin

Sare: Kurdin und Geheimniskrämerin

Wilbur Drinkwater: Wagner-Enthusiast und Ollies Vetter

Herbert Heuwinkel: Unternehmer und Politiker

Abby Ackergoldt: Unternehmer und Riesenwüchsiger

Sascha Schwekendiek: Unternehmer und jemandes Bruder

Thomas »Gus« Backus: Elvis-Fan und Fleischexperte

Aus der Speisekarte des *Rübezahl*
Mit Weintipps von Carsten Sebastian Henn

Cordon bleu vom Lamm mit Stilton
von Ralf Zacherl

Zutaten (für 4 Personen):

700 g schierer Lammrücken
80 g Stilton
4–8 Scheiben Coppa-Schinken
½ Bund glatte Petersilie
2 Zweige Rosmarin
100 g Pain de mie
0,1 Liter Olivenöl
40 g Butter

Zubereitung:

Lammrücken in 8 Medaillons schneiden und flach klopfen. Stilton in 4 gleich große Scheiben schneiden und mit Coppa umwickeln. Den Stilton zwischen zwei Medaillons füllen und fest andrücken.

Rosmarin zupfen und mit der Petersilie fein hacken, dann mit dem Pain de mie mixen, bis ein schönes grünes Kräuter-Pain de mie entsteht. Den Lammrücken damit panieren und in Olivenöl auf beiden Seiten je 1 bis 2 Minuten anbraten, 3 bis 5 Minuten ruhen lassen und in Butter kurz nachbraten. Schnell servieren (das Lamm sollte außen grün, innen noch rosa sein und die Füllung heiß).

Carstens Weintipp:

Der kräftige Stilton und der würzige Coppa brauchen einen starken Partner: Ein halbtrockener Riesling kann problemlos mithalten. An Mittelrhein und Mosel findet man hervorragende. Eine Spätlese sollte es schon sein.

Flammkuchen (mit westfälischem Schinken) von »Genießerin«

Zutaten:

200 g Mehl
2 EL Öl
125 ml Wasser
Salz
200 g Crème double
200 g Zwiebeln
100 g westfälischer Schinken (statt Speck)
etwas süße Sahne

Zubereitung:

Aus Mehl, Öl, Wasser, Salz einen geschmeidigen Knetteig herstellen; er darf sich nicht klebrig anfühlen.

Zwiebeln in dünne Scheiben schneiden; Schinken ebenfalls in schmale Streifen schneiden.

Teig sehr dünn ausrollen, mit Crème double bestreichen.

Zwiebeln und Speck darauf verteilen.

Im vorgeheizten Backofen auf höchster Stufe ca. 15 bis 20 Minuten backen.

Carstens Weintipp:

Zu dieser elsässischen Spezialität gehört ein elsässischer Wein, zum Beispiel ein schön gekühlter Silvaner, der mit Schinken und Zwiebeln wunderbar harmoniert.

Croque Monsieur – 2 Portionen
von Erika Weigele

Zutaten:

4 Scheiben Toast
Butter
2 Scheiben Hartkäse (Emmentaler, Gruyère)
2 Scheiben gekochter Schinken
Zur Garnitur: Rohkost, Dressing, Ketchup, Mayo, evtl.
1 Spiegelei

Zubereitung:

Croque Monsieur (von *croquer* = knacken, krachen, beißen) ist die französische Variante des Sandwiches und ein beliebter Fastfood-Snack in französischen oder belgischen Kneipen und Bistros.

1 Scheibe Toast mit Käse und Schinken belegen, 2. Scheibe darauflegen. Dafür sorgen, dass der Belag nicht zwischen den Brothälften heraushängt.

Das zweite Sandwich genauso machen. Beide außen (!) mit Butter bestreichen und in ein vorgeheiztes Waffeleisen legen. Eisen schließen und ca. 3 bis 5 Minuten grillen, je nach gewünschtem Bräunungsgrad. Durch den Druck wird die Füllung fest von einem Toastmantel umgeben, man erhält sozusagen eine Art »Sandwich-Calzone«.

Wenn man kein Waffeleisen hat, kann man die Sandwiches auch in einer Pfanne ausbacken.

Wird klassisch diagonal durchgeschnitten, mit einem Rohkostsalat serviert und wahlweise mit Ketchup oder Mayo.

Für Kinder gibt's den Croque gerne ohne Grünzeug mit einer Serviette umwickelt auf die Hand (Croque uit't vuistje).

Legt man ein gebackenes Spiegelei auf den fertigen Croque, heißt das Ganze Croque Madame.

Carstens Weintipp:

Ein schönes Bier, vorzugsweise ein Dunkles.

Schweinefilet auf Rhabarber
von Carola Wendt

Zutaten:

1 Schweinefilet
½ Bund frischer Salbei
2 Knoblauchzehen
5 Scheiben Parma- oder anderer Schinken
4 Stangen Rhabarber
5 EL Olivenöl
Meersalz
Schwarzer Pfeffer aus der Mühle
2 EL Zucker

Zubereitung:

Die Hälfte der Salbeiblätter in einen Mörser geben, die beiden grob gehackten Knoblauchzehen dazugeben und gut zerstoßen. Nun das Olivenöl dazugeben und gut vermengen. Das parierte Schweinefilet damit bestreichen und mindestens 1 Stunde ziehen lassen.

Den Rhabarber waschen und in 5 bis 7 cm lange Stücke schneiden, mit dem Zucker bestreuen, durchmischen und ziehen lassen. Den Backofen auf 220° vorheizen.

Den Rhabarber in eine feuerfeste Form geben (kein Aluminium, da verfärbt sich der Rhabarber). Das Schweinefilet salzen und pfeffern, mit dem Schinken umwickeln.

Das Schweinefilet in das Rhabarberbett legen. Die restlichen Salbeiblätter und die restliche Marinade und noch etwas Olivenöl darübergeben. Ein Stück Backpapier zerknüllen, anfeuchten und so über das Fleisch legen, dass das Papier über den Rand der Form reicht.

Jetzt alles zusammen für 15 Minuten in den vorgeheizten Backofen geben. Dann das Backpapier entfernen und nochmals 15 Minuten backen. Das Fleisch dann aus dem Ofen nehmen und ca. 5 Minuten ruhen lassen.

Das Schweinefilet in dicke Scheiben schneiden. Etwas Rhabarber auf dem Teller anrichten, das Schweinefilet daraufgeben und den herrlichen Bratensaft darübergießen. Dazu gebratene Drillinge (kleine Kartoffeln) reichen.

Carstens Weintipp:

Zum säuerlich-prickelnden Rhabarber passt hervorragend etwas ebenfalls Spritziges: ein spanischer Cava – die iberische Antwort auf den Champagner. Gekühlt aus Sektflöten – und nicht aus Sektschalen – zu genießen. Schaumwein ist viel zu lecker, als dass man ihn nur als Aperitif trinken sollte. Dieses Gericht bietet die Möglichkeit, mal einen Hauptgang mit feinem Blubberwasser zu begleiten.

Schinkenrezept von Jürgen Reitemeier

Pro Kilogramm Schinken 45 Gramm Pökelsalz nehmen und den Schinken damit einreiben. Den Schinken dann einen Tag in ein Plastikgefäß legen. Anschließend das gezogene Wasser abgießen.

In der Zwischenzeit eine Lake kochen und den Schinken damit übergießen, bis er ganz von der Lake bedeckt ist. Dazu kann man den Schinken mit einem Brett und einem mit kochendem Wasser überbrühten Stein beschweren.

Achtung! Die Lake muss vor dem Übergießen vollständig abgekühlt sein.

Rezept für die Lake

Zutaten für 10 Liter Lake:

10 Liter Wasser
1 kg Salz
200 g brauner Kandiszucker
ca. 20 Nelken
ca. 80 Wacholderbeeren
10 TL Kümmel
20 TL Fenchel
2 Sternanis
10 TL schwarzer Pfeffer
5 TL grüne Kardamomschoten
10 TL Pimentkörner
100 g Ingwer

10 Knoblauchzehen
1 Zimtstange
10 Lorbeerblätter
2 bis 3 Zweige Rosmarin

Zubereitung:

Das Salz und den Kandiszucker in zehn Liter Wasser aufkochen.

Gewürze grob zerstoßen, in einen Teefilter füllen und in die Lake geben. Den in Scheiben geschnittenen Ingwer, die leicht zerdrückten Knoblauchzehen, die Zimtstange und die Lorbeerblätter sowie den Rosmarin ebenfalls hinzufügen. Kurz aufkochen und dann abkühlen lassen.

Nach einer Woche sollte die Lake erneuert werden. Es empfiehlt sich, auch die Gewürzmischung und die Zutaten zu erneuern.

Ein zehn Kilogramm schwerer Schinken sollte 21 Tage in der Lake liegen. Leichtere Schinken entsprechend kürzer.

Anschließend wird der Schinken ca. 36 Stunden gewässert. (Mit klarem Wasser bedecken und mit Brett und Stein beschweren.)

Anschließend den Schinken mit einem Tuch abtrocknen und die Gewürzmischung (wie oben für den Teefilter) neu zusammenstellen. Zusätzlich noch 10 Lorbeerblätter, 5 Esslöffel Meersalz und zehn Esslöffel braunen Zucker dazugeben. Wer will, kann auch noch 10 Teelöffel Knoblauchgranulat und 5 Teelöffel Ingwergranulat dazugeben. Alle Zutaten in einer Kaffeemühle fein mahlen und anschließend mit Obstler (genau! mit Schnaps) zu einem Brei verrühren. Damit den Schinken einreiben und drei Tage durchziehen lassen.

Den Schinken dann in einen gut durchlüfteten Raum hängen. In modernen Gebäuden sollte man zumindest zeitweise einen Ventilator benutzen. In den Raum, in dem der Schinken trocknet und reift, dürfen keine Fliegen eindringen können. Wenn das nicht gewährleistet ist, muss der Schinken mit einem Schinkennetz geschützt werden.

Den Schinken alle drei Tage mit klarem Wasser abwaschen. (In das Wasser kann auch etwas Salz gegeben werden). Am besten nimmt man zum Abwaschen ein feuchtes Tuch.

Traditionell beginnt man mit dem »Schinkenmachen« ab Gallus (16. Oktober). Angeschnitten wird er, wenn der Kuckuck ruft.

Wie fest, also wie trocken der Schinken sein soll, ist Geschmackssache.

Die Angaben gelten für einen Schinken von 10 Kilogramm (Ausgangsgewicht).

Carstens Weintipp:

Der ideale Begleiter zu einem angenehm salzigen Schinken ist ein Rosé, bevorzugt aus Südeuropa. Man kann auch einen Sherry Fino dazu trinken.

Schinkenabschied
von Anne Eikmeier

Also, man nehme …

Dieses Gericht war hier in Lippe auf den alten Bauernhöfen, zu denen auch die Stätte Eikmeier in Holzhausen gehörte, weitverbreitet.

Man kochte es, wenn sich der Schinken vom selbst geschlachteten Schwein, der meist auf einem trockenen Dachboden hing und regelmäßig mit Salzwasser abgerieben wurde, dem Ende zuneigte.

Daher der Name *Schinkenabschied.*

Ich kann nur ungefähre Angaben machen und muss dazu etwas in meinem Gedächtnis »kramen« …

Meine Großmutter Louise Eikmeier bereitete es immer für uns zu, und es schmeckt so richtig nach Kindheit! Zumal wir zu diesem Gericht immer, für uns supertoll, da ganz selten, Ketchup essen durften!

Zutaten und Zubereitung:

500 g Makkaroni bissfest kochen

500 g festkochende Pellkartoffeln (vom Vortag) in dünne Scheiben schneiden

1 große Zwiebel in dünne Ringe schneiden und in etwas Butter andünsten

Etwa 250 bis 300 g Schinken in kleine Würfel schneiden und kurz zu den Zwiebeln geben

4 bis 6 Eier mit etwas Milch verquirlen, gut salzen und pfeffern (typisch lippisch) und mit etwas geriebener Muskatnuss abschmecken. Kartoffelscheiben, gewürfelten Schinken, gekochte Nudeln und gedünstete Zwiebelringe abwechselnd in die mit Butter ausgestrichene Auflaufform geben. Eiermilch darübergießen, alles durchmengen und für ca. 10 Minuten in den auf 200° vorgeheizten Backofen schieben, bis die Eiermasse leicht stockt.

Carstens Weintipp:

Zu diesem deftigen Gericht bietet sich ein Grauburgunder aus Baden an; für Freunde italienischer Weine ist Pinot Grigio die richtige Wahl – allerdings sollte es schon ein guter sein, denn sonst geht der Wein vor dem Schinkenabschied in die Knie.

Westfälische Schinkenplatte
von Uwe Voehl

Zutaten:

500 g Kartoffeln
250 g gekochter Schinken
1 Zwiebel
40 g Butter
3 Eier
50 g Mehl
1/8 Liter Milch
Salz, Pfeffer, Muskat

Zubereitung:

Kartoffeln schälen, waschen und in Scheiben schneiden. Den Schinken und die Zwiebel würfeln und in wenig Butter anbraten. Dann die Kartoffelscheiben dazugeben und mitbraten.

Aus Mehl, Milch und Eiern einen Teig rühren und mit Pfeffer, Salz und Muskat würzen. In einer zweiten Pfanne Butter bräunen, die Hälfte des Teiges hineingeben und stocken lassen. Die gebratenen Kartoffeln daraufgeben und den Rest des Teiges darübergießen und ebenfalls stocken lassen. Den Pfannkuchen mit Hilfe eines Tellers wenden und auch von der anderen Seite knusprig goldbraun braten.

Carstens Weintipp:

Ein trockener Grüner Veltliner aus Österreich mit seiner typischen Pfeffernote vereint sich perfekt mit diesem westfälischen Nationalgericht.

Pastagericht »Westfälin küsst Italiener« von Gisela Greving-Vöhl

Zutaten:

250 g Spaghetti
1 gestr. TL Salz
150 g durchwachsener Speck
1 rote Paprikaschote
6 EL gehackte heimische Kräuter (Petersilie ...)
6 EL Parmesan (frisch gerieben)
¼ Liter Sahne
40 g Butter
250 g magerer gekochter Schinken

Zubereitung:

Spaghetti kochen (etwas kürzer als »al dente«). Speck würfeln, Paprikaschote würfeln. Speck auslassen. Parmesan, Kräuter, die Sahne und zum Schluss die Paprikawürfel hinzufügen. Sauce kurz aufkochen lassen.

Den Ofen auf 220° C vorheizen. Spaghetti abgießen. Eine feuerfeste Form mit etwas Butter ausstreichen. Die Nudeln in der restlichen Butter schwenken und in die Form füllen. Die Schinkenscheiben aufgerollt darauflegen und die Sahnesauce darübergießen.

Das Ganze zehn Minuten überbacken.

Carstens Weintipp:

Ein cremig-kräftiger trockener Chardonnay passt wunderbar zu dieser kulinarischen Liebesgeschichte.

Anhang:

Die Herstellung eines Schinkens – ein echter Knochenjob
Kleine Schinkenkunde von Thomas »Gus« Backus

Der Hintern eines Schweins ist der Schinken. Genau genommen, die Arschbacke eines Schweins, in Metzgerkreisen auch Keule genannt.

Dass daraus die Köstlichkeit wird, die wir heute als Schinken bezeichnen, das hat eine lange Tradition.

In einer Zeit, als man noch keine Kühlschränke hatte, musste man sich etwas einfallen lassen, um Fleisch haltbar zu machen. Man hat das Fleisch gesalzen und (luft)getrocknet. Gegebenenfalls auch noch geräuchert. Damit veränderte man sowohl den pH-Wert als auch den Wassergehalt, was das Lebensmittel für Bakterien uninteressant machte – dass es damit für uns Fleischesser umso interessanter wurde, war ein erfreulicher Nebeneffekt.

Salz war damals teuer, sodass man nur die besten Fleischstücke damit konserviert hat. Der Schinken stammt von den zartesten und teuersten Fleischstücken des Schweins.

Früher wurde die Schinkenkeule meist im Ganzen verarbeitet, was etwa in Spanien oder Italien immer noch gemacht wird. Dort lässt man auch die Klauen an den Füßen, damit man erkennen kann, von welcher Schweinerasse die Keule stammt. Pata Negra und Pata Ibérico sind noch edler als der hier bekannte Serranoschinken.

Aber auch die deutschen Bauern stellten Knochenschinken

her. Der wurde zumeist im Schornstein in besonderen Räucherkammern aufgehängt und monatelang dem Rauch ausgesetzt.

Doch vorher musste man das Schwein schlachten, die Keule auslösen und einsalzen.

Dafür stellt man aus Salz und Gewürzen eine Pökelmischung her (das Rezept ist nicht nur von Region zu Region verschieden, sondern auch von Metzger zu Metzger), zum Beispiel: Pökelsalz, Nelken, Koriander, schwarzer Pfeffer, Wacholderbeeren und Lorbeerblätter.

Ganz früher verwendete man statt Pökelsalz Salpeter und Zucker, was aber den Nachteil hat, dass der Schinken sehr lange hängen muss, bis sich der giftige Salpeter abgebaut hat.

Mit dieser Pökelmischung muss der Schinken sorgfältig eingerieben werden.

Die Schinken werden dann in einem Kühlhaus gestapelt, wobei jeder Schinken sorgfältig mit einer Schicht Salz bedeckt wird. In den folgenden Wochen muss das Fleisch durchziehen.

Dabei muss man jeden zweiten Tag das austretende Wasser abgießen und die Schinken umschichten. Immer wieder neu mit der Pökelmischung einreiben.

Nach gut 3 Wochen kann man dann den nächsten Schritt angehen. Das Salz muss sorgfältig abgewaschen werden, da der Schinken sonst zu scharf wird.

Nachdem das Salz abgewaschen wurde, lässt man den Schinken trocknen. Möglichst in einem Kühlhaus, und zwar ungefähr 4 bis 5 Tage.

Dann kann er geräuchert werden. Dafür haben die Metzger heute spezielle Räucherkammern. Diese werden mit einer Mischung aus Buchenholzspänen und Sägemehl betrieben, wobei einige Metzger noch Kiefernzapfen oder Wachholder hinzugeben, um den Rauch zu aromatisieren.

4 bis 6 Wochen nach dem Räuchern kann man den Schinken dann endlich anschneiden und herzhaft genießen!

Geht das auch schneller?

Natürlich ist so ein Knochenschinken etwas ganz Besonderes. Es geht auch schneller und billiger, indem man die Keule in Einzelteile zerlegt und einzeln verarbeitet.

Man erhält die Oberschale (die allerdings meist als Schnitzel verkauft wird), die Schweinenuss (ergibt einen sehr mageren und zarten Schinken), die Rolle (ein kleiner Schweinebraten) und die Hüfte (die ergibt einen herzhaften Schinken mit Fettrand, genannt Schinkenspeck).

Im Angebot gibt es auch den sogenannten Lachsschinken. Der ist sehr mager, aber eigentlich kein Schinkenstück. Das Fleisch stammt vom Rücken (mit Knochen wäre es das Kotelett), aber es wird auf Schinkenart verarbeitet.

Mein Dank gilt allen, die dieses Buch ermöglicht haben, ganz besonders aber:

Meiner Frau Gisela für fachliche und psychische Betreuung während des Schreibens.

Meinem Sohn Moritz von der Hamburger Polizeibehörde für fachlichen Rat.

Monika Hofko für die Radikalkur, die sie meinem Manuskript verpasst hat.

Ralf Zacherl für sein exklusives Schinkenrezept.

Monika Ferling, einmal mehr für ihre »Kochende Leidenschaft« und für ihre Unterstützung.

Erika Weigel, Carola Wendt sowie der stillen »Genießerin« aus meinem Lieblings-Kochforum dine & more (*http://dineand more.xobor.de/*) und Anne Eikmeier für ihre Schinkenrezepte.

Carsten Sebastian Henn, meinem Weinguru, für die passenden Weintipps in letzter Minute.

Claudia Puhlfürst, die mich rätseln ließ, wieso ein Toter unter seinem Taucheranzug Scheiblettenkäse trägt. *Das* Rätsel habe ich nicht lösen können, aber es hat mich für meinen Fall inspiriert!

Thomas »Gus« Backus für das kompetente Nachwort.

Jürgen Reitemeier, nicht nur für sein Schinkenrezept, sondern für vieles mehr!

Allen Lesern, die mir seit meinem Erstlingsroman »Blut und Rüben« die Treue gehalten haben!

Der wunderbaren Landschaft des Teutoburger Waldes, in die es mich immer von meinem Schreibtisch zog, wenn ich neue Inspirationen für dieses Buch brauchte.

Politik und Medien im infernalischen Duett – ein rabenschwarzer Krimi um Machtspiele im heutigen Italien

Andrea Camilleri
DAS NETZ DER
GROSSEN FISCHE
Roman
Aus dem Italienischen
von Moshe Kahn
224 Seiten
ISBN 978-3-404-16749-4

Der Sohn eines führenden Politikers wird des Mordes an seiner Verlobten angeklagt. Diese wiederum war die Tochter eines mächtigen politischen Gegners. Als die Nachricht beim Fernsehsender RAI in Palermo eingeht, hält Programmdirektor Caruso die Meldung zurück. Schließlich weiß er nur zu gut, wie schnell man sich mit einem einzigen falschen Wort verfangen kann in dem raffiniert gesponnenen Netz der wahren Herrscher der Insel, denen der mysteriöse Todesfall anscheinend gerade recht kommt, um ihre politischen Interessen durchzusetzen …

Intelligente Spannung, ein cooler Held und launig-lakonische Dialoge

Matti Rönkä
ENTFERNTE VERWANDTE
Kriminalroman
Aus dem Finnischen
von Gabriele
Schrey-Vasara
256 Seiten
ISBN 978-3-404-16663-3

Viktor Kärppä bewegt sich zwischen den Welten. In Russland geboren, jedoch mit finnischen Wurzeln, hat er sich inzwischen in Helsinki gut eingelebt. Er bemüht sich redlich, sein »Business« in der Baubranche in legale Bahnen zu lenken. Als jedoch eine entfernte Verwandte aus Russland vor seiner Tür steht und ihn bittet, den verschollenen Ehemann zu suchen, gerät sein Alltag aus den Fugen. Denn kurze Zeit später wird der vermisste Mann ermordet aufgefunden ...

»Es zeichnet Rönkäs Romane aus, dass sie virtuos mit einem Klima der Angst spielen, die Bedrohungsszenarien aber nicht zwanghaft in Gewaltexzesse münden.« DIE WELT

Bastei Lübbe Taschenbuch

Werde Teil
der Bastei
Lübbe Welt
You
Tube
www.luebbe.de/
Meinewelt
Lesen,
rezensieren,
Bücher
gewinnen
Lerne Autoren,
Verlagsmitarbeiter
und andere
Leser kennen